L'EMPIRE
du scorpion

Guy Saint-Jean Éditeur
3440, boul. Industriel
Laval (Québec) Canada H7L 4R9
450 663-1777
info@saint-jeanediteur.com
www.saint-jeanediteur.com

• • • • • • • • • • •

**Catalogage avant publication de Bibliothèque et Archives nationales du Québec
et Bibliothèque et Archives Canada**

Meunier, Sylvain, 1949-
L'empire du scorpion
ISBN 978-2-89455-834-8
I. Titre.
PS8576.E9E46 2014   C843'.54   C2014-941419-6
PS9576.E9E46 2014

• • • • • • • • • • •

Nous reconnaissons l'aide financière du gouvernement du Canada par l'entremise du Fonds du
livre du Canada (FLC) ainsi que celle de la SODEC pour nos activités d'édition.
Nous remercions le Conseil des Arts du Canada de l'aide accordée à notre programme de
publication.

Canadä   ▌✦▐ Patrimoine   Canadian   SODEC   Conseil des Arts   Canada Council
              canadien   Heritage   Québec   du Canada   for the Arts

Gouvernement du Québec — Programme de crédit d'impôt pour l'édition de livres — Gestion
SODEC

© Guy Saint-Jean Éditeur inc. 2014

Révision : Lydia Dufresne
Correction d'épreuves : Émilie Leclerc
Conception graphique et mise en pages : Olivier Lasser
Photo de la page couverture : iStock/JanPietruszka

Dépôt légal — Bibliothèque et Archives nationales du Québec, Bibliothèque et Archives
Canada, 2014
ISBN : 978-2-89455-834-8
ISBN ePub : 978-2-89455-835-5
ISBN PDF : 978-2-89455-836-2

Imprimé et relié au Canada
1re impression, août 2014

Guy Saint-Jean Éditeur est membre de
l'Association nationale des éditeurs de livres (ANEL).

Sylvain MEUNIER

L'EMPIRE du scorpion

roman

Guy Saint-Jean ÉDITEUR

« Le monde est gouverné par de tout autres personnages
que ne se l'imaginent ceux dont l'œil ne plonge
pas dans les coulisses. »

BENJAMIN DISRAELI

Première partie

La mystérieuse femme de Percival Imbert

1
Scène de magasinage en décembre

Dans sa déambulation hachurée, dans son regard vide, dans sa façon de se laisser choir sur le premier banc venu, d'y demeurer silencieux et immobile, pour ensuite se relever comme s'il répondait à un appel, tout, dans le comportement de Percival Imbert, donne l'impression d'une détresse quelconque.

Pourquoi n'attire-t-il l'attention de personne dans ce grand magasin, déjà achalandé en ce vendredi de décembre?

Pourquoi ne fait-il pas lever le sourcil aux vendeuses anxieuses de mettre à profit ce que l'on appelle en ce pays le temps des fêtes?

Les bebelles de Noël, les ritournelles traditionnelles et les effluves de cannelle sont là pour induire le client à une prodigalité irrationnelle. Percival Imbert n'est pas du tout dans cet esprit.

Certes, il se trouve à ce moment dans un secteur voué aux dames, donc guère à sa place, mais si l'on pouvait reculer un peu dans le temps, l'on constaterait qu'il circule ainsi depuis deux bonnes heures, soit depuis qu'il s'est aventuré dans les avenues intérieures du centre commercial.

Percival Imbert est convenablement vêtu d'un manteau bordeaux, de marque, ouvert sur un pull anthracite en coton, sans taches ni accrocs, qui atténue la proéminence d'une panse évidente, ainsi que d'un pantalon noir impeccable. Sa chevelure est abondante et gracieusement ourlée, d'un gris uniforme, un peu trop peut-être (nature ou teinture?), et ses moustaches dodues estompent les sillons que les années ont creusés des lobes du nez jusqu'aux commissures des lèvres. Ses joues sont rondelettes, son menton se dédouble sous la mâchoire; il s'en faudrait de peu pour que ce personnage à l'allure débonnaire ressemblât à un père Noël incognito. On ne peut néanmoins parler dans son cas d'obésité, seulement de l'arrondissement naturel qu'apporte l'âge à l'honnête homme qui bouge peu et qui se fait un devoir d'honorer la fine cuisine d'une conjointe revêtant le tablier avec bonheur.

En effet, il sauterait aux yeux d'un physionomiste un tant soit peu aguerri que Percival Imbert est un mari, en tout cas qu'il vit depuis longtemps avec la même femme, et que c'est justement pourquoi personne ne se questionne sur son interminable dérive dans ce magasin, où il n'a pas l'intention d'acheter, bien qu'il traîne un sac avec des articles quelconques. Le même physionomiste reconnaîtra en lui l'archétype de l'homme qui fait office de porteur dans le magasinage de sa conjointe.

La présence de Percival Imbert, en ce jour, en cet établissement, en ces rayons, s'expliquerait donc par la nécessité du compromis dans la construction et le maintien d'une vie de couple supportable. Quelque part au-delà des mannequins filiformes en jaquettes ajourées, qui semblent inviter les mâles de passage dans un lit hélas pour eux inexistant, c'est donc sa femme qui, par l'intermédiaire d'ondes mystérieuses, commande ses déplacements à première vue incohérents. Pourtant, si l'on espionnait ce couple du haut des airs, l'on serait étonné de constater comment l'un et l'autre semblent reliés par un élastique invisible, comment ils s'éloignent jusqu'à craindre qu'ils pourraient ne jamais se retrouver, mais comment ils finissent toujours par se rapprocher, à croire qu'ils jouent à « tu brûles/tu gèles » par télépathie. Ils devraient se rejoindre infailliblement, dans les chaussures, les sous-vêtements ou les confiseries fines, qu'importe. Évidemment, c'est lui qui se déplace le moins, constituant le pivot d'une lente chorégraphie à laquelle il a cependant la conviction de ne pas participer.

Telle est la façon dont Percival Imbert se figure les choses en ce moment.

S'il n'en était que de lui, jamais il ne mettrait les pieds dans un magasin, à la seule exception des librairies, pour son amour des dictionnaires, et des disquaires, pour son amour de Bach.

Jusqu'ici, donc, ce personnage n'aurait pas d'épaisseur, au sens que l'on donne à ce mot dans les analyses littéraires. Il n'existerait qu'en fonction d'une femme qui, elle et elle seule, quelque part, agirait.

Les choses se passent cependant tout autrement.

Percival Imbert le sait.

L'élastique est rompu.

Il a chaud et la masse du sac au bout de son bras paraît s'accroître. Il s'est adossé à une colonne et, mine de rien, il s'est laissé prendre par une conversation qui se déroule derrière, entre deux commis de sexes différents, laquelle conversation porte sur un téléroman à la mode. Le contenu de la conversation, et moins encore celui de l'émission, n'intéressent pas Percival Imbert. C'est la forme de la conversation, délabrée, démembrée, atrophiée, c'est le moins qu'on puisse dire, qui a capté son attention. Pour s'occuper l'esprit durant ce nécessaire temps mort, il réécrit mentalement le dialogue en français soutenu. Ce n'est pas facile, les mots coulent et sont parfois à peine reconnaissables, mais il y parvient et il retrouve par ce jeu un certain bien-être, le monde extérieur cessant un moment d'exister.

Il faut dire que Percival Imbert a fait un métier de sa passion pour la langue française. Affligé par l'état de profonde misère linguistique dans laquelle lui parvenaient les textes, ce traducteur de formation, encouragé par sa femme, a dévié vers leur révision, leur correction, leur remise en forme et finalement leur réécriture. Des personnalités, dont la réputation souffrirait fort des maladresses qui émaillent leurs discours ou conférences, louent ses services à gros prix, eu égard non seulement à son exceptionnelle compétence mais aussi à son absolue discrétion.

La grande beauté de ce métier, expliquerait Percival Imbert, s'il consentait à l'effort de parler de lui, c'est qu'on le traîne partout, tel un colimaçon sa coquille. Où que Percival Imbert se trouve, en ce grand magasin, par exemple, il est à l'affût du mauvais emploi, de l'anglicisme, du tic langagier et de la dégénérescence syntaxique en général. Pour lui, le sens des mots et des phrases est un fil dont il sait se tisser un cocon douillet et protecteur.

C'est donc un homme qui écoute beaucoup.

Percival Imbert, en tout cas, ne s'ennuie jamais. Ce métier, qui refuse de le quitter, lui a épargné maintes langueurs tandis que, par exemple, sa femme musarde quelque part entre la lingerie et les accessoires.

Or, justement, le moment est venu de se demander où elle en est rendue. S'il en portait une, sa montre lui confirmerait qu'il sera quinze heures trente dans exactement deux minutes et demie. La conversation entre les deux commis, derrière, retrouve son statut naturel de bruit de fond. Percival Imbert juge inutile de déterminer exactement l'heure à laquelle il aurait aperçu sa femme pour la dernière fois, mais il estime que le laps de temps excède la norme. Il se remet donc en mouvement, cherchant à l'apercevoir. La chose à ne pas faire est d'emprunter une allée transversale et de s'aventurer dans le dédale des étalages. Il doit plutôt demeurer bien en vue, repérable au premier coup d'œil. Il fait les cent pas sans résultat et finit par se dire qu'il est tout à fait crédible qu'elle soit entrée dans une cabine d'essayage.

Percival Imbert s'assoit donc sur un simulacre de banc de parc où il est bientôt rejoint par un homme qui lui ressemble à maints égards. Percival Imbert se méfie : cet homme voudrait-il rencontrer sa femme ? Les deux se regardent un instant, se sourient narquoisement en soupirant, et s'absorbent chacun de leur côté dans leurs pensées personnelles. Percival Imbert est soulagé. Il n'a aucune propension à engager la conversation avec les inconnus et il est heureux qu'il paraisse en être de même de son voisin.

Rien ne se produit tandis que, devant leurs yeux inexpressifs, passent et repassent chalandes et chalands. Percival Imbert s'amuse à les recenser et se rend compte que la grande majorité se classe en deux catégories disparates : d'abord, des personnes de leur âge, et puis des jeunes mamans poussant landaus, portant manteaux courts et hautes bottes. Il y a, à deux décimales près, un homme pour quatre femmes. C'est la clientèle des jours ouvrables, composée de gens dispensés d'horaires rigides, cherchant à échapper à la cohue saisonnière. Toujours pour laisser mourir le temps sans que cela ne génère de l'angoisse, Percival Imbert se prend à déplorer le fait que le chapeau se porte de moins en moins, ce qui annonce la relégation au rang des archaïsmes d'un riche glossaire. Et le voilà reparti ! Adieu bibi, bob, bolivar, cabriolet, canotier, capeline, chapka, claque, coiffure (…) panama…

Son énumération est interrompue par un «Ah!» qu'échappe son voisin en apercevant celle qu'il attendait. Celui-ci quitte prestement le banc, non sans avoir adressé un bref salut à son compagnon d'échouage. Percival Imbert le lui rend.

Un quart d'heure s'est écoulé. Percival Imbert se considère désormais en droit d'être préoccupé. Soit sa femme serait en train de complètement refaire sa garde-robe, soit quelque chose se serait grippé dans les engrenages pourtant élémentaires de leur routine. Seule la seconde hypothèse mériterait d'être retenue.

Percival Imbert quitte donc son récif, il réintègre la trame événementielle et amorce une recherche systématique. Il entreprend de remonter et de redescendre les allées diagonales. Ce faisant, il couvre un assez vaste cercle. Rien ne se produit et sa perplexité peut désormais se muer en inquiétude. Si quelqu'un d'autre que lui cherche sa femme, et que ce quelqu'un d'autre le regarde, il doit croire que Percival Imbert est en plein désarroi.

Prolonger la recherche dans les profondeurs du magasin équivaudrait à gratter un billet de loterie. S'y trouverait-elle toujours, d'ailleurs, dans le magasin ? Se pourrait-il qu'elle n'ait pas aperçu son conjoint et qu'elle en ait conclu que c'est lui qui est parti ? Dans un mouvement d'impatience, elle aurait pu décider de rentrer seule à la maison et de le laisser se débrouiller pour en faire autant – non, dans la réalité, elle ne lui ferait pas ça, elle ne l'abandonnerait jamais ainsi à lui-même. Et puis, dans ce sac qui pend au bras las de Percival Imbert, ne se trouvent-ils pas les primes fruits de son magasinage, sans lesquels elle ne partirait jamais ?

Percival Imbert repère un nouveau siège, s'y installe et laisse tourner les aiguilles de son horloge intérieure encore un moment. Cette fois, cependant, son esprit est incapable de faire autre chose que d'échafauder des hypothèses et de les démolir, puis de les reconstruire pour les démolir à nouveau.

Il se relève et se lance dans une seconde exploration. Pour empêcher son esprit de s'emballer, il suit cette fois un plan quadrillé. Sans plus de résultat, évidemment.

Il revoit la trame dans sa tête.

Ici, il y a une didascalie : ANGOISSE.

2
Procédure d'appel

Les magasins Eaton sont attentifs à leur clientèle. Une vendeuse portant une blouse bleue et une jupe fuselée s'approche et lui offre son aide. Percival Imbert lit la suspicion dans le plissement de son œil droit. Il fuirait, mais il doit répondre. Le regard au sol, tel un enfant avouant à sa mère qu'il a perdu ses mitaines, il énonce la situation. L'employée paraît fort amusée. Il en souffre, malgré l'habitude. Les inconnus sont souvent comme ça face à lui et il a développé des stratégies pour n'en être plus affecté, sauf que dans les circonstances actuelles, certains de ses moyens sont diminués. Elle lui suggère de s'adresser au kiosque d'information, d'où l'on pourrait lancer un appel, et elle lui en indique la direction.

L'idée est bonne, bien qu'humiliante, mais Percival Imbert n'a pas d'option. Cependant, avant de se soumettre à cette extrémité, il opte pour se rendre à la voiture, car il ne fait aucun doute qu'on lui suggérera de toute façon de le faire. Si cette dernière avait disparu, cela expliquerait l'essentiel, car enfin, il serait fort improbable qu'il eût perdu sa femme et se soit fait voler son véhicule dans le même après-midi. Et s'il retrouvait sa femme dedans, assise à l'attendre, et que les choses revenaient à la normale ? À la réalité ?

Le ciel se violace déjà ; on a à peine dépassé le solstice d'hiver. Il fait tout juste quelques degrés au-dessous de zéro, mais un vent porteur de précipitations agite l'air et la sensation de ses semelles s'enfonçant dans l'immonde gadoue des *parkings* suffit à transir Percival Imbert. La généreuse précipitation annoncée ne va pas tarder. La voiture attend sagement, vide. Il range le sac dans le coffre. Dans un instant d'oubli, il pense s'installer au volant pour démarrer, ressentant l'appel de la chaleur du foyer tel un vieux cheval de labour celui de l'écurie. L'absence de sa femme sur le siège du passager – c'est elle qui lui a appris à conduire – le ramène cependant à la trame événementielle. Après un instant pour se réaligner, il referme la portière et retourne dans le tumulte clinquant du centre commercial, laissant à sa frustration une inconnue qui attendait de prendre sa place. Il s'efforce de se sentir tout à coup contrarié. Il se demande où diable elle est passée, quelle mouche l'aurait piquée. Ce ne sont pas des farces à faire !

Il parvient au kiosque d'information avec l'espoir déçu de croiser sa femme en chemin. Il est de nouveau affligé du sourire narquois avec lequel la préposée, qu'il devine profondément niaise, reçoit sa requête. Oui, il est allé à la voiture, il y a d'ailleurs déposé le sac, puisqu'il ne l'a plus. Il fait pourtant l'effort de parler simplement, comme il a appris à le faire quand c'est nécessaire.

Il est mortifié d'entendre le nom du seul être important de sa vie, avec son scorpion, jeté à la volée dans une nuée d'oreilles indifférentes.

Il tourne ensuite en rond, scrutant la clientèle d'un regard d'Indien. Après dix minutes, la préposée, peut-être parce qu'il lui donne le tournis, l'interpelle et, feignant la désolation, lui démontre l'évidence de l'échec, mais consent néanmoins à répéter l'appel, qui ne peut pas cependant ne pas avoir été entendu par toute personne se trouvant dans le magasin. Sa femme n'aurait eu qu'à se présenter à n'importe quel point de service, d'où on les aurait tout de suite informés que la personne recherchée était localisée.

Passé une autre dizaine de minutes, la préposée lui suggère de se rendre plutôt au kiosque du centre commercial, d'où un nouvel appel pourra être lancé, cette fois à la grandeur du complexe. Percival Imbert s'y dirige en révisant les hypothèses à écarter, que sa femme ait quitté les lieux à pied, qu'elle ait pris un autobus…

Un jeune homme le reçoit; son visage exprime une affabilité sincère et il parle dans une langue impeccable. Mis en confiance, Percival Imbert l'en féliciterait volontiers, s'il n'avait appris, dans un article sur lequel il a travaillé, que ledit jeune homme étant noir, ce compliment pourrait être perçu comme une forme de condescendance. Et puis c'est déjà assez pénible d'énoncer ce qui l'amène! Il est un peu mortifié de devoir fournir quelques détails au jeune Noir, mais il comprend que ce dernier est tenu d'exercer un minimum de contrôles avant d'utiliser une procédure exceptionnelle et qui a d'habitude pour objet un enfant. Embarrassé, Percival Imbert ajoute quelques années à l'âge de sa femme, lui invente des problèmes de santé, et vient ainsi presque à bout des

réserves du jeune homme. Avant de céder, toutefois, ce dernier lui suggère de téléphoner chez lui, voir si la personne
perdue ne l'y attendrait pas, et lui indique un téléphone
public, puisqu'il ne peut pas lui permettre l'utilisation du
sien. Percival Imbert se pliera à cette exigence, sachant toutefois que la démarche s'avèrera infructueuse.

Après vingt-cinq coups de sonnerie, il considère que son
scepticisme est confirmé et que le jeune homme noir sera
justifié de procéder.

3
Rapport d'événement

Politesse et police n'ont pas la même racine, mais Percival Imbert sait qu'il doit être poli avec la police, et il prend le temps de trouver une manière correcte de s'adresser à la brunette athlétique qui l'observe avec perplexité. Pour lui, une femme occupant cette fonction est encore quelque chose de nouveau, et le mot *agente* est en principe réservé aux espionnes. Puis il se dit qu'il n'est pas en état de réfléchir sérieusement à ces détails et que la jeune policière ne paraît pas du genre à se formaliser de ce qu'on l'appelle simplement « Madame ». Elle a l'esprit ouvert et a choisi ce métier pour aider ses semblables, non pour la satisfaction perverse d'exercer un ascendant sur eux. C'est l'analyse qu'en a faite Percival Imbert au premier coup d'œil et cela fait de cette représentante de l'ordre une personne à ses yeux exceptionnelle.

Donc, il vaut mieux que Percival Imbert se concentre sur la meilleure réponse à donner à la question qui lui est posée. Ce ne sera pas une tâche aisée puisqu'elle implique qu'il devra parler de lui et, surtout, le faire à la première personne.

19

Percival Imbert n'a été dans sa vie qu'une seule fois inter-pelé par les forces de l'ordre. Il n'avait pas encore vingt ans quand il s'était laissé convaincre de participer à une bacchanale estudiantine où l'on voulait sans doute le montrer comme une curiosité locale. Sa mère ne s'y était pas objectée, plaidant qu'il fallait au moins tenter l'expérience. Il était resté dans son coin, stupéfait bien moins par l'alcool que par le comportement incompréhensible des autres. Les limites avaient été dépassées lorsque des gars s'étaient mis en tête de lancer des bouteilles vides du balcon vers une poubelle publique. L'appartement qui accueillait la nouba se trouvait au deuxième. La police était intervenue. Les agents, ayant trouvé Percival Imbert fort étrange et appréhendant des com-plications, avaient jugé préférable de ne pas l'arrêter. Il avait appelé sa mère et elle était venue le chercher.

Cette folie de jeunesse lui avait suffi. Ensuite, durant le cours de sa vie adulte, il avait récolté deux ou trois contraventions malchanceuses – la route est un texte mal écrit – et c'était tout.

S'il est un peu embêté face à cette jeune policière, c'est aussi qu'il n'a jamais fait ça, décrire sa femme! Quand donc un homme, même normal, a-t-il à décrire sa femme, au fond, quand on y songe? Et l'inverse est aussi vrai, suppose-t-il. Sa femme aurait été sans doute tout aussi embêtée de le décrire, lui, physiquement.

Il s'excuse auprès de la policière, qui s'inquiète de son état; il plaide la perturbation émotionnelle.

Sa femme... Elle est plus grande que lui, plus âgée, mais on dirait le contraire, elle est brune, elle a le visage ouvert, des petits yeux francs, qu'on remarque moins depuis qu'elle porte des lunettes à lentilles photochromiques, un beau nez plat gracieusement retroussé, un menton volontaire...

Percival Imbert n'est pas tout à fait sûr de ce qu'elle portait, son trois-quarts en cuir rouge ou son anorak bleu... Il ferme les yeux, il se concentre. Pour lui, c'est un détail sans importance, car l'un et l'autre lui sont autant familiers et lui permettent de la repérer de loin. Il opte enfin pour le rouge, plus léger oui, sûrement, elle ne supporte pas d'avoir le moindrement chaud.

Il n'a pas sa photo sur lui. Pourquoi en aurait-il une ? Il la voit en chair et en os tous les jours. Il faut dire que Percival Imbert travaille à domicile depuis ses débuts, et à cet égard, sans doute s'est-il trouvé en avance sur son temps. Sur tous les autres fronts, par contre, il est conscient d'être constamment dépassé. Est-on jamais dépassé, toutefois, quand on a choisi de ne pas bouger ? Enfin, choisi… Il n'a fait qu'obéir à sa nature. Et de toute manière, les rares photos de sa femme qu'il connaisse remontent à bien loin. Elle déteste à un degré phobique qu'on la photographie.

La policière fait preuve d'une remarquable patience, voire d'humanité. Elle serait en droit de se demander si cet homme a vraiment perdu sa femme, ou si ce n'est pas plutôt lui qui est perdu, au sens de confus. Elle lui demande ce qu'il a à la main, s'il a besoin d'un sparadrap. Percival Imbert se rend compte qu'il n'a cessé de gratter de l'index une blessure insignifiante à sa main droite, qui le démange un peu. Il répond par la négative et ferme la main.

Percival Imbert transpire, mais il n'ose pas retirer son manteau, il aurait l'air de s'installer. Avant cet instant, il ne se doutait même pas que la police disposait de locaux dans les centres commerciaux. C'est tout petit, sans fenêtre, surchauffé, dépouillé, aride, ça a quelque chose de soviétique. Cependant, s'il était arrivé à sa femme quelque chose comme une perte de conscience, si elle gisait quelque part, c'était maintenant et ici qu'il fallait demander l'aide des forces de l'ordre.

Il n'avait rien noté chez elle d'inhabituel, rien du tout. Non, elle n'aurait pas pu aller prendre un café avec une amie rencontrée par hasard et oublier de le prévenir. Elle n'a pas d'amie et elle n'oublie jamais rien. Elle est méthodique, elle accomplit toujours ses tâches de la même façon et peut en avoir une infinité à l'esprit en même temps. Heureusement, parce que quant à lui, ce serait un euphémisme que de dire qu'il est distrait.

Alors peut-être aurait-il négligé une parole, une note, une consigne? Encore non. Quand elle veut qu'il retienne quelque chose, elle prend les moyens nécessaires. Percival Imbert confesse humblement qu'il a été bien dressé, comme un petit chien, cela ne le gêne pas de le dire, qui attend son maître le corps raide et les oreilles molles. Ce n'est pas de la soumission, c'est un *modus operandi*. Il lui a volontiers cédé l'autorité sur tout ce qui concerne la quotidienneté, sur l'administration du ménage, sur les soins de la maison, bref, sur ce qui n'intéresse pas Percival Imbert. C'est même elle qui tient l'inventaire de sa garde-robe, élimine ce qui est usé, et lui achète de nouveaux vêtements, qu'il essaie à la maison et qu'elle échangera au besoin. Elle se trompe rarement sur la pointure ou sur la coupe.

Ils ont très peu d'activités.

Là où il demeure le maître absolu, cependant, c'est dans son travail, et cela le comble. Il est aussi entendu qu'elle ne le dérange jamais quand il écoute de la musique.

Ils n'ont pas d'enfants. Percival Imbert est aussi doué pour la paternité que pour le patinage de fantaisie et il n'est pas question pour elle non plus de se reproduire. La raison de ce refus sans appel se trouve ailleurs que dans l'ineptie du père potentiel, peut-être dans le souvenir d'une enfance malheureuse dont elle ne parle jamais.

Toutes ces considérations sur leur vie conjugale n'aideront cependant pas à retrouver l'évanouie. Percival Imbert pose ses mains sur la table et tente de s'exprimer avec une fermeté d'homme qui a longuement réfléchi et se sent en mesure de faire le point. Il ne faut pas chercher midi à quatorze heures. S'il est juste que la description qu'il a donnée de sa femme s'applique à des centaines d'autres, c'est que justement, d'un point de vue policier, sa femme est une femme banale, une femme sans histoire, une femme à qui il ne saurait rien arriver d'extraordinaire, et ce n'est pas un défaut, bien au contraire, c'est même ce qu'il apprécie le plus chez elle : elle est simple, constante, fiable, rassurante. L'unique explication imaginable à sa disparition est un malaise, et certainement pas psychique – il est inconcevable qu'elle ait subitement perdu la raison. Par contre, elle ne va jamais voir de médecin. Elle n'est jamais malade, il est vrai. Il en va de même pour lui. Oh ! ils savent bien que ce n'est pas prudent, à leur âge, mais ils préfèrent ne pas penser à ces choses. Un accident cardiovasculaire, ou cérébro-vasculaire… Cela peut frapper sans prévenir, par définition.

La policière l'a écouté sans l'interrompre.

C'est maintenant à lui d'écouter, et il préfère de beaucoup ce rôle. Quand il se met en mode réception, Percival Imbert peut écouter pendant des heures et retenir le moindre mot.

La policière manifeste autant d'empathie que le lui permettent les limites de sa fonction, enjoint l'homme de ne pas imaginer le pire, bien que ce soit tout à fait naturel – elle ne ferait pas mieux. L'expérience enseigne cependant que les énigmes de ce genre s'expliquent presque toujours par ce à quoi on n'a pas pensé de prime abord parce que c'était trop simple. Ce n'est pas qu'elle ne prend pas l'affaire au sérieux, il arrive aussi que le pire s'avère. Toutefois, madame n'est disparue que depuis quelques heures. C'est une adulte en pleine possession de ses moyens, et, selon ce qu'il lui en a dit lui-même, pas du tout démunie. D'autre part, il faut considérer que le magasin dans lequel elle aurait eu ce malaise s'étend sur deux immenses niveaux. Il est intégré à un complexe commercial qui compte quelque deux cent cinquante détaillants. L'achalandage, déjà important, va continuer à augmenter à mesure que la soirée avancera, car ce sera Noël dans deux jours. Comment pourrait-on organiser des recherches, même si on avait le personnel pour le faire ? Cela dit, cette affluence apporte aussi un avantage. Si madame se trouve étendue quelque part, il est pratiquement assuré que quelqu'un l'apercevra bientôt.

Le mieux à faire, recommande la policière, c'est de rentrer chez lui. C'est là que sa femme cherchera d'abord à le rejoindre pour lui donner signe de vie, ce qui est l'hypothèse la plus probable. Dans le pire des cas, les services de sécurité du centre commercial le préviendront immédiatement de tout nouveau développement. Il ne sert absolument à rien qu'il reste ici à se morfondre, ou qu'il continue à chercher sa femme, au grand risque de se trouver mal lui-même. S'il est toujours sans nouvelles vers minuit, soit trois heures après la fermeture des magasins, il devra appeler le 911.

Percival Imbert regarde la policière rédiger un rapport d'événement, juste en cas; il suffira d'en donner le numéro pour recevoir de l'aide sans délai. Évidemment, quand il aura des nouvelles de madame, ce qui se produira, la policière le croit sincèrement, il sera aimable de les aviser afin qu'on ferme le dossier.

4
Présence de l'absence

Percival Imbert peut décrire avec précision le fonction-nement de la plupart des machines, mais contrôler un moteur à explosion l'angoisse toujours. Il conduit donc le moins possible seul, et toujours avec une prudence extrême ; ce soir, cependant, il exagère et il en exaspèrerait plusieurs si ce n'était que la neige qui tombe en abondance force tout le monde à ralentir. Il ne peut s'empêcher de jeter des regards sur le bord de la route, puis dans les rues transversales, des fois qu'il y apercevrait sa femme en errance. C'est absurde, bien sûr, et vain. Pourtant, il le fait. Il s'est convaincu, jusqu'à l'absurde justement, qu'elle est vraiment disparue.

Il est temps qu'il arrive : il allait finir par causer un accident ou par s'enliser. Il sait bien que la policière a raison sur le plan rationnel, mais il sait autrement qu'elle a tort, il le sait parce qu'une femme telle que la sienne ne peut disparaître tempo-rairement, partiellement, et sans conséquence ; la disparition d'une femme telle que la sienne, pour un homme tel que lui, dans une vie telle que la leur, ne peut qu'être qu'absolue.

Il se gare dans l'allée. Pourquoi ne commande-t-il pas l'ou-verture des portes de l'immense garage ? Il ne veut pas aller dans le garage. Il ne veut pas se demander pourquoi il ne veut pas aller dans le garage.

Juste à regarder la résidence, il sait que celle-ci est vide. Percival Imbert voudrait demeurer dans la voiture, ne pas entrer. Il craint ce moment où l'absence s'alourdira d'une autre évidence. Il descend, referme la portière.

Des flocons gobent les photons des lampadaires avant de se poser sans s'abîmer. La neige brillera longtemps. Dans cette banlieue aux larges avenues, sans trottoirs, les chasse-neiges se contentent de la repousser en bordure des terrains. Les maisons sont disposées de manière à ne jamais tout à fait se faire face. Elles ont des airs de châteaux et des prix à l'avenant. Les terrains sont vastes et il y a un demi-parcours de golf au centre. Percival Imbert n'y joue pas, sa femme non plus. Ils préfèrent le scrabble – où ce n'est pas toujours lui qui gagne parce qu'il cherche davantage les jolis mots que les mots payants. Leurs voisins sont pour ainsi dire invisibles. Ici, on ne se reconnaît pas, on reconnaît les voitures. Il y a sans doute des enfants, mais ils ne jouent jamais au hockey sur la chaussée. Presque chaque maison a sa piscine et pourtant, même en pleine canicule, il est rare que l'on perçoive les éclats d'une baignade. Pour vivre, les gens vont ailleurs, à la montagne ou à la mer. Ici, ils ne font que résider.

Pour la première fois peut-être, Percival Imbert se rend compte que lui et sa femme peuvent être considérés comme riches. Qui eût cru qu'un zèbre tel que lui parviendrait un jour à la richesse ? Il le doit à sa femme. Pas l'argent, non, mais les conditions favorables.

Et il a froid dans le dos. Il fait froid, certes, mais il a froid à imaginer tout à coup qu'elle aurait pu avoir été kidnappée dans l'intention de réclamer une rançon. Par qui donc ? Qui aurait pu les inscrire sur une liste de victimes potentiellement lucratives ? Auraient-ils été choisis au hasard, suivis ? Ils sortent si peu, elle un peu plus, oui. Mais le quartier des Jardins du Golf appartient à un concept plutôt récent de développements résidentiels qui n'ont qu'une seule voie d'accès, avec guérite et gardien, et sont ceinturés de clôtures. Sécurité et tranquillité sont les deux arguments de vente des propriétés d'inspiration domaniale, et ne s'y installe pas qui veut!

Percival Imbert se résout à entrer. Il s'avance, puis s'arrête. Il allait oublier le sac dans le coffre. Il est confus. Son pouls s'accélère. Que fait donc au juste ce sac dans la trame? Serait-ce une erreur? Il ne doit pas trébucher. De toute façon, il ne peut pas le laisser là.

La première chose que l'on voit quand on passe dans le hall, c'est le demi-queue de sa femme. Le piano occupe cette position centrale parce que c'est là qu'il sonne le mieux. Sa femme ne cherche pas à aller au-delà de ses capacités, elle se consacre à jouer du mieux possible un répertoire qui lui convient, les pièces pour clavier des *Petits livres de notes d'Anna Magdalena Bach*, des sonates de Beethoven, du Satie... Elle a appris l'abc du piano quand elle était enfant, puis, jeune adulte, a suivi quelques cours privés. Pour le reste, c'est une autodidacte. Percival Imbert l'écoute souvent avec un grand bonheur, assis sur le divan, les mains jointes sur le ventre, totalement attentif. Autrement, son bureau est insonorisé, de même que la salle de l'entresol réservée à la chaîne audio.

Son œil est aussi attiré par le mini-sapin artificiel, qui clignote au-dessus d'une rocaille de faux cadeaux.

Le seul son qu'on entend, en passant dans le hall, c'est le ronron ténu du vivarium. Demain matin, et les jours suivants, se rappellera-t-il de nourrir son scorpion, de renouveler son eau? Le scorpion... Pourquoi ne va-t-il pas lui caresser tendrement le dos comme il le fait chaque fois qu'il rentre?

D'où vient ce malaise, Percival Imbert?

5
Le monstre

L e violoncelle joue les dernières notes de la suite n° 6, la
gigue, puis la cartouche s'emprisonne dans le dernier
sillon. Le bras de lecture oscille en attendant que Percival
Imbert sorte de sa béatitude et vienne interrompre le griche-
ment répétitif ainsi produit.

Il existe quantité d'œuvres musicales apaisantes, mais
aucune n'a sur Percival Imbert un effet équivalent à celui des
suites pour violoncelle seul de Bach. Elles sont l'image sonore
du fonctionnement d'un cerveau humain parfaitement au
point, et celui qui peut vraiment les écouter goûte à cet idéal
au moins pour le moment de leur durée.

Depuis son retour du centre commercial, c'est tout ce qu'il
a fait, tout ce qu'il pouvait faire, écouter Bach, et parvenir
à croire encore, par tranches d'une vingtaine de minutes, à
l'ordre des choses, mais l'angoisse de l'attente revenait chaque
fois qu'il retournait un disque, comme on retourne un sablier.
Ces opérations requièrent habituellement toute son attention,
car il manipule ses microsillons avec un soin maniaque, les
nettoyant d'abord avec une brosse ultra-fine pour ensuite les
bombarder d'ions au moyen d'un pistolet antistatique. Ce soir,

cela ne l'a pas distrait du monstre qui l'a suivi toute la journée, qui, de son antre, a guidé chacun de ses pas, qui refuse de s'en aller. Seule la réapparition de sa femme aurait pu renvoyer le monstre là d'où il n'aurait jamais dû sortir.

Il passe minuit et elle ne s'est pas manifestée.

Percival Imbert s'extirpe de son fauteuil. Il a l'impression d'avoir gagné dix livres, et autant d'années.

Il actionne le relève-bras du tourne-disque, ramène le bras sur le repose-bras. Le plateau interrompt sa rotation. Il soulève le disque en s'assurant de ne pas toucher les sillons et le glisse dans son enveloppe protectrice. Il éteint les appareils. Il exécute ce rituel avec la solennité d'un exilé à l'heure du grand départ.

Il monte au rez-de-chaussée, s'arrête un moment à la dernière marche. Qu'est-ce qui rend l'absence tellement sensible ? Il élude la question. Il passe dans la cuisine pour téléphoner. La main sur le combiné, il change tout à coup d'idée et se rend plutôt dans son bureau, à l'étage.

Il s'assoit dans son fauteuil et pose son regard sur son téléphone à roulette en bakélite noire, qu'il refuse de changer pour un modèle à la mode parce que pour lui, un téléphone, ce ne peut être que ça. Il a le sentiment saugrenu qu'un appareil plus svelte, de couleur pimpante, sonnerait plus souvent et l'entraînerait dans des conversions frivoles. Il n'aime pas parler au téléphone et ne s'y résout que s'il doit régler une question relative à son travail. Or, son travail est sérieux.

Il procrastine en flattant les couvertures laminées des dictionnaires tout neufs, comme s'il s'agissait d'être vivants. Il les placera sur les rayons quand il aura relevé tous les changements par rapport aux éditions de l'année dernière.

Percival Imbert devrait téléphoner à la police pour confirmer la disparition de sa femme, ainsi que le prévoit la trame, il le devrait et il le voudrait parce qu'il est un homme de devoir, et malgré ses particularités, un homme sensé, un homme qui s'est toujours abstenu de remettre en question les codes de la société ou son mode de fonctionnement. Il ressent pourtant un appel. Quitter ce rôle, courir en bas ! Mais le monstre veille. Si Percival Imbert quitte son rôle, il ne sera plus Percival Imbert. Il ne sera qu'un fou.

Comment pourra-t-il vivre après, dans cette maison où le monstre occupera toute la place ? Le monstre contre lequel, contrairement à Hippolyte, il n'a d'autres javelots à lancer que son travail, la musique, son scorpion, le monstre que sa femme, par sa seule présence, avait fini par lui faire oublier, jusqu'à aujourd'hui, ou hier... il ne sait plus. Tout s'est défait.

Elle n'a pas donné signe de vie.

La police ne la retrouvera pas. Si elle était vivante, elle se demanderait pourquoi il tarde tant à se mettre au lit.

Percival Imbert doit tout de même suivre la procédure, c'est dans la trame, et seule la trame a du sens.

6
Une curieuse histoire d'amour

Percival Imbert raccroche. Dix-neuf minutes passent et quelques secondes dont il ne fait pas le décompte. Il reste assis là, immobile, baignant dans son propre silence.

Son bureau donnant sur le jardin, il n'entend pas la voiture arriver et il sursaute au chant du carillon de porte. Il s'attendait à ce que ce soit plus long, à disposer de davantage de temps pour cuver son vide. Pourquoi la police se hâterait-elle dans un banal cas de disparition présumée d'adulte?

Percival Imbert se lève, sort du bureau, s'arrête devant le miroir pour ajuster son pantalon, rectifier ses moustaches et chasser trois pellicules qui parsèment ses épaules.

Il descend. Il ouvre. Il reconnaît la policière du centre commercial et ressent un profond soulagement. Le sentiment de confiance qu'il a eu quelques heures plus tôt en sa présence se confirme, surtout qu'elle a eu l'intuition de demander à son partenaire de l'attendre dans la voiture.

Salutations faites, il l'invite à entrer.

En secouant et essuyant les semelles de ses bottes, qu'il n'ose pas lui demander d'enlever, elle lui explique qu'elle a remplacé au pied levé, pour le quart nocturne, un collègue malade, et qu'elle se trouvait dans le secteur quand l'appel a été acheminé par le répartiteur. Elle n'avait pas hésité à le prendre en charge, car ce n'est pas souvent, dans ce métier où elle débute, qu'elle a la possibilité de faire le suivi d'un événement.

« Faire le suivi » est une formulation douteuse, mais Percival Imbert garde ses guillemets pour lui. Il y a par ailleurs fort peu à redire sur le niveau de langue de la policière. On l'imagine mal haussant le ton, mais elle sait sûrement installer des balises quand une situation l'exige. C'est une belle fille, au visage franc avec de petits yeux intelligents, un joli nez plat, gracieusement retroussé, et un menton fonceur. Elle est aussi grande que lui et bien bâtie, mais sans concession à l'harmonie des formes. Puisqu'ils semblent appelés à se revoir, Percival Imbert décide de retenir son nom : Jacynthe Lemay.

Ils s'installent dans la cuisine. Elle refuse le thé, la tisane ou le café, mais elle veut bien d'un verre d'eau. Percival Imbert pose deux sous-verres puis deux verres sur la table et prend la carafe dans le frigo. Une fois qu'il s'est assis et qu'il a versé l'eau, qu'elle en a bu une gorgée, elle lui demande de récapituler. Elle comprend que c'est fastidieux, mais telle est la marche à suivre.

Percival Imbert essuie une goutte d'eau tombée sur la table. De toute façon, il y a peu à dire. Percival Imbert et sa conjointe – non, ils ne sont pas légalement mariés, elle ne l'a jamais demandé – sont partis après avoir mangé, vers midi trente, pour aller magasiner. Ce n'était pas afin de trouver des cadeaux, car ils n'ont personne à qui en offrir, et entre eux, ils s'en font sans égard aux diverses fêtes, elle plus souvent que lui, c'est sûr. Les jolies boîtes sous le faux sapin sont vides. Pourtant, chaque année, c'est un rituel, la femme de Percival

Imbert tient à ses quelques heures d'immersion dans un centre commercial, de même qu'elle tient au réveillon. Les soirs de 24 décembre, elle joue au piano et chante des noëls anciens, jusqu'à minuit, puis leur sert des bouchées raffinées qu'elle a confectionnées à partir de recettes toujours nouvelles, le tout accompagné de vins savamment harmonisés, tirés de la cave qu'elle enrichit régulièrement de bouteilles de collection. Elle ne boit pourtant guère davantage que son compagnon, que l'ivresse terrorise, mais qui goûte néanmoins les secrets des vins. Selon elle, ce sont des investissements.

Le lendemain, ils se lèvent plus tard qu'à l'accoutumée et dégustent une brioche traditionnelle que sa femme fabrique aussi elle-même, avec du café parfumé à la cannelle. Et c'est là que s'arrêtent les festivités.

Il y a presque toujours un ustensile ou des ingrédients qui manquent à la femme de Percival Imbert pour réussir ses délices ou pour agrémenter la table et c'est, entre autres, ce qui les a amenés au centre commercial. Pendant qu'elle fouine dans les boutiques spécialisées, lui bouquine à la librairie ou investigue chez le disquaire. Il achète rarement, car dans ces galeries, on ne trouve guère que les produits destinés à la masse.

La femme de Percival Imbert se fait par ailleurs un devoir de porter quelque chose de neuf pour les fêtes. Voilà pourquoi ils se trouvaient dans ce grand magasin en particulier, où elle est disparue aux alentours de 15 h 30, alors que Percival Imbert attendait, dans une allée centrale, qu'elle émerge des rayons.

Le stylo de l'agent Jacynthe Lemay n'a cessé de trotter sur les pages de son carnet, comme si la policière avait noté plus de choses que Percival Imbert n'en a dites. Et maintenant qu'elle a cessé, elle regarde son interlocuteur avec une expression de profond désarroi. Et Percival Imbert se rend tout à coup compte que, engourdi par le climat de confiance qui règne et par la fatigue, car à cette heure, d'habitude, il dort à poings fermés, il a parlé tout du long à la troisième personne.

C'est une étrange manie qu'il a appris à contrôler quand il s'entretient avec des étrangers, soit avec toute autre personne que sa femme. Il prie l'agent Jacynthe Lemay de l'excuser.

La policière hoche la tête pour signifier que cela ne la gêne pas.

En somme, conclut-elle, il ne s'est rien passé d'inhabituel dans les heures ou les jours précédents.

Le regard dans le vide, Percival Imbert se caresse les moustaches. Leur vie est réglée comme une partition. Tout accroc devient un événement. Non, il n'a rien à signaler.

Jacynthe Lemay observe un moment la cuisine qui reluit et où rien ne traîne.

Ensuite, elle décline une série de questions sur les habitudes de vie de sa femme, les lieux qu'elle fréquente, ses amis, sa famille… des questions qui troublent profondément Percival Imbert. Il n'a que très peu de réponses, pour ainsi dire aucune. Il mène avec elle une vie tellement retirée. Ils n'ont pas d'amis, ni en couple, ni individuellement. Elle ne sort que pour les courses. Lui la suit parfois, quand elle prévoit avoir besoin d'un porteur. L'été, elle passe tout son temps dans le jardin, lequel, par ses soins, pourrait faire la couverture d'un magazine d'horticulture. L'hiver, elle joue du piano, elle lit, elle vaque aux soins du ménage, elle regarde des films à la télé, en buvant du thé. Elle gère leurs finances. Elle s'occupe aussi des contrats que Percival Imbert accepte encore ; on peut dire qu'elle est à la fois sa secrétaire et son agent. Elle aime ça, mais elle l'incite à se retirer progressivement. Elle projette un voyage. Partir aurait exigé un immense effort de la part de Percival Imbert, mais il l'aurait suivie, car rester sans elle eût été pire encore. Et voilà que cela se produit.

Percival Imbert se tait et respire profondément.

Bien sûr, il n'en a pas toujours été ainsi. Enfin si, elle l'a toujours tenu à l'écart des tracas triviaux, mais elle a aussi œuvré pendant trente-cinq ans dans la fonction publique. Elle a terminé sa carrière au ministère du Revenu, où elle dirigeait un département. Percival Imbert ne saurait dire lequel, elle était tenue à la confidentialité, et de toute façon, il n'est pas porté à poser ce genre de questions.

L'agent Jacynthe Lemay lève un sourcil perplexe.

Bien sûr, Percival Imbert ne se formalise pas qu'un couple tel que le leur paraisse invraisemblable. Mais est-ce plus incroyable que de gagner à la loterie? Or, c'est ce qui leur est arrivé quand ils se sont rencontrés : ils ont décroché un gros lot.

Il y a environ un quart de siècle, Percival Imbert devait aller livrer en mains propres, dans les bureaux du secrétariat d'État aux Affaires extérieures, la traduction française d'un *newsletter* quelconque, dont la date de tombée passait, et c'était elle qui l'attendait pour procéder à l'édition. Seulement voilà, l'éternel distrait que Percival Imbert demeure avait apporté le mauvais dossier.

La future femme de Percival Imbert s'était fâchée. Percival Imbert avait bafouillé de minables excuses sans se rendre compte qu'il venait de passer à la troisième personne. La future femme de Percival Imbert s'en était trouvée complètement désarmée. Considérant l'urgence, elle avait décidé de prendre sa voiture personnelle pour aller quérir le bon document. Percival Imbert n'avait pas, et croyait qu'il n'aurait jamais de permis de conduire.

À l'époque – c'était peu après la mort de sa mère –, il s'essayait à vivre seul, dans un studio convenable, qu'il maintenait toutefois dans un joyeux fouillis. Sa future femme avait vu les disques empilés, vu les machines à écrire (il détestait changer de ruban en cours de travail), vu les feuillets accumulés, les dictionnaires ouverts – il n'en connaissait encore aucun par cœur – et ce fourbi l'avait paradoxalement charmée, elle pour qui l'ordre était la vertu cardinale. Les ultimes tisons de son irritation s'étaient consumés. Elle l'avait observé, brassant ses papiers. Elle l'avait trouvé beau – on disait qu'il l'était en effet, à sa façon. Elle l'avait trouvé touchant. Elle avait vu en lui le garçon supérieurement intelligent, mais socialement inepte. Elle avait vu en lui le garçon à qui elle pourrait apporter l'ordre. Elle l'avait aimé. C'était la première fois qu'elle aimait de cette manière. Elle l'avait aimé pour ce qu'il était, certes, mais aussi et peut-être plus pour ce qu'elle anticipait devenir pour lui.

Sentant que sa future femme l'observait, Percival Imbert s'était arrêté et il y avait eu un silence extrêmement troublant. Il l'avait vue à son tour, telle qu'elle était, avec sa puissance tranquille d'organisation, avec son autorité sans autoritarisme. Elle était belle d'une beauté de femme de pionnier, solide et exempte de frivolité, avec un visage franc, de petits yeux intelligents, un joli nez plat, à peine retroussé, et un menton fonceur. Elle avait un caractère entier, sans dissimulation. Elle était plus âgée que Percival Imbert, de quatre ans et cent quarante-trois jours. Elle a donc cinquante-neuf ans, mais ce détail arithmétique n'a jamais eu la moindre importance.

Percival Imbert n'apprécie pas qu'on le touche. Son expérience des femmes se limitait donc à des jeux que, mineur, lui avaient imposés quelques pubères volages, tant pour le pervers plaisir de bousculer une innocence hors du commun que pour enrichir leurs connaissances pratiques de la mécanique masculine – et à cet égard, le jeune Percival avait beaucoup à offrir.

Sa future femme et lui auraient pourtant pu faire l'amour là, à l'instant, s'ils avaient été au cinéma, ils se le diraient souvent par la suite, mais non seulement ne le firent-ils pas cette fois, mais jamais. Pourtant, tous deux avaient été instantanément convaincus d'avoir trouvé l'âme sœur, et jamais cette expression ne serait utilisée mieux à propos. Ce n'était pas ce qu'on appelle un coup de foudre, la fulgurance n'étant dans le tempérament ni de l'un, ni de l'autre, c'était simplement la constatation d'une évidence.

Ils s'étaient aimés et s'aimeraient toujours, sans aucun doute, mais l'amour, chez des êtres de cette nature, n'a rien à voir avec les courriers du cœur et les roucoulements hypocoristiques, moins encore avec les nuits torrides. C'est un amour qui se présente tout de suite dans sa forme mature, sans passer par les phases de transformations qui sont le lot des unions durables.

L'agent Jacynthe Lemay comprend-elle maintenant à quel point la disparition de la femme de Percival Imbert est inconcevable ? Il note des points d'interrogation dans son regard. Il ne s'agit pas de scepticisme, rien que d'une réaction normale devant l'inhabituel. Tout va bien. Il se sent même capable de regarder la policière dans les yeux. Il ne perçoit chez elle aucune arrière-pensée. Devant quelque forme que ce soit de dissimulation, d'ironie ou de jugement, il se mettrait en mode cybernétique, limitant l'échange aux informations essentielles. La nature humaine étant ce qu'elle est, c'est ainsi que les choses se passent le plus souvent avec lui. C'est une grande chance que d'être tombé sur un agent tel que Jacynthe Lemay.

Cette dernière va préparer tout ce qu'il faut pour lancer un avis de recherche, probablement dans l'avant-midi, si madame n'est toujours pas revenue.

7
Disparition

Il faut une photo, aussi récente que possible. C'est chose plus que rare, mais Percival Imbert sait où il y en a une. Sa femme a renouvelé son passeport l'an dernier. Par la même occasion, elle a voulu qu'il demande le sien. Les deux se trouvent dans la pièce de travail de sa femme, dans le premier tiroir du secrétaire. Avant d'aller le quérir, Percival Imbert doit cependant accepter l'idée que cette photo sera publiée, et sa femme a horreur de ça. Il ferme les yeux et consacre trente secondes à se préparer mentalement.

L'agent Jacynthe Lemay demande à l'accompagner, des fois qu'elle apercevrait un détail susceptible d'amorcer une piste de recherche. Percival Imbert accepte, non pas tant pour le principe du regard neuf, plutôt parce que sa présence comblera une part d'un vide dont il a peur.

Au passage, la jeune femme remarque le vivarium et s'arrête, incrédule. Percival Imbert confirme que c'est bien un scorpion. Sous le regard horrifié de la jeune femme, il glisse la main dans la cage de verre et va lui caresser le dos. Le redoutable aiguillon ne bronche pas, mais quand le doigt arrive à moins d'un centimètre, la petite bête s'écarte et va vite se cacher sous une pierre. Percival Imbert retire sa main avec un air profondément désolé. C'est peut-être la présence d'une inconnue qui intimide l'animal. En tout cas, Percival Imbert voudrait le croire. Il explique que ce sont des êtres attachants, si on sait les approcher. Les piqûres de cette variété ne sont guère plus dommageables que celles des abeilles, du moins pour la plupart des gens. L'agent Jacynthe Lemay demeure visiblement sceptique, et elle n'est certes pas prête à risquer même une piqûre d'abeille. Percival Imbert constate que sa blessure à la main ne le démange plus. Il l'oubliait et c'est très bien.

La pièce en question se trouve à l'étage, entre le bureau de Percival Imbert et l'immense chambre à coucher. Le reste de l'espace forme une mezzanine ensoleillée où il fait bon lire en hiver. Il y a toujours quelques livres sur la table de coin.

Percival Imbert ouvre, allume et s'immobilise. Le monstre, dont il oubliait presque l'existence, s'agite.

Percival Imbert chancelle. Qu'y a-t-il? Pourquoi est-ce si violent?

Et tout à coup, il comprend. Il va vite au joli secrétaire en palissandre orné d'incrustations à l'orientale. Il ouvre un tiroir. Il frôle l'évanouissement. Jacynthe Lemay lui attrape le coude et il ne sursaute pas.

Il n'y a qu'un seul passeport, et ce n'est pas celui de sa femme.

Il ouvre tous les compartiments. Il manque beaucoup de choses, il manque tout!

Il entraîne l'agent Jacynthe Lemay en bas, dans le vestibule, où il ouvre la moitié de placard réservée à sa femme. Vide! Il remonte à la chambre à coucher, arrache presque les tiroirs de la commode, au miroir de laquelle ne sont plus suspendus les colliers artisanaux qu'elle porte à la demi-douzaine et dont les cliquetis rassurent Percival Imbert quand il l'entend aller et venir dans la maison, de telle manière qu'elle ne le surprend jamais. Vides les tiroirs! Ni linge ni lingerie. Dans la penderie, plus la moindre robe ! Dans la salle de toilette attenante, aucune trace d'occupation féminine, et une seule brosse à dents au râtelier !

Et il en est ainsi partout, ce n'est pas la peine de faire le tour. Profondément perturbé quand il est rentré en début de soirée, Percival Imbert s'est rendu tout de suite dans la salle de musique. Il a tout senti, mais est demeuré aveuglé par un déni inconscient. Sa femme dit toujours qu'il est muni d'œillères invisibles. Il n'a d'yeux que pour l'instant présent. C'est irritant parfois, mais elle est récompensée quand c'est à elle qu'est consacré l'instant présent.

C'est... Percival Imbert ne devrait-il pas désormais parler de sa femme à l'imparfait ? Même si elle vivait toujours, elle ne saurait plus être sa femme après lui avoir fait ça.

Les yeux de l'agent Jacynthe Lemay sont humides. C'est pourtant Percival Imbert qui devrait pleurer, mais cela ne lui arrive jamais, si triste soit-il.

Ce n'est pas possible qu'elle le laisse ainsi.

Le monstre le tient dans ses tentacules. Percival Imbert étouffe. Il s'écroule.

8
L'évidence

Percival Imbert se demande à qui appartient ce grand corps penché sur lui. Percival Imbert entend qu'on appelle son nom. Il roule sur le côté en se lovant. Il reconnaît le plancher lisse et tiède de la salle de toilette de l'étage.

On l'appelle, toujours par son nom, son nom de monsieur. On lui demande s'il entend, s'il va bien. Pourquoi ne le laisse-t-on pas dormir?

Une voix de femme lui parle maintenant. Ce n'est pas la voix de sa femme, mais elle lui ressemble. C'est la voix de l'agent Jacynthe Lemay. Percival Imbert se remet sur le dos. Il distingue mieux l'homme qui est penché sur lui. Il porte un blouson bourgogne. C'est un ambulancier.

Percival Imbert refuse qu'on l'emmène à l'hôpital. Il fait l'effort de se redresser. Il y parvient plus facilement qu'il ne l'escomptait. Il repousse le masque à oxygène que l'ambulancier approche de son visage. Il respire profondément. Il amorce le mouvement de se lever, sourd aux protestations qui fusent, mais n'écartant pas les mains qui viennent le soutenir.

Une fois debout, tout redevient clair. Il y a devant lui l'agent Jacynthe Lemay, deux ambulanciers et un policier masculin,

41

quatre paires d'yeux braqués sur sa personne qui attendent qu'il les rassure, ce qu'il fait tant bien que mal en ajustant ses lunettes. Non, il ne prend pas de médicaments. Non, cela ne lui arrive pas souvent, seulement sur le coup d'une émotion forte. Pour être absolument honnête, il dirait plutôt sur le coup d'une émotion sans qualificatif, car l'émotion, chez lui, est soit totale, soit nulle. Mais ils n'ont pas à le savoir, pas les ambulanciers, en tout cas. Ils n'ont pas à savoir non plus que la dernière fois que ça lui est arrivé, qu'il s'est évanoui et a été ranimé par des ambulanciers, c'était quand on avait emmené le corps de sa mère.

Ils peuvent partir. Percival Imbert les remercie. C'est passé maintenant.

Il sort de la toilette et descend l'escalier. Cette démonstration convainc à peu près les ambulanciers. Ils exigent cependant une signature avant de le laisser.

Le coéquipier de l'agent Jacynthe Lemay accepte plus difficilement de les laisser seuls. C'est contraire au code. Il cède pourtant à la voix doucement persuasive de la jeune femme.

Percival Imbert se retrouve de nouveau en tête à tête avec l'agent Jacynthe Lemay, qui lui raconte comment elle l'a retenu dans sa chute, et à quelle vitesse les ambulanciers sont arrivés. Comme elle est en service, elle n'a pas eu le choix de les appeler, et quand c'est la police qui appelle, ils pèsent un peu plus sur le champignon.

Avant de s'asseoir à la table de la cuisine, il reprend la carafe dans le frigo. L'agent Jacynthe Lemay décline l'offre. Lui boit deux verres coup sur coup.

Assis, Percival Imbert réfléchit tout haut.

La femme de Percival Imbert n'a pas pu agir ainsi, l'entraîner au centre commercial, l'y perdre, puis revenir et tout vider. D'abord, elle n'y serait pas parvenue toute seule et en si peu de temps. La femme de Percival Imbert aurait-elle un autre homme dans sa vie ? Un amant et complice ? C'est chose inconcevable. Percival Imbert en est sûr, il n'a relevé aucune modification dans son comportement, il l'aurait forcément noté si cela avait été le cas. Bien sûr, il passe de longues heures absorbé par son travail, ou par la musique, durant lesquelles on peut imaginer qu'elle aurait pu quitter sournoisement la maison. Ce serait une possibilité, certes, mais ce serait étonnant parce que Percival Imbert perçoit les perturbations de l'environnement avec une finesse d'animal. C'est une force très particulière, mais comme c'est une force incontrôlable et le plus souvent inutile, c'est aussi une faiblesse. La femme de Percival Imbert n'aurait pas pu mener une double vie sans éveiller son attention.

Pire, elle n'aurait pas pu planifier cette trahison sans qu'il en identifiât les signes dans sa respiration, dans le frémissement de sa peau. Ils passaient de longs moments blottis l'un contre l'autre dans la salle de musique, ou dans le jardin, l'été, à respirer les parfums et à identifier les chants des oiseaux. Alors elle fermait les yeux et lui contemplait ce visage aimé, ce visage qui l'avait sauvé. Aucune tension intérieure n'aurait échappé à Percival Imbert.

Devrait-il alors douter de lui-même ? À bien y penser, peut-être que la femme de Percival Imbert n'était pas tout à fait dans son état habituel, ces derniers jours. Mais ce n'était pas la première fois que la période des fêtes provoquait chez elle une certaine fébrilité. Percival Imbert avait toujours eu l'impression qu'elle cherchait à revivre des souvenirs en les repoussant en même temps. Il ne lui posait jamais de questions. D'abord, il n'est pas curieux, du passé ni de l'avenir, mais il a bien dû essayer une fois, puisqu'il sait qu'elle déteste ça. Elle fait de même avec lui, elle n'a jamais demandé à Percival

Imbert quand il avait réalisé qu'il était différent, comment il avait réagi, comment c'était du temps de sa mère. Elle savait seulement que la mort de sa mère l'avait laissé seul au monde. Seul, mais avec un bel héritage financier, qu'il aurait perdu n'eût été sa femme. Sa mère avait la ferme intention de lui trouver un tuteur avec qui Percival Imbert aurait pu établir un lien de confiance, mais la mort l'avait surprise dans son sommeil, à 62 ans. Si les esprits existent, c'était peut-être celui de sa mère qui, par-delà la matière, avait guidé ses pas vers celle qui est devenue sa femme et dont la disparition est absurde, voilà bien le mot.

L'agent Jacynthe Lemay profite d'un moment de silence pour reprendre la parole. Il lui revient à l'esprit un détail sur lequel ils sont passés un peu vite plus tôt. La femme de Percival Imbert avait fait quelques achats dont il ignore la nature, car il s'était contenté de porter le sac, comme il le fait toujours. Qu'est-il advenu de ces choses ?

Percival Imbert ferme les yeux pendant dix secondes. Serait-ce donc en effet une erreur ? Il dit qu'il les a oubliées dans le coffre de la voiture.

C'est un oubli excusable dans les circonstances. L'agent Jacynthe Lemay propose d'aller les chercher, si Percival Imbert veut lui confier les clefs. On ne sait jamais, peut-être ces achats contiennent-ils un élément de réponse.

9
Quand rien devient trop

P ercival Imbert est impassible tandis que l'agent Jacynthe
Lemay est perplexe. Le coéquipier de cette dernière, debout
près de la voiture, s'impatiente.

Les flocons n'ont pas cessé de tomber. Il a fallu balayer
la neige avant d'ouvrir le coffre, dont la vastitude est impres-
sionnante ; la femme de Percival Imbert se sent davantage en
sécurité dans une grosse voiture, une Mercury Grand Marquis,
en l'occurrence.

Or, dans le coffre de la grosse américaine, il y a une pelle
à neige, une paire de chenilles antidérapantes, un bidon
de lave-glace, le pneu de secours monté sur le côté, et rien
d'autre. Rien. Et ce rien, c'est trop. Contrairement aux lois
mathématiques, les vides peuvent donc s'additionner jusqu'au
débordement.

L'agent Jacynthe Lemay referme le coffre. Il n'y a aucun
signe d'effraction et, dans la neige, il ne semble y avoir d'autres traces de pas que les leurs, entremêlées et confuses. Elle
en conclut que le sac et son contenu ont été dérobés alors
que Percival Imbert se trouvait dans le centre commercial, par
quelqu'un qui détenait les clefs de la voiture. Par acquit de

conscience, elle jette un coup d'œil dans l'habitacle. Rien à signaler.

Percival Imbert n'a pas bougé. Elle lui prend doucement le coude. Il la suit comme un automate dont elle aurait enclenché le mécanisme. Il ne voit plus rien, n'entend plus rien, ne ressent plus rien, et ne dit plus rien.

Puis les agents reçoivent un autre appel.

Percival Imbert demeure seul, seul dans la nuit noire.

10
La nuit la plus longue

Le carillon de porte n'a pas retenti depuis la nuit la plus longue, la nuit qu'aucun jour n'a relevée. Par la lentille de l'oculus, Percival Imbert croit un instant reconnaître les traits de sa Marie, mais elle ne serait jamais sortie tête nue en hiver, entre autres parce qu'elle n'avait plus une telle chevelure.

C'est donc l'agent Jacynthe Lemay qu'il découvre en ouvrant, dans le semi-aveuglement de la lumière immaculée, et c'est sa première bonne sensation en... combien de jours, il ne sait plus. Mais ce n'est pas l'agent Jacynthe Lemay, puisqu'elle ne porte pas son uniforme. C'est Jacynthe Lemay, tout simplement.

Il constate l'intense froid qu'il fait à la vapeur projetée par la bouche de la jeune femme. Sa voix lui paraît plus aiguë que dans le souvenir qu'il en a gardé, comme si les sons se cristallisaient au contact de l'air, mais c'est son embarras que Percival Imbert perçoit par-dessus tout, tandis qu'elle sollicite un entretien sur quelques questions délicates, mais inévitables.

L'embarras n'est cependant pas seulement dû à la délicatesse des questions, Percival Imbert le lit dans le regard que Jacynthe Lemay pose sur lui. Et il se rappelle tout à coup qu'il ne s'est pas rasé depuis la disparition de sa femme, qu'il est en pyjama alors que le soleil approche de son zénith, et que sans doute il sent mauvais. C'est à son tour d'être mal à l'aise. Malgré sa particularité, et même à cause d'elle, il s'est toujours appliqué à ne jamais paraître négligé.

Comment pourtant ne pas inviter la jeune femme à entrer ?

Dans le vestibule, en secouant ses bottes, en enlevant ses gants, en dézippant son blouson d'aviateur qu'elle ne retirera cependant pas, ni son foulard rouge qu'elle laissera pendre, et après un tortueux préambule respectueux des circonstances, Jacynthe Lemay souhaite à Percival Imbert que la nouvelle année, au bout du compte, ne soit pas aussi funeste que ce que présagent les récents événements.

Percival Imbert ne comprend pas tout de suite et la jeune femme lui rappelle qu'ils sont le 3 janvier, le mardi 3 janvier 1978.

Tandis que, dans sa tête, des pages d'agenda volettent à toute vitesse pour rattraper le compte perdu des jours, Percival Imbert invite, d'un bras tremblant, sa visiteuse à s'asseoir sur le divan placé perpendiculairement au clavier du demi-queue. C'est le divan sur lequel il s'assoyait pour écouter jouer sa femme tout en admirant sa gestuelle. Elle n'était pas du genre expressif, sauf quand elle se mettait au piano. Alors, tel le fameux albatros de Baudelaire, elle s'envolait sur les airs qu'elle affectionnait.

La remontée de ce souvenir n'empêche pas Percival Imbert de visualiser la droite qui se trace entre la prunelle de Jacynthe Lemay et la table de la cuisine, visible par l'ouverture, sur laquelle table traînent de la vaisselle sale et des bouteilles de vin vides. Il a beaucoup bu. C'est mauvais pour lui, mais c'est l'unique moyen d'immerger le monstre. Ayant accompli son funeste destin, le monstre n'est plus qu'une masse amorphe, mais sa présence n'en est pas moins oppressante. Percival Imbert a bu jusqu'à rouler sous la table. Il a grignoté à peu près tout ce qu'il y avait d'encas dans le garde-manger. Il a peut-être maigri. Il a écouté de la musique, au début, puis, vu ses états d'ébriété, il a eu peur d'abîmer ses disques et n'y a plus touché. Et il n'a pas travaillé.

L'agent Jacynthe Lemay tourne autour du pot. Elle tourne tant et tant que Percival Imbert consent enfin à lui accorder son attention. Mettre un terme à la dérive de son esprit exige de lui un lourd effort.

Le problème qu'énonce enfin la jeune femme se résume en peu de mots, mais il est effroyable.

D'abord, ses supérieurs ont jugé que, vu que les informations disponibles portent à conclure que madame serait disparue de par sa propre volonté, il était prématuré de lancer un avis de recherche, d'autant plus qu'en l'absence de photo, la description de la disparue correspond à tellement de femmes qu'elle est inutilisable. Les choses en seraient donc restées là, dans l'attente de nouveaux développements.

Jacynthe Lemay, toutefois, non pas par curiosité malsaine, mais – elle cherche son mot – par empathie, a voulu aller voir un peu plus loin, et a demandé à une camarade du service des enquêtes de chercher du côté du gouvernement.

Le regard de Percival Imbert s'allume. La policière, d'un geste de la main, le retient de s'emballer. Elle se racle la gorge et s'assure que son interlocuteur la regarde bien dans les yeux, tout en le prévenant d'un choc. Rien. On ne retrouve dans les archives de la fonction publique, au ministère du Revenu en particulier, aucune trace de la femme de Percival Imbert.

Il ne dit mot. Il a bien entendu, mais telle chose est impossible.

Il en est pourtant ainsi. Fort de cette étonnante découverte, on a consenti à l'enquêteuse un mandat d'étendre la recherche, ce à quoi elle s'est consacrée sans attendre. En cette période des fêtes, les résultats entrent plutôt lentement, mais déjà, les différents services gouvernementaux, l'assurance maladie, le bureau des véhicules et surtout, l'impôt, auquel nul n'échappe, ont donné des réponses négatives. Même le bureau des passeports affirme ne pas avoir émis ce document que Percival Imbert et Jacynthe Lemay ont cherché en vain dans la nuit de la disparition. Restent les institutions financières.

Percival Imbert dit que sa femme n'avait pas de carte de crédit, lui non plus, d'ailleurs. Elle voyait à ce qu'il trouve toujours un minimum viable d'argent liquide dans son portefeuille, qu'il ne sortait guère que pour acheter des disques ou renouveler ses dictionnaires. Elle s'occupait du reste. Elle lui demandait parfois de signer un chèque quand le montant était trop gros pour payer comptant.

Percival Imbert n'a aucune idée du montant qu'il a en banque. Il remettait tous ses honoraires à sa femme, qui s'occupait aussi des dépôts. Pourquoi cela l'aurait-il intéressé ? Grâce à elle, il menait une vie de rêve.

Jacynthe Lemay demande si la maison et la voiture sont des propriétés communes.

Percival Imbert commence à avoir mal à la tête. Toutes ces réponses à chercher, à chercher où ? Percival Imbert n'utilise sa mémoire que pour ce qui l'intéresse, pour apprendre par cœur les dictionnaires, par exemple, ou le catalogue BWV des œuvres de Bach, et bien sûr, les textes sur lesquels il a travaillé.

« Il connaît vraiment des dictionnaires par cœur ! » s'étonne la jeune femme.

Oh ! les petits seulement, mais il a bon espoir d'achever un jour l'emmagasinage du *Grand Robert* et du *Grand Larousse*, qu'il mémorisait en parallèle. C'est beaucoup de volumes. Pour le moment, il a tout interrompu.

Percival Imbert croit en la sincérité de Jacynthe Lemay quand elle lui dit son admiration, mais en même temps sa désolation, parce que, si rien ne vient relancer l'enquête, il est certain qu'on conclura bientôt que la femme de Percival Imbert n'a jamais existé.

Alors autant dire que Percival Imbert est fou. Ce ne serait pas la première fois qu'il passerait pour fou, mais cela ne lui était pas arrivé depuis qu'il avait rencontré sa femme. Car elle existe, en tout cas, elle a existé. Sinon, la vie de Percival Imbert ne serait qu'un long songe dont il viendrait de se réveiller. À moins qu'il ne soit maintenant en train de rêver. Peut-être se réveillera-t-il sous peu et découvrira-t-il que Jacynthe Lemay n'était que l'avatar onirique de sa femme.

Jacynthe Lemay rassure Percival Imbert quant à sa propre réalité. Elle tend vers lui sa main, Percival Imbert recule la sienne. Il ne lui est pas nécessaire de toucher pour savoir. Cette main est réelle. Jacynthe Lemay est réelle. La disparition de sa femme est réelle.

Percival Imbert se frotte les tempes. Il croit savoir que toutes les possessions du ménage avaient été acquises à son seul nom, sous le prétexte que lui seul pouvait réclamer des déductions d'impôt. C'était elle qui s'occupait des impôts aussi. Elle ne lui a même jamais demandé de signer sa déclaration.

Voilà qui n'arrange rien.

Est-ce que Jacynthe Lemay doute elle aussi de l'existence de la femme de Percival Imbert?

Non. Elle ne saurait trop bien expliquer pourquoi, cependant, ce qui fait qu'elle n'est pas en mesure d'en persuader ses collègues et ses supérieurs. Elle-même, d'ailleurs, si elle n'avait pas eu de contacts avec Percival Imbert, considérerait qu'il fabule. Non, si Jacynthe Lemay se confinait à sa fonction de policière, elle ne serait pas ici en ce moment. Plus encore, cette visite va à l'encontre de tout ce qu'elle a appris à l'école de police. Éprouver de la compassion n'est pas contre-indiqué, mais il faut se garder de toute forme de rapprochement, et encore plus d'attachement envers les personnes auprès desquelles on est appelé à intervenir. Mais qu'importe, elle promet à Percival Imbert de ne pas l'abandonner, quoi qu'il advienne.

Percival Imbert ne sait comment réagir. Il aimerait pouvoir dire qu'il peut très bien gérer tout seul cette situation, mais il n'en est rien. Il sait aussi qu'il n'a personne d'autre, pas de famille, pas d'amis.

Jacynthe Lemay parle à nouveau. Elle a clairement établi dans son rapport que Percival Imbert n'a rien d'un mauvais plaisant, mais il reste que faire appel aux forces de l'ordre sous un prétexte fallacieux est répréhensible et peut entraîner une poursuite judiciaire. Elle affirme que cela n'arrivera pas dans son cas, mais dès qu'on aura définitivement conclu que la femme de Percival Imbert n'existe pas, il y aura obligatoirement des suites. Percival Imbert devra s'attendre à recevoir la visite d'un travailleur social, et cela pourrait mener à une évaluation psychiatrique.

Percival Imbert a l'impression que son sang se retire de ses membres. Il a brusquement très froid. Des psychiatres et des médecins en général, il a un souvenir atroce. La moindre tentative d'intrusion dans son univers intérieur lui faisait l'effet d'une chirurgie sans anesthésie. Heureusement, sa mère avait compris quel supplice il endurait et elle avait mis fin aux séances avant que le monstre n'intervienne.

Percival Imbert se referme.

11
Juste avant que tout ne s'écroule

Les rideaux sont tirés, les stores baissés. La nuit perdure. Percival Imbert ne goûte plus le vin. Il boit pour s'annihiler à son tour. Bientôt, il ne se rendra plus compte de rien et ce sera très bien. Il n'y a plus de place sur la table pour les bouteilles vides. Le comptoir est jonché de boîtes de conserve éventrées. Percival Imbert se lève pour ne pas vomir.

Il part en errance dans la maison qui roule.

Il voit le piano et pense à un tombeau.

Il voit le vivarium. Le scorpion ne bouge plus. Jusqu'à la dernière visite de Jacynthe Lemay, il l'avait nourri et abreuvé. Puis il a oublié. Toute routine est devenue au-dessus de ses forces. La mécanique de sa vie s'est complètement déréglée. Il a perdu Marie, et maintenant il perd son petit complice impénétrable.

Il réalise tout à coup qu'il cohabite avec un cadavre et il est saisi d'un sentiment d'horreur. Avec une fébrilité que l'ivresse rend périlleuse, il va chercher une cuillère à service dans la cuisine, puis recueille la dépouille. Chancelant, il cherche quoi en faire, impuissant à le quitter des yeux. La poubelle de la cuisine est pleine. Il faudrait qu'il aille déposer le sac dehors, dans la boîte conçue pour résister aux harets, aux mouffettes ou aux ratons laveurs. C'est trop lui demander.

Il se décide subitement. Il dévale l'escalier qui tangue, il entre dans le garage, il ouvre la porte latérale, et il lance maladroitement feu son ami sur la neige, dans laquelle il s'imprime telle une estampe. Une corneille le mangera peut-être.

Une giclée de vent glacial coupe court à toute lamentation mortuaire et il referme la porte en y mettant tout son poids. Il glisse et tombe assis, le dos à la porte, le derrière sur le béton rude, terrorisé à l'idée de ne plus pouvoir se relever. Ce n'est pas ici qu'il veut sombrer, dans ce garage où sa dernière vision serait celle du congélateur immense placé contre le mur du fond.

Il respire lourdement.

Le béton est glacial, mais sec. Le garage n'est pas chauffé. La femme de Percival Imbert a lu quelque part qu'abriter une voiture au chaud l'hiver accélérait la corrosion. C'était pourtant Percival Imbert qui conduit la leur à l'atelier pour les entretiens. Le garagiste s'appelle Henri. C'est un homme simple, jovial et tolérant. Ses clients ne sont hélas pas tous à son image. Il s'y trouve des goujats, des colons, des rustres qui prendraient plaisir à piquer Percival Imbert, mais Henri, de dessous les essieux, veille au grain, et si l'on se moque de Percival Imbert, cela reste en deçà des limites par lui acceptables. Percival Imbert est en mesure de comprendre que c'est atypique, un homme qui débite la liste établie par sa femme des ajustements et vérifications à effectuer sur son véhicule. Et le fait que jamais personne n'ait aperçu ladite femme, ni à la pompe, ni dans l'atelier, n'arrange pas les choses.

Qui, d'ailleurs, a vu la femme de Percival Imbert, sinon lui-même ? Et là, entre les murs de béton qui se penchent sur lui, le poids du doute s'accroît.

Le congélateur baigne dans un halo irréel. Devant sont empilés des plats de plastique qui contiennent des pêches encore gelées. Percival Imbert raffole des pêches croquantes de givre. La température du garage est suffisamment basse pour qu'elles ne se gâtent pas avant le prochain redoux, ou avant un printemps qu'il ne souhaite pas voir. Il y a aussi, en brun, des plats mijotés, en rouge, la sauce tomates et basilic confectionnée avec les produits du potager. Ce n'est quand même pas Percival Imbert, grand spécialiste des céréales au lait, qui aurait cuisiné tout ça! C'est sa femme qui a rempli le congélateur et qui, pour ce faire, doit forcément avoir existé ailleurs que dans son esprit.

Il ne peut pas rester là, à regarder le terrible tombeau blanc, il finirait par l'ouvrir. Cela règlerait la question. Pour lui, du moins. Mais à quoi bon. Elle n'est plus. Il ne peut vivre sans elle. Percival Imbert veut mourir. Et voilà qu'il est pris d'un rire convulsif: mourir fou, ou mourir lucide? Quelle macabre alternative!

Le rire provoque une nausée. Il doit se lever encore pour ne pas vomir. Vomir est une autre des choses qui le terrifient. D'abord, c'est malpropre, mais surtout, quand cela lui arrive, il croit que cela ne s'arrêtera jamais, qu'il va s'éviscérer et se recroqueviller comme un ballon crevé. Ce serait une sorte de solution. Mais combien horrible!

Il doit fuir ce lieu sinistre.

Il se redresse, il est debout, il titube, se penche sur le congélateur, y colle son oreille. Maintenant, Percival Imbert pleure sur le congélateur trop blanc. Pourquoi le monstre a-t-il fait ça? Fait quoi? Percival Imbert glisse ses mains sur le couvercle trop froid. Percival Imbert ressent par-delà les couches de métal et de plastique... du vide. Il se redresse, soulève le couvercle! Vide! L'immense congélateur est vide. Percival Imbert regarde par terre toutes les denrées qui décongèlent. Il ne comprend plus rien. Fou! Le verdict est arrêté: c'est fou qu'il mourra!

Tout tourne, il recule, il perd pied, il s'abandonne à sa chute.

Il aurait pu se faire très mal. Heureusement, son crâne a heurté du mou. Il reprend quelque esprit, tâte. C'est un sac, un sac en plastique vert, un sac à ordures qui ne contient pas d'ordures. Qu'est-ce ?

C'est le sac de vieux linge. Sa femme ne met pas les vêtements désuets aux ordures, elle les accumule et va les déposer dans une boîte en ville, au profit d'un organisme charitable.

Dans le sac ! Dans ce sac, oui ! Percival Imbert arrache l'attache blanche. Un pantalon, une chemise vont choir sur le plancher. Tout d'un coup, son ivresse se fige... une robe ! Percival Imbert tient dans ses mains une robe, il la flatte, il la sent, il la reconnaît, c'est une robe de sa femme, une robe qu'elle a tant portée qu'elle s'est imprégnée de son odeur.

Percival Imbert pousse un cri de joie. C'est comme s'il l'avait retrouvée, elle. Il n'est donc pas tout à fait fou !

Il revient dans la chaleur de la maison, se place devant le miroir, déploie la robe pour mieux la détailler, comme si sa femme était à ses côtés.

Percival Imbert retire son pull et son pantalon, endosse maladroitement la robe, pour lui donner du volume, lui transmettre la vie. Il place ses mains en œillères sur son visage, pour ne plus voir que son ventre, que la robe pleine, et c'est comme s'il voyait sa femme telle qu'elle était il y a plusieurs semaines, avant tout ça, avant le monstre.

Dors, le monstre, DORS ! Un filet d'aurore allège les ténèbres. La clarté est encore loin, mais Percival Imbert touche la robe de sa femme et c'est comme s'il la touchait, elle. Oui, elle, sa femme qui a existé, mais qui est disparue dans une épouvantable confusion. Une seule certitude adoucit bien des doutes.

Le paradoxal apaisement de Percival Imbert est cependant interrompu de la pire des façons : on sonne à la porte.

Par l'oculus, il voit une tête d'homme, chevelure abondante et barbe poivre et sel. Il ne le connaît pas. Il ne répondra pas. Il s'adosse au mur. Il glisse. L'homme sonne à nouveau. Percival Imbert gémit. C'est une agression. Puis l'homme frappe à petits coups serrés.

Maintenant l'homme l'appelle. Il parle fort. Il sait que Percival Imbert est là. Comment le sait-il ? La voiture, bien sûr. Il sonne à nouveau. Percival Imbert veut qu'il cesse ce tapage, il va réveiller le monstre. L'homme insiste. Il veut seulement lui parler un peu. Il veut s'assurer que Percival Imbert n'a pas besoin d'aide.

Non ! Percival Imbert n'a pas besoin d'aide ! crie le monstre qui est maintenant bel et bien réveillé. Et le monstre s'empare du corps de Percival Imbert. Il le force à se lever, à ouvrir en rugissant.

L'homme recule vivement, les yeux exorbités. Percival Imbert lui hurle l'ordre de partir. Il s'empêche de bondir. L'homme tourne les talons et maladroitement, dans la neige épaisse, il court à sa voiture qui est garée sur la chaussée. Il s'y enferme, verrouille la portière. Il regarde encore Percival Imbert un moment, pour s'assurer qu'il voit bien ce qu'il voit, un être hirsute grotesquement vêtu, un monstre enragé, et enfin, il démarre, fait demi-tour et disparaît par-delà les cèdres.

Percival Imbert halète et le froid irrite ses poumons. Il claque la porte.

Il est furieux de se retrouver seul aux prises avec le monstre déchaîné. Il se laisse tomber sur le divan en se frappant la poitrine pour assommer le monstre, en martelant un coussin, dont il se saisit pour l'étriper et là... là ! Dans la fente du divan, il aperçoit le visage de sa femme qui le fixe, impassible ! Il cesse de respirer, cligne des yeux, se secoue.

Aucun doute, c'est elle !

Il s'agenouille en position de prière, il reprend son souffle, qui devient sanglot.

Et Percival Imbert est de nouveau en pleurs.

12
Un nouvel homme

Percival Imbert savait qu'on allait le relancer. Il s'est préparé et la sonnerie de la porte ne le perturbe aucunement.

Percival Imbert regarde tout de même par l'oculus. Il voit le visage rassurant de l'agent Jacynthe Lemay, qui ressemble tellement à sa femme, et derrière, l'homme de la veille. Il ouvre et salue poliment.

Même l'agent Jacynthe Lemay semble estomaquée.

Percival Imbert est un nouvel homme. Un rectangle de carton laminé de 53 mm sur 85 a eu sur lui l'effet d'une panacée.

La veille, après avoir épuisé ses larmes, il s'est relevé. Il a replacé les coussins, non sans avoir au préalable extirpé la carte de la fente du divan où elle était coincée. Il s'est assis. Il s'est concentré. Son ivresse a baissé brusquement.

Après un laps de temps qu'il n'a pas songé à mesurer, il s'est levé, a déposé la carte bien au centre du piano fermé, pour être sûr de la retrouver, et il est monté. Il s'est douché, il a réussi à se raser convenablement, il s'est habillé de frais et est redescendu.

Il s'est reconcentré sur la carte. Elle datait de 1969, l'année où Marie était passée au ministère du Revenu. C'était un miracle qu'elle soit restée là tout ce temps. Sa femme n'avait pas l'habitude d'égarer ses choses. Percival Imbert aura fait remonter la carte en piochant de rage sur le divan. Qu'importe. C'était bien elle sur la photo, c'était bien son nom à côté, et c'était bien écrit *Gestionnaire – ministère du Revenu – Évaluation*, dans les deux langues. Au verso, il n'y avait rien, sinon un numéro écrit à la main : *SAT-945-175, Q-00.*

Tous les mots de ses dictionnaires ne suffiraient pas à Percival Imbert pour décrire l'effet que cette découverte a eu sur lui. Seuls ceux qui ont déjà craint d'être fous peuvent en estimer l'ampleur. Et Percival Imbert a toujours craint d'être fou, ces derniers jours plus que jamais.

Désormais, il comprenait. Il comprenait que quelque chose d'incompréhensible s'était passé. Et dès cet instant, il s'est juré que toutes ses forces allaient dorénavant être mobilisées pour l'unique objectif de comprendre le mystère.

Il est monté dans son bureau et, avec un trombone, il a attaché la carte à son panier à crayons et il a entrepris de faire le ménage.

Il a commencé par le garage. Il devait s'assurer que le congélateur était bel et bien vide. Il l'était, et il l'a rempli en y replaçant les contenants d'une nourriture qui ne serait peut-être plus comestible, mais c'était le dernier de ses soucis, le premier étant de démêler, en ce qui concernait sa relation récente avec cet électroménager, l'imaginaire du réel. Il a vite renoncé. C'était trop angoissant et il manquait des éléments quelque part. Il a classé la question du congélateur dans un tiroir marqué « à ouvrir au moment opportun », dans le secrétaire qu'il venait de créer dans son esprit, et qui prenait désormais toute la place.

Il a rangé le plus gros du désordre, jusqu'à ce que l'épuisement et les relents d'ivresse l'entraînent au lit.

Il s'est réveillé tôt, et ayant mangé convenablement ce qu'il avait trouvé, il a poursuivi le ménage, lavé son linge, toutes des tâches qu'il n'avait pour ainsi dire jamais exécutées, sinon en obéissant aux directives de sa femme ; il s'est bien débrouillé. La maison est redevenue à peu près présentable. Il s'est douché encore, rasé de près, il a taillé ses moustaches avec une minutie monastique et il s'est habillé, il a mis son col roulé anthracite et son veston bordeaux. C'est ce que sa femme lui aurait suggéré de porter.

Donc, il peut inviter les visiteurs à entrer. Il referme la porte. Le trio passe dans le hall.

Percival Imbert admet devant eux qu'il a traversé une période difficile. Il s'est toutefois repris en main. Il lui arrive de perdre contact avec la réalité. C'est moins grave qu'il n'y paraît. Les visiteurs sont à même de constater que tout est en ordre, qu'il n'a pour le moment besoin d'aucune aide. Il n'hésitera pas à en demander au moindre signe de rechute. Il parle à la première personne, d'une voix posée, quoique éraflée par les excès des derniers jours.

Le travailleur social prend quelques notes, levant régulièrement un regard craintif sur Percival Imbert. Il se garde de dire que maintenant, c'est plutôt d'un psychiatre que Percival Imbert aurait besoin. L'agent Jacynthe Lemay écoute en promenant sur les lieux un regard scrutateur. Elle remarque que le vivarium est éteint. Elle sait que Percival Imbert en dira le moins possible, mais elle espère qu'il s'ouvrira davantage quand elle sera seule avec lui.

Le travailleur social est debout, il ne tient pas à s'attarder, il a d'autres chats à fouetter. La définition de l'expression s'écrit aussitôt dans l'esprit de Percival Imbert : «Avoir d'autres chats à fouetter, des affaires plus importantes en tête». Percival Imbert fait le douloureux effort d'accepter la main tendue ; il est conscient que ce qu'il entreprend exigera de lui qu'il se conforme autant que possible aux conventions sociales. Sa détermination à découvrir ce qui est arrivé à sa femme doit primer sur toute autre considération. Il fait mine d'écouter les recommandations et prend la carte. Il remercie le travailleur social et le reconduit à la porte.

En faisant demi-tour, il aperçoit l'agent Jacynthe Lemay, toujours assise, qui l'observe avec un demi-sourire.

13
Dialogue du troisième type

E lle dit :
— L'agent Jacynthe Lemay est heureuse que Percival Imbert ait eu des nouvelles de sa femme.

Percival Imbert est touché. Jamais personne d'autre que sa femme ne s'est adressé à lui à la troisième personne. Il baisse les yeux, il n'aime pas être touché, même dans cette acception du terme, il s'assoit à l'autre bout du divan. Il réplique :

— Percival Imbert n'a pas pu avoir des nouvelles de sa femme, car elle n'existe pas.

L'agent Jacynthe Lemay replie sa jambe gauche sur le divan et étend son bras sur le dossier, sans cesser de fixer son interlocuteur.

— L'agent Jacynthe Lemay se permet de douter que Percival Imbert en soit vraiment venu à cette conclusion, et doute aussi qu'il ait recommencé à prendre ses médicaments, comme il vient de l'affirmer au travailleur social.

— Percival Imbert n'a rien à ajouter.

— L'agent Jacynthe Lemay peut-elle voir ces médica-ments ?

— Non, elle ne le peut pas…

— … parce qu'il n'y en a pas. Percival Imbert a-t-il oublié que l'agent Jacynthe Lemay a recherché avec lui les traces de sa femme jusque dans l'armoire à pharmacie ? Elle n'a pas vu la moindre trace de médicaments, à part un flacon d'aspirines et des produits de premiers soins. Il serait assez facile pour elle de vérifier si Percival Imbert a un dossier ouvert dans une pharmacie ou s'il est suivi par un médecin, mais elle n'a pas de mandat pour enquêter sur lui puisqu'il n'est soupçonné d'aucun crime.

— L'agent Jacynthe Lemay ne devrait-elle pas partir et oublier Percival Imbert ?

— Si, elle le devrait, en effet, du point de vue de sa fonction d'agent de la paix, et elle n'aura pas le choix de le faire si c'est ce que Percival Imbert exige. Elle est cependant convaincue que Percival Imbert ne pouvait pas vivre seul dans une si grande maison. Elle sait que Percival Imbert réduit à l'indispensable ses contacts avec autrui. Il n'aurait pas contacté la police, surtout la police ! sans une raison majeure. Dès le premier contact, elle a senti le désarroi de Percival Imbert. Elle était à ses côtés quand il s'est évanoui. Elle a craint pour lui quand elle a constaté qu'il s'était mis à boire. Et maintenant, il est là, assis devant elle, et il voudrait qu'elle croie à une simple crise de délire qui se serait résorbée naturellement ? À voir comment Percival Imbert se comporte aujourd'hui, elle en déduirait plutôt qu'il a appris que sa femme va revenir très bientôt, il a fait le ménage, il s'est mis beau…

— La femme de Percival Imbert ne reviendra pas.

— Percival Imbert admet donc qu'elle existe ?

Percival Imbert réfléchit de toutes ses forces, de manière à écraser le sentiment de honte qui monte à l'assaut. Honte de s'être compromis, honte aussi de ne pas avoir joué franc jeu avec cette jeune femme qui a été si bonne avec lui. Ce n'est pas elle qui est en cause, personne ne peut comprendre pourquoi il doit agir seul, personne ne doit le comprendre. Mais il ne veut pas non plus donner à Jacynthe Lemay l'impression qu'il la rejette.

— L'agent Jacynthe Lemay a raison. La femme de Percival Imbert n'est pas un produit de l'imagination de ce dernier. Il n'a d'ailleurs pas d'imagination, dans le sens de la troisième définition du Robert.

— Mais Percival Imbert a douté, n'est-ce pas?

— Percival Imbert est incapable pour le moment de concevoir une explication rationnelle au fait que presque toutes les traces d'une personne ayant vécu trois mille sept cent quatre-vingt-dix-sept jours dans une demeure aient disparu de cette demeure en quelques heures.

— Presque toutes? C'est la robe que vous avez retrouvée qui vous a confirmé…

Le regard de Percival Imbert tourne à l'anxiété. Il regarde derrière lui comme s'il cherchait quelqu'un. L'agent Jacynthe Lemay se reprend.

— C'est une robe que Percival Imbert a retrouvée qui a mis fin à ses doutes?

— Percival Imbert a retrouvé dans un sac vert trois robes ayant appartenu à sa femme, qu'elle destinait à une bonne œuvre, mais ce n'est pas cette découverte qui a tranché la question. Un individu souffrant d'un dédoublement de personnalité peut, dans les moments de crise, devenir une autre personne.

— L'agent Jacynthe Lemay est fortement impressionnée de la capacité qu'a Percival Imbert de raisonner ainsi à propos de lui-même.

— Vu sa condition, c'est devenu un processus naturel. Il ne connaît pas d'autre façon de demeurer en phase avec la réalité.

— Il craint la dérive?

— Il craint les jugements des autres.

— Est-ce que Percival Imbert veut me dire quelle est alors la grande découverte?

— Il peut la montrer à l'agent Jacynthe Lemay, si elle lui promet de ne pas y toucher.

—Je... L'agent Jacynthe Lemay le promet, elle ne touchera à rien.

Percival Imbert se lève.

— Avant d'inviter l'agent Jacynthe Lemay à le suivre dans son bureau, Percival Imbert veut la remercier de dialoguer avec lui à la troisième personne du singulier. Il est conscient de l'effort que cela demande puisque lui-même doit souvent fournir l'effort inverse. Il apprécie aussi grandement qu'elle ait fait en sorte d'être affectée en exclusivité à son nébuleux dossier. Il s'excuse de lui avoir menti. Cependant, Percival Imbert est ainsi fait qu'il ne supporterait pas de voir la police envahir son domaine, et il doute que l'agent Jacynthe Lemay puisse être déchargée de ses autres tâches pour ne plus se consacrer qu'à l'extraordinaire disparition de sa femme. Dans ces conditions, il préfère procéder seul. Mais il estime que Jacynthe Lemay, sinon l'agent du même nom, mérite de faire en quelque sorte la connaissance de sa femme.

— Jacynthe Lemay est honorée de la confiance que lui accorde Percival Imbert. Fort des nouveaux éléments du dossier, Percival Imbert et elle pourraient demander...

— Percival Imbert ne demandera rien. Cette visite de l'agent Jacynthe Lemay devrait être la dernière. Elle est une jeune femme intelligente, dont le physique est remarquablement en accord avec les critères esthétiques contemporains, elle doit avoir une vie bien remplie.

L'agent Jacynthe Lemay soupire et son regard dévie vers un point quelconque situé sous le piano.

— Ce n'est pas si sûr. On a chacun ses disparitions.

Percival Imbert est toujours debout, mais le vertige qui le prend n'est pas de ceux qui déséquilibrent les corps. Pour lui, prendre conscience des états d'âme de ses semblables, c'est comme regarder en bas d'une falaise. Il se raccroche.

— Percival Imbert n'est pas indifférent, mais ce qui se passe dans la vie de Jacynthe Lemay est en dehors de ses compétences et de ses aptitudes, qui se limitent à la rédaction de textes factuels.

L'agent Jacynthe Lemay sourit à Percival Imbert et d'un geste de la main lui signifie qu'elle n'attend rien de lui.

— Allons voir cette découverte.

Percival Imbert tient la carte à trente centimètres des yeux de l'agent Jacynthe Lemay. Il sait que cette dernière respectera sa promesse de ne pas y toucher.

— La ressemblance entre la femme de Percival Imbert et l'agent Jacynthe Lemay n'est-elle pas remarquable ? demande-t-il.

— Vous trouvez... pardon... Je... Cela n'aurait pas sauté aux yeux de Jacynthe Lemay.

— Les photos d'identité rendent rarement justice aux charmes des sujets. Et bien sûr, il faut compenser la différence d'âge.

— Ce genre de coiffure gonflée ne la rajeunit pas, si Percival Imbert me permet cette remarque.

— C'est pourtant la même coiffure qu'elle portait le jour où elle et lui ont fait connaissance.

L'agent Jacynthe Lemay ne peut retenir un sourire.

— Percival Imbert a dit quelque chose de drôle ?

— Disons qu'il confirme que madame ne se souciait pas de paraître jeune.

— Pourquoi aurait-on un tel souci ?

— Ça n'a pas d'importance. Je... Jacynthe Lemay présume que c'est aussi cette coiffure que madame portait le jour de sa disparition ?

Percival Imbert acquiesce sans mot dire, subitement voilé par ce douloureux souvenir. Il baisse le bras et rattache la carte au panier à crayons.

— On sent une femme très sûre d'elle, dit l'agent en se retournant.

Elle poursuit comme si elle réfléchissait tout haut sur quelques impressions de peu d'importance avant de passer à plus sérieux.

— … mais il y a aussi quelque chose de mystérieux dans son regard, une sorte de froideur, comme une barrière infranchissable.

Son attention se porte sur les trois nouveaux dictionnaires, qui n'ont pas encore quitté leur enveloppe de cellophane, empilés l'un sur l'autre, avec le coupon de caisse encore dessus.

— Percival Imbert les achète chaque année?

— Ceux-là, oui, les autres…

Mais le regard de Percival Imbert bute sur le coupon de caisse exposé. Il s'en saisit aussitôt. D'une voix soudainement mal assurée, il explique:

— La femme de Percival Imbert exige… exigeait qu'il rangeât sans délai tous les documents utiles. C'était elle qui s'occupait des impôts.

Avant la fin de la phrase, l'agent Jacynthe Lemay s'est retournée vers les armoires vitrées dans lesquelles sont rangés les dictionnaires des années précédentes, soustrayant ainsi son expression faciale à l'analyse de Percival Imbert.

— Qui remplira les déclarations de revenus, cette année? lance-t-elle sans véritable intention d'obtenir une réponse.

— Un ancien client pourra référer un bon comptable…

— Ancien…?

— Percival Imbert ne travaillera plus tant qu'il n'aura pas retrouvé sa femme.

L'agent Jacynthe Lemay promène son regard à travers les vitres sur les rangées de dictionnaires. Les armoires occupent deux murs, du plancher au plafond; les ouvrages sont classés par année, et par ordre alphabétique à l'intérieur de chaque année.

— C'est un trésor… dit-elle, admirative.

Elle se hisse sur la pointe des pieds pour lire la tranche du premier dictionnaire, visiblement très ancien.

— C'est le dictionnaire d'Émile Littré, en quatre volumes plus le supplément, publié en 1877, la devance Percival Imbert qui a pour sa collection le même instinct protecteur qu'une ourse pour ses oursons.

— 1877 ! Wow ! Il semble en très bon état, il doit valoir une fortune.

— C'est un cadeau…

— … de la femme de Percival Imbert, je présume.

— Présomption juste. Ils demeurent en bon état en autant qu'on évite de les manipuler.

— Mais Percival Imbert doit bien les consulter de temps à autre.

— Quand cela s'avère nécessaire, il utilise le lutrin.

L'agent Jacynthe Lemay avait déjà remarqué la présence de ce meuble inusité, courte colonne en bois massif surmontée d'un support capitonné qui épouse les formes d'un livre ouvert. Elle se rappelle des scènes de la vie monastique reproduites dans ses manuels d'histoire.

— C'est une réplique, précise Percival Imbert.

— Un autre cadeau de madame ?

— Oui.

L'agent Jacynthe Lemay parcourt le bureau d'un ultime regard circulaire.

— Si les autorités policières voyaient cette carte, ou même une reproduction, tente-t-elle par acquit de conscience, elles seraient forcées d'enclencher une enquête.

— Percival Imbert en est conscient, c'est ce que ferait tout être normal, mais l'agent Jacynthe Lemay s'est rendu compte qu'il n'est pas un être normal, et elle doit comprendre que sa propre présence en ces lieux lui serait insupportable n'eût été qu'elle est, elle aussi un être… d'exception.

— Moi ! Je veux dire, elle ? C'est la première fois qu'on lui dit ça.

— Percival Imbert voit des choses qui sont invisibles aux yeux de ses congénères.

L'agent Jacynthe Lemay rosit, regarde par terre.

— Personne d'autre que Percival Imbert et sa femme n'entre dans cette maison?

— L'agent Jacynthe Lemay est la première depuis que la femme de Percival Imbert a fait repeindre la cuisine et les salles d'eau il y aura cinq ans bientôt.

— Donc, il serait assez facile de prélever des empreintes digitales étrangères, s'il y en avait.

— …

— Mais c'est évidemment hors de question de faire un relevé, ajoute l'agent devant l'air horrifié de Percival Imbert.

Dans le vestibule, l'agent Jacynthe Lemay s'apprête à partir.

— Est-ce que Jacynthe Lemay peut poser une dernière question à Percival Imbert? À laquelle il n'est pas obligé de répondre…

— Il écoute.

— Percival Imbert ne possède-t-il vraiment aucun élément, même partiel, à partir duquel il pourrait échafauder une hypothèse expliquant la disparition de sa femme?

La réponse à cette question arrive presque sans délai.

— Non. Vraiment.

Jacynthe Lemay s'en rendrait compte s'il mentait. Elle essaie une autre question.

— Est-ce que Percival Imbert dissimule une information quelconque concernant les attitudes ou les comportements de sa femme dans les temps récents, enfin quelque chose qui aurait perturbé un tant soit peu la vie calme et retirée qu'il menait avec elle?

— Percival Imbert est désolé, mais, ainsi que l'a énoncé l'agent Jacynthe Lemay, il est en droit de ne pas répondre à ses questions.

DEUXIÈME PARTIE

Marie Doucet existe-t-elle ?

14
Marie Doucet n'existe pas

— Elle existe, ou du moins elle a existé. J'ai vu sa photo et je l'ai gravée dans mon esprit, je la reconnaîtrais facilement si je la croisais dans la rue, elle est coiffée comme les madames du temps des yé-yés et selon Percival Imbert, pour le reste, elle me ressemblerait.

— Elle existe pas. Cette carte est pas sur mon bureau. On peut pas la faire authentifier.

— Ma mission était d'accompagner le travailleur social, mon commandant, je n'avais pas de mandat de perquisition.

— Je le sais, mais le résultat est le même. On a eu beau chercher, c'est comme si on avait ouvert une boule de Noël. (Il prononçait N'wel.) Regarde...

Le commandant Burns tendit devant lui ses mains ouvertes vers le haut de manière à illustrer une balance.

— ... à gauche, il y a le poids de toutes les recherches qui ont rien donné...

Sa main gauche s'écrasa sur le bureau.

73

— ... et à droite, la conviction personnelle d'une policière qui commence dans le métier.

Sa main droite s'éleva au-dessus de son épaule, puis la moitié gauche de son visage, le sourcil gras, la pommette dodue et la moustache épaisse se soulevèrent en un genre de sourire bon enfant, tandis que les prunelles noires fixaient à tour de rôle sa main gauche et sa main droite.

L'agent Lemay hocha la tête. Elle n'était pas surprise par cette réaction. Il fallait s'habituer au penchant prononcé du commandant Burns pour l'expression non verbale, mais elle le considérait par ailleurs comme un bon officier. Il était reconnu pour avoir une vision moderne de la police, pour avoir été partisan de l'intégration des femmes dans le métier, et il faisait montre d'une belle détermination quand il s'agissait de tenir tête aux « bœufs » de l'ancienne école.

— Assieds-toi donc...

Non sans hésitation, elle accepta cette invitation à rompre avec le protocole. C'était enfreindre la règle qu'elle s'était imposée dès son entrée à l'école de police et qui lui commandait de ne jamais entrouvrir la porte à la plus petite parcelle de familiarité avec ses collègues, qui étaient en grande majorité de sexe masculin.

Sitôt qu'elle se fut assise, le commandant Burns se leva, se rendit à la porte qu'il ferma, puis revint vers son bureau pour s'y appuyer les fesses. Il demeura immobile, le regard fixé sur la moquette, en se caressant les moustaches, avant de recommencer à parler.

— Je te cacherai pas, Jacynthe, que je suis très heureux de te compter dans mon équipe. Tu es déjà une sacrifice de bonne police et mon pif me dit que dans pas grand temps, tu vas jouer sur la première ligne. Il reste que tu es jeune et que l'expérience, ça s'apprend pas au collège. Tous les policiers ont été confrontés à un moment ou l'autre à ce que tu vis en ce moment. Tu as été touchée par ce Percival Imbert.

L'agent Lemay plissa les yeux.

— C'est pas un mal en soi, on n'est pas des robots, on peut pas s'empêcher d'avoir des sentiments, mais…

Le commandant Burns avait parfois de la difficulté à compléter des phrases. Toutefois, l'agent Jacynthe Lemay avait compris.

— Je ne crois pas que ce soit le cas, sauf votre respect, mon commandant. J'ai vraiment vu cette carte, et Percival Imbert n'est pas un mythomane. Il a été sûrement affligé d'un trouble quelconque du développement, dont les séquelles sont une relation différente de la nôtre avec le monde ; par contre, ce n'est pas dans sa nature d'imaginer des complots. Il est toujours en contact avec la réalité, sauf qu'il privilégie à outrance, à travers les réalités qui se présentent à lui, celles qui figurent dans une liste sélective dont lui seul connaît les critères.

— Es-tu psychiatre, maintenant ?

— Non… mais j'ai ce qu'on appelle du vécu, à défaut d'expérience.

Cette dernière réplique fut accueillie par un demi-sourire sous la moustache du commandant.

— Pourtant, quand le travailleur social s'est présenté chez lui, M. Imbert portait une robe et… il était dans tous ses états ! se reprit-il aussitôt.

— Il avait bu, ce qui n'est pas du tout dans ses habitudes.

— Comment tu le sais ?

— Si vous aviez passé un peu de temps chez lui, avec lui, vous tireriez la même conclusion. Et j'ai pu jeter un coup d'œil aux bouteilles vides ; même si je n'y connais pas grand-chose, j'ai reconnu quelques appellations célèbres. D'autre part, les bouteilles étaient poussiéreuses au point qu'on distinguait clairement les traces des doigts.

Le commandant Burns approuva d'un signe de tête en ouvrant de grands yeux admiratifs.

— N'empêche qu'il avait perdu le contrôle. C'était peut-être pas la première fois.

— Une disparition comme celle qu'il vit perturberait n'importe qui.

— C'est certain. D'autant plus que cette histoire est impossible. Voyons donc, sacrifice ! Une personne qui… pfuitt ! dans les rayons d'un grand magasin, sans laisser une seule trace de son passage sur Terre… Même un écrivain sur l'acide oserait pas inventer ça. Bon, okay pour la robe, il y en a plein les friperies. Quant à la carte, ouais, c'est plus compliqué… mais il existe des … 'sais pas combien de ce genre de carte. Depuis les attentats à la bombe, on n'entre plus comme on veut dans les bureaux du gouvernement. Percival Imbert exécute des contrats pour le fédéral. Il aurait pu juste trouver la carte de cette Marie Doucet. C'était peut-être bien une sous-traitante, comme lui, qui avait besoin d'un laissez-passer, ce qui expliquerait qu'on ne trouve rien sur elle dans le registre des fonctionnaires. En tout cas, on peut voir l'histoire à l'envers… : la carte serait arrivée en possession de Percival Imbert d'une manière ou d'une autre et il s'est mis à s'imaginer une femme. C'est une théorie qui en vaut une autre, tu crois pas ?

L'agent Jacynthe Lemay fit non de la tête, mais ne répliqua point. Elle savait que Percival Imbert n'était pas un affabulateur, elle savait pourquoi elle était en mesure de saisir un peu le fonctionnement de l'esprit de Percival Imbert, mais elle ne pouvait pas le dire à son commandant, elle ne pouvait le dire à personne.

Le commandant Burns poursuivit :

— Et puis, que la femme de Percival Imbert existe ou pas, je peux t'assurer que des Marie Doucet, par contre, il y en a une méchante trâlée, et penses-tu qu'on va toutes les contacter pour savoir si une d'entre elles connaîtrait ton Percival Imbert ? Puis, tu dis toi-même que Percival Imbert ne veut plus qu'on intervienne. Y'a rien qu'on peut faire. Tant qu'il demeure dans les limites de la loi, on peut pas empêcher ce gars-là de courir après ses fantômes. Et même si, contre tout bon sens, on décidait de faire enquête, tu es bien consciente, n'est-ce pas, que c'est pas à un simple agent que la tâche serait confiée, même si tu aurais tout le talent pour.

L'agent Jacynthe Lemay, cette fois, acquiesça en soupirant. Le rappel des limites de son grade n'éveillait pourtant pas de frustration chez elle. Elle n'était pas devenue policière pour l'enquête ; confondre des coupables ne l'intéressait pas. C'était sa propre culpabilité qu'elle cherchait à guérir, la culpabilité qu'elle traînait comme un ulcère à l'âme. La plaie s'ouvrirait davantage si elle abandonnait Percival Imbert, mais ce n'était pas simplement pour se protéger. Elle ne se donnait pas le droit d'exister pour elle-même.

Elle n'avait pas le choix, elle allait devoir tricher un peu, peut-être beaucoup.

15
Percival Imbert a horreur de mentir

LE MERCREDI 11 JANVIER

Percival Imbert est assis à son bureau et contemple ses dictionnaires neufs, qu'il a enfin débarrassés de leur gaine de plastique. Il se lève et va les ranger un par un sur l'étagère, sans les ouvrir. Normalement, à cette date, il aurait révisé le *Robert* et le *Larousse,* qu'il connaît par cœur, moins la section des noms propres de ce dernier, pour intégrer les changements. Le troisième dictionnaire, cette année, il s'agit du *Quillet,* de l'édition 76, cependant, car il ne paraît pas tous les ans, et il ne l'a jamais mémorisé, c'est seulement une référence de plus. Il aimerait acheter toutes les éditions de tous les dictionnaires français, mais sa femme tempère ses ardeurs, et elle a raison, l'espace est une réalité mathématique. Donc, *Petit Larousse, Petit Robert,* plus un troisième qui varie selon l'inspiration du moment. C'est pour ainsi dire la seule part de sa vie dans laquelle il se permet d'improviser.

En réalité, Percival Imbert procrastine, à sa manière habituelle, en caressant ses dictionnaires, en leur grattant le dos comme il le faisait avec son scorpion. Il doit pourtant se ressaisir. S'il bute sur la première difficulté, s'il ne parvient pas dès à présent à dominer ses répulsions, il ne se rendra certainement pas au bout de la mission qu'il s'est donnée et il ne découvrira jamais la vérité.

Il revient à son bureau. Le numéro est là, sur la courte liste. Assis ou debout ? Il choisit debout, comme s'il se gardait la possibilité de s'éloigner brusquement de son interlocuteur. Il prend le combiné, il compose sans regarder, ainsi qu'il le fait toujours, en comptant les clics qu'émet la roulette, pour s'assurer de la justesse de son geste. Il ne se trompe jamais, bien sûr.

C'est *Mrs.* Pettigrew qui répond, la secrétaire personnelle de Pierre-Paul Dandonneau, conseiller de la politique étrangère et de la défense auprès du premier ministre du Canada et sous-secrétaire du Cabinet. Depuis l'élection du gouvernement du Parti québécois, *Mrs.* Pettigrew répond d'abord en français, et dans un français qui n'écorche pas l'oreille. Elle a appris cette langue seconde dans l'Angleterre où elle a grandi, et cela s'entend. Percival Imbert, pour sa part, ne parle pas anglais, il ne connaît cette langue que dans sa forme écrite, il était traducteur, pas interprète. Il aime cependant la musicalité de l'anglais d'Angleterre, bien qu'il n'en distingue pas toutes les nuances régionales.

Percival Imbert s'identifie. *Mrs.* Pettigrew le salue et l'informe qu'il devra patienter un court moment, à moins qu'il ne préfère que M. Dandonneau le rappelle. Devant cette alternative, Percival Imbert choisit toujours la première possibilité. Il se conditionne plus facilement à attendre au téléphone qu'à attendre un téléphone.

Soixante-dix-sept secondes plus tard, le conseiller le salue. Il le fait à la troisième personne. Il traite avec Percival Imbert depuis tant d'années qu'il s'est habitué à ses étranges manières.

Ce dernier sent bien que c'est un peu parce que le jeu l'amuse, mais ce n'est certes pas aujourd'hui qu'il commencera à en prendre ombrage.

Cette fois, cependant, Percival Imbert n'appelle pas à propos d'un texte. En fait, il avait déjà planifié qu'avant d'en venir au vif du sujet, il annoncerait qu'il cesse tout travail, y compris celui en cours. Il a déjà mis à la poste ce qu'il avait eu le temps de faire, et comme cela concerne une tournée que le premier ministre doit effectuer tard au printemps, Pierre-Paul Dandonneau aura le temps de trouver un autre expert pour poursuivre.

Dandonneau, il fallait s'y attendre, est surpris, estomaqué même. Et bien sûr, le haut fonctionnaire demande les raisons d'une décision aussi radicale. Percival Imbert, qui avait aussi prévu cette question, a préparé un énorme mensonge, et c'est là que ça devient particulièrement difficile. Pour s'aider, il a composé un court texte dont il fera la lecture. Vu l'élocution naturellement mécanique de Percival Imbert, l'interlocuteur ne verra pas la différence.

— Marie Doucet est tombée gravement malade. Percival Imbert doit désormais consacrer tout son temps et toutes ses énergies à l'accompagner dans ce qui pourrait se révéler l'ultime phase de son existence. Percival Imbert prie Monsieur Dandonneau de ne pas lui demander davantage de détails, élaborer sur ce sujet lui serait trop pénible.

— Marie… Mon Dieu, quelle terrible nouvelle. Il y a si longtemps… Je… Excusez-moi, Pierre-Paul Dandonneau compatit.

— D'autre part, Marie Doucet apprécierait que Pierre-Paul Dandonneau utilise sa haute position au gouvernement pour lui rendre un précieux service.

— S'il le peut, bien sûr.

— Marie Doucet apprécierait que Pierre-Paul Dandonneau rassemble les documents administratifs la concernant, de manière à ce que, si sa maladie devait connaître une issue fatale, elle quitte ce monde l'esprit tranquille, avec l'assurance que ses héritiers recevront tout ce à quoi ils auront droit.

— Ses héritiers ? Marie aurait des héritiers ?

— C'est ainsi qu'elle s'est exprimée. Elle a exigé que Percival Imbert lise exactement ce qu'elle a écrit.

— Elle ne peut pas parler ?

— En ce moment, soutenir une conversation est au-dessus de ses forces, en effet.

— Mais de quoi souffre-t-elle donc ?

— Elle a par ailleurs explicitement demandé à Percival Imbert de demeurer aussi discret que possible sur ses ennuis de santé.

— Ah bon… Cela ne me surprend pas tellement. Elle a toujours été si discrète, si mystérieuse, à vrai dire, autant sur les questions personnelles que sur ce qui concernait son travail. Il est vrai que les fonctionnaires du Revenu sont tenus à la confidentialité, mais je ne sais même pas quelles étaient au juste ses fonctions.

16
Trois étonnements de Pierre-Paul Dandonneau

LE JEUDI 12 JANVIER, OTTAWA

Même si c'était absolument en dehors de ses attributions, Pierre-Paul Dandonneau accepta de rendre le service que lui demandait Marie Doucet par l'intermédiaire de Percival Imbert, et promit de rappeler ce dernier quand ce serait fait, et de convenir de la meilleure façon de lui faire parvenir le fruit de ses recherches. Ce court entretien était sans doute ce qui, dans l'historique de ses échanges avec Percival Imbert, se rapprochait le plus d'une conversation.

Avec Marie Doucet, il lui arrivait d'échanger davantage. À peine plus causante que son conjoint, elle était par contre une merveilleuse « écouteuse », comme si tout ce qu'exprimait ou narrait son vis-à-vis, même parfois des banalités, était pour elle de riches enseignements ; elle donnait l'impression d'une immigrante récente avide d'en apprendre le plus possible sur une société au mode de vie totalement différent de celui de son pays d'origine.

Pierre-Paul Dandonneau ne se cachait pas qu'il en avait été quelque peu amoureux, alors que tous deux débutaient dans la fonction publique, au ministère des Affaires extérieures. Il avait même tenté une approche en bonne et due forme, laquelle n'avait évidemment pas eu de suite. Il n'en avait pas été blessé, ils étaient demeurés en excellents termes – c'est presque tout de suite après, d'ailleurs, qu'il avait rencontré celle qui deviendrait sa première épouse – et il conserva le privilège de casser la croûte en sa compagnie, à l'occasion, car Marie Doucet mangeait généralement seule, souvent sans quitter son poste de travail, et elle sautait la plupart des pauses-café. Ce zèle lui valait incidemment d'être plutôt impopulaire auprès de ses collègues fonctionnaires. Elle n'en avait cure. De toute façon, elle passait plus de temps « sur la route » qu'au bureau.

Pierre-Paul Dandonneau était entré dans la fonction publique fédérale par la grande porte, c'est-à-dire qu'il avait été pistonné, comme cela se faisait couramment à l'époque, pour ne pas dire obligatoirement. Sa famille avait des relations. Il n'avait jamais éprouvé la moindre honte du privilège reçu, car il était adéquatement diplômé et n'avait pas tardé à démontrer son efficacité. Il aurait pu tenter sa chance en politique, si les feux de la rampe l'avaient attiré, mais son ambition, forte cependant, était plutôt de devenir grand commis de l'État. C'était sans doute dans cette espèce de pudeur qu'il s'était découvert des atomes crochus avec Marie Doucet, bien que son cas à elle fût considérablement plus sérieux. Les relations sociales étaient quelque chose qu'elle évitait, soit qu'elle trouvât cela superficiel ou irritant, soit qu'elle s'en méfiât, voire qu'elle les vît comme une menace, et c'est vers cette dernière possibilité que penchait Pierre-Paul Dandonneau, malgré qu'il n'eût pas l'ombre d'une idée pour expliquer cette insociabilité.

C'était pourtant une belle jeune femme, bien bâtie, avec des traits harmonieux, un beau nez plat gracieusement retroussé et un menton volontaire. De plus, elle montrait une grande assurance dans toutes les tâches qu'on lui confiait.

Leurs routes professionnelles se séparèrent assez tôt, soit quand on vint le chercher pour une position plus avantageuse au Conseil privé, où il était demeuré jusqu'à ce jour, même pendant l'intervalle du gouvernement conservateur de John Diefenbaker, qui advint en 1957 et dura six ans, au grand dam des fonctionnaires en général, et de ceux qui avaient été placés par les libéraux en particulier. Enfin, il avait réussi à surnager, Marie de même, sur les tablettes. Il demeurerait vraisemblablement au Conseil privé jusqu'à sa retraite, car à son niveau, toute promotion le pousserait forcément vers le devant de la scène.

Lui et Marie Doucet auraient dû normalement se perdre de vue, mais quand Pierre-Paul Dandonneau, juste après le retour des libéraux au pouvoir, avait entendu parler d'une vacance à la sécurité et au renseignement, il n'avait pas hésité à recommander son amie, qui possédait, certes, toutes les qualités pour travailler dans ce cabinet. Elle obtint le poste avec une facilité étonnante, comme si on n'attendait qu'elle. Non seulement Pierre-Paul Dandonneau n'eut-il jamais à regretter cette intervention, mais elle contribua même à construire la confiance des haut placés en son jugement.

Elle et lui se retrouvaient cependant dans des régions de l'organigramme éloignées l'une de l'autre et ils ne se croisaient presque plus. Dandonneau, pourtant, tint à maintenir cette relation qui lui permettait de s'ouvrir un peu, ainsi qu'il l'aurait fait avec un confesseur.

Il avait appris depuis longtemps, sans tomber de sa chaise, que Marie Doucet avait décidé de tenter la vie de couple avec ce Percival Imbert, traducteur puis réviseur plutôt étrange, mais excellent, auquel son ancien ministère n'avait jamais cessé de donner du travail. Si elle demeura, sur ce choix encore, d'un laconisme exemplaire, elle fit tout de même état d'une communion d'âmes aussi certaine qu'inexplicable, mais fort apaisante, qui était peut-être une forme d'amour, qui n'en était en tout cas certainement pas exempte. Elle et son désormais conjoint avaient décidé d'accepter cela comme un cadeau de l'existence. Il reconnut bien la détermination de son amie dans le fait que cette union allait s'établir en dehors des liens sacrés du mariage, ce qui était mal vu à l'époque. (Mais dans leur cas, vu par qui ?)

Ce qui devait toutefois assurer la pérennité de sa relation avec Marie Doucet, ce fut la demande qu'elle lui fit d'utiliser son influence pour qu'on confiât à Percival Imbert non plus la traduction, mais la correction, au besoin le remaniement, voire la co-rédaction de textes. Pierre-Paul Dandonneau s'engagea à essayer. Ce ne furent pas de gros contrats au début, mais la montée du nationalisme et les autres bouleversements qui s'annonçaient dans la province de Québec imposèrent bientôt aux élus fédéraux de s'exprimer dans un français de qualité, ce dont plusieurs d'entre eux étaient incapables – c'était parfois même le cas de ceux pour qui le français était la langue première. Ainsi donc, le marché se développant, si l'on peut dire, Percival Imbert, dont la qualité du travail était inversement proportionnelle au temps qu'il mettait à l'accomplir, en arriva bientôt à refuser des commandes.

C'était Marie Doucet qui négociait toutes les ententes, toujours avec Pierre-Paul Dandonneau, le plus souvent à la table de leur restaurant favori. Cela ne lui occasionnait pas vraiment de surcroît de travail, et les recours à Percival Imbert demeurèrent à l'écart des procédures usuelles. Il était d'ailleurs payé à même les budgets discrétionnaires, les hommes politiques, supposait Dandonneau, ne tenant pas à ce que leurs lacunes en matière de langue fussent comptabilisées.

Revoyant à rebours tout ce cheminement, le haut fonctionnaire se rappela avoir déjà été étonné de constater à quel point cette façon de fonctionner ne souleva jamais la moindre question, surtout lorsque Percival Imbert avait des éclaircissements à demander sur un texte. Dans ces cas, c'était encore Dandonneau qui relayait les questions, parfois directement au ministre concerné, et rapportait les réponses. C'était les seuls moments où il s'entretenait verbalement avec celui que d'aucuns surnommaient «le génie dans la lampe». C'était à croire qu'une sorte de consigne tacite imposait à tous de considérer cette procédure comme naturelle.

Pierre-Paul Dandonneau se rappelait même très bien les deux fois où son étonnement à cet égard avait atteint des pics. La première fut quand Marie Doucet avait quitté le Conseil privé pour passer au ministère du Revenu, une mutation qui impliquait entre autres de travailler à Montréal, donc de s'y réinstaller, avec Percival Imbert, bien entendu. C'était à la fin des années soixante, en tout cas dans la foulée du retour au pouvoir des libéraux.

Cela encore aurait pu entraîner la fin de leurs rapports, mais non, tout avait été arrangé pour qu'elle continuât de gérer les contrats de son conjoint de fait, par téléphone et par le service de messagerie du gouvernement. Arrangé avec qui ? Il ne l'avait jamais su, mais Pierre-Paul Dandonneau avait dès lors compris qu'il était plutôt un rouage qu'un levier dans les affaires impliquant Percival Imbert, et s'il en était ainsi, il n'y avait aucune attitude à avoir car il existait, dans les hautes instances, des cloisons de verre contre lesquelles le sage évitait de buter. Son énigmatique amie lui consentit la promesse de manger encore avec lui à l'occasion de ses passages à Montréal, promesse qu'elle honora.

Quant à s'enquérir des nouvelles fonctions qu'elle allait occuper, il déduisit avant qu'elle n'eût à le lui dire qu'il n'en saurait jamais le premier mot, vu que déjà, il n'avait pas la moindre idée de ce qu'elle faisait au Conseil privé.

Le second étonnement remarquable de Pierre-Paul Dandonneau, concernant Marie Doucet, survint le jeudi 17 octobre 1974. Il se souvenait précisément de cette date-là parce que c'était le quatrième anniversaire de la mort de Pierre Laporte. Cet assassinat politique, dont les coupables avaient été jugés et condamnés, malgré des doutes exprimés par certains, avait été le point culminant de la célèbre Crise d'octobre, qui avait commencé en 1970, au 5e jour du mois éponyme, quand des membres du Front de libération du Québec avaient enlevé un diplomate anglais, lequel avait connu un sort plus heureux, et avaient du même coup plongé le pays dans une véritable psychose collective dont on ne pouvait être sûr qu'il était encore guéri. Il va sans dire que ces événements avaient eu l'effet d'un ouragan sur le Conseil privé et depuis, Pierre-Paul Dandonneau gardait un souvenir détaillé de chacun de ses 17 octobre. Mais celui de 1974 occupait dans ses souvenirs une place presque aussi grande que celui de 1970, car c'était la dernière fois qu'il avait vu Marie Doucet, la dernière fois qu'il avait conversé avec elle.

Comme d'habitude, depuis qu'elle avait quitté Ottawa, ils s'étaient retrouvés vers 18 h, au Beaver Club, restaurant sis dans l'hôtel Queen-Elizabeth, où il logeait quand il devait descendre à Montréal. Il y venait cette fois-là pour une énième rencontre sur l'aide qu'apporterait ou pas le gouvernement fédéral au financement des Jeux olympiques de Montréal et régler quelque ultime détail de la visite en France que s'apprêtait à faire le premier ministre Pierre Elliott Trudeau.

Pierre-Paul Dandonneau n'avait d'abord rien senti de spécial chez son amie. Il avait parlé de lui, forcément, et elle l'avait écouté, exprimant de-ci de-là des avis empreints de délicatesse et de nuance. C'était invariablement avant de passer au dessert qu'il se sentait tenu de lui poser la question retour : « Et de ton côté, quoi de neuf ? » à laquelle question il n'obtenait jamais que des réponses passe-partout.

Eh bien pas cette fois ! Elle lui annonça sans circonvolution aucune qu'elle quittait le ministère du Revenu, qu'elle quittait le gouvernement, qu'elle quittait tout, y compris lui. Elle lui demanda de ne pas chercher à comprendre, de ne pas lui poser de question, cela n'avait d'ailleurs aucun rapport avec leur relation. Elle fit appel à sa confiance. Elle avait sagement mûri sa décision, et c'était mieux pour elle autant que pour lui que, dans cette conjoncture, ils ne se revoient plus. Elle avoua en éprouver de la tristesse : il était une des très rares personnes du gouvernement, une des très rares personnes tout court avec qui elle avait eu des rapports non strictement utilitaires. Cela avait été possible parce qu'il l'avait acceptée telle qu'elle était.

Dorénavant, elle allait se consacrer entièrement à elle et à Percival Imbert. Dans son cas, par contre, le travail était trop essentiel à son équilibre pour qu'il pût l'arrêter de but en blanc. Elle le préparerait donc doucement à cette éventualité. En attendant, elle saurait gré à Pierre-Paul Dandonneau de traiter directement avec lui. Qui d'autre pourrait le faire avec toute la délicatesse requise ?

Et voilà. Pierre-Paul Dandonneau se remémorait tout ça avec une amertume qui était nouvelle, car en 1974, sa vie de famille s'en allait à la dérive et cela monopolisait une part majeure de ses énergies. Quelques mois plus tard, il allait d'ailleurs divorcer, devoir s'investir à fond pour continuer à jouer son rôle auprès de ses deux fils. Assez vite heureusement, la vie lui ferait cadeau d'une nouvelle compagne, avec laquelle il menait maintenant une vie comblée que rien ne paraissait menacer.

Non, si cette amertume mêlée de ressentiment était subitement montée en lui, c'était qu'il venait de vivre un troisième étonnement, dont la profondeur faisait passer les deux autres pour d'anodines surprises : rien de ce qu'il venait de se remémorer ne devait s'être produit ! Tout ça ne devait être que le fruit de son imagination ! À peine avait-il amorcé les démarches pour satisfaire à la demande de Percival Imbert, que la réaction ne s'était pas fait attendre …

On frappait à la porte de son bureau et rien qu'au son, il sut que c'était *Mrs.* Pettigrew, et il était presque certain de savoir de quoi elle voulait lui parler. Elle avait lu la note qu'il lui avait laissée.

— Je suis désolé de vous demander ça, dit-il platement, mais je n'ai pas le courage de le faire moi-même. Vous, vous pourrez plaider que vous n'avez pas le choix d'exécuter les tâches qu'on vous impose, tandis que moi…

Pierre-Paul Dandonneau ne devait pas en dire davantage et il espérait que *Mrs.* Pettigrew comprendrait. La réponse, ou plutôt la non-réponse qu'il avait reçue concernant la requête à propos de Marie Doucet ne lui était pas venue du secrétaire adjoint (appareil gouvernemental), à qui il avait adressé sa demande, laquelle avait été accueillie sans questionnement, car après tout, ledit secrétaire adjoint se trouvait deux étages au-dessous de lui dans l'organigramme.

Pierre-Paul Dandonneau avait plutôt été convoqué dès le lendemain par *N's*, c'est-à-dire par cette personne qu'il fallait nommer le moins possible, cette personne qui n'occupait aucun poste, mais dont on pouvait résumer le pouvoir par cette simple phrase : « Si *N's* te le demande, fais-le. » Pierre-Paul Dandonneau n'hésitait jamais à argumenter avec les ministres, ni même avec le premier d'entre eux (après tout, c'était un peu pour ça qu'il était payé), mais personne n'argumentait jamais avec *N's*, probablement même pas le chef du gouvernement, car *N's* était là avant lui et serait là après, et sinon *N's*, le fils de *N's*, pour lequel *N's*, disait-on, avait les plus hautes ambitions. *N* comme dans *Nerf de la guerre*, au pluriel.

Dandonneau n'avait pas été convoqué dans un bureau, mais dans la limousine de *N's*. C'était la première fois qu'il y pénétrait, et il savait, à l'instar de tous ceux qui avaient atteint un certain niveau, que cette limousine était au gouvernement ce que le confessionnal est à l'Église catholique. Ce qu'on y racontait était rarement joli et, surtout, ce qu'on y racontait devait y rester pour l'éternité.

N's était dans le compartiment arrière, vaste comme une chambre, Dandonneau devant, et les deux compartiments étaient séparés par une vitre insonorisée. La limo était équipée, entre autres, d'un téléphone. *N's* avait fini par raccrocher. La vitre était descendue lentement. Dandonneau s'était retourné. *N's* portait de la fourrure, des lunettes de soleil et fumait une cigarette fichée au bout d'un fin tube de vingt centimètres orné de pierres. Elle avait commencé par inviter son chauffeur à se dégourdir un peu les jambes puis, quand ce dernier avait refermé la portière, elle s'était excusée de l'attente. Les affaires…

N's, héritière officieuse d'une des plus anciennes et des plus imposantes fortunes familiales du Canada, était de surcroît à la tête d'*Influence Corporation*, un consortium dont l'origine remontait aux premiers chemins de fer, qui s'était diversifié tous azimuts, hôtellerie, alcool (vive la prohibition !), puis dans le pétrole, puis dans les entreprises médiatiques, puis dans d'autres secteurs tellement variés, tellement emberlificotés, qu'il fallait écrire des centaines de pages pour espérer en dresser un portrait exhaustif. *Influence Corporation* était régulièrement dénoncée par les gauchistes et les séparatistes, deux engeances auxquelles elle vouait un mépris atavique, mais *N's*, qui était rarement mise en cause nommément, avait les moyens de s'assurer que ces dénonciations restent confinées à la gauche et il paraissait même qu'elle les trouvait plutôt flatteuses.

N's parlait avec ce genre de courtoisie qui glace le sang, celle du pouvoir qu'il est superflu d'étaler. Quand elle avait abordé le vif du sujet, soit cette fonctionnaire dont Dandonneau avait demandé le dossier, ce dernier n'avait pourtant pu s'empêcher de s'exclamer, incrédule : « Marie Doucet ! ? ! » Il ne s'attendait vraiment pas à ça. Il avait cru que cette rencontre tellement exceptionnelle concernerait un haut diplomate quelconque empêtré dans une sale affaire, ou des tractations occultes entre *N's* et un gouvernement étranger peu fréquentable, en tout cas quelque chose qui dépassait en gravité tous les dossiers qu'il avait eu à traiter jusqu'à ce jour.

N's avait détourné la tête d'un air agacé et aspiré une profonde bouffée en entendant ce nom, et Dandonneau n'avait pas eu besoin d'un dessin pour comprendre qu'il venait de commettre un impair. Il avait baissé les yeux, s'était tu, et avait attendu la suite.

Elle n'avait pas tardé à venir. *N's* avait pris la peine de s'avancer sur sa plantureuse banquette et poser les coudes sur la tablette de travail amovible, pour mieux se faire comprendre : il n'y avait aucun dossier au nom de cette dame pour la simple et bonne raison que, non seulement elle n'existait plus, mais qu'il fallait maintenant se faire à l'idée qu'elle n'avait jamais existé. Elle entendait bien que Dandonneau prît acte de la chose de façon définitive, et plus encore qu'il fît comprendre cela à toute personne qui, pour d'invraisemblables raisons, s'obstinerait à prétendre le contraire.

Et tel était le cas de *Mrs.* Pettigrew. Sauf que les raisons de cette dernière n'étaient pas invraisemblables, car elle avait déjà rencontré Marie Doucet avant son départ pour Montréal, elle lui avait ensuite parlé au téléphone, brièvement, certes, mais on pouvait dire souvent.

— Ça n'a aucun sens, vous le savez bien, plaida la secrétaire.

Dandonneau vivait sans aucun doute le moment le plus humiliant de sa longue et fructueuse carrière. Oh ! il avait appris dès le départ que dans cette profession, ce que l'on doit taire dépasse généralement en importance ce que l'on doit dire, et que notre faculté de libre arbitre y est menacée d'atrophie à force de n'en user point, mais c'était la première fois que cela touchait des gens qu'il connaissait. C'était la première fois que *Mrs.* Pettigrew ou n'importe quel subalterne lui adressait un regard chargé de reproches.

— Raison d'État…

C'était tout ce qu'il était autorisé à invoquer.

— Raison d'État ! ? ! fit sa secrétaire en écho avec un sourire incrédule.

Elle, toujours tellement professionnelle, lisse et méthodique, se permettait d'être touchée ! On plaisantait parfois autour des fontaines à savoir si ce grand corps sec n'était pas en réalité un androïde ! Eh non ! à moins que les androïdes puissent éprouver des émotions et que leurs yeux, derrière les lunettes nacrées, puissent s'embuer.

— *It will be done,* conclut-elle en tournant les talons.

17
Parfois le hasard...

L'agent Jacynthe Lemay était résolue à enfreindre au besoin quelques règles, pas de façon dramatique, mais tout de même non sans risque de s'attirer de sévères reproches. Mais il n'y eut pas besoin, du moins à peine.

En effet, le vendredi 13 janvier, vers 16 h 30, M. Robert Leroux, propriétaire et gérant de la librairie Mille-Pages, sise dans le centre commercial les Galeries du Sud, eut la chance de surprendre en flagrant délit un de ces chapardeurs qui grugeaient une part non négligeable de son chiffre d'affaires, à l'instar de celui de la plupart de ses concurrents, lequel chiffre était pourtant tout juste honnête. Le vol à l'étalage constituait une plaie qui frappait tous les commerces offrant des articles de la dimension d'une poche de vêtement, mais les librairies plus durement que les autres, hors peut-être les marchés d'alimentation. C'est que l'achat d'un livre survient souvent au bout d'un long processus de furetage et de feuilletage

93

qu'un libraire digne de ce nom ne saurait prohiber dans son établissement. Les miroirs convexes avaient beau remplir leur office, le personnel, restreint, ne pouvait les regarder sans arrêt, et n'est-ce pas la première compétence d'un voleur que de déceler l'instant propice à la commission de son délit. Le livre de poche, par définition, était la proie favorite des voleurs, mais en hiver, à cause des manteaux, la convoitise de ces nuisances publiques ne connaissait pratiquement pas de limite.

Celui que Robert Leroux surprit ce jour-là n'y allait d'ailleurs pas de main morte puisqu'il s'était mis en frais de subtiliser non pas un, mais les cinq exemplaires en magasin de l'album *The Best of David Hamilton*, photographe fort prisé, quoique controversé.

Robert Leroux dégageait une impression de bonté, laquelle n'était pas fausse, puisque, quand quelque jeune escamoteur avait plaidé l'amour de la littérature pour excuser son forfait, il lui était arrivé de le laisser filer après une leçon de morale bien sentie. Celui du jour, par contre, puait la canaillerie à plein nez et, s'il ne faisait aucun doute que les images de jeunes filles nues au tournant de la puberté l'émoustilleraient bien un peu, son larcin avorté visait d'abord et avant tout la fourgue.

Grande chance donc que Robert Leroux, au moment fatidique, eût fait irruption dans la section des beaux livres à la recherche d'une information. Grande chance enfin que, par hasard, un gardien de sécurité des galeries eût passé devant la librairie, car le bandit était baraqué et Robert Leroux pas du tout disposé à faire obstacle physiquement à une tentative de fuite.

Il héla donc le gardien et lui demanda de retenir le délinquant pendant qu'il appelait la police. Le gardien, lui, avait reçu de la nature plus qu'il n'en fallait pour s'acquitter sans péril de cette tâche.

C'est ainsi que, seulement treize minutes plus tard, l'agent Jacynthe Lemay se présenta à la librairie en compagnie de son coéquipier afin de prendre les dépositions et éventuellement écrouer le suspect. Son acolyte se chargea de cuisiner ce dernier, et elle accompagna Robert Leroux dans son bureau où celui-ci lui fit la relation succincte des événements. Et c'est alors que Jacynthe Lemay eut l'idée de saisir l'opportunité.

— Est-ce qu'on vous vole parfois des dictionnaires ? demanda-t-elle.

— Eh oui ! aussi incroyable que cela puisse paraître, répondit Robert Leroux, sur un ton de découragement.

— Mais vous devez vous en apercevoir tout de suite quand il manque un dictionnaire !

— Oh non ! Ils sont astucieux, vous n'avez pas idée, ils modifient habilement la disposition des volumes sur les tablettes, et ce n'est qu'au moment de l'inventaire qu'on se rend compte des pertes – et je dis « ils » parce que le fait est que ce sont presque toujours des garçons.

— Je suppose que toutes les ventes sont consignées.

— Bien sûr, en détail. Je songe à acquérir un ordinateur, mais pour le moment, c'est encore fait à la mitaine, et c'est beaucoup de travail.

— Je pourrais jeter un coup d'œil sur vos registres ?

— Bien sûr, mais je vois pas…

— Oh ! ça n'a rien à voir avec votre affaire, c'est, disons, pour des raisons de formation professionnelle, je commence dans le métier et… j'essaie d'enrichir mon expérience, quoi.

— Suivez-moi, on est justement en train de compiler les ventes de décembre, proposa Robert Leroux, dont le scepticisme n'était toutefois pas complètement éteint.

Dans le bureau adjacent, une jeune femme, les lunettes sur le bout du nez, potassait des piles de factures et inscrivait des données dans de grands cahiers.

— Je vous présente Manon, mon associée… et ma conjointe !

— Ah bon ! Enchantée ! C'est un véritable travail de moine, ça…

— Si on veut, mais nécessaire, répliqua Manon en se rassoyant. Mais ça ne me déplaît pas, ça a même quelque chose de reposant.

L'agent vint derrière elle et jeta un coup d'œil. En effet, il y avait quelque chose d'apaisant dans ces colonnes bien droites remplies d'écritures élégamment calligraphiées.

— Vous savez, poursuivit Manon, Jean Giono, avant de devenir le grand écrivain qu'on connaît, avait été employé de banque et il a dit qu'il trouvait autant de satisfaction à remplir des colonnes de chiffres que ses pages quotidiennes de fiction, et qu'il aurait pu faire ça jusqu'à la fin de ses jours si la vie n'en avait décidé autrement.

— Vraiment? fit la policière, qui avait peut-être lu du Giono au collège, elle ne se souvenait plus.

De toute façon, elle n'avait écouté que d'une oreille distraite, ayant repéré sur un cahier la date du 23 décembre, et plus précisément encore – décidément, le hasard s'était mis à son service – une vente particulière. Elle pointa la ligne, en se gardant bien de toucher.

— Vous avez de bons clients… trois dictionnaires ! Sûrement un professeur…

Manon avait suivi le doigt et son visage s'éclaira.

— Ça m'étonnerait. Je me rappelle très bien cette vente car c'est moi qui l'ai faite, comme à chaque année. C'est un monsieur très étrange, qui ne veut jamais être servi que par moi, au point parfois de faire appeler sa femme – en tout cas, je suppose que c'est sa femme – pour être sûr que je suis en service, et, d'habitude, elle l'accompagne.

— Elle y était cette fois ?

— Ouf ! Pour ça, il faudrait que j'y repense. En tout cas, ça m'étonnerait qu'il soit prof parce qu'il est très timide, il parle peu et, c'est cela qui est très particulier, à la troisième personne, et je lui réponds de la même manière. « Quels dictionnaires Monsieur désire-t-il acheter cette année ? – Madame la libraire aura-t-elle la bonté de faire une recommandation à Monsieur ? » et ainsi suite. C'est drôle, mais vous connaissez l'adage, le client a toujours raison.

— À condition de payer ! précisa Robert Leroux qui commençait à souhaiter qu'on en revienne à son affaire.

— Oh ! pas de problème : avec Monsieur Imbert, c'est toujours comptant.

La récolte était beaucoup plus généreuse que ce dont l'agent Jacynthe Lemay aurait pu rêver. Ainsi donc, son intuition s'avérait : les paquets que Percival Imbert avait raconté avoir placés dans le coffre de la voiture et qui en étaient mystérieusement disparus avaient bien existé, sauf que ce n'étaient pas des achats de sa femme, c'étaient ses dictionnaires.

Pourquoi ce mensonge ? se demandait-elle tandis que le voleur à l'étalage, assis dans le compartiment arrière de la voiture et dûment menotté, se laissait conduire au poste.

Elle n'avait pas eu l'outrecuidance d'insister pour que Manon essaie de se souvenir si la femme de Percival Imbert était ou non avec lui. De toute manière, un poids de bonne taille venait d'être jeté dans le plateau positif de la balance évaluant la probabilité de l'existence de Marie Doucet. Si ce n'était la sienne, il y avait en tout cas sûrement une femme dans l'existence de Percival Imbert, et elle n'y était plus !

18
Percival Imbert n'est pas étonné,
du moins dans un premier temps

Percival Imbert raccroche.

Il se joint les mains sous le menton, en position de prière. Sa mère avait été une catholique pratiquante. Il avait donc été croyant, par défaut, en quelque sorte, jusqu'au jour de sa confirmation : lors de la cérémonie rituelle, en conclusion de son interminable sermon, l'évêque avait emphatiquement lancé cette profonde question : « (…) car comment pourrait-on concevoir un monde sans Dieu ? » Totalement ailleurs jusqu'à ces mots, l'esprit de Percival Imbert avait aussitôt renversé la question : « Comment pourrait-on concevoir un dieu sans monde ? ». Et l'étrange mécanique de sa pensée s'était emballée, pour en arriver à statuer que si la première possibilité, un monde sans Dieu, demandait en effet un effort pour être envisagée, la seconde, elle, était vraiment tout à fait inconcevable. Donc, s'il ne pouvait y avoir de dieu sans monde, il devenait impossible que ce monde eût été créé par un dieu, puisque le dieu en question ne lui avait pas préexisté. Tout l'argumentaire catholique s'était aplati comme une enfilade de dominos dressés sur leur flanc court, et il n'avait plus jamais jugé utile de réfléchir davantage à la question.

Percival Imbert n'a jamais non plus remis les pieds dans une église, ni prié de quelque façon, cela va de soi, il n'a conservé de son expérience de la religion que ce geste de se joindre les mains et de fermer les yeux lorsqu'il doit élever son niveau de concentration. À chaque fois qu'il le fait, il se remémore ce jour, et se remémore aussi sa mère à laquelle il avait expliqué la chose le soir même. Ce ne fut qu'après la mort de cette dernière qu'il se rendit compte de la souffrance qu'il aurait pu lui causer, et se causer à lui-même du coup – sa mère était le seul être humain qu'il ne supportait pas de chagriner –, mais ce ne fut que beaucoup plus tard qu'il apprit à mesurer les effets des paroles. La réaction de sa mère, heureusement, avait été modérée, elle s'était montrée plus désolée que peinée, et, curieusement, avait bientôt délaissé elle aussi sa pratique religieuse, comme si elle avait en quelque sorte été convertie à l'agnosticisme, sinon à l'athéisme par la logique de son fils prodige. La femme de Percival Imbert avait d'ailleurs une théorie à ce sujet : la mère de ce dernier tenait peut-être à lui inculquer une religion pour l'unique but de lui fournir un refuge intérieur contre la méchanceté du monde, à laquelle elle appréhendait qu'il serait exposé plus que la moyenne. Se rendant compte qu'il n'en avait pas besoin, qu'il avait en lui ses propres défenses, elle avait laissé tomber la pratique à son tour parce qu'au fond, elle n'était pas si portée que cela sur la piété.

Et la femme de Percival Imbert d'ajouter, sur un ton chargé d'échos graves et lointains, que cet abandon de la religion lui avait peut-être épargné bien d'autres tourments.

Comme cela fait du bien à Percival Imbert de ressasser tous ses souvenirs, en ce moment où il serait en droit de s'effondrer. Cela lui rappelle que si quelque chose d'aussi énorme que toutes les religions du monde depuis le début des temps avait pu être bâti sur une proposition aussi faible que l'existence potentielle de dieux, c'était dire que la capacité humaine d'inventer et de machiner était pratiquement infinie, et il ne fallait donc s'étonner de rien.

Conséquemment, pourquoi serait-il étonné de ce que *Mrs.* Pettigrew venait de lui mentir de manière aussi flagrante ? Elle mentait parce qu'elle avait déjà, à quelques reprises, parlé à Marie Doucet, et pas seulement au téléphone, aussi en personne du temps où cette dernière travaillait au Conseil privé. Non, en fait *Mrs.* Pettigrew ne mentait pas, elle avait été très claire, elle ne faisait que répéter le message de Pierre-Paul Dandonneau, tel que celui-ci le lui avait ordonné, en précisant que les commentaires personnels lui étaient interdits.

Percival Imbert n'est pas étonné, encore, parce que cet appel confirme ses propres déductions : il est en présence d'un complot et peut-être, pour une part, en est-il lui-même l'objet. Un énorme complot ! Non seulement a-t-on fait disparaître Marie Doucet, mais également tout ce qui pourrait attester de son passage ici-bas. Du moins presque tout, car le nettoyage n'a pas été exécuté à la perfection à la maison et cela l'autorise à penser qu'il existe d'autres failles. Seul un esprit tel que le sien aurait eu la capacité de s'acquitter sans rien oublier d'une si formidable tâche, mais il lui aurait fallu beaucoup de temps, et de toute manière, justement, des esprits tels que le sien, qui peinent tant à mentir, ne sont pas de ceux qu'on recherche pour des opérations secrètes.

Non, Percival Imbert en est arrivé à cette idée d'un complot avant même de téléphoner à Pierre-Paul Dandonneau. Sauf que le mensonge du conseiller spécial lui apporte une information majeure : ledit complot est ourdi par des éminences parmi les plus puissantes et les plus occultes qui gravitent autour du gouvernement, puisque Pierre-Paul Dandonneau, de toute évidence, n'en faisait pas de prime abord partie. Percival Imbert a nettement perçu la sincérité de ce dernier quand il a réagi à la fausse nouvelle de la maladie de sa femme.

D'autre part, si Percival Imbert n'est pas du tout étonné par la teneur de la réponse à sa requête, il en va cependant tout autrement en ce qui concerne la fin de son très court échange avec *Mrs.* Pettigrew.

Pourquoi *Mrs.* Pettigrew veut-elle absolument le rencontrer le lendemain, samedi ? Pourquoi est-elle prête à parcourir les quelque deux cents kilomètres qui séparent Ottawa de la région de Montréal pour ce faire ? Qu'a-t-elle donc tant à lui dire ? À lui montrer ?

19
Petites gênes

À partir de ce point, la piste descendait tout du long jusqu'aux modestes maisons de bois de Mont-Rolland, aux cheminées fumantes. Jacynthe Lemay s'arrêta pour souffler et afin de se délecter de la blanche beauté des montagnes. Le temps était superbe, la neige franche et éblouissante, un rêve de fondeuse.

Derrière, elle entendit aussitôt son amie Cindy qui freinait. Elles avaient mené bon train depuis qu'elles avaient quitté le chalet vers dix heures. Il approchait midi. L'horaire approximatif qu'elles s'étaient donné était respecté, malgré qu'elles eussent été ralenties par des skieurs plus lents, qui n'avaient pas toujours la civilité d'évoluer à la file indienne.

Cindy Sexton et Jacynthe Lemay se connaissaient depuis l'âge de quinze ans. Elles s'étaient rencontrées dans un camp des cadets de l'armée canadienne car, à l'époque, toutes deux rêvaient d'être intégrées à l'équipe nationale de biathlon.

Elles avaient toujours gardé le contact, et ce premier week-end dont la jeune policière pouvait profiter depuis les neuf mois qu'elle était en fonction – la règle de l'ancienneté primait quand il s'agissait d'établir les horaires – elle avait planifié de le passer avec son amie, qui l'invitait depuis les premières neiges à ce chalet qu'elle avait loué.

Jacynthe porta la main à sa gourde, Cindy l'imita, et elles burent de courtes gorgées, exhalant entre chacune des tourbillons de vapeur pâle. Cindy avait le teint clair, les yeux bleus comme le ciel, et ses cheveux eussent été blonds si on avait été en été. Elle avait du frimas dans les sourcils ; c'était du plus joli effet.

Leurs regards se croisèrent, et il y eut une petite gêne, une première.

— Allons-y, coupa Jacynthe, et elle poussa sur ses bâtons.

Dans le petit restaurant aux allures de terroir qui s'était présenté dès l'entrée du village, Jacynthe n'avait pu résister à l'envie de redécouvrir le ragoût de pattes de cochon, mets typique du Québec, qu'elle n'avait pas mangé depuis des années. Cindy était perplexe. Est-ce que ce n'était pas trop lourd ? Il était vrai qu'elles avaient deux autres bonnes heures de ski à faire dans l'après-midi pour rentrer. En tout cas, elle avait quant à elle opté pour un sandwich à un jambon local dont on vantait les mérites sur la carte et qui, avec son accompagnement de frites, devait au bout du compte comporter aussi un lot appréciable de matières grasses. Mais comme tout bon randonneur, elles s'étaient d'abord réchauffées avec la soupe du jour, aux légumes.

— Alors, comment ça se passe, dans la police ?

Cindy Sexton était anglophone, mais elle parlait toujours français quand elle en avait l'occasion, un français sans faute avec un accent absolument charmant. Avec Jacynthe, elle le faisait autant pour son propre plaisir – elle se proclamait francophile – que pour accommoder son amie, dont la connaissance de l'anglais n'était pas à un niveau comparable.

— Ça va, répondit Jacynthe, avec une absence de conviction mal dissimulée.

— C'est difficile ?

— Non. Jusqu'à maintenant, c'est même plutôt routinier.

— Trop routinier ?

— Je ne dis pas ça. Quand on doit faire des interventions... mouvementées, on est bien content après de retrouver la routine.

Cindy braqua ses yeux dans ceux de son amie, l'air de dire « *I know you !* ».

— Je sens qu'il y a un « mais », Jacynthe. Il y a quelque chose qui te déçoit, non ?

Jacynthe repoussa son bol vide. Elle dodelina de la tête, puis résolut d'admettre.

— Oui, il y a un mais...

— Et c'est ?

Jacynthe s'ouvrirait-elle un peu plus ? Elle se méfiait. Oh ! non pas de la sincérité de son amie, non, mais elles n'étaient plus aussi intimes qu'elles l'avaient été jadis, par choix, et c'était bien ainsi.

— C'est qu'on intervient, mais ensuite, le suivi nous échappe, s'il y en a un, donc, j'ai toujours l'impression de ne pas toucher à ce qui importerait vraiment... mais pff... je suis en congé, alors je n'ai pas tellement envie de parler travail.

— D'accord.

Le regard de Cindy prit pourtant une expression de tristesse. Elle savait ce que son amie recherchait, et elle savait qu'elle ne le trouverait pas, et elle savait qu'il fallait que Jacynthe y renonce d'elle-même.

— Et toi, de ton côté ? demanda joyeusement Jacynthe pour briser cette seconde petite gêne.

Cindy enseignait l'éducation physique dans une polyvalente, et elle expliqua avec force anecdotes à quel point ce métier ressemblait parfois à celui de policière.

20
Percival Imbert attend

Le 14 janvier est le second samedi après les fêtes. C'est la période tranquille aux Galeries du Sud. Dans la plupart des commerces, on est davantage occupé à faire l'inventaire qu'à vendre. Il n'y a guère que le cinéma et les restaurants qui maintiennent leurs chiffres d'affaires.

Percival Imbert aurait très bien pu choisir la librairie comme point de rendez-vous, mais il a pensé qu'il y serait reconnu et qu'il devrait justifier sa présence. Or, *Mrs.* Pettigrew a bien précisé que leur rencontre devait être aussi discrète que possible et que le mieux, pour ce faire, était un lieu public bien fréquenté.

Il y a toujours du monde à la foire alimentaire, ce qui constitue un grand mystère pour Percival Imbert. Ce n'est pas qu'il dédaigne les frites, mais manger est pour lui un acte intime. Sa femme avait bien essayé de l'habituer aux restaurants, mais elle avait vite abandonné. Encore un effort qu'il devra faire ! Il est conscient qu'il devra se nourrir d'une manière ou d'une autre, même quand il sera appelé à se déplacer pour accomplir la mission qu'il s'est confiée. Pour ce qui est des repas à la maison, il est assez fier de son coup, il a réussi à s'approvisionner. Dans un supermarché, il a acheté vingt et une boîtes de ses trois variétés de céréales préférées, deux caisses de lait UHT et une douzaine de boîtes de pêches en conserve, de quoi soutenir un long siège. En fait, il avait vidé les tablettes de ces produits. Maintenant qu'il s'est prouvé qu'il en était capable, il retournera sans doute au supermarché, malgré que ce soit si difficile. Pourquoi tant de produits sur ces étagères qui n'en finissent plus ? Avec sa femme, il n'avait qu'à pousser le panier. Comme sa vie était simple, belle, harmonieuse, passionnante ! Oust ! Il lui faut chasser les regrets.

À 13 h 30, il n'a pas eu de difficulté à trouver une table libre. Le plus exigeant a été de commander sa salade au comptoir grec. Il n'est pas question qu'il la mange, mais c'est la suggestion de *Mrs.* Pettigrew, qui considérait que c'est moins banal qu'un hamburger ou une pointe de pizza, donc plus facile à repérer, car *Mrs.* Pettigrew et Percival Imbert ne se sont jamais rencontrés en personne. À côté, sur la table, il a placé bien en vue un *Bescherelle* de la conjugaison, qu'il a préalablement retiré de sa bibliothèque où il séjournait depuis plus d'un quart de siècle, sans avoir été touché, car Percival Imbert a toutes les conjugaisons en mémoire, bien entendu.

Tout est en place pour que *Mrs.* Pettigrew puisse le reconnaître. Il ne faudrait pas qu'elle tarde trop. Assis bien droit, les yeux rivés sur une salade à laquelle il ne touche pas, même s'il tient une fourchette, il finira forcément par attirer l'attention.

21
Autres petites gênes…

Pour le souper, Cindy avait prévu des crevettes sautées à l'ail, avec un riz au safran et une salade. Jacynthe, pour sa part, avait apporté deux bouteilles de muscadet, dont une était déjà ouverte pour l'apéro, et des tartelettes aux noix de pacanes.

La section cuisine du chalet était exiguë et comme Jacynthe tenait à composer la salade pendant que Cindy s'occupait du reste, il arriva qu'elles s'effleurèrent et qu'effleurirent des désirs. Jacynthe, quant à elle, tenta de les assoupir en buvant quelques lampées de vin glacé.

Faussement concentrées sur la popote, les filles papotaient d'abondance pour colmater la moindre brèche de silence dans laquelle la gêne aurait pu s'engouffrer et inonder la place. Par ailleurs, elles se trouvaient sans doute un peu bêtes de s'être placées dans cette situation, car leur gêne était platement prévisible. Si passer d'amies à amantes était un processus naturel, du moins dans leur cas relativement particulier, faire le chemin inverse, passer d'amantes à amies, c'était nettement plus compliqué. Comment pouvaient-elles faire semblant d'oublier qu'elles s'étaient aimées pour ainsi dire dès leur premier contact, aimées de cœur et de corps ?

C'était pourtant un pacte de l'oubli qu'elles avaient conclu lorsqu'elles avaient convenu de mettre un terme à l'aspect amoureux de leur relation, après quelques mois d'un bonheur d'autant plus aigu qu'il était caché. Cette cessation ne leur avait pas été imposée par des dissensions à l'intérieur de leur couple, mais par le fait que leur amour avait tragiquement basculé dans les limbes de l'impossible. Et de cela, elles étaient incapables de parler.

Toutes deux avaient été profondément affligées, bien sûr. Cindy s'en était progressivement remise et, autant que faire se pouvait, elle avait connu de nouvelles joies, mais dès qu'elle entendait les premières mesures de la chanson *D'aventures en aventures* de Serge Lama, elle éteignait la radio pour ne pas que son cœur se déchire.

Pour Jacynthe, par contre, touchée de plein fouet, cela avait été une fin. Elle s'était cloîtrée dans un couvent intérieur, elle s'était interdit d'aimer. Or, l'amour se fiche un peu beaucoup des interdictions, comme elle aurait dû le savoir. Elle le savait d'ailleurs quand elle avait accepté de continuer à voir Cindy. Elle le savait à mesure que, d'une rencontre sporadique à l'autre, le fil des sentiments ne cassait jamais, depuis bientôt une décennie. Oh ! c'étaient toujours des rencontres dans des restos banals, souvent rien que pour un sandwich à la sauvette, histoire de se donner des nouvelles, de discuter des études, jamais rien qui eût pu inciter à la romance. Et pourtant…

Et puis étaient arrivées ces invitations, et puis ce premier week-end libre… Cindy avait bien pris soin de préciser que le chalet comptait trois chambres à coucher.

22
Céréales au lait et puis Bach

Ce n'est pas seulement pour leur goût sucré que Percival Imbert aime les céréales en forme de lettres : à chaque bouchée, il se met au défi de former un mot avec les lettres qui émergent dans la cuillère. Quand il était enfant, et adolescent encore, avant de verser le lait, il étalait même tous les morceaux de son bol sur la table et tentait de former un texte cohérent. Même pour lui, ce n'était pas facile, car les quantités de différentes lettres dans une boîte donnée ne correspondent pas à la fréquence de leur utilisation, encore moins de leur utilisation en français, puisque le fabricant n'avait pas poussé le souci du bilinguisme jusqu'à offrir une « édition française » de son produit, comme on l'a fait pour le jeu de scrabble. Il était fréquent que sa mère dût le tirer de sa recherche pour lui rappeler à quel usage étaient d'abord destinés ces minuscules objets.

Ce soir, renouant avec ses manies enfantines, il a eu besoin d'un W pour écrire la phrase suivante : « POURQUOI

110

Mrs. pettigrew ne s'est-elle pas présentée au rendez-vous qu'elle m'a donné ? ». Il a fait les apostrophes, les traits d'union et les accents avec des miettes. Le point d'interrogation a exigé une minutie de moine.

La question s'impose avec d'autant de pertinence que ce n'est pas lui, mais elle qui avait proposé ce rendez-vous. Il ne dispose pas de ses coordonnées personnelles, il ne pourra donc pas la joindre avant qu'elle ne soit rentrée au bureau, lundi matin, si jamais il se persuadait de le faire. Elle, par contre, pourrait lui téléphoner pour lui expliquer les raisons, peut-être banales, de ce lapin qu'elle lui a posé.

Une explication plausible serait que Pierre-Paul Dandonneau eût été d'une manière ou d'une autre mis au fait de ce rendez-vous, et qu'il eût dissuadé sa secrétaire de l'honorer. Mais encore là, *Mrs.* Pettigrew, une dame tellement rigoureuse, policée, courtoise, aurait trouvé un moyen d'épargner cette vaine attente à Percival Imbert, surtout que, bien qu'ils ne se soient jamais rencontrés en personne, elle le connaissait suffisamment pour savoir qu'une telle attente était plus pénible à lui qu'à un autre.

Peut-être s'était-elle simplement présentée en retard, peut-être aurait-il dû attendre plus longtemps, aller marcher et revenir. Ç'aurait été beaucoup demander, surtout que Percival Imbert était encore hanté par les souvenirs de sa dernière visite aux Galeries du Sud.

Ah ! il se trouve bien mal parti, Percival Imbert. Il veut éclaircir un mystère, et dès son premier mouvement, tout ce qu'il trouve, c'est un mystère subsidiaire. Mais il ne se découragera pas. Le découragement est une émotion qui implique une durée. Les émotions de Percival Imbert sont non seulement rares, mais fulminantes.

Maintenant qu'il a vidé son bol de céréales, il a besoin de reposer son esprit, et il n'y a pas de meilleur chemin pour y arriver que le cours sinueux des suites pour violoncelle seul de Jean-Sébastien Bach.

23
Pourquoi bouder son plaisir ?

LES 14 ET 15 JANVIER, AU MÊME CHALET

« *Le printemps s'est enfui depuis longtemps déjà,*
Craquent les feuilles mortes, brûlent les feux de bois,
À voir Paris si beau dans cette fin d'automne,
Soudain je m'alanguis, je rêve, je frissonne,
Je tangue, je chavire, et comme la rengaine,
Je vais, je viens, je vire, je tourne, je me traîne,
Ton image me hante, je te parle tout bas,
Et j'ai le mal d'amour, et j'ai le mal de toi,
Dis, quand reviendras-tu... »

Le chalet embaumait l'érable qui se consumait dans la cheminée en jetant une lumière flageolante et une chaleur indolente. Le sofa était mou et profond. Le Grand Marnier était de trop, bien sûr, mais il laissait un si bon goût dans la bouche.

Jacynthe ne se souvenait plus qu'elle pouvait être si bien. Elle ne pensait à rien, elle ne pensait même pas qu'elle ne pensait à rien. Elle respirait au rythme de la musique, de cette mélancolie paradoxalement réconfortante qui était le génie de la chanteuse. Elle regardait Cindy qui regardait les flammes, Cindy, blanche fée d'Albion, si blanche en ce creux d'hiver qu'on devinait les veines bleues courant sous sa peau comme sous de la neige. Et pourtant, Jacynthe la savait forte et ferme sous ses allures de figurine en porcelaine, et chaude par-delà la fraîcheur nivale de son teint.

Cindy tourna vers son amie son regard d'azur, son nez long et fin, ses lèvres légèrement proéminentes. C'était une reine.

Cindy ne prendrait aucune initiative. C'était à Jacynthe de décider.

Et celle-ci déposa son verre. Elle fut un moment dans une position qui faisait que Cindy ne savait si elle allait se retirer ou rester.

Elle resta.

Au matin, quand elles se levèrent, il y avait un seul lit de défait, le grand lit de la grande chambre, et il était voluptueusement défait.

Ablutions accomplies, elles s'installèrent à la table sur laquelle Cindy avait disposé les éléments classiques d'un petit-déjeuner substantiel. Aussitôt la gêne, emportée la veille par la même tendre tempête qui avait éparpillé leurs vêtements, s'était réinstallée entre elles comme une troisième et encombrante convive. C'était à peine si les deux jeunes femmes se regardaient.

Ce n'était certes pas que leurs ébats eussent été décevants, bien au contraire. Pour la première fois depuis si longtemps, Jacynthe s'était abandonnée, son épine à l'âme avait semblé disparaître. De l'autre côté du sommeil, cependant, l'ivresse étant passée, comment fallait-il disposer des exquis dégâts laissés par la nuit ?

— J'ai fait le café à mon goût, dit Cindy, plutôt fort.

— Ça me va.

Un peu de sucre, un peu de lait… La chaleur.

— Cin/Ja… !

Les deux avaient parlé en même temps, se turent en même temps.

Craquements de toasts.

— Tu/Tu… !

Encore !

Gloussements.

— Vas-y, commence, réussit enfin à articuler Cindy, profitant de ce que Jacynthe avalait une nouvelle gorgée de café.

— Je ne sais trop quoi dire, répondit celle-ci en portant aussitôt un morceau de cheddar orange à sa bouche.

— Oh Jacynthe ! Tu le sais, mais tu te cherches des gants blancs. Ce n'est pas nécessaire. Je comprends très bien que je ne dois pas sauter aux conclusions. Ça ira, je comprends que tu n'es pas prête à t'engager. Je suis une grande fille, je ne me fais pas d'illusion. Mais pourquoi bouderions-nous notre plaisir ?

Jacynthe se reversa du café en esquissant un sourire.

— Il ne faut pas que tu m'attendes, Cindy.

— Mais je ne t'attends pas, sois sans crainte. Tu es déjà là, telle que tu es, avec les limites que tu as fixées. Pour le reste, je te le répète, je suis une grande fille et je gère très bien mes affaires de cœur. Pas de problème à continuer comme avant.

Jacynthe approuva, et appuya.

— Ouais… si ça va pour toi, ça va pour moi. N'empêche…

— N'empêche que… ?

— Une prof d'éduc plus une fliquesse égale : deux lesbiennes ! Tu ne trouves pas que c'est un affreux cliché ?

Et elle lança un coin de toast à son amie.

24
Une étrange proposition

Le lundi matin 16 janvier, l'agent Jacynthe Lemay entra au poste de bonne heure et de bonne humeur. Ce week-end avait été pour le moins revigorant. Elle était en paix avec ce qui s'était passé et pour une fois qu'elle était arrivée à se faire du bien sans se sentir coupable, elle n'allait pas, comme avait dit Cindy, bouder son plaisir.

Elle fronça pourtant un sourcil. Dans sa boîte à messages, elle reconnut le rectangle de papier bleu à l'en-tête du commandant Burns : ce dernier lui demandait de passer le voir dès son arrivée.

Il avait laissé ouverte la porte de son bureau et dès qu'il vit l'agent Jacynthe Lemay s'avancer, il lui fit signe d'entrer tout de suite, tout en se levant pour fermer derrière elle.

— Assis-toi donc, dit-il en soulignant l'offre d'un geste de la main, et il regagna son fauteuil avec une lenteur qui annonçait un entretien délicat.

— T'as passé une belle fin de semaine ?

— Oui.

Elle sentait bien que son commandant aurait apprécié un détail ou deux. Évidemment, à peu près tous les hommes du poste en âge de séduire, ou qui se la jouaient ainsi, s'intéressaient de savoir si elle avait un amoureux. Ce n'était cependant pas le cas du commandant Burns qui, fin psychologue sous ses allures bonhomme, essayait de prévenir les tensions plutôt que de les soulager. Malgré la prodigieuse évolution de la morale sexuelle survenue dans les derniers quinze ans, une jolie jeune femme résolument célibataire demeurait suspecte aux yeux de plusieurs, sinon était perçue comme une offense à leur virilité, même si aucun n'aurait eu la franchise de le déclarer ouvertement. Pour le moment, l'agent Jacynthe Lemay arrivait à éluder les questions, mais un jour ou l'autre, on commencerait à la regarder en coin.

La jeune policière était déjà perplexe quant à cette convocation matinale. Ses derniers quarts de travail avaient été plutôt anodins, et l'arrestation d'un voleur à l'étalage, par laquelle ils s'étaient conclus, ne constituait certainement pas un motif pour un entretien privé, à moins que son petit détour dans l'arrière-boutique de la librairie n'eût été dénoncé, mais cela lui paraissait hautement improbable.

Le commandant Burns prit tout le temps de se flatter les moustaches puis de passer ses doigts écarquillés dans son replet toupet noir. Il soupira plusieurs fois.

— Agent Lemay...

— Mon commandant...

Déjà qu'il s'adressât à elle de manière formelle dénotait un embarras. Il soupira encore.

— Il y a du nouveau...

— Du nouveau à quel sujet?

Il fit une moue comme s'il était un peu fâché d'avoir à être précis.

— Eh bien dans l'affaire de cette... Marie Doucet...

Il mima des guillemets avec ses doigts.

— La mystérieuse femme de Percival Imbert ? compléta l'agent.

Le commandant leva les deux mains, comme pour se défendre d'une agression potentielle.

— Oh ! mais je sais pas, moi, si c'est la femme de ce monsieur ou de n'importe qui...

— On a trouvé quelque chose ?

— Non, non, rien, justement, sauf que, il y a du monde...

Le commandant, sans lever la tête, regarda furtivement au plafond, ce qui signifiait qu'il s'agissait de « monde » haut placé.

— ... du monde qui s'intéresse à elle, on dirait, qui s'y intéresse beaucoup.

L'agent Jacynthe Lemay regarda le plafond à son tour.

— Le chef ?

Le commandant fit tournoyer ses phalanges en haussant l'avant-bras, comme s'il remontait un mécanisme, ce qui, cette fois, signifiait plus haut et encore plus haut.

— Cherche pas, on ne peut pas voir dans ces hauteurs-là. Mais c'est descendu jusqu'à moi, maintenant jusqu'à toi.

L'agent Jacynthe Lemay leva un sourcil.

— Moi ? Qu'est-ce...

Le commandant lui coupa la parole.

— Ah ! comment ils ont pu savoir à propos de cette carte, fouille-moi ! Il faut qu'ils aient pris connaissance de ton rapport, mais bon, c'était pas *top secret* non plus. En tout cas, c'est quasiment devenu une affaire d'État que de mettre la main sur cette carte.

Les yeux de l'agent Jacynthe Lemay se plissèrent.

— Vous n'êtes pas en train de m'ordonner d'aller perquisitionner chez Percival Imbert...

— Non, non, ce serait trop simple si on avait un mandat, puis j'ai quand même encore un peu de cœur, c'est pas toi que j'aurais mis là-dessus. J'ai des bons vieux chiens pour les jobs de bras...

La jeune femme porta son index replié contre ses lèvres, en regardant de côté.

— Je veux dire des hommes d'expérience, rectifia le commandant, se rappelant que sa jeune subalterne envisageait encore son métier avec un certain idéalisme – l'autodérision viendrait avec l'expérience, justement.

— Alors quoi...

— Eh bien comme je t'ai dit, c'est descendu jusqu'à moi et je suis pas le grand patron... J'ai reçu le feu vert pour relancer l'enquête.

— Et vous avez pensé à moi !

— Naturellement ! Mais un instant ! Tu vas m'objecter que t'es pas enquêteuse, et c'est vrai. Comme je te l'expliquais, ils y tiennent vraiment, et tu as établi un contact avec ce monsieur, il a confiance en toi...

— Confiance, c'est beaucoup dire.

— Je comprends, mais c'est juste toi qui peux l'approcher...

— Il est suspect ?

— Non, non.

Burns laissa tomber ses bras sur son bureau, puis poussa pour que son fauteuil s'en éloigne, se leva et s'en alla regarder par la fenêtre, en se grattant le cuir chevelu, puis en se massant les moustaches, puis en tripotant la masse adipeuse qu'il avait sous le menton.

— Sacrifice ! Jacynthe, complique-nous pas la vie, là... Comprends que des fois, il y a des affaires qui descendent, et plus elles descendent de haut, plus c'est pesant, puis là, moi, imagine que tu vois les deux bras du géant vert qui me pèsent sur les épaules. Bien certain que tu peux me dire non, refuser l'affectation, en appeler au syndicat, puis je pourrais moi aussi exiger un mandat de perquisition ou les envoyer promener, je ne serais pas congédié, mais...

— Ça pourrait compromettre votre avancement ?

Le commandant fit le geste de chasser une mouche.

— Pff... Okay, oui, entre autres ça pourrait compromettre mon avancement, et le tien aussi, Jacynthe.

Il fit « stop » de la main.

— Je le sais, tu n'es pas une ambitieuse, ni moi non plus ! J'aime mon poste et ça ne m'épouvante pas d'y rester jusqu'à ma retraite, mais justement, j'ai à cœur que ça marche bien, j'ai à cœur que mes jeunes éléments aient une chance de se faire valoir, puis qu'est-ce que tu veux qu'on y fasse, dans n'importe quelle grosse patente, il y a toujours une part de *give and take...*

L'agent Jacynthe Lemay fixait son chef et ce dernier n'arrivait pas à décoder l'expression de son visage.

— Sacrifice de tabarnouche ! Jacynthe, il ne s'agit pas de protéger un collègue corrompu ou de fabriquer une fausse preuve, il s'agit d'une simple petite carte de trois fois rien, mais ils veulent l'avoir absolument, sauf qu'ils veulent la récupérer sans faire de tapage.

— Donc, on se fiche de l'enquête. Tout ce que vous demandez, c'est de vous rapporter la carte.

— ... m'oui... sauf que la carte est essentielle à l'enquête, hein ! Tu sais pas plus que moi qui est cette Marie Doucet. C'est peut-être une espionne communiste très dangereuse, une criminelle en cavale, et peut-être que ton Percival Imbert, il le sait pas plus, peut-être même qu'il est en danger !

L'agent Jacynthe Lemay réfléchit un moment.

— D'accord, mon commandant, je vais essayer.

Le commandant Burns demeura bouche bée devant cette volte-face.

— Mais on va d'abord s'entendre sur les conditions.

— Je t'écoute.

— Je veux avoir les coudées franches, je ne veux pas me présenter au rapport chaque matin ni sentir qu'on regarde par-dessus mon épaule. Je ne veux pas de pressions non plus, ça pourrait prendre un certain temps.

— Combien ?

— Comment le saurais-je, commandant? Vous me chargez de cette mission parce que Percival Imbert a confiance en moi. Eh bien, je vais travailler de façon à ne pas trahir cette confiance. Ce sera à vous de leur faire comprendre, dans leurs «hauteurs», qu'agir sans faire de tapage, cela implique de prendre un peu plus de temps.

— Je peux m'engager rien qu'en mon nom.

— Et puis...

Le commandant soupira. L'agent Jacynthe Lemay leva le sourcil. Le commandant lui fit signe de continuer.

— ... je veux pouvoir demander et obtenir tous les renseignements que je jugerai pertinents.

— Ça, c'est normal.

— Enfin...

— Quoi encore?

— ... je vais continuer l'enquête même après que j'aurai rapporté la carte, si je n'ai pas abouti avant.

— Oh là! Sais pas...

— Ça aura l'air moins fou, non, si jamais quelqu'un d'autre venait mettre son nez dans l'affaire?

— Tant qu'à ça, oui. Tu as une bonne tête, ma petite fille.

— Et, oh! Je viens de penser à une dernière condition...

— Hé...

— ... vous ne m'appelez plus jamais votre petite fille, ni quoi que ce soit du genre.

— Une bonne tête, et tu manques pas d'aplomb! C'est okay. Excuse-moi, des vieilles habitudes...

Le commandant se frotta les mains.

— Voilà une bonne affaire de faite. Je te fais préparer les papiers et une plaque temporaire de détective. Ça va pas traîner. Maintenant, si tu permets, j'ai une affaire pas mal plus sérieuse sur le feu. Un meurtre dans le *parking* des Galeries du Sud, imagine-toi donc, en plein samedi. La victime vient de l'Ontario, ça fait qu'on a été dessaisi de l'affaire au profit de la Sûreté du Québec, mais ça nous fait de l'ouvrage quand même.

L'agent Jacynthe Lemay, qui allait se lever, se rassit et réfléchit quelques secondes.

— Un meurtre aux Galeries… Je peux avoir une copie du dossier ?

— Hein ! Pourquoi ?

— C'est aux Galeries que l'affaire a commencé.

— D'accord, sauf que…

— … tous les renseignements que je jugerai pertinents, commandant !

— T'as encore raison. Tu auras une copie, mais que je te voie pas te mêler de l'enquête sur ce meurtre.

— Ne craignez rien. Si jamais je découvre un élément pertinent, je vous le transmets sur-le-champ.

25
Elle n'avait jamais manqué une journée de travail

*M*rs. Pettigrew était une célibataire endurcie. On ne lui connaissait pas d'amant. On la rangeait donc d'emblée dans la catégorie dite des « vieilles filles », créatures ambiguës, angéliques ou démoniaques, selon le caractère de chacune, desséchées le plus souvent, par la privation de sexe, persiflait-on, mais pour la plupart admirablement dévouées à une cause.

La cause de *Mrs.* Pettigrew était son travail, c'est-à-dire le Conseil privé. Elle y avait été pistonnée peu après la fin de ses études. Elle avait déjà occupé la plus haute fonction cléricale, mais avait demandé à être affectée à une position moins exigeante pour terminer sa carrière, et les Affaires extérieures lui seyaient à cause de son goût pour les voyages (organisés). Ainsi se dirigeait-elle, sans du tout se presser, vers une retraite paisible pendant laquelle, entre quelques voyages, elle se consacrerait à ce qu'elle aimait le plus en dehors de son boulot, soit la relecture incessante des œuvres de William

Shakespeare et d'Agatha Christie, le piano, la confection de délicieux *cakes* (à qui les offrirait-elle alors ?), le chant, tant que la voix tiendrait, avec la chorale de l'église anglicane *St. Albans,* sans oublier, *Oh no, for God's sake !* de dorloter Coco et Cherry-Bird, ses perruches adorées, ou celles qui les remplaceraient éventuellement. À ce rythme, une vieille fille peut vivre longtemps, si nul incident malheureux ne survient.

En une quarantaine d'années, *Mrs.* Pettigrew n'avait jamais raté une journée de travail sans avoir au préalable pris toutes les dispositions pour que son absence soit sans effet sur la bonne marche du bureau. Si cela s'avérait absolument nécessaire, elle s'organisait pour tomber malade durant ses congés. Elle n'était jamais arrivée en retard ; elle venait au travail à pied et on l'avait déjà vue manier la pelle à neige pour se frayer un passage au coin des rues. En toute cohérence, elle n'avait jamais quitté son poste une seconde avant cinq heures, et la plupart du temps, après. Ce n'était pas une forte femme, mais c'était une femme sans faiblesse.

On peut donc comprendre l'étonnement de Pierre-Paul Dandonneau de ne pas la trouver à côté de son téléphone ce lundi 16 janvier, vers 14 h, quand il rentra d'une réunion au Château Laurier, suivie d'un lunch allongé. Et c'était fort embêtant, car *Mrs.* Pettigrew était bien près d'être indispensable. Il repensa à la pénible consigne qu'il lui avait donnée trois jours plus tôt. Pouvait-on imaginer que cette si dévouée *Mrs.* Pettigrew se fût permis d'exercer des représailles ?

Il se grattait encore l'occiput quand il entendit dans son dos qu'on l'appelait par son nom.

Il se retourna et recula d'un pas. Un homme pas très grand, mais aux épaules impressionnantes, le manteau ouvert, le chapeau relevé sur le crâne de manière à révéler le prolongement du front, un cure-dent au coin de ses lèvres encadrées de bajoues, attendait impassiblement qu'il confirme son identité. Pierre-Paul Dandonneau lui trouva une forte ressemblance avec Hector « Toe » Blake, du moins avec le Toe Blake qui avait quitté depuis déjà une décennie son poste de *coach* du club de hockey les Canadiens de Montréal.

— Oui ?

L'homme soutira une carte de son manteau et l'exhiba mollement.

— Grothé, Sûreté du Québec. J'aurais voulu prendre rendez-vous, mais comme vous le constatez, votre secrétaire manque à l'appel. On peut se parler un instant, en privé ?

— C'est que...

— Et voici le détective O'Toole, de la police municipale, ajouta le policier en se déplaçant pour désigner un rouquin moins massif et plus jeune que lui.

— C'est à quel propos ?

— À propos de votre secrétaire, justement...

26
La victime

Au premier coup d'œil, Percival Imbert dirait qu'elle s'offre une petite sieste dans sa voiture. Elle est bien adossée dans le siège du conducteur, la tête de biais sur son épaule droite, le bras gauche relâché le long du corps, l'autre replié sur la cuisse. Mais elle a les yeux ouverts, et la bouche aussi, comme si elle s'apprêtait à dire quelque chose.

Pourquoi est-ce tellement évident qu'elle est morte ? Bien sûr, ce sont des clichés de police et l'agent Jacynthe Lemay a fait une mise en situation ; Percival Imbert se demande tout de même par quel phénomène la photographie, à travers l'immobilité qu'elle impose à toute chose, parvient à rendre si évidente l'immobilité particulière de la mort. Le surmoi artificiel que Percival Imbert s'est construit au fil des années lui souffle que ce n'est pas le moment de se poser ce genre de question. L'agent Jacynthe Lemay attend seulement de lui qu'il lui signifie s'il a déjà vu ou non cette pauvre personne.

L'agent Jacynthe Lemay n'est d'ailleurs plus agent de police. Elle a été promue temporairement afin d'enquêter sur la disparition de la femme de Percival Imbert, a-t-elle annoncé. Ce dernier lui a ouvert la porte, tantôt, par courtoisie, par sympathie même, et parce qu'elle ressemble tellement à sa femme lorsque jeune qu'à chaque fois qu'il la revoit, un doute absurde s'empare de lui. Mais quand elle lui a expliqué son nouveau rôle, il lui a demandé de s'en aller. Elle a placé son pied dans la porte et a insisté. Elle lui a fait comprendre que s'il refusait de collaborer avec elle, il pouvait être certain que des policiers grossiers débarqueraient chez lui pour fouiller la maison de fond en comble, partout, jusque dans sa bibliothèque. Elle a insisté encore qu'elle n'avait pas accepté ce mandat par intérêt professionnel, mais – et là, elle a hésité et Percival Imbert a senti une douleur chez elle – par empathie. Un jour, peut-être, quand ce serait fini, si toutefois cette histoire arrivait à une fin, elle pourrait lui révéler la source de cette empathie.

Et Percival Imbert l'a enfin laissée entrer. Ils se sont assis à la table de la cuisine. Elle a d'abord dit que, par acquit de conscience, elle voulait lui montrer les photos de la victime d'un meurtre survenu dans le *parking* des Galeries du Sud.

— On ne dirait pas qu'elle a été assassinée, il n'y a pas de sang, observe Percival Imbert.

— Jacynthe l'admet – euh… Percival Imbert permet-il que, dans leurs conversations, elle soit désignée par son simple prénom?

— Il ne s'objecte pas, à condition qu'on ne lui demande pas la réciproque. Du moins pour le moment.

— C'est tout naturel. En effet, donc, il n'y a pas de sang. Le rapport du médecin légiste est arrivé rapidement et il a été formel : elle a eu la nuque brisée. On lui a appliqué une prise fatale, c'est-à-dire à la fois une flexion et une torsion sèche et vigoureuse de la nuque avec les avant-bras, provoquant une séparation ou même une rupture des vertèbres et la mort quasi instantanée. Cette prise exige de l'assassin une grande force physique, et qu'il possède la connaissance technique et la pratique requises. De surcroît, vu qu'il n'y a pas trace de lutte, la victime a été surprise.

L'agent Jacynthe Lemay se tait un instant, pour permettre à Percival Imbert d'absorber ces informations et elle comprend qu'il était inutile d'attendre une réaction. Instinctivement, elle décide de poursuivre.

— Cela dit, selon le seul témoin, une femme qui attendait son mari derrière les portes vitrées du magasin Miracle Mart, ils étaient deux. Elle a vu la voiture de la victime tourner dans l'allée pour chercher une place le plus près possible de l'entrée – le vent était cinglant, samedi. Elle a trouvé, mais ce ne devait pas être une très bonne conductrice, car elle a mis beaucoup de temps à se garer, à reculons, la place du chauffeur étant du côté du témoin. Pendant le processus, deux hommes en manteaux gris avec des chapeaux sont apparus entre les voitures. Ils se sont approchés du véhicule de la victime en faisant des gestes qui semblaient dire qu'elle aurait trop reculé. Le témoin a aperçu le chapeau de la victime qui sortait du véhicule – un chapeau en velours turquoise avec une broche brillante, on l'a retrouvé sur la banquette arrière –, mais les deux hommes, plutôt costauds, se sont placés de telle manière que le témoin n'a plus vu que leurs dos. Ils ont semblé parler quelques secondes à la victime, puis ils se sont éloignés pour disparaître entre les voitures. Le témoin s'attendait à voir la victime réapparaître, mais quand son mari est arrivé, cinq à dix minutes plus tard, rien n'avait bougé. Intriguée, la dame a demandé à passer devant la voiture de la victime. Percival Imbert peut deviner le reste. Un meurtre commis en plein jour, dans un endroit public très fréquenté, et il n'y a qu'un seul témoin. Une conclusion s'impose : on a affaire à des professionnels, probablement à un meurtre commandité.

Percival Imbert repousse le dossier vers Jacynthe Lemay.

— Ce n'est pas la femme de Percival Imbert, dit-il.

— Jacynthe Lemay aurait été bien surprise si Percival Imbert lui avait annoncé le contraire. Mais il reste qu'une disparition et un meurtre de femme en plus ou moins trois semaines au même endroit, ce n'est pas banal. Si Percival Imbert reconnaissait un tant soit peu cette femme, le dirait-il à Jacynthe?

— Probablement que non, mais Percival Imbert affirme qu'il n'a jamais vu cette pauvre femme. Est-ce qu'elle a été identifiée?

— Oui. Les meurtriers n'ont pas touché à son sac, alors ça a été vite fait. Il s'agit d'une certaine Dorothy Pettigrew…

— Dorothy Pettigrew! fait aussitôt Percival Imbert en écho.

Ses yeux se ferment derrière ses lunettes rondes, sa bouche s'affaisse comme sous le poids des moustaches. C'est une expression de douleur.

— Vous la connaissiez! fait Jacynthe Lemay, s'oubliant.

Percival Imbert, sans relever l'accroc, fait non de la tête.

— Percival Imbert la connaît? se reprend la policière.

Elle reçoit aussitôt la même réponse. Percival Imbert n'ouvre pas les yeux, n'ouvre pas la bouche.

Parlera-t-il, ne parlera-t-il pas?

27
Stupéfactions

Percival Imbert ne dit plus rien.

Il est encore stupéfait, et maintenant, l'agent Jacynthe Lemay l'est autant que lui.

Il s'est accordé cinq minutes exactement, pour tout soupeser et se résoudre enfin à révéler à cette jeune femme qui provoque en lui tant de troublantes impressions, que non seulement il sait qui était Dorothy Pettigrew, même s'il ne la connaissait pas, mais – et ô combien surtout ! – lui apprendre que si elle a garé sa voiture aux Galeries du Sud samedi dernier, c'était que Percival Imbert l'attendait à l'intérieur, à la foire alimentaire, et que cette attente fut évidemment vaine.

Il lui a fait ces révélations parce parmi toutes les avenues imaginables, seule celle qu'il peut emprunter en compagnie de l'agent Jacynthe Lemay est praticable. Il y a eu un meurtre, un assassinat, pour dire juste, car ce n'est pas l'œuvre d'un monstre passionnel, c'est celle d'une force froide. Percival Imbert se sent moins fou que jamais. Cette force froide agit

129

depuis le début. Elle agissait déjà avant Noël, elle agissait pendant qu'il errait dans les Galeries du Sud, à la recherche de l'introuvable. C'est cette force froide qui a fait disparaître sa femme. Cette force froide pourrait bien se retourner contre lui. S'il poursuit son projet de découvrir lui-même ce qui est arrivé à sa femme, il risque de subir le même sort que cette pauvre *Mrs.* Pettigrew. La perspective de sa propre mort ne l'a jamais angoissé. L'inexistence est certainement plus facile à supporter que l'existence. On est de toute façon absent de l'Univers, sauf en un point infinitésimal. Mort, Percival Imbert sera absent partout, c'est tout et ce n'est rien. Sa mort, toutefois, ferait en sorte qu'il ne saurait jamais ce qu'il est advenu de Marie, et cela lui est intolérable, bien au-delà des considérations métaphysiques.

L'agent Jacynthe Lemay penche la tête sur le côté, fixe le plancher et exhale un long soupir en gonflant un peu les joues, puis elle dépose le dossier sur le divan, entre eux deux, se recule, porte l'index droit à sa paupière, gratte délicatement.

— Et quel était l'objet de cette rencontre ? demande-t-elle enfin.

— Percival Imbert l'ignore de façon précise, mais *Mrs.* Pettigrew avait sûrement des choses à lui dire sur sa femme. Percival Imbert avait parlé à la victime la veille, au téléphone, quand celle-ci l'avait appelé pour donner suite à une demande de renseignements sur Marie Doucet qu'il avait faite à Pierre-Paul Dandonneau.

— Qui est-ce ?

Percival Imbert répond sans rien omettre, y compris qu'il était évident que Dorothy Pettigrew était chargée d'une sale besogne, soit lui annoncer que du point de vue du gouvernement fédéral, Marie Doucet n'a jamais existé.

— Encore… fait Jacynthe Lemay.

— Percival Imbert est certain que *Mrs.* Pettigrew n'a jamais pensé un instant qu'il avalerait cette couleuvre, expression répugnante, mais tout à fait appropriée. Elle n'a donc certainement pas proposé ce rendez-vous pour le rassurer sur l'existence de sa femme. Elle apportait autre chose.

— Mais quoi? Percival Imbert n'en a-t-il pas une petite idée?

— Pas la moindre, que l'enquêteuse Jacynthe Lemay en soit assurée. Dans le cas contraire, Percival Imbert aurait du même coup une idée des motifs pour lesquels on veut que sa femme soit disparue sans laisser aucune trace.

Jacynthe Lemay cherche péniblement une façon de traiter cette formidable information qui soit à la fois compatible avec les règles de son métier et celles de son cœur.

Percival Imbert semble de glace tandis qu'il la regarde. Pourtant, il peut appliquer des mots sur ce qu'elle ressent: *désarroi, effroi.*

— Ce n'est plus la même chose, plus la même chose du tout… je… pardon…

— Jacynthe Lemay peut parler à sa convenance…

— Merci. Je ne peux pas garder cette information pour moi. Il s'agit d'un homicide! Vous non plus, vous n'avez pas le droit de vous taire. Vous allez être interrogé, c'est inévitable, tout refus de collaborer entraînerait des conséquences terribles. Et quand on connaîtra le lien entre la disparition de votre femme et le meurtre, les deux affaires en deviendront une seule, et on va me renvoyer à la patrouille. Et ce sera objectivement une sage décision. Je suis déjà quelque peu au-dessus de mes compétences, alors imaginez! Mais je vais être tellement désolée de vous abandonner!

— Pourquoi Jacynthe Lemay tient-elle tellement à aider Percival Imbert? Lui, les sentiments troubles qu'elle lui inspire sont dus à son incroyable ressemblance avec sa femme. Est-ce que Percival Imbert ressemble à quelqu'un de cher à Jacynthe Lemay?

— Oui, Percival Imbert ressemble, bien que sous d'autres aspects, à quelqu'un qui me fut très cher.

— Au point où nous en sommes, je vais vous écouter si vous voulez me parler de cet être.

Percival Imbert met un moment à comprendre pourquoi tout à coup, Jacynthe Lemay le regarde avec des yeux écarquillés dans lesquels se lit, encore, une nouvelle stupéfaction. Il lui a parlé comme le font les autres, à la première personne, sans effort, sans même s'en rendre compte.

Quelque chose de fondamental vient de se passer. Percival Imbert en est conscient et il l'accepte ; Jacynthe Lemay sera la troisième femme de sa vie, c'est-à-dire la troisième avec qui il pourra parler normalement, après sa mère puis sa femme, du moins si rien ne vient rompre le charme.

28
Un sylvain aux vastes yeux verts

LE 16 JANVIER VERS 17 H, ET UNE DIZAINE D'ANNÉES AUPARAVANT

Percival Imbert donne son bras à l'agent Jacynthe Lemay, comme il le faisait avec sa femme, quand il se promenait avec elle dans ce quartier où si peu d'habitants profitent des larges avenues flanquées d'érables, de saules ou de quelques survivants de la maladie hollandaise de l'orme qui, ces dernières années, a privé d'ombre tant de belles places publiques. Il faut d'ailleurs marcher sur la chaussée, car il n'y a pas de trottoir. Percival Imbert aurait pu compter sur les doigts de la main les promenades faites avec sa femme, ici ou ailleurs. Le fait est cependant qu'il aimait lui tenir le bras, ce qu'il ne pouvait faire lors des magasinages – et cela ajoutait à son déplaisir. Quand on voit une femme au bras d'un homme, on pense naturellement que celui-ci soutient celle-là. Dans le cas de Percival Imbert et de Marie Doucet, c'était plutôt le contraire. Si elle ne le soutenait pas à proprement parler, elle le menait, un peu comme on guide un aveugle, et c'était bon. Se déplacer sans destination précise, sans trajet établi, est impensable pour Percival Imbert.

Le jour se couche gris, et quelqu'un qui les observerait pourrait imaginer un tableau de Jean Paul Lemieux, pour peu qu'il ait un peu de culture : *Jeune femme et son père.*

C'est Jacynthe Lemay qui a voulu sortir ainsi. Elle n'aurait pas été capable de raconter son histoire assise sur le divan, dans le salon de cette maison pleine de vide. Question d'ambiance.

Elle raconte son histoire, qui est aussi l'histoire de Sylvain.

Sylvain est son petit frère. Il a dix ans. Elle, elle vient d'avoir seize ans. Bien qu'elle ne s'en rende pas tout à fait compte, elle l'aime profondément. Vivre avec Sylvain n'est cependant pas facile. Ce n'est pas qu'il soit méchant, c'est qu'il n'est pas normal. Il a dix ans, mais son esprit fonctionne comme celui d'un bambin. Pour son plus grand malheur, il est bien fait et beau comme une créature des forêts, un sylvain, justement, un sylvain aux vastes yeux verts, solide et gracieux à la fois. Il attire le regard, le rapprochement, la tendresse. C'est quand il ouvre la bouche qu'on se rend compte de son anomalie. Il parle en bébé, dira-t-on. C'est un retardé, un attardé, un arriéré, qu'importe, bien peu de gens utilisent les termes scientifiques. Il est gentil, souvent amusant, mais il faut le surveiller constamment, car son corps, lui, est largement de son âge. Il est agile, il court vite, il saute haut, le petit Tarzan !

Il fait des bêtises et il les répète. Ce n'est pas si grave quand il se contente de jeter le bouchon de la baignoire dans la toilette et de tirer la chasse. Allez savoir ce qui le fascine tant ! Le tourbillon ? La disparition de l'objet ? Bon ! On le gronde, on remplace le bouchon qu'on attache avec une chaîne plus solide. C'est davantage gênant quand ça se passe chez un voisin. La famille habite un quartier tranquille et à l'aise de Saint-Bruno-de-Montarville, où les gens ne verrouillent pas les portes quand ils sont à la maison. Sylvain peut entrer à l'improviste. Il est poli, il salue toujours avec un grand sourire.

Qui le jetterait dehors ? Et quand on va en visite, il faut le garder à l'œil. Qui est-ce qui tôt ou tard doit le prendre en charge, quand les adultes souhaitent discuter entre eux ou jouer aux cartes ? C'est la grande sœur, c'est la belle Jacynthe. Elle ne se défile pas, Jacynthe, mais elle trouve ça lourd par moment, et de plus en plus.

Petit, on pouvait le confiner à certaines pièces, ou dans le jardin. Mais maintenant qu'il est grand, c'est plus difficile, beaucoup plus difficile. Curieusement, il montre une certaine intelligence. « Assez malin pour mettre le feu, mais trop bête pour l'éteindre », disait son père quand il perdait patience. Heureusement, si l'on peut dire, il s'était une fois méchamment brûlé les doigts et depuis, il avait peur des allumettes. Mais pas des briquets. Cependant, son grand plaisir était de souffler la flamme, donc pas trop d'inquiétude de ce côté, mais tout de même, les fumeurs évitaient de laisser traîner leurs accessoires.

Puis un jour, en observant un garçon qui réparait le pneu de sa bicyclette, il a découvert qu'en appuyant sur le piston de la valve, l'air s'échappait avec un bruit rigolo. Que de plaisir pour Sylvain ! Que de tracas pour Jacynthe ! « Allez ma grande, la pompe à pieds, c'est un bon exercice pour une future biathlète ! » Et quoi encore ?

À seize ans, une jeune fille, si sage et si coopérative soit-elle, commence à avoir envie de vivre sa vie. Cette envie devient particulièrement brûlante lorsqu'elle découvre l'amour.

Pour Percival Imbert, les rapports charnels sont quelque chose de si parfaitement irréel qu'il n'est pas choqué le moins du monde d'apprendre que pour Jacynthe, l'amour vient par une personne de son sexe. Cela arrive en hiver, au camp de formation des cadets de l'armée. Oui, Jacynthe ambitionne de devenir une biathlète de niveau international, et dans cette discipline, la voie militaire est pour ainsi dire la seule qui y mène. En tout cas, elle croit qu'elle avait cette ambition : elle comprendra plus tard qu'elle a surtout besoin de s'éloigner de la maison. Cela est arrivé dans les douches. En fait, il ne se passe rien au sens d'un événement visible et descriptible. Il se passe quelque chose dans le secret des vaisseaux capillaires, des fibres intimes, des âmes et des cœurs. Après, il faut laisser à la chrysalide le temps de mûrir.

Cindy est la fille d'un militaire basé à Saint-Hubert, mais elle habite elle aussi Saint-Bruno. Entre autres parce que les anglophones et les francophones de la petite ville se fréquentent très peu, les deux jeunes filles ne se sont jamais rencontrées avant que le sport ne les mette en contact, mais les beaux jours revenus, elles décident de s'épauler dans la poursuite d'un programme d'entraînement, course, vélo, musculation... En réalité, c'est plus un prétexte pour être ensemble.

Il ne faut pas longtemps pour que l'amour éclate comme un bourgeon par un beau dimanche de mai. Et c'est un dimanche de mai, en effet. Les parents ont emmené Sylvain à La Ronde. Jacynthe a décrété qu'elle n'a plus l'âge, qu'elle a du travail, qu'elle doit s'entraîner, avec Cindy.

La chambre de Jacynthe a un peu gardé son décor «petite princesse». Les filles sont souvent comme ça, bien qu'elles mûrissent plus vite que les garçons, elles demeurent davantage attachées aux choses de leur enfance. Le lit est encore rose avec une poupée sur l'oreiller. Classique. Enfant, on ne lui a pas demandé quel genre de fille elle rêvait de devenir, ce n'était pas dans les mœurs.

Mais ce jour-là, il y a deux jeunes femmes dans la chambre, des jeunes femmes avec des désirs de femme. Elles sont à point. Toutes ces inhibitions qui leur ont été inculquées concernant ce type d'amour que beaucoup jugent contre nature, ou immoral, ou, bien entendu, péché, toutes ces inhibitions qui refoulent les évidences ne peuvent plus tenir.

Elles cèdent, elles se cèdent l'une à l'autre, et c'est le plus beau et le plus glorieux des moments.

Puis se déroule l'été, parsemé de récidives comme autant de floraisons nouvelles. L'amour s'installe à demeure. Ce ne sera pas une tocade, pas un feu de paille, elles en sont persuadées. À seize ans, l'amour, c'est toujours pour toujours.

Puis revient septembre, reviennent les classes. Par la force des choses, elles se voient moins, elles ne fréquentent pas la même institution. Elles sont conscientes qu'une sorte de test les attend. Il y a les garçons qui ne sont pas peu sensibles à leur beauté respective. La liste des prétendants est riche, elles auraient droit aux morceaux de choix. Ça va devenir gênant, ça va commencer à jaser. Mais elles ne doutent pas un instant de leur force.

Ç'aurait pu être tellement beau, si la tragédie n'était pas survenue.

Septembre, donc. Un vendredi. Sylvain fréquente une institution spécialisée. L'autobus scolaire le dépose à 16 h 30 devant la maison. C'est Jacynthe qui a la responsabilité de l'accueillir et de lui servir sa collation, quand leur mère ne peut le faire – l'année précédente, elle est retournée à temps partiel sur le marché du travail (avec Sylvain, avant, c'était impossible). La grande sœur s'acquitte de son devoir, rien à lui reprocher.

Mais ce vendredi, Cindy est venue la rejoindre et, fatalement, les sens ont imposé leur dictature. L'heure a passé. Elles n'ont rien entendu que la bourrasque impétueuse de leurs haleines confondues.

« Jacynthe ! »

La porte de la chambre s'est ouverte. Sa mère est là, dans l'état qu'on imagine.

Mais il n'y a même pas le temps de bafouiller une tentative d'explication, qu'on sonne à la porte.

C'est un voisin de méchante humeur. Il l'a encore fait, il a dégonflé un pneu de sa voiture.

Le sac de Sylvain est là, jeté dans l'entrée. Mais où est-il, lui ?

Jacynthe descend en courant avec Cindy qui a encore les cheveux ébouriffés. Elles vont se lancer à sa recherche.

Alors commence un interminable chemin de la croix, dont, à ce jour, elle n'a pas encore atteint la fin, si fin il doit y avoir.

La trace est facile à suivre : Sylvain s'est déchaîné. Il n'y a pas tant de voitures garées. Le pneu arrière, côté du trottoir, est dégonflé, systématiquement, deux, trois, quatre, cinq, six… Et puis plus rien. Plus de Sylvain, plus de sylvain aux vastes yeux verts. Plus jamais.

On ignore ce qui lui est arrivé. On a juste le témoignage d'une voisine qui a noté de sa fenêtre la présence insolite d'un camion de livraison, du magasin Eaton, peut-être, à cause de la couleur bleu foncé, elle n'est pas certaine. Vérifications faites, personne dans la rue n'a reçu de livraison cet après-midi-là, ni d'Eaton, ni de Sears, ni d'un autre. Cette minuscule piste ne mène nulle part. Les appels au public entraîneront une avalanche de réponses, mais aucune un tant soit peu sérieuse. Sylvain aurait-il pu monter dans un camion à l'invitation d'un inconnu ? Bien sûr que oui, malgré qu'il ait été prévenu mille fois du danger que cela représente. Même des enfants normaux se font prendre, alors imaginez… surtout s'il avait été surpris en train de commettre un méfait. Quelle aubaine pour un bourreau d'enfants !

Et c'était en septembre 1970. Un mois plus tard, une fameuse crise allait accaparer toute l'attention du public, et de la police. La disparition d'un garçon de dix ans allait passer en arrière-plan.

Peut-être est-il encore vivant aujourd'hui, peut-être est-il mort. On a tout essayé, même les prétendus voyants. On s'est perdu dans un labyrinthe de spéculations qui, au bout du compte, se valaient toutes.

Il faut avoir vécu une telle épreuve pour concevoir à quel point c'est épouvantable. Il n'y a jamais de deuil. Sa mère en a perdu la raison. Il faut dire qu'elle était une enfant adoptée. Cela ne l'avait pas rendue malheureuse quand elle l'avait appris, mais cela avait produit une sorte d'angoisse de la disparition. De plus, comme elle ignorait ses origines, elle se demandait si l'anormalité de Sylvain n'était pas due à un quelconque atavisme. La perte de Sylvain a donc été un puissant catalyseur et la réaction en chaîne qu'elle avait provoquée s'est avérée incontrôlable.

Quant à son père, il est mort de chagrin, dans un quasi-suicide ; quand il a commencé à avoir des problèmes avec son cœur, il n'a rien fait pour se soigner, il a continué à fumer, plus que jamais, presque trois paquets par jour, et à boire à tous les soirs. Il a bientôt été rejoint par sa conjointe. Jacynthe est demeurée seule.

Elle avait réagi autrement, Jacynthe. Elle n'avait pas renoncé à la vie, mais, au seuil de ses dix-sept ans, elle avait renoncé à *sa* vie. Le bonheur lui avait été définitivement interdit.

En plus de tout le reste, elle avait dû affronter la honte, le sentiment de culpabilité. Elle ne pouvait pas se plaindre que ses proches l'aient accablée, mais ce n'était pas nécessaire, devant les évidences écrasantes. Même quand elle allait visiter sa mère, sa mère qui ne parlait plus, qui ne reconnaissait plus personne, qui s'était enfermée à jamais dans un mutisme étanche, elle sentait dans son regard le reproche éternel. Comment Jacynthe n'a-t-elle pas sombré elle aussi dans la dépression, l'alcoolisme, la drogue ? Elle ne peut pas vraiment l'expliquer, sinon par une prédisposition naturelle. Pour l'amour de Cindy, sans doute, aussi, un amour qui, au-delà du renoncement, demeurait intact. Elle n'avait pas le droit d'imposer en plus à Cindy le spectacle de sa propre déchéance.

— « Bonheur : État de la conscience pleinement satisfaite. » C'est la définition du *Robert*, dans le contexte où Jacynthe Lemay a employé ce mot.

— Ce n'est pas moi qui vais vous contredire, mais…

— Percival Imbert ne conçoit pas qu'on puisse interdire à la conscience d'être pleinement satisfaite.

Jacynthe Lemay esquisse un sourire. De récents événements de sa vie semblent donner raison à Percival Imbert… mais elle préfère ne pas les aborder.

Elle laisse aller le silence tout en se faisant la réflexion que parler de soi à la troisième personne, c'est plus facile, ça fait moins mal.

29
Choux blancs

Grothé rentra dans sa chambre de l'hôtel Lord Elgin, à Ottawa, vers 21 h – la SQ n'avait pas les budgets pour loger son monde au Château Laurier. Il était fatigué et un rien déprimé. L'enquête s'annonçait dans le genre qu'on finit par mettre sur la glace après avoir tourné en rond dans le vide jusqu'à en attraper le tournis, en plein le genre qu'il détestait, quoi. Sa journée avait été parsemée de choux blancs. Pas le début de l'ombre de la queue d'une piste ou d'un mobile qui aurait pu donner une idée de pourquoi cette femme, en tout point respectable, était allée se faire tordre le cou dans le stationnement d'un centre commercial des environs de Montréal, donc à quasiment deux heures de route de chez elle! C'est quand même un peu loin pour faire des courses! Pourtant, on n'avait trouvé aucun bagage dans la voiture et rien, dans l'appartement de la victime, ne donnait l'impression qu'elle n'allait pas revenir dans la soirée. D'ailleurs, elle n'avait pas prévenu le maître de chœur de son église qu'elle aurait

141

pu manquer à l'appel le dimanche. Elle n'avait pas non plus demandé à la concierge de l'immeuble de prendre soin de ses perruches adorées comme elle le faisait chaque rare fois qu'elle devait découcher. Quant aux éventuels ennemis, autant chercher des poux au buste de Mozart qu'elle avait sur son piano ! Soit, la dame ne semblait pas avoir d'ami véritablement proche non plus, pas d'amant connu, et si elle était lesbienne, elle gardait ça pour elle, mais elle était universellement estimée par tous les gens qu'elle fréquentait, que ce soit au travail ou dans ses loisirs, lesquels loisirs, pour ce qu'on en savait, étaient invariablement reliés à la paroisse anglicane *St. Albans*, où l'on avait bien entendu été catastrophé par la nouvelle de sa mort violente – Dorothy Pettigrew ascensionnerait le paradis, soulevée par une marée de prières. À moins, bien sûr, qu'elle n'ait eu quelque squelette enfoui dans un placard… C'était de ce côté qu'il allait falloir chercher, parce qu'il était illusoire de penser retrouver les assassins. On n'avait d'eux qu'une description vestimentaire, et ils étaient vêtus comme des assassins professionnels d'un film d'espionnage en noir et blanc.

Allez savoir si Dorothy Pettigrew n'était pas une espionne, une taupe ? Si tel était le cas, cependant, ce ne serait plus l'affaire de la Sûreté du Québec, ni de la police d'Ottawa, comme en avait d'ailleurs convenu ce O'Toole qu'on lui avait collé aux fesses, car il fallait absolument un officier local pour perquisitionner chez la victime.

Oh ! ce n'était pas un mauvais bougre, ce Gerry O'Toole, plus jeune que Grothé, mais pas un bleu non plus. Le problème, c'était qu'il massacrait le français tout en se croyant *fluently* bilingue. Pour le travail, ce n'était pas un empêchement, mais de là à converser longtemps, il y avait un pas que Grothé aurait préféré ne pas franchir, sauf qu'il n'avait pu trouver aucune raison de refuser l'invitation à souper dans une taverne de Hull, ville située de l'autre côté de l'Outaouais, donc en territoire québécois, où le collègue avait ses entrées – les Ontariens de la capitale aimaient traverser la frontière pour s'enivrer plus à l'aise. Le repas s'était étiré de bières en cigarettes, de bières surtout pour O'Toole, qui croyait que des origines irlandaises vous prémunissaient contre les effets de l'alcool. Et puis, c'était toujours le même problème : parce que Grothé était quasiment le sosie de Toe Blake, tout le monde pensait qu'il était un connaisseur en hockey, alors qu'il ne s'y intéressait guère que durant les séries éliminatoires, tant que les Canadiens en étaient. Au-delà, il n'avait aucune compétence pour commenter la performance des équipes de l'expansion, ni pour spéculer sur la fin de la carrière d'Yvan Cournoyer, ni pour trancher la question de savoir si Guy Lafleur était meilleur que Jean Béliveau, et, franchement, cela l'ennuyait plutôt. Cependant, le *Canadian* moyen avait un trait commun avec le Québécois moyen : installé dans une taverne et lancé sur le sujet du hockey, il n'y avait pas moyen de l'arrêter. Tout compte fait, d'ailleurs, quitte à parler avec un anglophone, Grothé préférait de très loin ce sujet à la politique. O'Toole s'y était essayé à quelques reprises. Claude Ryan, qui avait annoncé la semaine précédente son intention de devenir le chef du Parti libéral du Québec, serait-il le sauveur du Canada ? Le policier québécois avait éludé la question sous le prétexte que son code d'éthique lui interdisait de prendre parti et qu'il jugeait donc plus pratique de ne pas avoir d'opinion.

Quand O'Toole s'était enfin résigné à se lever de table, Grothé avait eu beau insister pour prendre le volant, il avait dû à son tour se résigner à se caler dans la position de passager, angoissé d'être à la merci d'un chauffeur en état d'ébriété, et cela n'était pas étranger à la sensation de lassitude qu'il éprouvait maintenant.

Et puis, la chambre ne payait pas de mine. Le Lord Elgin avait été construit pendant la Deuxième Guerre mondiale pour accueillir les militaires en transit et cela se voyait.

Grothé alluma une cigarette et s'installa au pupitre. Il prit le bloc-notes et le stylo gracieusement fourni et écrivit un nom : Pierre-Paul Dandonneau. Grothé était pêcheur et dans son vocabulaire, il aurait dit que durant son bref entretien avec le patron de Dorothy Pettigrew, il avait eu une touche. Oh ! pas un gros brochet, mais il avait perçu quelque chose au-delà de la réaction normale d'un patron qui apprend que sa fidèle secrétaire a été assassinée. Déjà au premier contact, il avait senti une tension. Soit, il n'avait pas besoin d'être un algébriste de haut niveau pour faire une équation entre l'irruption d'un policier et l'absence énigmatique d'une secré-taire modèle. Pourtant, Dandonneau semblait sur ses gardes. Quoique non, ce n'était pas exactement ça. D'autre part, sa place n'était pas dans la liste encore inexistante des suspects. Avec son complet impeccable, sa cravate en soie, sa feuille d'érable à la boutonnière, sa tête proprette d'agent d'assurance et ses mains comme neuves, il aurait au mieux fait un empoi-sonneur acceptable.

Grothé aspira une longue bouffée et projeta la fumée vers le plafond. Il n'était pas saoul, mais certainement alourdi par l'alcool.

Il écrasa sa cigarette à moitié consumée et se leva pour aller prendre une douche et se laver les dents.

Quand il se fut séché, il n'alluma pas une nouvelle ciga-rette. Il s'imposait, grandement aidé par sa femme, de ne pas fumer à partir de sa douche vespérale jusqu'au dernier café du petit-déjeuner subséquent. Il vida le cendrier dans la toilette et, à défaut de pouvoir ouvrir la fenêtre qui était scellée pour l'hiver, il laissa tourner la hotte malgré qu'elle grondait comme un hélicoptère.

Il se rassit au pupitre, et sûr de lui cette fois, il écrivit sous le nom de Dandonneau : « Durant l'entretien, il ne se sentait pas menacé, il avait quelque chose d'autre en tête. Parions qu'il a une idée du mobile. C'est assez pour renforcer mon intuition. Ça sent la GRC. »

Et là, Grothé sut qu'il pourrait s'endormir.

30
Une panne opportune

Il fait noir.

Percival Imbert et Jacynthe Lemay n'ont pas rebroussé chemin. Le temps est doux, humide, et le cocon de silence qui enveloppe le domaine est bienvenu après l'histoire de la jeune femme.

Dire que Percival Imbert éprouve de l'empathie serait mentir. Il ne ressent pas les sentiments des autres, à moins que ceux-ci ne soient en rapport direct avec lui, et encore, c'est surtout s'ils sont négatifs. Ce n'est pas de l'égoïsme, pas plus que la surdité ne soit due à un manque d'intérêt pour la parole des autres. D'ailleurs, il a écouté Jacynthe avec rigueur et il pourrait, sur demande, répéter l'histoire, mot pour mot. Il a compris, mais comme on comprend un raisonnement. Jacynthe Lemay a vécu quelque chose de terrible, elle en a souffert, elle en souffre toujours, et c'est logique parce que les gens normaux souffrent de la perte de leurs proches. Lui a perdu sa femme, mais s'il souffre en quelque sorte, ce n'est pas une souffrance de la même nature que le chagrin, c'est un mal-être causé par la

145

rupture de l'ordre, de l'ordre de sa vie. Et c'est pour restituer cet ordre qu'il veut découvrir ce qui est arrivé à sa femme. Il sait que la probabilité la plus forte est qu'il ne retrouvera jamais Marie, mais quand tous les vides dans la chaîne des événements auront été comblés, Percival Imbert recouvrera peut-être sa paix.

Ils sont parvenus à l'avenue du Golf, qui est la seule voie d'entrée dans le domaine avec lequel elle partage son nom. Il y a une barrière. Juste avant la barrière, à gauche, il y a le stationnement du golf, avec le pavillon, qu'on désigne plus souvent par l'anglicisme *club-house*, critiquable. Passé la barrière, il faut rouler quelque deux cents mètres pour arriver à la première rue transversale et aux premières résidences. En saison, la barrière est activée et il y a un préposé dans la guérite qui contrôle le passage, mais l'hiver, on estime que la mise en garde de la surveillance par caméra suffit à éloigner les importuns, et la compagnie effectue régulièrement des patrouilles, en sus de celles de la police municipale.

Ce soir, cependant, bien qu'on soit en janvier, la barrière est abaissée et il y a quelqu'un dans la guérite.

C'est la première fois que Jacynthe Lemay voit cette barrière baissée.

— C'est bête, pense tout haut la jeune policière, mais si on vous avait pris au sérieux dès le début, on serait allés jeter un coup d'œil sur les cassettes vidéo. Si on a vidé votre maison de tout ce qui pouvait accréditer l'existence de votre femme, cela n'est sûrement pas passé inaperçu à l'œil des caméras. Mais il n'est peut-être pas trop tard. Allons voir.

La guérite est occupée par un jeune homme aux traits sémites et à l'abondante chevelure noire, qui s'exprime avec un fort accent, que Percival Imbert se voit incapable d'identifier.

Il a fait glisser la vitre en levant un sourcil curieux, étonné que des gens se présentent à pied à la guérite, un soir d'hiver. Il est cependant poli, ou dressé adéquatement, car il salue les promeneurs d'un bonsoir intrigué. Son visage change cependant d'expression quand Jacynthe Lemay, en lui rendant son salut, lui montre sa carte de police. Il a même un léger mouvement de recul.

Jacynthe Lemay sourit pour le rassurer.

— Je suis ici par hasard. La barrière est ouverte, d'habitude, en hiver. Il se passe quelque chose ? Est-ce que je pourrais être utile ?

— Ce n'est pas moi qui décide, Madame. Mon patron dit : « Amir, tu fais garde aux Jardins du Golf », alors Amir fait garde aux Jardins du Golf. Je suis nouveau, je pose pas des questions.

— Bien sûr, je comprends. Et il ne vous a pas dit s'il y avait quelque chose de particulier à surveiller, votre patron ?

— Non. Il m'a amené, et il va venir me chercher.

— À quelle heure ?

— Je sais pas. Mais lui, il est à la centrale maintenant. Je peux appeler et vous lui poserez des questions.

— Oui, oui ! S'il vous plaît.

— D'accord. Vous pouvez entrer.

Elle entre, mais Percival Imbert reste dehors. D'abord, c'est exigu en diable et il n'aime pas la proximité d'un corps étranger (et pensant cela, il se dit que Jacynthe Lemay n'est donc plus tout à fait une étrangère), et puis ce serait un martyr pour lui d'assister à une conversation dont il n'entendrait qu'un seul interlocuteur.

Le dénommé Amir compose le numéro qui est inscrit sur un tableau. Dès qu'il obtient réponse, il passe l'appareil à la policière.

Percival Imbert se retourne. Il ne veut même pas voir les expressions de son visage, ni le mouvement de ses lèvres.

Onze minutes et vingt-huit secondes s'écoulent avant que Percival Imbert n'entende la porte de la guérite s'ouvrir et se refermer, et les semelles de Jacynthe Lemay craquer sur l'asphalte saupoudré de pierrailles antidérapantes.

— C'est drôlement intéressant, dit-elle. La compagnie de surveillance a reçu un appel de la part d'un de vos voisins qui était intrigué par un va-et-vient anormal de véhicules inconnus. Devinez la date de cet appel?

— Percival Imbert n'aime pas les devinettes. Une déduction s'impose cependant : le 23 décembre 1977, dans la journée.

— Exactement, pendant que vous cherchiez votre femme dans les Galeries du Sud. Si c'est bien ce qu'on pense, il a fallu que ces gens travaillent très vite et de façon extrêmement méthodique pour ne laisser aucune trace. Il avait neigé si je me souviens bien.

— Jacynthe Lemay se souvient bien.

— La personne qui a appelé n'a pas dit où se rendaient ces véhicules, sans doute parce qu'elle ne le savait pas, tout simplement. J'ai ses coordonnées, par contre, et je compte bien l'interroger, mais pas ce soir. Je vais m'annoncer avant, qu'elle soit bien à l'aise. Sauf qu'il y a plus intéressant : la compagnie a suivi aussitôt la procédure et contacté la police. Une auto-patrouille a été alertée. Comme il n'y avait pas de signalement de crime, je suppose que mes collègues ne se sont pas précipités avec sirène et gyrophares en action. Mais ils sont venus et ont fait rapport : il s'agissait de véhicules autorisés. C'est tout.

— C'est laconique.

— Comme vous dites.

— Les caméras...

— J'y viens. C'est encore plus intéressant. Il y a aussi dans la procédure de la compagnie la consigne de visionner les bandes dès qu'un incident est signalé. Eh bien, figurez-vous que les bandes ne contenaient rien : il semble que les caméras soient tombées en panne de façon inexplicable durant tout l'après-midi de ce jour-là.

31
La mauvaise humeur de Grothé

Grothé se réveilla à 6 h, commanda un petit-déjeuner et entreprit de se raser en l'attendant. Normalement, il utilisait un rasoir à lames, mais en déplacement, il apportait son rasoir électrique, c'était plus pratique. Mais moins agréable. Le rasage traditionnel à la mousse chaude était un rituel bienfaisant, une manière de commencer sa journée en célébrant sa masculinité. Le rasoir électrique était bruyant, agressif, une corvée, une fatalité. Cela le rendait bougon. Comme il était seul, comme il n'allait pas rejoindre sa femme à la cuisine, il pouvait s'offrir ce luxe. Il pouvait même décider d'être franchement de mauvaise humeur et c'est ce qu'il fit. Il trouverait bien des raisons plus tard. Justement, il constata, en écartant les rideaux, qu'il ne faisait pas beau. Et de une.

Il venait tout juste de boutonner sa chemise que trois coups sur la porte annoncèrent l'arrivée de son repas matinal. Le *groom* posa le plateau sur le guéridon, fit signer la note et accepta poliment le pourboire avant de s'éclipser.

Le jus d'orange goûtait l'orangeade et on lui avait gracieusement offert un exemplaire du *Ottawa Citizen*, écrit dans la langue de l'autre, évidemment. Et de deux! Et de trois, puisque, inutile de se faire d'illusions, le café serait mauvais.

Il avala les œufs, les saucisses insipides et les toasts imprégnées de matière grasse en feuilletant le journal, à la recherche d'un reportage sur la mort de Dorothy Pettigrew. Rien. Bizarre tout de même... Soit, la veille, c'était un peu court, mais deux jours... (Le café était de la lavasse en effet.) Ottawa était une ville de fonctionnaires et la victime œuvrait dans des hauteurs respectables. Et la nouvelle avait déjà été publiée en bonne place à Montréal, dans le *Dimanche-Matin*. Grothé n'était pas certain que cet hebdomadaire fût disponible en Ontario, mais ça ne changeait rien, la nouvelle était certainement parvenue à la salle de rédaction de tous les quotidiens. Et puisqu'il n'avait rencontré personne qui fût au courant, elle n'était pas parue dans la capitale la veille.

La sonnerie du téléphone interrompit les cogitations du policier. Une voix de femme demanda en anglais si elle parlait bien à l'inspecteur *Grotty*. Il fut tenté de répondre qu'il ne connaissait personne de ce nom, mais le sens du devoir lui commanda de ranger ses humeurs sur l'accotement.

La femme, pour sa part, annonça tout de suite qu'elle ne souhaitait pas s'identifier, mais qu'elle voulait seulement lui dire que dans son enquête sur la mort de Dorothy Pettigrew, il serait avisé de s'intéresser à un *lazaretto in Tracady, New Brunswick*. Et elle raccrocha, laissant son interlocuteur la bouche entrouverte sur une question qui ne serait jamais posée.

Grothé déposa le combiné à son tour. Ce n'était rien pour rasséréner son matin. Manquait plus que ça, une informatrice anonyme. Il nota tout de suite la teneur du message dans la marge du journal et ferma les yeux pour se concentrer sur la voix qu'il venait d'entendre. Il était à peu près sûr de l'avoir entendue la veille, mais l'appel avait été trop bref pour y associer un visage. Ce n'était pas la concierge. C'était soit une personne du bureau, soit une personne de l'église, forcément. Lui et O'Toole avaient posé des questions à la ronde. Grothé avait laissé sa carte tout en précisant qu'on pourrait le joindre au Lord Elgin si on se rappelait tout à coup un détail. Il venait d'obtenir ce qu'il avait demandé en somme, mais pourquoi cet anonymat ? Ça annonçait des complications.

Cela dit, qu'est-ce que c'était qu'un *lazaretto* ? Un plat italien, un amalgame entre la lasagne et le risotto ? Et il avait bien entendu *Tracady*, et non pas Acadie, qui en anglais, d'ailleurs, aurait été *Acadia*. La géographie n'avait jamais été sa matière forte.

Il aurait aimé que sa femme soit là. D'abord, ses petits-déjeuners étaient mille fois meilleurs et elle avait été maîtresse d'école. Il se leva dans un mouvement d'impatience. La vérité, c'était qu'il n'aimait pas travailler à l'extérieur de son territoire. Est-ce qu'il avait envie d'aller courir les trattorias au Nouveau-Brunswick ?

32
Emma Robinson

Il y a des histoires qu'on n'oublie pas. Elles sont généralement liées à des moments tout aussi inoubliables. Si ces histoires ou ces moments ont une valeur sentimentale élevée et si, malgré un aspect indéniablement dramatique, elles sont tout de même associées à un sentiment d'aise et d'abandon, par exemple une conversation intime en buvant un *eggnog* devant la cheminée, on les range dans le coffre aux trésors des souvenirs, d'où on les retirera de temps en temps pour en humer l'arôme réconfortant.

Ce soir-là, cependant, Emma Robinson n'avait pas sorti le souvenir du coffre, cela s'était fait tout seul, et pour cause: Dorothy Pettigrew était morte, assassinée. Emma et Dorothy n'étaient pas à proprement parler des amies, même si la première aurait bien aimé, surtout depuis ce sombre matin du lundi 5 novembre 1973 où son mari ne s'était pas levé, faisant d'elle une veuve relativement jeune. Entre Dorothy et elle, il n'y avait nulle incompatibilité, mais Dorothy avait autour de sa personne installé une clôture de verre. Cela se produit souvent chez les femmes dont la confiance a été trahie, et Emma savait que c'était le cas, parce que Dorothy le lui avait raconté.

Emma, quant à elle, avait eu droit à une vie riche d'affections partagées. Si elle avait elle-même peu de véritables amies, c'était que sa famille avait occupé beaucoup de place, et c'était encore le cas, sauf que son fils et ses deux filles tardaient à lui donner des petits-enfants. Le fils était à Toronto, les filles, par contre, toujours à Ottawa, pour l'heure du moins, mais c'étaient des adultes et si elles étaient attentionnées à l'égard de leur mère, elles avaient leur vie, c'était bien naturel. Emma aurait été mortifiée qu'elles se sentissent responsables de son bien-être moral. Après le départ hâtif de son mari aimé, elle avait donc dû se résigner à ce que, par moment, la solitude fût sa seule compagnie. Mais hors la peine, qui ne disparaîtrait jamais tout à fait, elle en était consciente, cela allait.

Dorothy n'était pas vraiment son amie, soit, mais il s'en fallait de si peu que sa mort violente était un grand choc.

Les deux femmes s'étaient connues au tournant des années soixante quand, ses enfants étant désormais tous à l'école, Emma avait joint la chorale de la paroisse et avait commencé à y faire du bénévolat. Dorothy y était déjà très active. Ce ne fut pas long qu'elles se retrouvèrent à tous les week-ends, parfois même sur semaine, en soirée. Emma admirait Dorothy, son efficacité, sa générosité dépourvue d'arrière-pensées, son bon sens, son respect des autres et, pourquoi ne pas dire le mot, sa noblesse. En plus, ce qui ne gâtait rien, il y avait cet accent britannique qui était d'autant plus exquis qu'elle essayait de s'en défaire, car elle ne cherchait pas à se distinguer.

Dorothy finit forcément pas rencontrer le mari d'Emma, ses enfants, et cette dernière pouvait prétendre que leurs rapports étaient de quelques degrés supérieurs à ceux que Dorothy entreprenait avec les autres femmes du milieu de *St. Albans.* Cependant, elle avait refusé toutes les invitations qu'Emma lui avait faites de se rapprocher davantage, ne serait-ce que pour le brunch du dimanche, après la grand-messe. Elle aurait aimé lui faire goûter les douceurs de son *home*, au premier chef celles de sa salle à manger, où elle déployait une créativité qui confinait à l'art. Hélas! ensemble, elles n'avaient guère englouti que ces sandwichs écroûtés à la purée de jambon, de poulet ou d'œufs, incontournables dans les kermesses et qui, ce soir-là, dans l'esprit d'Emma, s'auréolaient d'une saveur nostalgique. Il était arrivé aussi que, dans des réunions préparatoires, elles se soient fait livrer et qu'elles aient «dégusté», dans la bonne humeur, de la pizza ou du poulet et des frites – que Dorothy n'avait jamais pu se résigner à manger avec les doigts, *british education* oblige.

Certes, Dorothy ne démontrait jamais une grande chaleur humaine, mais avec elle, vous vous sentiez en présence d'une authentique personne de bien, et donc, vous aviez le sentiment d'être une personne de bien vous aussi. C'était déjà beaucoup. Comment s'imaginer qu'on eût pu vouloir sa mort?

Ainsi, Emma Robinson avait-elle été surprise lorsque, quelques semaines après le décès de son conjoint, Dorothy Pettigrew avait décidé, sans aucune forme d'indice annonciateur, d'enfreindre sa propre règle.

Emma ne se rappelait pas la date exacte, mais c'était un samedi, peu avant Noël, période où la chorale répétait beaucoup. C'est donc après la répétition que Dorothy avait pris Emma à part et lui avait dit que, si elle était toujours désireuse de lui accorder cette faveur, et que si, bien sûr, elle n'avait pas d'autres projets, elle aimerait bien faire connaissance avec sa demeure, souper et passer un bout de soirée en sa compagnie.

Sur le coup, Emma avait bien failli refuser, tellement étonnée qu'elle était et totalement prise au dépourvu. Chez elle, recevoir ne serait-ce qu'une seule personne ne se faisait jamais sans un minimum de préparation, elle prenait tout son temps pour composer un menu adapté à ce qu'elle connaissait des goûts du convive et rechercher ces petits détails qui font qu'un invité se sente attendu. Son défunt mari la taquinait d'ailleurs parfois sur cette obsession de mettre les petits plats dans les grands pour la moindre visite, mais bon, elle était ainsi faite. Elle avait heureusement vite compris que la proposition de Dorothy ne se renouvellerait peut-être pas.

Jamais, après le départ des enfants, Emma Robinson (née Jones) et son mari n'avaient songé à abandonner la demeure patrimoniale des Robinson, avenue Henderson, dans laquelle ils avaient élevé leur famille et qu'ils escomptaient léguer en héritage. Malgré son veuvage prématuré, Emma n'entendait rien changer à ce projet, et c'était très exactement dans le décor où elle s'était déroulée qu'elle se remémorait cette soirée, unique à tout point de vue.

Dorothy, quant à elle, habitait dans un immeuble à l'autre bout de la paroisse. Elle avait demandé à Emma de l'emmener dans sa voiture, quitte à revenir en taxi, car elle avait horreur de conduire le soir. Elle avait décliné avec un sourire amusé la suggestion que lui avait faite Emma de passer chez elle et de prendre ses affaires pour la nuit, de telle manière qu'elles auraient pu revenir ensemble à l'église le lendemain matin, pour leur prestation dominicale.

Emma avait été quelque peu rafraîchie par le ton de ce refus, mais la chose fut oubliée dès qu'elles furent arrivées et que Dorothy émit des compliments sincères sur l'allure extérieure de la maison, puis sur le charme de l'intérieur, ajoutant même, à la grande fierté d'Emma, que c'était dans une telle maison qu'elle aurait aimé élever une famille, si Dieu, la vie et elle-même en avaient voulu ainsi.

Emma s'excusa bien sûr d'un désordre qu'elle était la seule à percevoir, ainsi que de n'avoir rien de préparé pour le souper. Dorothy protesta que c'était à elle de s'excuser de s'être imposée ainsi, et on aurait pu continuer indéfiniment cet échange d'excuses mutuelles si Emma n'avait eu l'excellente idée de proposer un petit verre de sherry, non sans implorer l'indulgence de sa convive pour prendre ainsi un peu de liberté avec les exigences de son deuil. Dorothy fit valoir que les temps avaient changé et qu'elle admirait la capacité d'Emma de vivre sa peine sans cesser de vivre. D'aucuns avaient envisagé qu'elle interromprait sa participation à la chorale, mais elle avait eu tout à fait raison d'y revenir dès le second week-end après les obsèques et de célébrer ainsi son premier Noël de veuve. Des hauteurs du paradis, où les convenances n'existent plus, son mari l'approuvait sûrement. À bien y songer, la mort encore fraîche d'un être cher n'était-elle pas une extraordinaire motivation pour célébrer avec enthousiasme la naissance du Sauveur? C'était d'ailleurs cette attitude, cette démonstration de bon sens et de vitalité qui avaient décidé Dorothy à proposer cette soirée, ce qu'elle n'aurait certainement pas fait avec une veuve éplorée.

Emma était comblée de recevoir tant de considération, et elle faillit bien déborder quand Dorothy ajouta qu'elle était là certes pour l'appuyer dans ce passage tout de même difficile, mais aussi, plus égoïstement, parce qu'elle aimerait lui faire une confidence, lui confier quelque chose qui lui pesait sur le cœur depuis très longtemps.

Elles ne burent pas de vin en mangeant, il n'y en avait pas dans la maison, mais après le repas, Emma fit du feu dans l'âtre et, puisque Noël était si près, prépara une carafe d'un *eggnog* à base de rhum et de brandy qu'on lui réclamait chaque année autour du sapin, à l'heure du dépouillement des cadeaux.

Mais il n'y avait pas de sapin. Peut-être Emma en ferait-elle un si ses filles venaient l'aider. Toute seule, elle n'en avait pas la force. Sa résilience n'était pas sans limites.

Une fois qu'elles furent bien installées, Dorothy lui demanda d'être assez aimable de la laisser parler sans l'interrompre et de ne pas lui poser de questions. Le récit qu'elle s'apprêtait à faire était en elle depuis longtemps.

33
Dorothy's story

Je suis consciente que la chose sera impossible, Emma, mais l'idéal serait que vous oubliiez ce que je m'apprête à vous raconter. Je sais que je peux compter sur vous pour n'en parler à personne; j'insiste pourtant car vous vous mettriez en danger si jamais il venait aux oreilles de certains personnages que vous connaissez mon histoire. Je ne vous la raconte d'ailleurs pas parce que je m'attends à ce que vous fassiez quelque chose, mais seulement pour me soulager d'un poids. J'aurais pu en parler en confession, nos prêtres sont cependant des hommes, et puis je n'ai pas péché et je me suis juré de ne jamais laisser germer en moi le moindre sentiment de culpabilité, auquel nous, les femmes, du moins celles de notre génération, sommes tellement enclines. Et je vous saurais gré de ne pas m'en reparler non plus.

Ne croyez surtout pas que je veuille profiter de votre récent malheur. Si je me tourne vers vous, c'est que je pense que vous voudrez bien m'écouter, et que peut-être mon histoire vous aidera à mieux vivre votre chagrin : trouver l'homme de sa vie et prolonger cet amour dans la procréation est une chance qui n'est pas donnée à toutes les femmes.

Vous savez déjà que je suis née en Angleterre. Je vous fais grâce des détails ainsi que des souvenirs que je garde d'une enfance heureuse. J'ai été élevée comme une bonne petite Anglaise issue d'une vieille, respectable et fortunée famille, imprégnée des valeurs traditionnelles, mais néanmoins perméable aux idées modernes. Je ne saurais garantir qu'il en était de même pour toute la parentèle, mais ma mère autant que mon père étaient des personnes honnêtes qui considéraient qu'une noble hérédité et un riche patrimoine imposent davantage de devoirs qu'ils ne procurent de privilèges. J'étais fière d'eux. Il est certain que pour la jeunesse d'aujourd'hui, une éducation telle que celle que j'ai reçue paraîtrait un interminable pensum mais moi, je ne voyais pas que les choses pouvaient être autrement et, je le répète, j'y trouvais mon compte.

Hélas, ce bonheur tranquille a été terriblement perturbé en 1939. J'avais quatorze ans lorsque, le 1er septembre, Hitler a attaqué la Pologne. Le 17 du même mois, Andrew, mon frère aîné, que je tenais, comme c'est souvent le cas des petites sœurs, pour le jeune homme idéal, a péri quand le HMS Courageous a été coulé par les torpilles d'un sous-marin allemand. Mon enfance était terminée et, bien que je n'en étais pas encore consciente, ma jeunesse aussi.

Les Anglais, cependant, ne sont pas du genre à s'apitoyer. Le pays s'était mobilisé et notre famille se faisait un devoir de montrer l'exemple. On n'a cependant pas eu besoin de me pousser dans le dos pour que, vers le milieu de la guerre, je m'implique et, en fait, ce fut presque le contraire. Il est vrai que seize ans, c'était bien jeune pour faire du bénévolat dans un hôpital pour les blessés du front, mais déjà deux années d'état de guerre m'avaient apporté beaucoup de maturité. Et, croyez-le ou non, Emma, j'avais un tempérament quelque peu exalté, je ne me voyais pas repriser des chaussettes ou faire quoi que ce soit du genre, je voulais être dans l'action, en quelque sorte. On a bien essayé de me dissuader, et si j'avais renoncé, la suite de ma vie aurait sans doute été meilleure, mais en ces temps où les mots courage, bravoure *ou* détermination *étaient à la clef de toutes les déclarations, de toutes les conversations, on ne devait pas se surprendre qu'une adolescente au cœur noble ait répondu à l'appel avec un excès d'enthousiasme.*

Vous êtes un peu plus jeune que moi, Emma, vous avez sans doute vécu la guerre différemment, ici, mais vous avez dû en être affectée aussi.

Mes débuts à l'hôpital ont été terribles. Je me demande encore quelle force m'a permis de surmonter l'horreur. Je voyais dans quel état les soldats ou les civils victimes des bombardements nous étaient amenés, et je ne pouvais pas comprendre que cela avait été voulu, comprenez-vous ? La guerre n'est pas une catastrophe naturelle. Les hommes savent ce qu'ils font quand ils la déclarent. J'ai été une semaine sans trouver le sommeil et à chercher mon appétit. On n'a rien fait pour me ménager ou atténuer le choc, dois-je dire, on n'en avait pas le temps. Ou je fonctionnais, ou je m'en allais. J'ai tenu le coup. On ne s'habitue pas, bien sûr, il me suffit de fermer les yeux pour retrouver l'odeur du sang. Toujours est-il que, presque jusqu'à la fin de la guerre, j'ai consacré tous mes loisirs à pousser des civières, à courir chercher de l'eau chaude, à recueillir des pansements sanglants et purulents.

Il y avait souvent des Canadiens parmi nos patients et un jour d'octobre 1944 nous est arrivé un officier affligé d'une blessure pour le moins originale: il avait eu le bas du corps perforé par un violent coup de fourche – oui ! une fourche, une fourche de paysan – qui lui avait été administré par une femme qui l'aurait confondu avec un ennemi. C'était du moins ce qu'il racontait, et cela est demeuré la version officielle, même si j'entendais des sarcasmes du genre auxquels une jeune fille bien ne prête pas attention. La blessure n'était pas bien grave, même s'il était passé bien près de se retrouver impuissant – c'eût été une excellente chose ! – et elle aurait très bien pu être traitée sur place, à l'infirmerie de campagne. En somme, il y avait quelque chose d'irrégulier dans l'arrivée de ce patient, et j'aurais dû m'en rendre compte, mais où et comment aurais-je appris à me méfier de nos congénères mâles ? Et en temps de guerre, on n'a jamais l'esprit aussi libre qu'en temps de paix.

Ce patient canadien était en outre relativement âgé par rapport à la moyenne, mais il ne faisait pas ses cinquante ans passés. Il n'avait pas l'allure et la manière des militaires de carrière et de fait, ce n'en était pas un. Au premier regard, ce n'était pas tout à fait un bel homme, mais il avait énormément de charme. Il devait sans doute attirer certaines femmes, celles qui se laissent attirer, justement, ce qui rend encore plus ignobles ses comportements.

Cet homme est toujours vivant, Emma, très âgé, mais toujours dangereux, et sinon lui, les membres de son clan, d'où ma mise en garde de tantôt.

Il devait donc attirer certaines femmes, mais pas moi, du moins pas au sens physique. Je dois cependant avouer que je me suis laissée séduire. C'était un malin, comme le sont tous les prédateurs. Il n'a pas tout de suite essayé de m'attirer dans son lit. D'abord, c'était un lit d'hôpital, n'est-ce pas, mais il a surtout compris que le moindre geste, la moindre allusion, ne fût-ce qu'un regard déplacé aurait eu pour effet de m'effaroucher. Je n'étais tout de même pas une linotte. À l'époque, surtout pour une fille de bonne famille, le sexe était indissociable du mariage et même si j'avais été assez dévergondée pour céder prématurément ma virginité, ce n'aurait certainement pas été pour l'offrir à un homme qui avait peut-être deux fois mon âge.

Je vous rappelle que nous étions en 1944 ; les Alliés étaient débarqués et s'étaient solidement implantés sur le continent, la tâche était donc moins accaparante à l'hôpital, on avait plus de temps pour faire connaissance avec les patients et le moment approchait où on n'aurait plus tellement besoin de moi.

J'ai donc pris l'habitude de rire des bons mots et d'apprécier les compliments de Duncan Sinclair-Keaton. J'ai appris qu'il était un homme riche, issu d'une puissante famille canadienne. Il disait s'être engagé volontairement, car il était père de famille. Ce n'était pas tout à fait la vérité.

Comme tout le monde, Emma, vous savez que les Sinclair-Keaton sont et demeurent un clan parmi les plus fortunés et les plus puissants du Canada, mais je doute que vous ayez une juste idée des dimensions de leur influence, laquelle transcende les frontières et les océans. Il me montrait des photos de famille, toujours prises de manière à mettre en valeur la splendeur de leurs propriétés. On dira ce qu'on voudra, mais beaucoup de femmes sont sensibles à la puissance et à la richesse ; elles trouvent ça « sexy », comme on dit de nos jours.

Ce n'était pas mon cas, et je n'ai pas de mérite, j'ai grandi là-dedans. Sauf que je n'avais jamais quitté l'Angleterre et que le Canada me fascinait. J'imagine que si j'avais eu affaire à un Australien, c'eût été l'Australie, sans vous offenser. Nous savions désormais que la victoire était imminente et j'avoue que la découverte de grands espaces paisibles me semblait un merveilleux moyen de faire contrepoids aux années éprouvantes que je venais de vivre. Je m'en suis ouverte et le salaud en a pris bonne note.

Parallèlement, à force de côtoyer des infirmières, j'avais fini par développer le goût d'épouser cette profession. J'aurais même pu aspirer à devenir médecin, sauf que chez les Pettigrew, on considérait que Lady était en soi une profession fort exigeante et qu'il n'y avait pas vraiment lieu d'en chercher une autre pour une jeune femme qui s'y trouvait destinée par les liens du sang.

Duncan Sinclair-Keaton saisissait très bien tout cela. Il m'encouragea dans mon projet, ajoutant que je pourrais même étudier au Canada, à l'Université McGill de Montréal, où sa famille avait ses entrées depuis trois générations. M'ayant observée à l'œuvre, il m'assurait que je disposais certainement de tout le talent, de toutes les dispositions qu'il fallait, voire que le rôle de mère de famille serait, dans mon cas, un pur gaspillage. Il me proposa de rencontrer mes parents dès sa sortie de l'hôpital, afin de discuter de l'avenir de leur fille. En somme, il me proposait de devenir mon parrain. Tu parles !

Je précise, Emma, que je n'ai jamais regretté de n'être pas devenue médecin ou infirmière. En vérité, cet appel que je croyais ressentir n'était qu'un effet secondaire de mon bénévolat. J'ai été comblée par le métier de secrétaire, un métier qui, aussi consciencieusement qu'on puisse l'exercer, conserve toujours une saine distance par rapport à soi, si vous voyez ce que je veux dire.

Toujours est-il que, sans doute encore appuyé par l'opulence de son pedigree – l'arbre généalogique des Sinclair, pour un, poussait des racines dans la noblesse anglaise – le charme de mon aspirant parrain opéra aussi sur mes parents. Toujours malin, il ne lui avait pas échappé que si, en principe, c'était mon père qu'il fallait gagner, en réalité, c'était ma mère qui trancherait. Pour faire bonne mesure, il garnit sa proposition, officiellement désintéressée, de quelques perspectives d'affaires.

Passons sur les détails. Fin mai 1946, fière d'une majorité toute fraîche, j'ai mis les pieds pour la première fois à Montréal. Un chauffeur m'accueillit à l'aéroport de Dorval.

Il avait été convenu que je serais hébergée sous le toit des Sinclair-Keaton, du moins dans cette demeure de Westmount qui leur servait de pied-à-terre montréalais et qui abritait déjà Nicole, la fille unique de Duncan, laquelle étudiait dans le domaine de la finance. Nous n'allions donc pas nous voir beaucoup sur le campus, et guère davantage ailleurs, ai-je compris assez vite à la froideur de son accueil, si évidente que j'en ai frissonné. Ce n'est pas que j'aie senti du mépris ou de l'agressivité envers ma personne, mais on aurait juré qu'elle en voulait à son père de s'occuper de moi. Je me suis dit qu'elle était jalouse, vu que nous étions apparemment du même âge. Ce n'était pas du tout le cas. Elle avait seulement d'excellentes raisons de ne pas aimer son père, elle connaissait fort bien ses intentions réelles à mon égard. Avant d'être une jeune femme, cependant, Nicole était une Sinclair-Keaton, et le sort d'une jeune Anglaise fraîchement débarquée ne l'aurait préoccupée que dans la mesure où il aurait pu compromettre ses projets personnels. Et j'imagine très bien que Duncan ait pu embobiner sa famille, assurant à tout un chacun qu'il avait vieilli, qu'il n'était plus l'homme qu'il avait été, voire qu'il aspirait à se racheter. Qu'importe.

Quoi qu'il en soit, mes premières semaines à Montréal restent le meilleur souvenir de ma vie au Canada, non que je n'attache pas d'importance aux belles heures passées avec vous et les autres à St. Albans.

Je garde un souvenir particulièrement tendre du 24 juin, jour où, rue Sherbrooke, avait lieu le traditionnel défilé de la Saint-Jean-Baptiste, dont j'ignorais l'existence avant ce jour, vous pensez bien. Duncan Sinclair-Keaton avait deux places pour nous, sur l'estrade d'honneur.

Vous dire comme je me suis sentie dépaysée ! D'abord, même si je savais que ce n'était pas Londres, j'avais imaginé Montréal beaucoup plus imposante. Et puis, ces évêques en tenue d'apparat qui nous côtoyaient sur l'estrade... j'avais l'impression d'être tombée dans un petit coin du monde oublié par l'histoire. Oui, j'avais appris le français à l'école et j'avais eu l'occasion de le pratiquer avec des blessés français, et avec quelques Canadiens aussi, mais je n'avais jamais pensé qu'il existait tout un peuple francophone ici, je vous l'assure, Emma. Duncan, lui, n'a jamais prononcé un mot de français. Les notables religieux s'adressaient à lui en anglais et il était évident que cette déférence linguistique était des plus intéressées. Il était aussi évident qu'en contrepartie, rien de cela n'intéressait Duncan le moins du monde. Il était là pour représenter le clan. En fait, rien n'intéressait cet homme davantage que la satisfaction la plus immédiate possible de ses désirs, à égalité, je présume, avec l'appât du gain.

Mais cette exhibition d'allégories naïves et religieuses pour la plupart, cette foule bon enfant, encore sur la lancée de la paix retrouvée, tout cela sentait bon la foi et l'optimisme, et correspondait à merveille à cette sorte d'innocence que je cherchais à retrouver.

Pour le reste, mes journées étaient consacrées à mon inscription à l'université – et j'avais l'impression que ce peuple francophone dont je venais de faire la découverte s'était volatilisé aussitôt la fête terminée. L'accord de l'université n'a pas été tout à fait une formalité, car j'arrivais sans les prérequis usuels, et j'étais une femme, n'est-ce pas ; mon expérience dans un hôpital de guerre a cependant été prise en compte, et le long historique de générosité des Sinclair-Keaton à l'égard de la vénérable institution a fait le reste.

Je ne voulais surtout pas rater ma rentrée, alors je m'étais déjà procuré des manuels, que je potassais à l'ombre des grands arbres du jardin de la propriété, qui faisait très anglais. Je visitai tant bien que mal Montréal. À cette époque, honnêtement, la ville n'avait pas les attraits qu'elle offre depuis l'exposition universelle de 1967. Duncan m'a offert, en outre, une tournée en règle à Ottawa, pas trop folichonne non plus, où il m'a présentée à d'autres membres du clan. Ce furent des rencontres pleines de civilité, mais j'en suis sortie avec la même impression que m'avait laissée Nicole: on n'avait rien contre moi, mais on aurait préféré que je n'existe pas.

Je m'ouvris sur ces sentiments à Duncan qui balaya le tout d'un de ses fameux éclats de rire dont il faut bien reconnaître le pouvoir désarmant. Il plaida que les hivers d'ici étaient si rudes que les Canadiens ne se départissaient jamais d'une certaine froideur, qu'il ne fallait pas en tenir compte, que ça ne durerait pas; il ajoutait que, comme tous les bons provinciaux, ces mêmes Canadiens avaient la stupide crainte d'être jugés quand ils étaient en présence d'une authentique métropolitaine et que ça étouffait leur spontanéité.

Jusque-là, j'étais donc la plupart du temps laissée à moi-même, et à part la nouveauté et le stress causé par le défi qui m'attendait, ma vie à Montréal était plutôt terne. Je me souviens d'un soir de pluie où, seule dans la grande maison que la grisaille rendait sinistre, j'avais éprouvé de l'angoisse. S'il fallait qu'à l'université, je retrouve la même froideur que dans le clan Sinclair-Keaton, je ne tiendrais peut-être pas le coup.

Mais ma rentrée à l'université n'a jamais eu lieu.

Le lundi 22 juillet 1946, le chauffeur qui m'avait accueillie à Dorval sept semaines auparavant s'est présenté à la maison de Westmount avec une proposition de son patron – vu les circonstances, je devrais plutôt dire une annonce. Ce dernier devait se rendre au Nouveau-Brunswick pour assister à l'inauguration d'un hôpital, et il considérait que ce serait formateur pour moi de l'accompagner. Nous partirions vers midi le lendemain et serions de retour le jeudi. Je devais donc préparer un petit bagage, ce qu'il fallait pour la nuit, ainsi que ma plus jolie tenue puisqu'il faudrait assister à une messe catholique romaine et qu'il y aurait prise de photos.

Nicole avait passé les premières semaines de l'été ailleurs, mais je l'ai trouvée dans la salle à manger le lendemain matin. Après avoir indiqué à la domestique ce que je désirais pour mon petit-déjeuner, j'ai demandé à Nicole, qui ne m'avait adressé qu'un mince bonjour, si elle savait que j'allais accompagner son père dans une visite à un hôpital. Elle a levé vers moi un regard que je n'oublierai jamais, dans lequel se mêlait de la colère, de la pitié et, allez savoir pourquoi, du reproche. « Il vous emmène à Tracadie ? » a-t-elle dit comme si je venais de lui annoncer une catastrophe. Je lui ai répondu qu'en vérité, on ne m'avait pas donné davantage d'informations. Elle s'était arrêtée de manger et fixait son assiette, comme en proie à une angoissante réflexion. Puis elle a levé un regard lourd de menaces. « Eh bien ! Essayez de ne pas nous faire honte ! » Et devant mon ahurissement, elle ajouta : « Vous verrez. »

Laissant là ses œufs inachevés et ma pauvre petite personne complètement désemparée, elle s'est levée, a pris sa tasse de café et est montée, je suppose, dans sa chambre.

Si j'avais été dans une autre situation, mieux établie, disons, je n'aurais pas accepté d'être ainsi traitée, je l'aurais suivie et j'aurais exigé des explications. J'étais fille d'une race qui n'avait pas courbé l'échine quand on lui lâchait des bombes sur la tête, alors vous croyez bien, Emma, que je ne suis pas du genre qu'on bouscule facilement.

Le chauffeur est venu me prendre comme prévu. J'étais évi-demment perturbée. Seule à l'arrière de la voiture, j'ai eu tout le loisir de réfléchir et j'en suis venue à la conclusion que Nicole était tout simplement une fille détestable et jalouse, probablement méchante, et que je ne devais pas me laisser contaminer. De toute façon, si la situation devenait invivable, je n'étais pas sans recours ; mes parents pourraient facilement subvenir à mes besoins si je devais me trouver une autre résidence.

Nous sommes arrivés dans un petit aéroport, au sud de Montréal, où Duncan m'attendait près d'un avion de tourisme, en tenue de pilote et avec un sourire à la Frank Sinatra. Je dois admettre qu'il avait fière allure, même s'il clopinait toujours un peu en marchant, séquelle de son étrange blessure. Il faisait un temps superbe. J'étais maintenant résolue à ne pas permettre à Nicole de gâcher mon voyage, j'ai laissé la scène du matin derrière moi et j'ai grimpé à bord pleine de bonne humeur, sans aucune espèce d'appréhension.

Le vol s'est déroulé sans histoire. Je n'y connaissais rien, mais Duncan semblait un pilote aguerri. La vision des montagnes et des forêts qui défilaient n'était en rien comparable à celle que m'avait permise le hublot de l'avion de ligne qui m'avait amenée d'Angleterre. Je prenais enfin la mesure de ces grands espaces qu'on m'avait tant vantés. Le ciel était pur, tout semblait si pur...

Duncan a eu tout le temps de me parler de cet hôpital tout neuf qui remplaçait un bâtiment plus ancien qui avait été incendié. Je fus surprise d'apprendre qu'il comportait une léproserie, qu'on désignait en fait par le terme lazaret, jugé moins menaçant – même s'il s'agit en réalité d'une maladie peu contagieuse, la lèpre faisait très peur. J'avoue mon ignorance d'alors : j'avais toujours associé la lèpre soit au Moyen-Âge, soit à l'Afrique. Elle avait pourtant pris souche chez les Acadiens du Nouveau-Brunswick au début du XIXe siècle, probablement apportée et transmise par des Européens, à la faveur de la grande hospitalité des Acadiens et de la non moins grande pauvreté dans laquelle ils vivaient. Toujours est-il que le mal a pris de telles proportions qu'un premier lazaret a été construit pour accueillir les malades. Ensuite sont arrivées les religieuses Hospitalières de Saint-Joseph, qui s'en sont occupé jusqu'à sa fermeture, en 1965.

Les Sinclair-Keaton, qui avaient des intérêts dans des entreprises de pêcheries locales, avaient généreusement contribué à la reconstruction de l'hôpital. Duncan admit sans vergogne que ce n'était pas tout à fait désintéressé. La probabilité, si ténue fût-elle, qu'un produit alimentaire ait pu entrer en contact avec des lépreux n'est pas un argument de vente.

En fin d'après-midi, j'ai eu l'impression que nous atterrissions en plein champ. Ce n'était pas loin de la réalité, c'était un aéroport privé dont les pistes n'étaient pas pavées. Une voiture nous attendait qui nous a emmenés à Bathurst, dans un hôtel que j'ai trouvé pittoresque, moi qui n'avais connu, dans les années de paix, que le classicisme de quelques vénérables établissements. Pour peu, je me serais crue dans un western. Mais l'établissement était bien tenu et nous avons fait un excellent repas de saumon. Curieux, n'est-ce pas, que je me souvienne de ce détail, mais c'était la spécialité locale, servie simplement, franchement, de manière à ne pas travestir le goût nature — bref, Emma, vous savez ce qu'on dit de la cuisine anglaise, alors imaginez l'écart ! Et Bathurst était une petite ville peu industrialisée, entre la mer et les bois, et tout ça me donnait l'impression d'être à la bordure de la civilisation. À la table, il y avait aussi des dirigeants d'entreprises dans lesquelles les Sinclair-Keaton avaient des participations plus ou moins importantes et à qui Duncan m'avait présentée comme une future médecin intéressée par les soins donnés au lazaret. Contrairement aux gens du clan, ils se sont montrés fort chaleureux et m'ont posé cent questions sur l'état de l'Angleterre d'après-guerre, et je pense les avoir surpris par la substance de mes réponses. J'ai même eu l'impression fugitive que Duncan s'en trouvait agacé.

Mais il avait des choses sérieuses à discuter, apparemment, car lui et ses invités, le repas terminé, se sont retirés au salon-bar et se sont allumé de gros cigares, ce qui était suffisant pour m'inciter à les laisser entre eux. Duncan m'a recommandé de me coucher tôt, car la route était assez longue jusqu'à Tracadie, et nous partirions aux aurores. Par contre, il m'a assuré que je ne devais éprouver aucune crainte si j'avais envie de sortir me promener, histoire de respirer un peu l'air de la mer, car la ville était aussi paisible qu'on pouvait le souhaiter et il était pour ainsi dire impossible de s'y perdre.

C'est ce que j'ai fait, non sans plaisir. L'hôtel était naturellement proche de la gare, qui était proche du bureau de poste, qui était proche du poste de police, qui n'était pas très loin de l'église, laquelle côtoyait l'école. Bathurst avait toutes les apparences d'une ville anglophone et j'ai donc été surprise d'entendre d'autres promeneurs parler français, mais un français différent de celui de Montréal.

D'ailleurs, dans les renseignements qu'il m'avait donnés sur le lazaret, Duncan avait omis d'inclure que l'établissement était francophone. Je l'ai appris sur place.

Nous y sommes arrivés vers 10 h. Cette portion du voyage n'avait pas été très plaisante, Duncan s'étant montré plutôt taciturne. Ses affaires de la veille n'avaient peut-être pas tourné à son goût, mais, maintenant, je sais que c'était sûrement la perspective de la cérémonie protocolaire qui nous attendait qui l'assombrissait; c'était une corvée pour lui. Il s'en serait volontiers passé pour en arriver au plus vite à ce qu'il avait en tête.

J'ai donc été bien contente de descendre de voiture. Le soleil était toujours au poste, et nous avons été accueillis par une jolie assemblée formée de religieuses, de prêtres, de notables et surtout d'enfants endimanchés qui ont aussitôt entonné un chant de bienvenue inconnu de moi. Certains des enfants portaient les marques de la lèpre.

La messe était prévue à 11 h, ce qui nous laissait le loisir de visiter l'établissement, mais Duncan s'y est refusé avec une sécheresse que j'ai trouvée déplaisante, et, sentant sans doute mon inconfort, il s'est justifié en disant qu'il avait déjà tout vu. C'était pourtant un bâtiment tout neuf! Eh bien moi, j'avais tout à découvrir! Après tout, n'était-ce pas pour cela que je l'accompagnais? Il semblait avoir oublié la chose, car c'est moi qui ai dû faire part de mon intention à la religieuse. Et je l'ai fait en français, ce qui a surpris tout le monde, à commencer par Duncan, qui ignorait que je parlais cette langue, ou ne s'en rappelait plus. Il m'a encore paru contrarié, et j'ai pensé que c'était du fait que je montrais un grain d'indépendance.

On m'a confiée aux soins d'une jeune sœur absolument charmante, qui a d'abord jugé utile de me rassurer sur les risques que je pourrais courir: depuis près de quatre-vingts ans qu'elles soignaient les lépreux, aucune religieuse n'avait contracté la maladie.

Passons sur les détails de la visite, qui a été instructive, édifiante même, et agréablement menée malgré la pitié que m'inspiraient bien sûr les malades. Un détail, pourtant, exige d'être mentionné : j'avais remarqué la présence de quelques enfants qui paraissaient en parfaite santé. La religieuse a confirmé qu'ils l'étaient, car il arrivait que le lazaret recueille des orphelins.

Mais c'est vers la fin, Emma, qu'il s'est passé quelque chose de troublant, quelque chose qui annonçait la suite des événements. La jeune religieuse m'a amenée au réfectoire, déjà fin prêt à recevoir les notables pour le repas. Dans une petite salle attenante, elle m'a servi une tasse de thé. Ce n'était pas de refus. C'est en sirotant ce thé que je lui ai suggéré que la communauté devait être déçue que M. Sinclair-Keaton n'ait pas daigné constater de visu la bonne utilisation que l'on faisait de ses dons. Le visage de la religieuse s'est rembruni. Elle m'a demandé si j'avais des liens de parenté avec lui. Je lui ai expliqué la nature de nos rapports. Elle a baissé les yeux et s'est signée, puis elle m'a dit, d'un ton sibyllin, que c'était un fait notoire que M. Sinclair-Keaton aimait aider les jeunes femmes. Enfin, elle a prononcé cette phrase dont je me souviens mot pour mot : « Nous prions chaque jour pour que la grande générosité de M. Sinclair-Keaton à l'égard de nos œuvres suffise à racheter ses péchés. »

Vous comprenez assez le français, je crois, Emma, pour en saisir le sens. De quels péchés s'agissait-il ? Comme quelqu'un qui a déjà trop parlé, elle s'est levée vivement et m'a entraînée vers la chapelle.

Vous pensez bien que ça m'a fait repenser à l'avertissement que Nicole m'avait donné la veille du départ. Dieu m'a sans doute pardonné de ne pas avoir la tête à la piété pendant l'office, mais là n'est pas la question. Je n'étais pas assise à côté de Duncan, puisque je n'avais aucune situation protocolaire, et j'ai pu l'observer un peu. Je voyais bien qu'il aurait préféré être ailleurs. Il regardait sans cesse sa montre, à peine discrètement. Il n'était pas nécessaire d'être mystique pour apprécier l'exquise prestation du *chœur et pourtant même les plus beaux passages n'adoucissaient en rien son évident agacement. L'homme que j'observais n'avait aucun rapport avec le personnage charmant et plein de sollicitude que j'avais rencontré en Angleterre. Tout d'un coup, il faisait son âge.*

Il est demeuré tendu tout au long du repas qui nous a été offert, un repas sans faste, mais délicieux, car là aussi composé de fruits de mer frais apprêtés simplement. J'ai remarqué que lui et celle qui devait être la mère supérieure évitaient de se regarder et ne faisaient pas la conversation, bien qu'ils fussent assis côte à côte. Puis, il y a eu les photos. J'ai posé dans la photo générale, Duncan, lui, une demi-douzaine de fois avec un chèque géant et il a accordé quelques brèves entrevues aux journaux et à la radio – pas question de télévision dans ce temps-là.

Finalement, nous avons été de retour à Bathurst en fin d'après-midi.

Après nous être rafraîchis, nous nous sommes retrouvés à la salle à manger. Cette fois, il n'y avait pas d'autres convives. J'avais peu d'appétit et j'étais pour le moins perplexe quant à la façon dont Duncan envisageait le programme de la soirée. Quant à moi, la question était entendue : j'avais eu la précaution d'apporter un livre, et aussitôt sortie de table, je me retirerais dans ma chambre pour lire en attendant le sommeil.

Or, comme quoi je ne me méfiais pas pour rien, Duncan avait commandé des apéritifs, du sherry pour moi, et quelque chose de plus fort pour lui, du gin, je suppose. Nous buvions rarement de l'alcool à la maison, mais son bon usage faisait partie de l'éducation d'une jeune fille du monde. Je m'en suis tenue à tremper les lèvres.

Duncan avait retrouvé toute sa bonhomie et essayait de me faire boire plus volontiers. Je n'étais pas dupe. Il a ensuite commandé du vin, malgré mes protestations – oh, un petit vin léger qui ne monte pas à la tête ! Ses yeux cherchaient les miens. Ses mains aussi cherchaient les miennes, et ça, c'était plus gênant. J'essayais de maintenir la conversation sur le sujet du lazaret. Il la ramenait toujours sur moi, sur ma prétendue beauté, laquelle, entre vous et moi, Emma, n'avait rien d'extraordinaire, et sur mes possibilités, et sur les portes qu'il saurait m'ouvrir, enfin bref, c'était tout juste s'il ne proposait pas de m'acheter. Je n'osais pas le confronter, mais je revenais toujours au lazaret, lui demandant s'il y venait souvent, s'il avait là des liens autres que ceux que lui imposait la bienfaisance. À un moment, il a paru agacé, il a dit qu'il valait mieux ne pas trop se familiariser avec les religieuses. Elles avaient des principes bien trop rigides pour l'époque qui s'ouvrait devant nous. L'horrible guerre que nous venions de traverser ne nous envoyait-elle pas le message qu'il fallait profiter au maximum des plaisirs de la vie ?

J'ai mangé légèrement et commencé bien avant le dessert à me plaindre d'être fatiguée. Ce n'était pas faux, d'ailleurs. La journée avait été longue et chargée d'émotions disparates.

Duncan aurait voulu prolonger le repas avec un digestif, mais j'ai refusé d'une façon qui me paraissait suffisamment éloquente. Je me suis levée en annonçant que je me retirais dans ma chambre. Il s'est levé aussi vite pour me raccompagner. Nos chambres étaient au premier étage et il n'y avait donc pas lieu de prendre l'ascenseur – de toute façon, il y aurait eu l'Empire State Building à monter que j'aurais préféré me ruiner les mollets plutôt que de me retrouver seule avec lui dans une cabine.

En montant, il a fallu que je l'empêche de me tenir le bras, mais arrivé à la porte de ma chambre, il m'a retenue. « Dorothy, ne comprends-tu pas que je te désire, que je te désire depuis le premier instant ? Cela fait trois ans que j'attends ce moment. »

Je l'ai repoussé en l'enjoignant de recouvrer la raison. Pour qui me prenait-il ? Comment avait-il pu seulement laisser germer dans son esprit l'idée que j'allais lui céder ? Si j'avais pu, sans m'en rendre compte, avoir agi de quelque manière à lui laisser croire que j'étais disposée à devenir sa maîtresse, j'en étais fort désolée, c'était un grossier malentendu. Et dans ces nouvelles conditions, dès notre retour à Montréal, il allait sans dire que je retournerais au plus tôt en Angleterre.

Ayant été, me semblait-il, on ne peut plus claire, sans attendre de réplique, je me suis retournée pour déverrouiller la porte. À peine celle-ci était-elle entrouverte qu'il m'a poussée à l'intérieur et s'est jeté sur moi. Vous devinez le reste, Emma. Vous devinez l'horreur.

Oh, je me suis débattue! J'avais fait du sport et j'étais aussi vigoureuse qu'une jeune femme puisse l'être. Il a fallu qu'il me frappe pour m'étourdir.

Quand ça a été fini, il s'est levé en s'excusant. Ce n'était pas ainsi qu'il aurait voulu que les choses se passent, il aurait préféré que je sois raisonnable, mais il obtenait toujours ce qu'il convoitait, d'une manière ou d'une autre. Et il est sorti.

J'ai pleuré, Emma, des larmes de sang, car il m'avait blessé l'œil, sans parler du reste. Mais je n'ai pas pleuré très longtemps. C'était peut-être, sans doute, oui, toutes les souffrances dont j'avais été témoin à l'hôpital qui m'ont donné la force de réagir. Mais ce n'était pas seulement la guerre: dans les deux lignées de mes parents, les femmes sont fortes.

Une heure plus tard, après m'être arrangée du mieux que je pouvais dans les circonstances, j'ai pris mon bagage, je suis sortie, sous le regard sidéré du commis et, péniblement, je me suis rendue directement à l'hôpital.

Les hôpitaux de ce temps, c'était un autre monde! Celui-là, à l'instar du lazaret, était tenu par des religieuses, peut-être de la même congrégation. Je n'ai pas eu besoin d'entrer dans les détails et il n'a fallu que quelques minutes pour que je sois installée dans une chambre. Un médecin m'a examinée. Outre les ravages du viol et des coups, je n'avais pas subi de blessure majeure. Je n'étais pas en période de fécondité, donc je n'avais pas trop à craindre de ce côté. Je vous raconte ça, Emma, et on dirait presque que c'est banal, un viol banal et oui, c'est hélas banal, en un certain sens, cela se produit tous les jours quelque part, et c'est souvent bien pire, et pourtant, cela ne s'oublie jamais. La Dorothy qui vous parle ce soir n'est pas la version plus âgée de la Dorothy qui avait 21 ans à l'été de 1946. Je n'ai plus jamais été la même. Je n'ai plus jamais été capable d'aimer. Je me suis fabriqué une armure et depuis, je vis dedans jour et nuit.

Mais continuons, car c'est ici que l'histoire devient moins banale.

J'ai demandé à voir la police. Vous savez qu'encore aujourd'hui, beaucoup de femmes violées renoncent à porter plainte. Imaginez à l'époque ! Mais je connaissais mon agresseur, et il faut dire que je n'avais pas un tempérament de victime sacrificielle. Par-delà la souffrance, il y avait de la colère en moi et il n'était pas question que j'attende qu'elle passe.

Un agent est venu. Il a pris ma déposition sans se départir d'un embarras évident, mais sans poser des questions de détail. Mon statut de ressortissante britannique donnait sans doute à mon affaire une couleur particulière, et la notoriété des Sinclair-Keaton encore bien davantage.

Quand il a quitté, j'ai accepté de prendre ce qu'il fallait pour dormir ; pas question de retourner à l'hôtel. Au moment de fermer les yeux, j'avais établi dans ma tête la suite des choses. Dès le lendemain, j'appellerais mes parents. Je rentrerais en Angleterre. Nous prendrions un avocat. Je reviendrais au Canada pour le procès…

Je me suis réveillée assez tard. On m'a apporté un petit-déjeuner, on a examiné mes blessures, puis on m'a annoncé que j'avais une visite.

J'étais encore quelque peu embrumée par les sédatifs, mais j'ai tout de suite pensé que c'était le salaud qui voulait me relancer avec je ne sais trop quelle idée derrière la tête, et j'ai opposé une fin de non-recevoir. Il s'agissait cependant d'une femme.

Et c'est alors qu'à mon immense stupéfaction, comme dans un rêve, j'ai vu Nicole Sinclair-Keaton passer la porte de la chambre.

Elle avait voyagé toute la nuit et cela se voyait.

Elle s'est approchée jusqu'au pied du lit. Elle faisait en vain l'effort de se composer un air de compassion. J'étais complètement interloquée, alors je n'ai rien répondu quand elle m'a demandé si je me portais mieux. Ce n'est qu'avec un certain retard que j'ai réalisé que nous étions seules dans la pièce, que la porte était fermée et qu'elle s'était assise.

Elle a dit qu'elle était extrêmement désolée de ce qui était arrivé. Elle avait essayé de me mettre en garde, mais elle ne me reprochait rien, elle connaissait son père. Elle avait espéré, comme tout le monde dans la famille, que la guerre, et l'âge, l'auraient changé, mais non. L'idéal, quant à elle, eût été qu'il n'en revienne pas, mais il s'était arrangé pour se tenir loin du danger. Ah! si seulement cette jeune Française l'avait frappé au cœur plutôt que de viser plus bas, ou si, faute de mieux, elle avait pu l'émasculer. Hélas, Nicole devait constater aujourd'hui que même cette blessure « de guerre » avait été insuffisante pour le rendre raisonnable. Elle n'éprouvait aucune émotion à dire à quel point elle le détestait et le méprisait, et que dans un monde idéal, il mériterait de se faire hacher menu les parties génitales – ce sont ses termes. Elle avouait avoir rêvé de le tuer de ses propres mains, mais ce n'aurait pas été une bonne idée, vu que cela aurait compromis les intérêts du clan Sinclair-Keaton, lesquels étaient, et sont plus que jamais, je vous le rappelle, Emma, colossaux. Et la part que son père détenait dans ce formidable empire, et qu'il faisait fructifier avec génie, car il n'avait pas que des défauts, c'était à elle, sa fille unique, qu'elle reviendrait ; elle collaborait déjà avec lui, malgré tout. Dans la vie, disait-elle, il fallait tracer une frontière infranchissable entre ses émotions et ses intérêts. Sa présence à mes côtés ce matin-là avait donc pour but premier, au-delà de toute considération morale et sentimentale, de servir ses intérêts, elle ne s'en cachait pas, et elle attendait de moi la même sagesse.

Il y avait au moins une chose, ajouta-t-elle, que l'on pouvait invoquer à la décharge de Duncan Sinclair-Keaton : c'était qu'une fois ses méfaits commis, soit pour se disculper moralement, soit parce qu'il prenait à retardement conscience des souffrances qu'il leur avait imposées, soit pour protéger sa réputation, et probablement pour un peu tout ça, il n'abandonnait pas ses victimes à leur sort, surtout si, par malheur, il leur avait fait un enfant. Et il en avait fait.

Alors, il y a eu un éclair dans mon esprit… Les enfants du lazaret…

Nicole a aussitôt levé la main. Elle était là pour m'aider à traverser cette épreuve de la façon la plus avantageuse possible, mais quoi que ce soit que j'eusse vu ou entendu au lazaret, je devais l'oublier, je devais même oublier d'y être venue. Des gens à elle voyaient en ce moment même à ce que ma personne disparaisse des photos officielles, à ce qu'il ne soit fait aucune mention de ma présence nulle part, fût-ce dans le registre de l'hôtel ainsi que dans celui de cet hôpital. Et bien sûr, ma déposition faite la veille à la police était d'ores et déjà réduite en cendres.

Elle ne s'était pas gênée pour s'allumer une cigarette et la fumée ajoutait au caractère irréel de la scène.

Les dispositions étaient en train de se prendre pour que mon rapatriement se fasse au plus tôt et dans les meilleures conditions possible. Dans quelques jours, je pourrais tourner la page sur ce déplorable épisode de mon existence et, jusqu'à la fin de mes jours, je pourrais compter sur la bienveillance active du clan Sinclair-Keaton envers moi et tous les miens. Avec un peu d'intelligence, je pourrais faire en sorte que l'épisode, extrêmement désagréable, soit, mais somme toute bref, que je venais de traverser, m'apporte, au bout du compte, des avantages considérables et durables.

Enfin, je me suis comme réveillée pour de vrai, j'ai retrouvé la capacité de réagir. Les choses ne se passeraient certainement pas aussi simplement. Ma famille n'était pas dépourvue non plus et...

Ma phrase a été interrompue par la sonnerie du téléphone. Nicole Sinclair-Keaton a eu un sourire tellement condescendant que je me suis sentie comme une petite chose de rien.

Elle a quitté la chambre pendant que je décrochais. Je ne l'ai jamais revue.

C'était ma mère au bout du fil qui pleurait. Après que je l'eusse rassurée tant bien que mal sur mon état, elle m'a passé mon père.

Là, Emma, je dirais presque que les minutes qui ont suivi ont été plus affligeantes encore que le viol que je venais de subir.

Mon père était lui aussi catastrophé, cela va de soi, il s'en voulait terriblement de m'avoir laissée partir, de ne pas avoir décelé l'ignoble duplicité de ce monstre, mais... que de « mais » !

Contrairement à ce qui s'était passé en Amérique, la guerre n'avait pas nécessairement permis aux fortunes britanniques de s'accroître. Dans le cas de celle des Pettigrew, c'était plutôt le contraire. Oh! il n'y avait pas de panique, le redressement s'opérait tranquillement, sauf que ce n'était pas le moment de... il cherchait péniblement ses mots, le pauvre... pas le moment de se mettre à dos une puissance financière mondiale, avec laquelle, d'ailleurs, on avait récemment développé des partenariats prometteurs. Il était tout avec moi dans mon malheur, mais ce qui était fait était fait, et la vengeance était-elle la meilleure réaction? Il ne s'agissait ni de pardonner, ni d'oublier, mais de sortir plus fort de l'épreuve.

En somme, il me demandait de me plier à la volonté de Nicole Sinclair-Keaton. Une fois rentrée au foyer, entourée de compassion et d'affection, je reprendrais ma vie là où je l'avais laissée et on inventerait un motif quelconque pour expliquer mon retour. Personne n'avait à savoir ce qui m'était arrivé. Un procès pour ce genre de crime, c'était forcément une autre épreuve pour la victime.

Vous imaginez comment je me sentais, Emma. En même temps, je ne pouvais en vouloir à mes parents, je ne pouvais leur donner tout à fait tort. Il était vrai qu'un procès contre quelqu'un d'aussi puissant aurait été une entreprise titanesque et sans doute largement publicisée. Et puis déjà, les Sinclair-Keaton faisaient disparaître des éléments de preuve. Fallait-il donc plier devant l'injustice? Il semblait bien que oui, mais pour moi, cela demeurait inadmissible.

Alors j'ai tourné le dos.

À la fin de la journée, j'ai pris le train pour Montréal. J'avais quelques économies et la vie n'était pas très chère au Canada à cette époque. Je me suis trouvé un petit logement et je me suis inscrite à des cours de secrétariat. Il n'était pas question que je profite de quelque manière des offres de compensation de mon bourreau; il en allait de ma dignité. J'ai vite obtenu un emploi dans la fonction publique, l'embauche était facile dans l'après-guerre. Il y a eu les cours du soir, les promotions, mon installation définitive à Ottawa, la paroisse, vous, Emma, même si je ne suis pas une fameuse amie... Je me suis fait une vie à moi toute seule. Et je suis fière de ça.

Il a fallu trois ans avant que je ne renoue avec mes parents. Je ne leur avais pas gardé rancune, mais quelque chose dans notre lien avait été irrémédiablement rompu.

Voilà mon histoire, Emma. Il ne reste qu'à ajouter ceci : toutes sortes de petits signes à travers les années m'ont permis de comprendre que les Sinclair-Keaton n'ont jamais perdu ma trace. Je sais qu'ils ont toujours un œil sur moi. Ils ne m'ont jamais nui, au contraire ; j'ai parfois trouvé que mes demandes de promotion étaient bien vite acceptées. Je ne pouvais être sûre de rien et, de toute façon, j'ai toujours été compétente.

Et je ne sais trop pourquoi, dès que j'en ai eu les moyens et jusqu'à sa fermeture en 1965, j'ai chaque année envoyé un modeste don au lazaret de Tracadie. Je le faisais de bon cœur, parce qu'il y avait là une authentique œuvre de charité chrétienne, mais aussi, je l'avoue, pour narguer les Sinclair-Keaton, pour leur montrer qu'ils n'avaient pas réussi à me mettre à leur main. Ils n'en ont peut-être jamais rien su, mais qu'importe, moi, je le savais.

En 1965, par ailleurs, il s'est produit un incident de rien du tout qui m'a causé un grand trouble. Les Hospitalières de Saint-Joseph ont marqué de différentes façons la fermeture de l'institution et entre autres, elles ont fait parvenir aux donateurs une carte de remerciements, qui suggérait du même coup quelques façons de continuer à exercer notre générosité. Sur la carte, il y avait une photo du bâtiment. Je l'ai laissée un certain temps sur mon bureau, jusqu'au jour où une dame qui fréquentait sporadiquement mon patron, l'a aperçue en passant.

Elle s'est arrêtée, a regardé la carte, puis moi, pendant de longues secondes, avec une intensité qui m'a troublée, comme si elle cherchait à me reconnaître. J'avais déjà vu cette dame au bureau, mais là, tout d'un coup, il m'a semblé déceler quelque chose de familier dans son visage, quelque chose qui m'avait jusque-là échappé. Je n'ai pas eu assez de temps pour déterminer à quoi cela tenait. Elle s'est vite éloignée, comme on s'éloigne d'un malaise.

Je ne connaissais pas vraiment cette dame, dont je préfère taire le nom, mais tout de même, par le peu de rapports que j'avais eus avec elle, j'avais déduit qu'elle était acadienne.

Si je vous en parle, c'est que le trouble que j'ai ressenti ce jour-là m'a fait comprendre que mon secret était telle une petite bombe à retardement dans mon cœur, qu'il faudrait inévitablement que je m'en ouvre à quelqu'un un jour.

Voyez, Emma, comme j'y ai mis le temps !

34
La mauvaise humeur de Grothé ne s'arrange pas

Bon, le téléphone encore! Qu'est-ce que ce serait cette fois? Des *egg roll* à Vancouver?

C'était la réception. Un dénommé O'Toole demandait s'il pouvait monter. C'était important, paraissait-il. Grothé ne préférait pas. Cette chambre, dans l'état actuel des choses, c'était son intimité. Il allait plutôt descendre. Qu'on lui donnât cinq minutes, le temps de passer sa cravate et… et pour le reste, ça ne regardait personne.

Il fallut finalement dix bonnes minutes pour que Grothé sortît de l'ascenseur. O'Toole l'attendait, le chapeau relevé sur sa touffe rouquine, le trench déboutonné, les mains dans les poches, le quart d'une cigarette aux lèvres, dont la fumée lui faisait cligner de l'œil. Il énervait Grothé. Il avait trop l'air d'un flic de film de série B. Grothé aurait pu se faire le même reproche, il le savait bien, et ce n'était pas sa faute, comme ce n'était pas sa faute à lui s'il ressemblait à Toe Blake, mais justement, avec O'Toole, ils avaient l'air d'une paire de flics de «petites vues», et c'était trop! Pourquoi ça l'énervait? Parce que ce n'était pas ça la police, en tout cas pas pour lui, ça n'était pas du cinéma, c'était de la besogne. Non qu'il n'aimât point son métier, comme certains le pensaient. Mais un chirurgien, s'il aime son métier, est-ce qu'il aime opérer? «Oh! Ça saigne, quel plaisir! Si je pouvais trouver une petite tumeur imprévue, ça ferait ma journée!» Non, vraiment! Eh bien, c'était pareil pour Grothé.

Il feignit de ne pas avoir vu la main tendue de O'Toole, qui en fut quelque peu vexé.

— Ça va?

Grothé s'en rendit compte, respira un coup et sourit.

— Excuse-moi, je suis toujours un peu comme ça, le matin… c'est le café.

— Tu as déjà mangé?

— Eh oui…

— Pas moi. Pas capable de manger en me levant.

— Avoir su… Je ne m'attendais pas à ce que tu arrives comme ça.

— C'est que… Si on s'installait au restaurant de l'hôtel?

— Je ne te le recommande pas. C'est long, ce que tu as à me raconter?

— Bah… non.

— Alors assoyons-nous là! dit Grothé en désignant des fauteuils un peu à l'écart.

O'Toole acquiesça de mauvais gré. Il aurait aimé étirer cette rencontre et retarder ainsi le plus longtemps possible son retour au bureau et aux affaires ordinaires.

— Alors, qu'est-ce que tu as trouvé? demanda Grothé en conservant son sourire aimable.

— Rien ! dit O'Toole. Sauf que… tu devrais l'apprendre bientôt par tes propres *boss*, mais on m'a demandé de prendre les devants : nous devons arrêter l'enquête.

— On a trouvé les coupables ?

— Je ne pense pas. C'est plutôt que l'affaire passe directement à la police montée.

— La Gendarmerie royale ! Comment ça ?

— Raison d'État ! Notre belle collaboration s'arrête ici, mon cher Marcel. Il faut rédiger notre rapport et transmettre nos informations, mais comme on n'a rien trouvé, ce ne sera pas trop de travail.

Grothé grommela une sorte d'assentiment, mais en son for intérieur, il déclina une courte liste de vases sacrés bien connus dont les Québécois font un généreux usage quand il s'agit d'exprimer leurs frustrations. D'autre part, son intuition ne s'en trouvait pas seulement renforcée, mais quasiment confirmée, et ça, c'était comme une petite tape dans le dos.

Et sa décision était prise avant même qu'il songe au premier mot de ce rapport : on y trouverait le compte-rendu factuel de sa journée de la veille et même pas un soupçon de ses soupçons.

Et il se garda cependant de laisser transparaître la moindre satisfaction, car le fait que la GRC s'empare de l'affaire était en soi une information capitale. Pour Grothé, l'assassinat de Dorothy Pettigrew s'insérait dans une enquête beaucoup plus vaste…

35
Les remords, tels ces crabes qui grugent l'épave...

LE 17 JANVIER, AVANT MIDI, DANS UNE PRESTIGIEUSE
DEMEURE DE LA RÉGION D'OTTAWA

Nicole Norton remit au valet de chambre son fume-cigarette orné de rubis et assorti à ses boucles d'oreille. Ce dernier, après avoir disposé du mégot, demanda si Madame désirait profiter de l'occasion pour faire curer l'accessoire.

— Faites donc, dit-elle, sans daigner poser son regard sur l'homme.

Celui-ci déposa l'objet sur un guéridon en ébène incrusté d'ivoire. Il prit ensuite un plumeau dans le tiroir et se mit en position d'attente.

— Mais allez-y! s'impatienta mollement Nicole Norton.

L'homme d'un âge respectable se livra alors à un rituel rappelant les cérémonies de purification des nations autochtones, sans les incantations. Il agita le plumeau tout autour du corps de celle qui, étant la fille de son patron, se trouvait en quelque sorte, vu les circonstances, sa véritable patronne. Le plumeau était imbibé d'un produit censé absorber ou masquer les relents de fumée.

Nicole Norton en eut vite assez. D'un geste de la main, elle chassa le domestique. Tant pis si elle puait encore, cela freinerait les absurdes ardeurs affectueuses que son père tenait encore à lui démontrer.

Elle ouvrit elle-même la porte et entra dans la chambre.

Le vieillard était installé comme d'habitude, dans son fauteuil, devant la fenêtre. Quand il n'était pas plongé dans ses souvenirs, que lui rappelaient des photos classées dans des cartables ouverts et disposés sur les tables d'appoint, il contemplait le vaste jardin et se distrayait d'apercevoir la famille de chevreuils qu'on y gardait à demeure.

La chambre était si vaste que le monstrueux lit à baldaquin qui en constituait l'élément central semblait ordinaire. Au fond, un foyer à charbon converti au gaz émettait une lueur bleutée. Le choix des couleurs n'avait rien de gai, du pourpre, du noir, relevés de dorures parcimonieuses. Quand les rideaux de la fenêtre étaient tirés, on pouvait se croire dans le dernier séjour avant l'enfer, et c'était un peu ça.

Duncan Sinclair-Keaton avait le bas du corps enfoui sous des couvertures et un foulard de cachemire savamment drapé semblait autant retenir sa tête de tomber que protéger du froid sa gorge pourrie. Pourtant, on crevait dans cette pièce. Ça sentait la mort prochaine, mais l'ultime fil qui retenait le vieil animal à la vie paraissait insécable.

— Ah ! C'est toi, Nicole, fit-il de sa voix de perpétuel agonisant, comme si on ne lui avait pas annoncé la visite.

— Oui, c'est bien moi, Nicole Norton, née Sinclair-Keaton. Contente de constater que vous me reconnaissez encore, ironisa-t-elle.

Il tourna vers elle sa face livide et leva un peu les avant-bras pour solliciter un baiser. Elle se pencha et approcha furtivement sa propre joue de la joue crayeuse qui lui était présentée. Le vieillard eut un léger recul.

— Tu fumes encore comme une cheminée ! Quand donc cesseras-tu ? Mon exemple ne te suffit-il pas ?

— C'est un peu tard pour devenir exemplaire, père.

— Tu es dure avec moi.

— Dire qu'on croit que les illusions disparaissent avec l'âge !

Le regard de Nicole se posa sur le plateau de médicaments, et l'envie lui vint encore une fois d'empoisonner son géniteur. Elle la chassa. Sa patience allait de toute façon être bientôt récompensée, ce n'était pas le moment de tout gâcher.

— Qu'est-ce qui t'amène ? demanda le vieux.

Elle tira une chaise et s'assit.

— Eh bien... il faut que je vous dise que ça se complique, l'histoire de Marie Doucet.

— Elle est morte ?

— Non, pas que je sache. Mais il y a eu une bavure.

— Une bavure ? répéta l'homme en tournant vers sa fille un regard plein de détresse.

— C'est Dorothy Pettigrew. Elle est morte, elle a été tuée.

— Dorothy ! Ma petite Dorothy ! Mais comment...

— Oh, ça va ! Ça fait longtemps qu'elle n'est plus votre petite Dorothy, elle ne l'a jamais été, d'ailleurs. Vous l'avez violée, si vous vous rappelez un peu.

Le mourant porta ses mains à son visage et renifla.

— Bien sûr que je me rappelle. Mais je l'aimais !

— Mais oui, vous l'aimiez, renchérit Nicole Norton en étirant chaque syllabe. Et vous m'aimiez moi aussi, n'est-ce pas !

— Oui, j'aimais, même si j'ai fait beaucoup de mal. J'expie mes fautes à chaque seconde. Les remords, tels ces crabes qui rongent l'épave de mon corps, ne m'accordent aucun répit.

— S'il vous plaît, laissez la poésie aux poètes, vous êtes ridicule.

— Je sais, je sais que je n'ai pas le droit d'espérer la moindre indulgence de ta part...

Sa phrase fut coupée par une violente quinte de toux. Nicole espéra d'abord qu'elle l'emportât, mais jugea vite que cela risquait plutôt d'attirer le valet de chambre qui se trouvait de l'autre côté de la porte. Elle se leva donc et prit sur le plateau un linge imbibé d'eucalyptol qu'elle tendit au moribond. Celui-ci le posa sur son visage et cela eut l'effet de le calmer. Puis il cracha dedans, et cela fut dégoûtant, mais Nicole n'en était pas à sa première expérience du genre. Elle reprit le linge et le jeta dans une poubelle à couvercle. Puis elle versa dans un verre de l'eau d'une carafe glacée et, sans excès de délicatesse, fit boire le vieux.

Quand il fut remis, il parla de nouveau.

— Pauvre petite Dorothy.

Il promena sa main au-dessus des cartables et arrêta son choix sur l'un deux qu'il prit sur ses genoux.

Il le feuilleta.

Nicole consulta sa montre.

Enfin, il tira un cliché de sa gaine de plastique. C'était une photo de groupe, sur laquelle un visage était entouré au stylo.

— Ma petite Dorothy, murmura-t-il. M'auras-tu pardonné, toi ?

Il montra la photo à sa fille.

— C'était au lazaret… Tu veilles toujours à ce que le lazaret ne manque de rien, hein, Nicole ?

Elle émit un soupir de lassitude.

— C'est fermé, père. Il n'y en a plus de lazaret.

— C'est vrai, tu me l'as déjà dit, excuse-moi. Pauvre petite orpheline…

— Ce n'était pas une orpheline, vous l'aviez fait venir d'Angleterre. Il n'y avait rien à votre épreuve.

— Mais oui, je me souviens. Elle aurait pu devenir médecin, j'aurais tout fait pour qu'elle y arrive, mais elle a mal réagi.

Nicole Norton se laissa tomber sur la chaise, avec un nouveau soupir de total découragement.

— Elle a mal réagi… c'est la meilleure ! Des fois, je me demande si vous ne croyez pas à vos propres élucubrations !

— Mais pourquoi est-elle morte ? J'ai toujours exigé qu'on la protège, elle comme les autres, qu'on s'assure que toutes, ainsi que les descendants, soient à l'abri du besoin, et tu es toujours d'accord avec moi là-dessus, n'est-ce pas ? C'est la seule chose importante pour moi, désormais, c'est un point d'honneur.

Nicole Norton ne put s'empêcher de glousser.

— Votre honneur personnel… Et quoi encore ? Je m'en fiche autant que d'une boulette de caca restée au fond de la cuvette après la chasse d'eau. J'ai protégé, je protège et je protégerai l'honneur du clan, oui, mais seulement parce que ce serait très difficile pour mon fils de devenir premier ministre si le public venait à apprendre quelle magnifique ordure était son grand-père.

— Tu me fais de la peine, tu ne penses pas tout ce que tu dis, Nicole.

— Consolez-vous plutôt à l'idée que je ne dise pas tout ce que je pense.

Duncan Sinclair-Keaton détourna la tête en gémissant. Nicole en éprouva une satisfaction revêche.

— Mais comment cela a-t-il pu arriver, pour Dorothy ? reprit-il. L'ordre venait de toi ?

— Non. C'est que, voyez-vous, c'est pour le moins compliqué de gérer l'extraordinaire collection de vos péchés de jeunesse, surtout que cette jeunesse a duré jusqu'à soixante ans passés. Je ne peux pas absolument tout contrôler, personne ne le peut, même avec tous les moyens du monde. Ça n'a jamais été simple, mais avec les séparatistes qui sont au pouvoir à Québec…

— Quelle horreur. Je ne pensais pas vivre assez vieux pour voir ça.

— C'est la réalité, père, on a tout fait pour l'empêcher, mais c'est arrivé. Il y a des limites au contrôle qu'on peut exercer en démocratie, et puis il y a trop d'âmes sensibles au gouvernement. Alors voilà, c'est bien triste, mais votre petite Dorothy s'en allait voir votre cher Percival Imbert pour lui révéler des choses qu'il ne devait pas savoir.

— Elle le connaissait?

— Pas personnellement, mais à force de pistonner tout ce beau monde en sourdine, on n'a pu empêcher qu'il se soit produit des croisements indésirables, le premier et le plus incroyable étant bien que Marie Doucet et Percival Imbert se soient mis en ménage.

— Mais quoi? Qu'est-ce que Dorothy pouvait apprendre à Percival Imbert?

— Elle aurait pu lui raconter son histoire, pour commencer, mais vu le caractère particulier du bonhomme, je doute que ça l'aurait beaucoup intéressé. Ce dont elle pouvait lui parler, surtout, c'était du lazaret.

— Elle ne savait rien, pourtant!

— Ç'aurait été à voir. Quoi qu'il en soit, Percival Imbert est déterminé à découvrir ce qui est arrivé à sa femme. Il est fou, mais supérieurement intelligent dans sa folie. Mieux vaut qu'il n'aille jamais fouiner du côté de Tracadie. Ça deviendrait horriblement gênant, surtout que lui, il fait partie de la famille. Heureusement que Dorothy Pettigrew était sous surveillance. Malheureusement, par contre, le quotient intellectuel de nos amis policiers est inégal. Bien entendu, il fallait l'intercepter. Ça n'était pas compliqué. On débarquait chez elle, on trouvait un peu de drogue, on l'arrêtait, ensuite, nous intervenions pour faire appel à sa raison, et elle reprenait gentiment son travail, ni vu ni connu. Sauf qu'ils ont pris trop de temps. Ils se sont retrouvés au Québec, au pied du mur, et ils ont jugé qu'ils n'avaient d'autre choix que de la supprimer. Ce n'est pas qu'ils aient mal fait ça, remarquez, elle n'a pas souffert. Mais c'étaient des brutes, et en bonnes brutes, ils n'ont pas réfléchi davantage une fois leur forfait commis. Ils n'ont pas pensé à la ramener en Ontario et à simuler un accident sur la 417, par exemple. Ç'aurait été un jeu d'enfant de classer l'affaire. Au lieu de ça, on a un flic québécois qui arrive dans le décor. La GRC va lui soutirer l'enquête, soit, mais ça paraît mal, il va falloir faire rapport à un moment donné, il risque d'y avoir des questions. Encore heureux que, quand il a fallu que Marie Doucet se retire de la circulation, on soit parvenu à établir une chaîne de contrôle pour tenir en laisse la police du côté du Québec, mais il reste que ça n'est pas notre monde. Et il faut bien dire qu'on n'a pas été chanceux. On ne sait pas ce qui s'est passé entre Percival Imbert et Marie Doucet, mais tout de même, le cher homme, sans qu'on lui demande et pour des raisons connues de lui seul, nous a laissé tout le temps de faire le ménage. Sauf qu'on a eu des surprises. Cela dit, sur ce point, je n'ai pu que féliciter le directeur de la section G pour l'excellent travail de ses hommes, qui, ceux-là, n'ont pas perdu la tête et ont réussi à tout récupérer, du moins le croyait-on jusqu'à ce que cette carte émerge du néant.

— Une carte?

Nicole Norton agita les mains pour signifier qu'il fallait effacer ce qu'elle venait de dire.

— Ce n'est pas utile de vous donner tous les détails, de toute manière vous allez les oublier ou tout confondre. Ce que je veux que vous compreniez, c'est que la charpente de notre édifice branle de façon inquiétante, il y a des lézardes.

— Quel gâchis!

— Le gâchis a commencé quand grand-mère Éléonore, Dieu ait son âme, vous a extirpé de ses malheureuses entrailles.

— Je n'ai pas fait que du mal…

— Non, vous étiez un génie de la finance, un caractère atavique dont je crois être la dernière dépositaire. Toujours est-il que ça branle, oui, mais que ça tient encore. Sauf qu'on ne doit pas tomber dans le déni, et je préfère vous prévenir tout de suite qu'il y aura peut-être d'autres bavures, provoquées, celles-là. Il est possible que j'aie à choisir entre l'avenir de mon fils et notre engagement envers certaines personnes.

Devant une telle alternative, vous savez très bien que je tirerai à nouveau la chasse d'eau et que la boulette de caca restée au fond sera emportée.

Le vieux se raidit sur sa chaise.

— Non !

— Si vous voulez être certain de ne pas voir ça, je vous encourage à crever au plus tôt.

Duncan Sinclair-Keaton retomba sur son dossier en exhalant un râle graveleux.

— Tue-moi donc, si tu me détestes tant !

— J'y pense souvent, mais si je le faisais, je me priverais de la contemplation de vos souffrances.

— Qu'est-ce que j'ai fait pour…

— Ah non ! Arrêtez tout de suite, je n'ai pas la tête à la rigolade. Et il faut que je vous en dise une dernière. Le hasard s'est encore une fois mis contre nous, et il n'y est pas allé avec le dos de la cuillère.

Nicole Norton tira de quelque part dans sa robe un carré de papier Kodak et le plaça devant les yeux du mourant.

— Vous la reconnaissez ?

Le vieux plissa les yeux.

— C'est Marie et Percival ?

— Mais non. Vous voyez bien que cette fille est beaucoup plus jeune que lui. Mais elle ressemble en effet à s'y méprendre à Marie Doucet au même âge. Alors, si ce n'est pas Marie, c'est… c'est… ?

— La petite Jacynthe ? murmura Duncan Sinclair-Keaton en tournant vers sa fille un regard horrifié.

36
Le commandant Burns est épaté

— Sacrifice ! Sacrifice de sacrifice ! répétait le commandant Burns en se frottant les moustaches. C'est pas croyable.

— C'est pourtant la réalité. Quand j'ai mentionné le nom de Dorothy Pettigrew, Percival Imbert a été saisi. Puis, il m'a donné exactement les renseignements qui figurent au rapport quant au poste qu'elle occupait à Ottawa. Aucun doute donc qu'il la connaissait, ce qui est déjà majeur, et il n'y a pas de raison de penser qu'il aurait inventé qu'elle venait aux Galeries du Sud pour le rencontrer. Elle avait quelque chose à lui apprendre au sujet de sa femme.

— Sa femme qui, officiellement, n'existe toujours pas.

— C'est ce qu'on veut nous faire croire, qu'on veut LUI faire croire, surtout. Dans la journée du 23 décembre, il s'est passé des choses étranges aux Jardins du Golf. C'est un drôle d'endroit, vous savez, un domaine pour nantis où on ne croise pas souvent les voisins, surtout en hiver, car ils hibernent dans le Sud, il y a même des résidences qui sont pratiquement inhabitées, achetées pour le placement, ou d'autres ne sont que des pied-à-terre de luxe... L'hypothèse, au départ farfelue, que la maison ait été vidée des effets de madame pendant que celle-ci et son conjoint magasinaient devient plausible, étonnante, mais plausible ! Je sais que le hasard fait parfois bien les choses, mais cette panne des caméras de surveillance, inexplicable et tellement opportune, je n'y crois pas. Et si cela s'avère, nous devons réaliser que ceux qui ont organisé l'opération disposent de formidables moyens. Malgré tout, ils sont humains, donc pas invisibles et pas parfaits. D'ailleurs, je suis persuadée que si on procédait à une fouille méticuleuse de la maison, on trouverait d'autres éléments témoignant de l'existence de Marie Doucet. Ce qu'on ne peut mettre en doute, par contre, c'est le rapport de la patrouille, qui parle de véhicules autorisés.

— Ouais... ça ressemble à une déclaration de politicien qui a quelque chose à cacher. Mais laisse-moi m'occuper d'interroger les patrouilleurs, ça risquerait d'être mal perçu, si c'était toi, un agent comme eux autres après tout, tu comprends...

— Oui.

— N'empêche que ça ne tient pas debout ! Des gros moyens tant que tu veux, là... imaginer que tu peux faire accroire à un homme que sa femme n'a jamais existé... Il y en a sans doute qui aimeraient pas mieux que ce soit vrai, mais ç'a pas l'air que c'est le cas de Percival Imbert.

— Ça n'a pas l'air en effet, répliqua la policière en concédant un mince sourire au bon mot de son supérieur. Ils ont misé sur la psychologie très particulière de Percival Imbert, ce qui nous indique qu'ils sont renseignés sur son cas.

— Mais de qui on parle ?

— Je l'ignore, évidemment, mais il faut commencer par chercher du côté des patrons de la victime, donc de gens assez proches du pouvoir fédéral.

— Le détective Marcel Grothé, qui nous a été envoyé par la police provinciale, est actuellement à Ottawa. Il est sûrement passé par là. J'ai déjà travaillé avec lui et c'est pas un deux de pique.

— Il va vouloir interroger Percival Imbert.

— Je dirais même qu'il va DEVOIR le faire. Et je sais ce que tu vas dire…

— Il vaudrait mieux que je sois présente.

— Grothé, c'est pas un mauvais diable, au contraire, mais, les détectives, tu sais, ils ont tous leur petit caractère. Je suis pas sûr qu'il va se réjouir de se voir adjoindre une assistante, mais je devrais être capable de lui faire comprendre. J'attends son appel, ça m'étonne qu'il tarde.

— Vous savez être persuasif quand il le faut.

— De toute façon, Jacynthe, on change de ligue, là, on passe des mineures aux majeures. Au départ, il s'agissait d'enquêter sur une disparition, une possible disparition ! et de rapporter une carte. Maintenant, on a un meurtre en bonne et due forme, sinon deux, on ne peut pas savoir, avec des complications qui s'annoncent. Et pour ce qui est de la carte, on n'a plus le choix, ça peut devenir une pièce à conviction, en tout cas, c'est un élément d'enquête. Même, c'est à voir si c'est pas trop gros pour une police municipale de banlieue. J'ai comme l'impression qu'on va pelleter ça dans la cour des grands.

— Et en attendant ?

Le commandant Burns se lissa les moustaches, se massa le menton surnuméraire que les années lui avaient élaboré.

— Eh bien… ouais… en attendant… c'est comme… c'est pas non plus… mais, tu ne voudrais pas essayer qu'il te remette la carte ?

C'était la réponse que Jacynthe Lemay attendait à sa dernière question, mais pas celle qu'elle espérait. Son visage se ferma.

— À vos ordres. Autre chose ?

Burns fit non de la tête. Elle se leva. Mais la conclusion de cet entretien laissait au commandant un arrière-goût amer.

— Oh, Jacynthe ! l'intercepta-t-il.

— Mon commandant ?

— Tu m'épates, vraiment.

— Vous m'en voyez ravie.

Le commandant Burns eut beau chercher, il ne trouva pas les mots et dut laisser partir son agent sans pouvoir colmater cette lézarde qui s'était créée dans leurs rapports.

37
Les humbles sont indispensables

LE 17 JANVIER VERS 13 H, BUREAUX DU MINISTÈRE DU REVENU DU CANADA,
BOULEVARD DORCHESTER, MONTRÉAL

Percival Imbert et l'homme devant lui sont figés telles des statues; ce dernier, la main tendue, est si parfaitement immobile qu'on ne serait pas surpris de voir un pigeon se poser dessus, du moins si l'on était dehors. Jacynthe Lemay a l'impression qu'ils continueront à se fixer ainsi, en chiens de faïence, jusqu'à la fin des temps, si rien ne vient rompre le charme.

Wildérie « Bill » Boudreau fait partie de ces personnages qui, observés d'une certaine hauteur, paraissent insignifiants, mais sans lesquels la vie quotidienne de bien du monde serait un peu plus fade. Ce sont des êtres qui ont accepté, pour différentes raisons, d'être réduits à tirer leur subsistance de l'exercice d'humbles tâches mais qui, plutôt que de s'en plaindre, préfèrent y prendre plaisir, et partager ce plaisir avec les autres. Dans le cas de Bill, c'est même un peu plus fort: le simple fait d'avoir une responsabilité le comble de satisfaction.

Ses besoins financiers sont modestes. Né dans un petit village agricole du Nouveau-Brunswick où les perspectives d'avenir s'arrêtaient au bout du chemin, il s'est engagé dans l'armée canadienne dès qu'il a atteint l'âge réglementaire, soit après le débarquement de Normandie, mais il n'a finalement effectué la grande traversée que pour entendre les derniers coups de canon de l'horrible guerre. Qu'importe, il ne manque jamais d'évoquer fièrement son statut de vétéran, et de fait, c'est un ancien combattant de plein droit, il a donc profité des programmes de réinsertion et c'est ainsi qu'il a obtenu un emploi au gouvernement. On l'a encouragé à étudier, mais ce n'était pas dans sa nature. Il reconnaît sans gêne qu'il n'apprend pas vite. Il est donc demeuré sur le perchoir qu'on lui a offert.

La nature, qui, côté matière grise, n'a guère été généreuse envers lui, a maladroitement compensé avec la musculature et l'ossature. Bill est bâti comme un ours et sa force est à l'avenant. La forme de sa tête, cependant, son nez aquilin, ses yeux quelque peu exorbités, évoquent plutôt un oiseau de proie. On se doute bien que cette allure de créature mythologique n'attire pas les femmes. Il ne s'est donc jamais marié. Il a pourtant une blonde, qui s'appelle Paulina, et dont il n'est pas peu fier. On doutait de son existence jusqu'à ce que quelqu'un qui habitait son voisinage l'ait confirmé à un moment donné, mais il ne s'agirait que d'une quasi-guidoune qui monnayerait ses faveurs sans qu'il ne s'en rende compte. Quoi qu'il en soit, personne ne prendrait le risque de peiner Bill en lui révélant la réalité. Car tout le monde aime Bill !

Entre son boulot, les visites à la famille de sa sœur, comme lui émigrée à Montréal, et les hommages à sa Paulina, il a cependant développé une passion, qui est devenue son titre de gloire : la construction de châteaux de cartes ! Il a gagné des prix, et n'en doutez pas, car il vous mettra sous le nez une photo, un article de journal, un trophée, et si ses obligations lui en laissent le loisir, il tirera de sa poche un jeu de cartes et en quelques secondes, avec la même aisance que vous auriez avec des blocs d'enfant, il érigera de ses grosses mains racornies, sur le premier plat venu, un édifice de plusieurs étages. Et vous serez ébahi !

Or, dans les derniers mois, la tâche de Bill s'est allégée. Il est depuis toujours commissionnaire au ministère du Revenu du Canada, boulevard Dorchester, à Montréal. C'est ici le titre qu'on donne à ceux qui distribuent le courrier sur les étages, qui transportent les piles de documents d'un département à l'autre, ou qui vaquent à d'autres tâches du même niveau. Auparavant, il allait partout dans l'édifice, mais sans qu'il ne comprenne pourquoi, un beau jour, sa *run* a été scindée en deux. On lui a déniché un collègue, mais alors là, un sacré flanc mou ! Bill ne comprend pas qu'il puisse prendre constamment du retard, alors que lui, quand il était seul et avait tout l'édifice à charge, il conservait systématiquement de l'avance ! Il ne comprend surtout pas que, plutôt que de congédier ce traîne-savate, on envisagerait plutôt la possibilité de diviser encore les routes. Personne, d'ailleurs, pour une fois, ne comprend davantage que lui et il manque vraiment à la moitié perdue de ses « clients », qui appréciaient non seulement sa diligence, mais sa convivialité et son déroutant sens de l'humour. Mais, comme le lui rappelle philosophiquement M. Pallardy, son *boss* : à l'impossible, nul n'est tenu, et au possible non plus, si le nul en question travaille pour le gouvernement !

Tel est l'homme Bill, qui est venu tromper son ennui en taquinant le portier et qui, voyant entrer et se diriger vers eux Jacynthe Lemay et Percival Imbert, a pris les devants en saluant Madame et en tendant la main à Monsieur. Et ça s'est arrêté là. Monsieur s'est pétrifié dans une attitude répulsive et ce brave Bill, croyant avoir affaire à un plaisantin de son acabit, a décidé de jouer le même jeu.

Des secondes passent.

— C'est un honneur de vous serrer la main, Monsieur le Ministre, dit Bill Boudreau, goguenard.

— Monsieur fait erreur, Percival Imbert n'est pas ministre.

— Percival Imbert !? Je le sais bien, que Percival Imbert n'est pas ministre. Josaphat Latrémouille non plus ! Pourquoi est-ce que vous me dites ça, Honorable Joseph-Philippe Guay ? C'est pas correct de vous moquer de vos employés.

— Percival Imbert ne se moque pas. Il y a méprise sur la personne.

Wildérie « Bill » Boudreau tourne la tête à gauche et à droite.

— Où c'est qu'il est, votre Percival Imbert ?

— Il est devant vous.

— Ah ! Et le vieux Bill, il est où, lui ?

— Devant Percival Imbert.

— Okay. Est-ce que l'Honorable Percival Imbert voudrait bien me serrer la main ?

— Percival Imbert n'est pas honorable au sens où Bill l'entend, et il n'aime pas serrer la main.

Bill Boudreau baisse enfin le bras.

— D'abord, s'il aime pas serrer la main, Percival Imbert est pas ministre certain.

Et Bill Boudreau se met à rigoler de bon cœur. Il se retourne vers le portier.

— Il m'a eu ! dit-il.

Et à l'adresse de Percival Imbert :

— Vous m'avez eu ! J'étais plus capable. C'est quoi, votre vrai nom ?

Jacynthe Lemay, qui a observé la scène, non sans un certain amusement, intervient.

— C'est Percival Imbert, c'est son vrai nom.

— Ah ben ! Moi, mon vrai nom, c'est Wildérie, Wildérie Boudreau. C'est pas le diable mieux.

Le portier intervient à son tour.

— Eh Bill ! T'aurais pas quelque chose à livrer ? Qu'est-ce qu'on peut faire pour vous, Madame, Monsieur ? Est-ce que vous avez été convoqués ?

— Non, répond Jacynthe Lemay, nous ne sommes pas ici pour des motifs fiscaux.

Elle montre sa carte.

— La police ! s'exclame Bill Boudreau. Je suis fait ! ajoute-t-il en tendant les poignets, et en inclinant la tête d'un air penaud.

Jacynthe Lemay ne se laisse pas distraire.

— Nous enquêtons sur une femme qui a déjà travaillé ici. Nous aimerions rencontrer des gens qui se souviendraient d'elle.

— Alors là, vous ne pouvez pas mieux tomber, dit le réceptionniste. S'il y a quelqu'un qui peut vous aider, c'est bien Bill ! Il travaille ici depuis que c'est ouvert et il connaît tout le monde.

Jacynthe Lemay n'est pas spontanément convaincue que ce drôle de zig puisse l'aider. Néanmoins, elle lui montre la carte que Percival Imbert a retrouvée dans son divan, en prenant soin de cacher le nom avec le pouce.

— Connaissez-vous cette femme ?

Bill Boudreau plisse les yeux. La photo est petite et il aurait besoin de lunettes.

— Ah bien oui ! Je la connais c'est certain.

— Vraiment ?

— Sûr, c'est madame Doucet ! Qu'est-ce qui lui est arrivé ?

38
Marcel Grothé ne donne pas sa confiture aux cochons

MÊME JOUR, MÊME MOMENT, BUREAU DU COMMANDANT BURNS

Le commandant Burns, rien qu'à voir la bouille de Grothé quand celui-ci a passé la porte du bureau, a compris tout de suite que la petite réunion n'allait pas se dérouler dans un climat de franche cordialité.

L'œil en coin, le sourcil gauche relevé, Grothé ressemblait toujours à Toe Blake, mais plus précisément quand l'ex-*coach* des Canadiens de Montréal venait de voir l'arbitre frapper son équipe d'une punition injuste dans un match crucial. Et l'œil en coin n'était pas destiné à un quelconque arbitre, mais à l'espèce de Bonhomme Carnaval qui venait de se lever du fauteuil dont les bras lui serraient les bourrelets.

Il fallait pourtant que Burns fasse les présentations.

— Inspecteur Marcel Grothé, de la Sûreté du Québec, sergent Terence Harper, du département de la sécurité de la GRC.

— *Hi! I'm so glad to meet you!* claironna le dénommé Harper en précipitant une main grande ouverte à quinze centimètres de l'abdomen de Grothé, modeste en comparaison du sien.

199

Grothé dédaigna la main et se tourna vers Burns.

— S'il ne parle pas français, il va avoir de la misère en titi.

— Oh, mais je *la* parle ! rectifia Harper, apparemment pas trop vexé de devoir rappeler à lui sa main bredouille.

— Alors parlons ! dit Grothé, qui s'assit dans l'autre fauteuil sans attendre d'y être invité. Je n'ai pas de temps à perdre avec une enquête qui m'est retirée.

— Eh bien… assoyons-nous, messieurs ! dit Burns maladroitement, pour dire quelque chose, et il retourna derrière son bureau.

Ses fonctions l'obligeaient à la courtoisie, mais il comprenait assez l'attitude de Grothé. Ce Harper ne devait pas être loin de la retraite, et sa bouille rougeaude donnait une assez claire indication que la retraite en question serait consacrée à faire honneur aux réputés produits des brasseurs canadiens. En tout cas, ce n'était pas à ce genre d'éponge qu'il aurait confié, lui, une enquête aussi complexe.

— Alors, comme vous le savez, Grothé, commença-t-il, l'enquête sur la mort de Dorothy Pettigrew sera prise en charge par la police montée. C'est pas parce qu'on n'a pas confiance en nous, ou en vous, c'est pour des raisons d'État. Cette décision a été prise bien au-dessus de nous, mais il est bien entendu qu'on va collaborer. J'ai déjà fait part au détective Harper d'une information capitale qui nous est tombée dessus : on sait maintenant pourquoi Dorothy Pettigrew était venue aux Galeries du Sud.

— Ah ! Pourquoi donc ? s'enquit Grothé.

Des yeux, Burns interrogea Harper, à savoir s'il était correct de donner plus de détails, mais le gros homme semblait penser à autre chose.

— Elle est venue rencontrer un certain Percival Imbert. Or, nous connaissons ce monsieur parce que, quelques jours avant Noël, il a signalé la disparition de sa femme. Percival Imbert… euh… son cerveau perd de l'huile, si je peux dire. En tout cas, il y a des engrenages qui sautent, ça fait que pas n'importe qui peut l'approcher. Alors, j'ai promu temporairement l'agent avec qui il a eu le premier contact, parce qu'elle a le tour avec. Jacynthe Lemay. Retenez son nom parce qu'elle va aller loin en sacrifice, si elle ne fait pas de folies. Dire comme elle est brillante, elle a vu un rapport possible entre le fait que la femme de Percival Imbert, une certaine Marie Doucet, qu'on pouvait même pas être cent pour cent sûr qu'elle existe, voyez comme c'est fou ! aurait disparu aux Galeries du Sud, où a été tuée Dorothy Pettigrew. Eh bien, elle avait vu juste, la bougresse. Et, la cerise sur le *sundae*, la femme de Percival Imbert aurait travaillé au Conseil privé, elle itou ! J'aurais voulu que l'agent Lemay soit avec nous, mais elle est sur le terrain et je n'ai pas pu la rejoindre.

Grothé tira lui-même la conclusion :

— C'est donc ces nouveaux éléments qui justifient la prise en charge par le service de sécurité de la Gendarmerie royale.

— Exactement. On ne va pas s'en plaindre. On ne court pas après l'ouvrage icitte, et à la SQ non plus, hein ? L'agent Lemay va revenir à son poste, vous allez retourner à vos affaires et nous autres, on va reprendre la routine. Je ne pense pas que ce soit nécessaire de vous demander un rapport écrit, n'est-ce pas, sergent ? Sergent ?

— Oh ! *no*, pas nécessaire, *no*. Juste dis-moi quoi t'as appris.

Grothé se gratta la joue.

— Pas grand-chose. Je dirais même : rien ! Cette dame était une secrétaire modèle. Son patron est tombé de sa chaise en apprenant ce qui lui était arrivé…

— *Indeed !* Il a *hurté* lui ?

— Euh... c'est une manière de parler, sergent ! Elle n'avait pas de vie amoureuse, ou alors elle cachait bien son jeu, on ne lui connaissait pas d'ami intime, mais elle était appréciée de tout le monde. Elle faisait du bénévolat à la paroisse *St. Albans* et chantait dans la chorale, et avec son travail, il ne semblait y avoir rien d'autre d'important dans sa vie. Elle n'avait parlé à personne de son escapade, ce n'était pas dans ses habitudes, aucun bagage n'a été retrouvé dans la voiture, ils auraient pu avoir été volés, sauf que, et ça, elle n'y manquait jamais si elle devait s'absenter, elle n'avait pris aucune disposition pour que quelqu'un s'occupe de ses oiseaux…

— Des oiseaux ? Quelle sorte d'oiseaux ? interrompit Harper.

Grothé tout autant que Burns, décontenancés par cette question, jetèrent sur le *mountie* des regards perplexes.

— Un bleu et un jaune, répondit Grothé après un moment de silence.

Harper émit une sorte de grognement comme si cette information était l'amorce d'un piste prometteuse.

Grothé songea qu'il aurait pu dire des ptéranodons et que la réaction de Harper aurait été la même. Il n'eut plus aucun doute d'être en face d'un avatar anglo-alcoolique de l'inspecteur Clouseau. Il continua.

— Enfin bref, je n'ai rien trouvé. Je suis franchement désolé de ne pas être plus utile, mais j'avais à peine commencé, vous comprenez. J'espère que vous serez plus chanceux avec la piste qui vient de s'ouvrir. Si vous permettez, si vous n'avez pas de questions, je vais me rapporter à mes supérieurs.

Il se leva, il porta, en guise de salutation, l'index à son chapeau qu'il n'avait pas ôté, il tourna les talons et il sortit.

Burns ne fit rien pour le retenir. Il venait de se rendre compte que ce chapeau accentuait la ressemblance avec Toe Blake. Avant les années soixante, un *coach* digne de ce nom ne se présentait jamais derrière le banc sans chapeau.

Troisième partie

Chose certaine, elle a existé

39
Madame Doucet

Jacynthe Lemay et Percival Imbert sont dans la pièce que Wildérie «Bill» Boudreau appelle son bureau, qui est en fait une remise où il range son chariot, où il y a une table pour faire le tri du courrier, deux chaises pliantes. Pas de fenêtre. Au mur sont épinglées des photos de famille, celle de sa sœur installée à Montréal, et d'autres plus anciennes représentant ses parents aujourd'hui décédés et ses autres frères et sœurs, éparpillés d'un océan à l'autre, dont aucun n'a pu reprendre la terre familiale. Au milieu de ces souvenirs, le visage de la chanteuse Édith Butler, découpé dans un magazine, dont il suit la carrière à la trace parce qu'elle est native de Paquetville, où lui-même a quelques racines. (Mais il ne l'a pas connue.)

Jacynthe Lemay a démontré autant d'intérêt que possible durant ce tour obligé du propriétaire, si l'on peut dire, mais Percival Imbert, pas le moindre. Il est encore sous le choc. Il

205

s'absorbe à décoder le fonctionnement de l'esprit du commissionnaire et c'est pour lui une tâche aussi essentielle que l'était pour les alliés le décryptage de la fameuse Enigma, durant la Deuxième Guerre mondiale. Il a préféré rester debout, au cas où il aurait à déguerpir.

Wildérie «Bill» Boudreau ne lui manifeste pourtant aucune hostilité, il s'est assis face à Jacynthe Lemay.

— Ainsi, vous avez connu Marie Doucet, dit la policière.

— C'est certain.

L'esprit de Percival Imbert change aussitôt de centre d'intérêt.

— Vous la connaissiez comme vous connaissez un peu tout le monde, ou d'une façon particulière ?

— Ah ben là, particulière… C'est pas mon genre de mêler les sentiments puis le travail, mais je savais pas qu'elle était mariée, par exemple, ça non. De toute façon, j'ai ma blonde.

— Je ne voulais rien sous-entendre, rassurez-vous. Je vous demande seulement si vous lui parliez plus qu'à d'autres.

— Ah ça, c'est certain. Madame Doucet, elle était comme moi, elle aimait arriver de bonne heure au bureau, mais vraiment de bonne heure, là. Ça arrivait qu'on était pris pour attendre ensemble que les portes soient débarrées. Elle était pas jasante, Mme Doucet, mais on s'est aperçu qu'on était tous les deux Acadiens, ça fait un lien, comme on dit. Moi, je viens de Saint-Amateur, elle, elle disait qu'elle venait de Shippagan, mais c'était pas vrai.

— Comment savez-vous que ce n'était pas vrai ?

— Je le sais parce que le monde de Shippagan, c'est des *mangeux* de *gots* de morue.

— Des *gots* de morue ?

Bill a un sourire modestement triomphant. C'est une grande et rare joie pour lui que de prendre un interlocuteur en défaut de connaissance. Cette fois, cependant, sa joie est de courte durée.

— Ce sont des estomacs de morue farcis de foie, selon une recette traditionnelle acadienne, explique Percival Imbert.

Wildérie « Bill » Boudreau écarquille les yeux.

— Vous êtes Acadien ?

— Percival Imbert n'est pas Acadien. Il a rencontré ce mot dans un dictionnaire. Dans les circonstances actuelles, il n'est pas en mesure de se souvenir lequel, mais si nécessaire, il pourra retrouver la référence.

Jacynthe Lemay décline gentiment l'invitation et reprend le fil de l'entretien.

— Et je suppose, enchaîne-t-elle, que Mme Doucet ne mangeait pas de *gots* de morue.

— Ben non ! À un moment donné, j'en avais reçu un petit cruchon. Comme j'en mange pas moi non plus, j'ai pensé que ça lui ferait plaisir. *Pantoute* ! Elle savait pas trop ce que c'était puis quand j'ai dit « estomac », elle a fait la grimace et m'a demandé de cacher le cruchon et de changer de sujet si je voulais pas lui couper l'appétit pour le reste de la journée. Ça fait que ça a été clair pour moi : elle venait pas de Shippagan.

— Vous n'avez jamais cherché à savoir d'où elle venait pour de vrai ?

— Vous savez, j'aime le monde, moi, mais je me mêle de mes affaires.

— Bien sûr. Que faisait-elle de son temps, avant de commencer sa journée de travail ?

— Qu'est-ce que vous voulez dire ?

— Si elle arrivait très tôt, qu'est-ce qu'elle faisait avant de se mettre à l'ouvrage ?

— Rien ! C'était pas le genre à traîner autour de la machine à café. Elle se mettait tout de suite à l'ouvrage. Elle disait que c'était le meilleur moment pour travailler.

— Je vois. Elle travaillait dans quel secteur ?

— Au septième.

— Et qu'est-ce qu'on trouve, au septième ?

— C'est l'étage des *boss*.

— Elle faisait partie des *boss*?

— Non. Je le sais, moi, qui est le *boss* de qui dans la place. Jamais personne parlait d'elle comme de son *boss*. Elle avait pas de *boss* non plus. Elle travaillait toute seule.

— Qu'est-ce qu'elle faisait?

— Elle faisait des téléphones. Elle envoyait des enveloppes, jamais par moi. Elle descendait à la réception quand le messager arrivait. Des fois, l'après-midi, elle partait en réunion, mais d'après moi, elle rentrait chez elle.

— Qu'est-ce qui vous permet de le croire?

— Quand je la revoyais le lendemain matin, puis que je lui demandais pour rire si sa réunion avait bien été, si le premier ministre était en forme, mettons, elle avait une manière de rire qui montrait bien qu'y en n'avait pas eu, de réunion.

— Percival Imbert peut confirmer, du moins en partie, l'opinion de Monsieur Boudreau. Si elle partait au bureau très tôt chaque matin, il était exceptionnel que sa femme y passât toute la journée.

— Y passât? répète un Bill Boudreau interloqué.

— Passât, troisième personne du singulier de l'imparfait du subjonctif du verbe passer, précise Percival Imbert.

— Excusez, mais Bill Boudreau est pas allé à l'école bien longtemps, dit ce dernier en secouant la tête, découragé devant l'étrangeté de cet homme qui ne rit jamais.

— Est-ce qu'elle recevait du courrier?

— Oui, mais c'était pareil, toujours à livrer en mains propres.

— Elle a quitté son poste il y a trois ans, en 1974. Est-ce que la personne qui l'a remplacée est toujours là?

— Elle a pas été remplacée. En tout cas, pas ici. Je sais pas c'était quoi sa job, mais c'était spécial certain.

— Le service de l'évaluation, c'est au septième?

— Le service de quoi?

— De l'évaluation.

— C'est pas dans mon *building*, je peux vous le jurer.

— Il n'y avait pas d'écriteau sur sa porte?

— Euh… oui, mais avec juste son nom, si je me rappelle bien.

— Sur sa carte, c'est pourtant écrit « évaluation ».

— Mais ces cartes-là, c'est juste pour rentrer. Savez, quand on vous connaît, on vous la demande plus.

— Et c'était le cas de Mme Doucet…

— Mon cas aussi!

Jacynthe Lemay prend quelques secondes pour digérer les informations avant de relancer Bill Boudreau

— Quelqu'un d'autre se souviendrait-il d'elle? Elle n'était quand même pas emmurée.

Bill Boudreau demeure un moment silencieux, le regard dans le vide.

— Peut-être Mme Gendron. Elle aussi, c'en est une qui arrive avant tout le monde. Dans le temps, elle était au septième. Maintenant, elle est directrice au quatrième. Il me semble que je l'ai déjà vue parler à Mme Doucet.

— Au quatrième… Je vais aller voir cette madame Gendron, si elle est ici aujourd'hui.

— Oh c'est bien rare qu'elle manque, et je l'ai vue tantôt, elle est encore dans mes clientes. Murielle Gendron, bureau 4326.

— Voilà qui est précis. Est-ce que Percival Imbert voit un inconvénient à ce que j'y aille seule? Ce sera plus discret. Il peut m'attendre dans le hall, ou ici, si M. Boudreau veut lui accorder l'hospitalité.

Percival Imbert répond par un regard dans lequel se lit une quasi-terreur, mais Wildérie « Bill » Boudreau lance aussitôt:

— Pas de problème! J'ai une grosse demi-heure devant moi avant de commencer ma dernière *run*.

Il sort un jeu de cartes de sa poche.

— Je vais pratiquer un peu. Percival voudrait-y calculer mon temps?

— C'est-à-dire?

— C'est-à-dire que je vais monter un château et vous... en tout cas lui, là... Monsieur Percival, va calculer le temps sur sa montre.

— Percival Imbert n'a pas de montre.

— Ah... bien je vais lui passer la mienne, d'abord.

— Ce n'est pas utile. Percival Imbert peut calculer le temps sans recourir aux instruments mécaniques.

— Vrai ?

— Vous pouvez compter sur M. Imbert, le rassure Jacynthe Lemay, qui se hâte de sortir car elle a une petite envie de rire.

— Un, deux, trois... *got* de morue ! lance Wildérie « Bill » Boudreau, et il commence son ouvrage.

40
Murielle Gendron

Murielle Gendron ne fut ni inquiète ni étonnée du fait que quelqu'un de la police voulût la rencontrer. Cela se produisait régulièrement. Plutôt rares sont les criminels qui remplissent en toute honnêteté leurs déclarations de revenus. Les enquêtes policières et fiscales convergent donc souvent. D'habitude, cependant, les policiers prenaient rendez-vous. Il fallait croire qu'il y avait aujourd'hui une certaine urgence.

Elle prit tout de même quelques minutes pour achever la lecture du rapport qu'elle révisait, puis elle le signa avec le stylo-plume de haut prix, qui était son instrument d'écriture exclusif, et ferma la chemise, après avoir méticuleusement ordonné les feuilles. Elle s'assura que tout était à l'ordre sur la surface de son bureau, et c'était le cas. Elle dénicha tout de même un grain de poussière qu'elle chassa d'un souffle, ce qui la contenta.

Elle se leva et ouvrit la porte du placard pour se passer en revue grâce au miroir collé au revers. Elle tapota sa coiffure en hauteur, qui la grandissait, et tourna la tête comme si elle craignait que sa teinture d'un brun naturel ne fût pas parfaitement uniforme. Étant donné qu'elle ne se maquillait pas, elle passa tout de suite à l'examen de son tailleur gris. Pure formalité.

Elle referma le placard. Elle détestait travailler devant une chaise vide, donc elle gardait la chaise destinée aux visiteurs vaguement dissimulée derrière un énorme dieffenbachia, pièce maîtresse d'un véritable jardin intérieur, florissant grâce à un apport généreux de lumière dispensée par une vaste fenestration qui offrait une vue en plongée sur la circulation toujours frénétique du boulevard Dorchester et de la rue de Bleury. Elle ramena la chaise à une position adéquate.

Murielle Gendron avait décoré son bureau à son goût et ce, à ses frais. Les murs étaient ornés de photos de voyage, qui étaient aussi des photos de famille. Évidemment, ses collègues, pour la très grande majorité masculins, trouvaient cela un peu exagéré, mais aucun ne se serait permis de lui en faire la remarque.

Elle sortit enfin, déposa le rapport sur le pupitre de sa secrétaire en la priant de l'expédier sans délai, puis elle se dirigea de son pas martial vers la réception de l'étage, à travers un dédale de postes de travail séparés par des cloisons amovibles, dans lequel il eut été téméraire pour un étranger de s'engager sans guide.

Elle trouva la policière qui avait sollicité l'entrevue, mais qui n'avait pas jugé utile de préciser son grade, debout en train de fureter des yeux dans le tableau d'affichage destiné aux circulaires administratives ou syndicales.

— Vous voulez changer d'emploi? demanda-t-elle avec un sourire taquin que Jacynthe Lemay ne constata qu'en se retournant et une fois revenue de sa surprise.

— Non, répondit-elle. Je songeais seulement que, en modifiant quelques termes, ces circulaires sont quasiment identiques à celles qu'on trouve sur le tableau d'un poste de police.

— Et ça vous attriste de penser que malgré tous les beaux rêves qui nous attirent vers un métier ou un autre, au bout du compte, nous sommes tous plus ou moins fonctionnaires ?

Jacynthe Lemay eut un petit rire admiratif. La dame était perspicace.

— Oui, confirma-t-elle, c'est un peu ça.

— Murielle Gendron. Que puis-je faire pour vous aider ?

Jacynthe Lemay accepta la main tendue.

— Jacynthe Lemay. On peut trouver un endroit plus privé ?

— Bien sûr. Mais, simple formalité, je dois d'abord voir votre carte.

— Excusez-moi, j'oubliais…

La policière exhiba la pièce demandée.

— Bien. Passons dans mon bureau, mais je peux demander d'ici qu'on sorte le dossier qui vous amène, si vous voulez me donner le nom du contribuable. Ça nous fera gagner du temps.

— Il ne s'agit pas d'impôts.

Chose extrêmement rare, Murielle Gendron fut décontenancée et le laissa paraître. Elle avait deux enfants, un fils et une fille. La fille terminait brillamment son droit, mais le fils se piquait d'être un artiste et ne levait pas le nez sur les substances illicites.

— Il est arrivé quelque chose…

Jacynthe Lemay, qui ne manquait pas de perspicacité non plus, la rassura tout de suite.

— Oh non ! rien qui ne vous concerne directement, ni aucun membre de votre personnel.

— Dans ce cas, si vous voulez bien me suivre.

Jacynthe Lemay lui emboîta le pas. Chemin faisant, elle fut à même de constater, par l'attitude des gens qu'elles croisaient ou qui baissaient simplement les yeux sur leur passage, que Murielle Gendron exerçait un fort ascendant sur ses troupes.

Comme si elle percevait encore une fois la nature générale de ses pensées, la dame lui souffla, sur le ton de la confidence :

— Je suppose que c'est aussi le cas dans la police, mais ici, c'est encore un monde d'hommes. Alors il ne faut pas craindre de prendre une certaine hauteur si on veut traiter avec ces messieurs d'égal à égal. Vous êtes toute jeune, n'allez pas vous imaginer que les mentalités ont tellement changé.

— Je ne me fais pas d'illusions.

— Fort bien. Nous voici.

Elle invita la policière à passer devant elle, referma la porte.

Assise bien droite, les mains jointes sur le sous-main, elle demanda à Jacynthe Lemay, installée à son tour, d'aborder sans plus tarder l'objet de sa visite.

— Nous enquêtons sur une personne qui a travaillé ici.

— Ici ? Vous voulez dire dans mon équipe ?

— Non, je ne crois pas. Cette personne travaillait au septième jusqu'à il y a environ quatre ans.

— Quatre ans ! Je ne suis pas sûre de me rappeler tous…

— Marie Doucet ! Elle s'appelait Marie Doucet. Vous vous souvenez d'elle ?

Murielle Gendron ne put faire autrement qu'accuser le coup, très brièvement, certes, mais suffisamment pour que le malaise soit perceptible. Elle porta la main fermée à sa bouche et fit mine de réfléchir intensément.

« Excellente administratrice, sans doute, mais mauvaise actrice ! » se dit Jacynthe Lemay.

— Non, fit finalement la dame en hochant la tête, non, je ne vois pas. C'est un nom plutôt courant, notez bien.

— Peut-être que son visage vous reviendra, suggéra Jacynthe Lemay en glissant sur le sous-main la fameuse carte de Marie Doucet.

Murielle Gendron l'examina sans y toucher. Son malaise devint plus évident, si évident que toute tentative de le dissimuler était désormais vaine.

— Ah oui! Je me souviens d'elle. Elle travaillait au sep-tième.

— Comme je vous le disais... Quelles étaient ses fonctions?

— Je ne sais plus trop. Si ma mémoire est bonne, elle était officiellement ici pour analyser nos méthodes de recou-vrement afin de faire des propositions pour améliorer le rendement.

— Je vois. Et elle a livré la marchandise?

— Je ne pourrais pas vous dire : elle faisait rapport direc-tement à Ottawa. Peut-être que son travail a permis des changements utiles, mais bien honnêtement, on ne s'en est jamais rendu compte.

— Elle est partie sans être remplacée?

— Apparemment non, en effet, mais j'ai gravi quelques échelons depuis, j'ai complètement changé de département.

— Quel poste occupiez-vous, dans la première moitié des années 70?

Murielle Gendron hésita un moment entre refuser que l'entretien s'engage sur ce terrain, ou répondre comme si cela ne la gênait pas du tout.

— En ce temps-là, j'étais justement aux recouvrements, c'est-à-dire que j'avais – pas seulement moi, grâce à Dieu – la désagréable tâche de récupérer les sommes dues par des contribuables... négligents, disons. Mais je n'avais avec cette Marie Doucet aucun rapport concernant le travail. Nous arrivions toutes deux très tôt le matin, alors on jasait parfois de tout et de rien quand on se retrouvait à la salle de toilette ou en nous servant un café.

« Sauf que Marie Doucet ne traînait pas autour de la machine à café, si l'on en croit Bill Boudreau », songea encore Jacynthe Lemay. Et Bill Boudreau était comme un livre ouvert, tandis que cette dame dissimulait des choses, c'était évident. Mais elle jugea inutile de la confronter pour le moment.

— Je suppose que vous ne connaissez pas non plus les motifs de son départ.

— Absolument pas. Elle travaillait seule, et une fois la journée officiellement commencée, on ne la voyait plus guère. Alors quand elle a démissionné, c'est quasiment passé inaperçu, elle n'a pas eu droit à la petite fête rituelle.

— Mais vous saviez qu'elle démissionnait, qu'elle n'allait pas vers un autre poste.

— Non ! Pas vraiment, je ne sais pas. Oui, elle est peut-être allée ailleurs, voire dans un autre ministère… mais je suppose que ce n'est pas le cas, autrement, vous ne seriez pas ici, n'est-ce pas ?

— Et ce numéro, il réfère à quoi.

Murielle Gendron plissa les yeux et réfléchit un moment avant de répondre. Elle haussa les épaules en signe d'impuissance.

— *SAT-945-175, Q-00…* Le *Q* doit être pour Québec, mais ça ne correspond à rien de ce que je connais du Ministère. Pourtant, je le connais comme ma maison, le Ministère.

Sur ce point, Jacynthe Lemay la crut. Elle reprit la carte sans rien dire, façon de bien montrer qu'elle appréciait l'habileté manifestée par son interlocutrice pour ne pas mettre le pied dans une chausse-trappe.

Il ne fallait pas précipiter les choses. Murielle Gendron était une personne facile d'accès et elle n'allait certainement pas se volatiliser. De toute façon, la policière avait obtenu ce qu'elle était venue chercher en ce lieu : Marie Doucet avait bel et bien travaillé dans les bureaux montréalais du ministère du Revenu, malgré qu'on eût fait disparaître toutes les traces de son passage, du moins presque. On avait d'ailleurs eu quatre années pour procéder à ce lessivage, qui avait peut-être été effectué avec la complicité de la principale intéressée.

Murielle Gendron mit à profit cette pause pour reprendre l'initiative.

— Je suis désolée de ne pas pouvoir vous être utile. Est-ce que je peux vous demander ce qui est arrivé à Marie Doucet ?

— Eh bien, c'est justement ce que nous voudrions savoir : elle est disparue !

Murielle Gendron eut un léger froncement de sourcils qu'elle s'empressa aussitôt d'annuler. En ce moment, elle avait parfaitement à l'esprit les traits harmonieux, le beau nez plat gracieusement retroussé et le menton volontaire de Marie Doucet, et l'étonnante ressemblance de la jeune policière avec elle la frappa. Elle se demanda s'il n'y avait pas un lien de parenté entre les deux femmes. Peut-être son imagination lui jouait-elle des tours? Quatre ans, c'était long. Mais comment aurait-elle pu oublier la dernière fois qu'elle avait parlé à Marie Doucet, qui lui avait annoncé sa démission dans le secret du minable bureau qu'elle occupait, pour ainsi dire un cagibi, un bureau dans lequel échouaient pourtant les plus gros et les plus compromettants des dossiers, pour y sombrer à jamais tels les chargements d'or des galions espagnols dans le triangle des Bermudes? On n'aurait pas pu accuser Murielle Gendron de mentir tout à fait quand elle disait qu'elle ne savait pas ce que Marie Doucet faisait. Tout ce qu'elle savait, c'était que quand un dossier d'enquête fiscale affichait des sommes de six chiffres ou plus, il était retiré du processus courant pour être remis à Marie Doucet. Et Marie Doucet ne voulait surtout pas que Murielle Gendron sache comment elle en disposait.

Marie Doucet était sans doute la femme la plus étonnante qu'elle eût rencontrée. Elle n'avait pourtant rien de spectaculaire, bien au contraire, elle était effacée, parlait peu, au point qu'elle faisait penser davantage à une domestique en devoir qu'à une gestionnaire importante. On aurait dit une ermite dont la caverne se trouvait par erreur dans un milieu de travail plutôt qu'au sommet d'une montagne. Elle faisait en sorte de ne créer aucun lien, ne fût-ce que de camaraderie, mais toutefois, si un tel lien venait malgré tout à se tisser, on s'attachait immédiatement à elle. Il ne fallait pas s'attendre à de longues conversations; sa profonde humanité n'avait pas besoin de paroles pour émaner.

Son premier contact particulier avec Marie Doucet s'était produit un matin où Murielle Gendron était entrée au travail dans un état lamentable, après une nuit blanche provoquée par les déboires scolaires de son artiste de fils. Elle avait croisé Marie Doucet qui n'avait pu s'empêcher de s'inquiéter du coin de l'œil, car Murielle Gendron arrivait d'habitude à l'ouvrage fraîche, dispose et d'attaque. L'ouverture était des plus minces, mais Murielle Gendron s'y était faufilée, elle avait besoin d'en parler, et Marie Doucet était l'oreille idéale puisqu'on pouvait être absolument certain qu'elle n'irait jamais colporter une confidence.

Et la grande surprise avait été que Marie Doucet s'était arrêtée, l'avait regardée bien en face et lui avait accordé toute son attention. Ça n'avait pas été très long, et Marie Doucet ne lui avait pas posé de questions. Elle ne se rappelait même pas comment ce premier échange, si l'on pouvait utiliser ce terme, s'était conclu. Mais il y en avait eu d'autres, qui commençaient toujours par: «Comment va votre fils?». Marie Doucet ne demandait jamais en échange d'être écoutée à son tour, et il ne fallait pas être grand psychologue pour deviner qu'il eût été inutile de l'interroger. Juste une fois, elle lui avait dit: «Je ne vivrai jamais ça.» Elle n'avait donc pas d'enfant. C'était tout ce qu'elle savait de sa vie privée.

Et puis était advenu ce vendredi de 1974. Marie Doucet avait été absente toute la semaine. Elle avait fait entrer Murielle Gendron dans son bureau, avait refermé la porte et, sur un ton grave, lui avait annoncé qu'elle partait, non seulement qu'elle abandonnait son poste, mais qu'elle quittait le Ministère, le gouvernement.

«On ne me remplacera pas, Madame Gendron, avait-elle répondu à une question légitime. Et ne posez pas d'autres questions, je vous en conjure, pour votre bien et pour le bien des vôtres. Ne dites jamais non plus qu'il vous arrivait de me parler.»

Les bureaux étaient vides, le matin, quand elles arrivaient, donc, personne ne savait... personne... sauf Bill, bien sûr. Mais Bill...

(Et Murielle Gendron trouva à l'instant la réponse à une question qu'elle aurait dû se poser il y avait un moment: pourquoi cette jeune policière s'était-elle adressée à elle plutôt qu'aux nombreux autres patrons qui avaient connu Marie Doucet? Jacynthe Lemay avait parlé à Bill. Jacynthe Lemay savait donc qu'elle n'entendait pas de sa bouche toute la vérité.)

Eh bien, tant pis! Murielle Gendron avait pris très au sérieux l'avertissement de Marie Doucet. Personne ne devait savoir, et pour ce qui dépendait d'elle, personne n'avait su ni personne ne saurait. De toute façon, c'était si peu, ce qu'elle aurait pu apprendre à la policière. Quelque chose, tout de même, un petit héritage que lui avait laissé Marie Doucet, un élément de sa vie qu'elle avait lâché, un matin qu'elle eût bien voulu quitter son mutisme pour dire qu'elle enviait sa maternité, car, la maternité, Marie Doucet ne l'avait connue ni dans un sens, ni dans l'autre.

Murielle Gendron regarda encore Jacynthe Lemay: elle sentait que cette jeune femme était d'une intelligence supérieure. Elle allait lui refiler le seul indice qu'elle détenait peut-être, mais elle le lui refilerait bien enrobé, comme une fève dans la galette des Rois. La policière finirait bien par mordre dessus.

— Je suis désolée de ne pouvoir vous aider à avancer dans votre enquête. À moins que vous n'ayez d'autres questions, nous allons devoir mettre fin à cet entretien. J'ai été éduquée chez les sœurs, vous savez, elles m'ont appris à gérer mon temps avec rigueur, une en particulier...

Elle fit une pause.

— ... Sœur Annonciade Frenette... Un nom difficile à oublier, n'est-ce pas? qui nous répétait sans cesse qu'on serait stupéfaites de constater les sommes fabuleuses de temps qu'on perd au cours d'une vie à étirer des conversations quand il n'y a plus rien à dire.

— Elle avait certainement raison ! J'ai déjà abusé de votre disponibilité.

Mettant donc en application les préceptes de ladite sœur Annonciade Frenette, les deux femmes se séparèrent sans abuser des formules de politesse.

Mais juste au moment de rouvrir la porte, Jacynthe Lemay, s'excusant, eut une ultime question.

— Est-ce que le nom de Dorothy Pettigrew vous dit quelque chose ?

Murielle Gendron se sonda un instant.

— Non, alors là, vraiment, non !

Jacynthe Lemay sentit que Mme Gendron disait la pure vérité, mais elle le faisait avec une sorte de soulagement heureux qui montrait qu'elle détestait mentir, fut-ce par abstention, et cela confirmait que c'était ce qu'elle avait fait tout le long de l'entretien, ou presque.

41
Un château de cartes

Quand la jeune policière revient, Percival Imbert est assis, les bras croisés, dans un état de concentration absolue, et observe une structure qui fait presque 30 000 cm^3, qui continue de prendre du volume par les gestes infiniment mesurés de Bill Boudreau, ce dernier n'ayant d'yeux que pour ses cartes. La jeune femme s'arrête. La scène est touchante. Les deux hommes sont en symbiose. Quatre fois la minute, Percival Imbert donne le temps telle une horloge parlante. Il serait cruel de les interrompre. Ce ne sera pas nécessaire, car Bill Boudreau sera bientôt à court de cartes. Il le sait. C'est pourquoi il travaille à la toiture, et c'est la phase la plus délicate.

Jacynthe Lemay se dit qu'elle doit justement éviter de se construire un château de cartes, d'échafauder des hypothèses si fragiles qu'un souffle peut les détruire. De toute façon, a-t-elle des cartes? Elle en a une, la carte d'identification de Marie Doucet. C'est bien peu, trop peu.

Si l'enquête ressemble à un château de cartes, elle doit admettre qu'elle en est encore à en assembler le premier pilier. Maintenant, il faudrait que ça monte. Comment?

Bill Boudreau est un homme simple. Il lui a dit la vérité. Ce serait tellement plus simple si tout le monde disait la vérité.

42
La coupe de Jacynthe Lemay déborde

À son arrivée matinale au poste, le lendemain, Jacynthe Lemay n'avait pas été surprise de trouver dans sa boîte à messages un feuillet rose lui apprenant qu'elle était convoquée par le commandant Burns, et elle n'avait pas été surprise non plus que cette convocation précisât qu'elle devait se présenter en uniforme. Déçue, cependant, oui, un peu. Elle avait espéré, sans vraiment y croire, qu'elle garderait encore un moment son statut d'enquêteuse spéciale, mais elle comprenait bien que le rapport établi entre le meurtre de Dorothy Pettigrew et la disparition de Marie Doucet changeait tout. Sans doute serait-elle désormais confinée au rôle d'accompagnatrice quand il s'agirait d'intervenir auprès de Percival Imbert.

À peine entrée dans le bureau de Burns, cependant, elle eut un funeste pressentiment. Et elle en eut un second pire encore quand Terence Harper se leva prestement en ajustant une affreuse cravate rouge parsemée de feuilles d'érable

223

blanches et de quelques autres taches impossibles à identifier. Pour dire juste, ce fut plus qu'un mauvais pressentiment, ce fut une répulsion viscérale.

De derrière son bureau, Burns, qui ne pouvait cacher un certain malaise, fit les présentations d'usage.

— *Hi! I'm so glad to meet you!* claironna Harper en faisant un pas en avant et en tendant sa main rougeaude, pénétrant ainsi dans ce que Jacynthe Lemay considérait comme son espace vital.

Elle eut peur qu'il ne l'assaillît d'une accolade ou, horreur! qu'il lui proposât la bise, car des relents de son haleine de fond de tonne indignaient déjà ses narines. Grâce à Dieu, il ne fit rien de tel, mais elle dut par contre se résoudre à contenir sa respiration et à mettre sa propre main dans celle de l'autre, qui la retint en répétant des banalités en anglais.

Elle récupéra enfin sa main en se promettant de ne plus s'en plus servir avant de l'avoir scrupuleusement savonnée.

Burns l'invita à s'asseoir, mais elle demanda à rester debout.

— Vous allez réintégrer votre poste, agent Lemay, commença le commandant, sur un ton fataliste. L'enquête est désormais prise en charge par le sergent Harper. J'aurais pu vous l'annoncer hier, mais vous n'êtes pas passée au poste en fin de journée. Oh, c'est correct! C'était pas nécessaire…

Mais Jacynthe Lemay n'écoutait pas. Son esprit s'était engagé malgré elle dans une chaîne de déductions.

Premièrement: à moins qu'il ne fût un maître dans l'art de dissimuler sa véritable qualité, ce sergent Harper était absolument inapte à conduire une enquête sur des affaires aussi complexes.

Deuxièmement: l'affectation d'un tel sac à vin démontrait éloquemment que la GRC n'était pas intéressée à ce que cette enquête aboutisse.

Troisièmement: cela donnait à penser qu'on craignait ce qui pourrait sortir d'une enquête bien menée, sans doute parce qu'on connaissait déjà, sinon le fin mot de l'histoire, du moins une part embarrassante de la vérité.

Quatrièmement: ladite histoire avait donc quelque chose à voir avec le travail qu'effectuait Marie Doucet au septième étage de l'édifice du boulevard Dorchester. Cela expliquait par ailleurs les pressions faites « d'en haut » pour récupérer la carte de Marie Doucet.

Cinquièmement: la GRC avait non seulement intérêt à ce que Marie Doucet demeure « inexistante », mais ses services avaient organisé, ou du moins collaboré à organiser sa disparition, ce qui expliquait la présence de ces véhicules autorisés aux Jardins du Golf, le jour de sa disparition.

Sixièmement: on était prêt à recourir à l'assassinat pour empêcher que la lumière ne soit faite.

Et finalement: Percival Imbert était probablement en danger!

Burns continuait.

— (…) votre collaboration sera requise à nouveau si monsieur Imbert doit être rencontré, mais le sergent Harper m'a dit tantôt qu'il ne croit pas que ce soit utile pour le moment.

« Évidemment! » se dit Jacynthe Lemay.

— Avez-vous appris quelque chose de nouveau, hier?

Elle parut descendre de la Lune. Elle décida instinctivement de garder pour elle ce qu'elle avait appris.

— Hélas non! Je suis allée investiguer dans les bureaux montréalais du ministère du Revenu en pure perte, personne n'y a jamais entendu parler d'une Marie Doucet et son nom n'apparaît dans aucun registre.

— *So strange...* intervint Harper.

— Sauf qu'il y a la carte, rappela Burns.

— Oui, la *carde*, renchérit Harper. C'est fausse pour sûr. Mais les fausses *cardes*, c'est grave. La FLQ a faite des fausses *cardes* pour *bomber* les offices du gouvernement *canadian*.

— Le FLQ? s'impatienta Jacynthe Lemay. Mais qu'est-ce que vous allez chercher là? C'est de l'histoire ancienne, et Dorothy Pettigrew, une vieille Anglaise qui travaillait au Conseil privé, une complice? Le FLQ, franchement...

Burns intervint.

— On va laisser le sergent Harper faire ses hypothèses, si vous voulez bien, agent Lemay. On est dans une affaire de meurtre, et cette maudite carte est un élément d'enquête, et il faut la remettre aux enquêteurs, on en a déjà parlé Jacynthe, sacrifice…

La jeune policière réfléchissait à toute vitesse, comme une skieuse qui n'a pas le droit de se tromper de piste alors que l'avalanche gronde dans son dos, avalanche dont elle sentait la menace depuis un moment déjà.

— Pourquoi?

— Pourquoi quoi?

— Pourquoi cette carte est-elle si importante?

— Ah! Jacynthe! fit Burns qui, en abandonnant le vouvoiement protocolaire, montrait ainsi son impatience, fais pas l'innocente!

— Je ne fais pas l'innocente, je vous ai dit exactement ce qu'il y a sur cette carte. Si Marie Doucet a vraiment travaillé à un quelconque service d'évaluation du ministère du Revenu, ils n'ont qu'à mettre une équipe là-dessus et ils finiront bien par la retracer.

— Mais la photo, Jacynthe! Il y a sa photo sur la carte. Est-ce que tu nous la donnes, oui ou non?

Jacynthe Lemay regarda le sergent Harper qui, à en juger par son air hébété, trouvait que ça parlait tout d'un coup un peu trop vite pour lui. Elle prit conscience d'un autre aspect de la situation: Percival Imbert n'était peut-être pas tellement en danger, après tout. Depuis qu'on savait qu'il détenait cette carte, qu'on tenait tant à récupérer, on n'avait tenté aucune action contre lui. Voilà des gens extrêmement organisés et capables de tuer qui répugnaient à bousculer un bonhomme inoffensif qui vit seul, préférant se servir d'une jeune policière inexpérimentée pour obtenir en douceur un objet tant convoité! Il y avait anguille sous roche. Elle savait que Percival Imbert lui avait caché quelque chose, mais elle ne pouvait se faire à l'idée qu'il était de connivence avec ceux qui avaient fait disparaître sa femme. D'ailleurs, il aurait pu détruire cette carte et on n'en n'aurait jamais entendu parler. Ça puait, cette histoire, ça puait très fort. Ce n'était pas une avalanche de neige qui grondait dans son dos, mais une avalanche de merde. Elle revit la photo de Dorothy Pettigrew morte dans sa voiture, et elle se vit à sa place. On avait tué cette dame parce qu'elle savait des choses. Or, Jacynthe Lemay, était maintenant inscrite au club de ceux et celles qui savaient des choses, qui savaient surtout que Marie Doucet avait existé et donc qu'on l'avait bel et bien éliminée. Le fait d'être de la police la mettait-elle à l'abri? Des forces assez puissantes pour dicter sa ligne de conduite à quelqu'un comme le commandant Burns devaient tenir pour fort peu de choses le sort d'un simple agent. Elle prit peur et elle s'enragea en même temps. Elle se contint.

— Non, je ne vous la donne pas, puisque je ne l'ai pas. Mais s'il ne s'agit que de la photo, proposa-t-elle avec l'arrière-pensée de confirmer ses présomptions, je crois que M. Imbert acceptera d'en tirer des copies. Ça se pourrait même qu'il l'ait déjà fait. Il vous en remettra une, si vous le lui demandez correctement.

Burns interrogea Harper du coin de l'œil, et constatant que celui-ci semblait n'avoir pas saisi, il lui répéta en anglais ce que l'agent Jacynthe Lemay venait de dire. Il s'ensuivit un bref échange.

— Vous avez compris? demanda Burns à son agent.

Elle avait compris d'autant plus facilement que c'était exactement ce qu'elle attendait comme réponse. Harper avait pour mandat de récupérer la carte originale et l'idée qu'il pourrait exister des copies l'embêtait sans aucun doute. Jacynthe Lemay se dit qu'il n'était certainement qu'un exécutant, un chien à qui on avait commandé d'aller chercher une balle, sans s'inquiéter qu'il se mette à renifler autour. Elle eut bien envie de le pousser dans un coin. Pourquoi la carte originale? Qu'apporterait-elle de plus qu'une reproduction? On ne voulait quand même pas en faire une analyse chimique?

Mais son commandant ne connaissait sans doute pas plus qu'elle les réponses à ces questions.

— J'ai compris, dit-elle. Je n'ai rien à ajouter. Je peux disposer ?

— Mais Ja... agent Lemay, non, vous ne pouvez pas disposer ! On n'a pas à savoir pourquoi ils veulent l'avoir, mais ils la veulent, puis c'est une pièce qui doit être versée au dossier.

— Bon. Que le sergent Harper aille la chercher.

— Mais vous savez bien, agent Lemay, que ce Imbert peut très mal réagir.

— La GRC a sûrement les ressources nécessaires pour les cas particuliers. Le sergent Harper n'a qu'à demander du soutien. Vous m'avez annoncé que je réintègre mon poste. Est-ce que je peux aller demander mon affectation au répartiteur ?

— Votre affectation, c'est moi qui vous la donne, agent Lemay, vous allez accompagner le sergent Harper.

— Non.

— Non ? ! ? !

— Non.

L'agent Lemay, avec une certaine détresse, vit son commandant changer de couleur. Elle sentit sa gorge se serrer, ses yeux se mirent à piquer, mais non, elle n'allait pas pleurer, certainement pas.

Burns avait maintenant les yeux exorbités, les narines tendues, les lèvres serrées sous sa moustache qui venait peut-être de gagner quelques poils blancs. Il ferma les yeux et respira profondément.

— *Mister Harper, may I ask you to leave us alone for a moment ?* dit-il dans son anglais scolaire.

— *Sure...*

Harper quitta la pièce sans demander davantage d'explications, pour ainsi dire sur la pointe des pieds, et referma très doucement la porte.

— Assis-toi, Jacynthe, s'il vous plaît.

— Je préfère rester debout.

Burns, qui retrouvait un teint à peu près normal, se livra un moment à l'automassage mentonnier, qui, chez lui, suivait la moindre hausse de tension artérielle.

— Ah ! Jacynthe, sacrifice, est-ce que tu te rends compte que c'est de l'insubordination, qu'est-ce que tu viens de faire ? Devant un officier de la GRC en plus… On a l'air de quoi ?

Il opposa la paume de sa main à la réplique qu'il sentait venir.

— Je le sais ! Je le sais ce que tu vas dire, là, que, bon, le sergent Harper, d'accord, on se comprend, mais, je peux pas décider, oui ou non, parce que je l'aime ou parce que je l'aime pas… Bien sûr, la Gendarmerie c'est la Gendarmerie et nous autres, c'est nous autres, mais là, refuser de collaborer à une enquête sur un meurtre…

— Sauf votre respect, mon commandant, mon rôle de policière est de faire respecter la loi et de protéger la population. Il y a deux jours, vous m'avez octroyé le statut d'enquêteur temporaire. Je l'ai accepté et j'ai fait de mon mieux. Maintenant, vous me le retirez. Je n'ai rien à redire. Vous pouvez m'obliger à accompagner qui vous voulez. Je pourrais le faire dans le cas du sergent Harper en m'en tenant à une stricte présence physique. Mais ce serait déjà trop. Je me suis trop impliquée sur le plan émotif et personnel, c'est sans doute une faute de ma part, je demande votre indulgence étant donné les circonstances…

Burns râla.

— Qu'est-ce que tu me chantes là, Jacynthe ? Personne te fait de reproches ! Je veux juste que tu aides le sergent Harper à obtenir la carte. Tu peux même y aller toute seule. Il a bien dû te la laisser, la carte, pour que tu ailles au Revenu, hier…

— Il est venu avec moi.

— Quoi ? Tu veux dire qu'il t'a suivie pendant que tu enquêtais ! Mais c'est pas correct !

— Je sais. Il y tenait et je n'ai pas pu refuser. Cela confirme ce que je viens de vous dire, je suis devenue trop impliquée et mon jugement commence à en être affecté. Je vous demande donc d'être définitivement écartée de toute affaire ayant rapport avec Percival Imbert.

— Oh Jacynthe! Oh là là! Je vais oublier ce que tu viens de me raconter, que je devrais normalement noter à ton dossier. Comprends-tu que ça nuirait tellement à ton avancement? Je t'apprécie trop pour te laisser te caler de même. C'est rien, ce que je te demande. Tu dis à ton Percival Imbert que tu as besoin de la carte pour une expertise, qu'on va la lui rendre aussitôt que ce sera terminé. Bon sang! Invente n'importe quoi! S'il tient tellement à retrouver sa femme, il faut qu'il collabore lui aussi!

— Vous voudriez que je lui mente?

— Mentir, pas vraiment, c'est pas dit qu'on la lui remettra pas, sa sainte sacrifice de maudite carte!

— Justement, il ne s'agit que d'une carte. Ce n'est pas l'arme du crime! Ça n'a pas de sens de vous rendre malade pour si peu. Si c'est maintenant leur enquête, c'est à eux de recueillir les indices. Je ne comprends pas.

Burns introduisit son index droit entre le col de sa chemise et son cou et aéra ses chairs moites.

— Il y a de la pression, Jacynthe, de la grosse pression. Au début, ça avait l'air de pas grand-chose, mais avec le meurtre de la dame, ouf! Je sais pas ce qu'elle a de si important, la carte, mais je peux t'assurer que ton ami est pas spécial seulement dans sa tête, il l'est encore plus dans la tête des autres. S'il ne s'appelait pas Percival Imbert, il faudrait l'appeler «Touche pas!». Ça fait que, regarde, on règle cette affaire de carte et puis on en parle plus. Autrement, moi je vais perdre la face de pas être capable de mener mon monde et toi, pauvre toi, ton nom va se retrouver sur une bien mauvaise liste, ça va te suivre longtemps. Il se passe des choses, Jacynthe. Je peux pas vraiment de dire quoi, de toute façon, je sais rien dans le détail, mais... y'a des poids lourds qui s'affrontent au-dessus de nos têtes, ça fait de l'orage, mettons, la foudre peut tomber n'importe quand, alors vaut mieux pas s'exposer...

Le commandant Burns regardait l'agent Jacynthe Lemay et attendait une approbation, un signe de soumission. De tout son cœur, il voulait éviter de lui nuire. Un autre que lui aurait déjà brandi la menace d'une sanction disciplinaire.

Mais il n'avait pas seulement de l'orage au-dessus de leurs têtes, il y en avait aussi dans celle de Jacynthe Lemay, dans son cœur, dans ses tripes. Ce n'étaient pas des masses d'air qui s'affrontaient là, mais des masses d'émotions striées d'éclairs de raison. Et allez savoir pourquoi, dans la tourmente, les vastes yeux verts de Sylvain apparaissaient par intermittence, comme toujours chargés de reproches. Elle ne pouvait pas trahir Percival Imbert. Elle ne voulait pas que dans les tourmentes futures, les yeux de cet homme s'ajoutent à ceux de son frère, elle ne voulait pas alourdir sa conscience d'une autre culpabilité alors qu'elle commençait tout juste à croire qu'un peu de bonheur lui serait peut-être permis.

L'avalanche était sur elle. Elle devait quitter la piste, à l'instant.

— Je ne serai pas sur une mauvaise liste, commandant, ne vous en faites pas. Je vous donne ma démission.

— Ah, Jacynthe ! Arrête ça, s'il vous plaît !

— Je ne plaisante pas, commandant.

Ce disant, elle ôta son badge, le posa sur le bureau, puis commença à déboucler la ceinture à laquelle étaient accrochés son arme, les menottes, la matraque et les autres accessoires.

— Non, Jacynthe, non ! protestait Burns complètement décontenancé. Arrête, je te dis (il tentait de lui rendre le badge, puis de repousser la ceinture). Ce n'est pas sérieux, tu peux pas faire ça.

Mais Jacynthe Lemay était ailleurs, une chaîne s'était brisée, elle glissait librement où nulle piste n'était tracée, exaltée par la blanche pureté de l'air.

— Je vous rends la chemise.

Elle se déboutonna sous le regard sidéré de Burns qui ne savait plus où se mettre.

— Les chaussures…

231

Elle se pencha. Burns détourna le regard en gémissant.

— Le pantalon…

Tout ça atterrissait en douceur sur le bureau de Burns qui s'était laissé choir dans son fauteuil, la main sur les yeux.

Du pantalon, elle retira le porte-monnaie qui contenait quelques sous, une carte de crédit et la clef de son casier.

— Si vous permettez, je vais garder les chaussettes pour me rendre à mon casier. Vous pourrez les récupérer là.

Burns ne trouva rien pour la retenir quand il la vit se retourner. Elle portait des sous-vêtements conçus exclusivement pour le confort, mais sa silhouette gracieuse et solide en même temps ne perdait rien à n'être pas mise en valeur par des dessous affriolants.

— *Oh, my God !* s'écria Harper en la voyant sortir du bureau en petite tenue, assez fort pour que les têtes se tournent, exprimant toutes et chacune, bien entendu, la plus grande stupéfaction.

Jacynthe Lemay leva la main.

— Ne vous dérangez pas, je vous en prie. Je suis très heureuse de vous avoir connus.

Avant que nul n'ait pu ajouter quoi que ce soit, elle avait passé la porte menant aux casiers.

Elle s'habilla et sortit par la porte arrière.

Elle habitait Montréal, rue Sherbrooke. Elle conduisit dans un état second et eut l'impression de sortir d'un songe quand elle arriva chez elle, heureusement saine et sauve.

Elle entra dans son studio, pas très grand, au 11e étage d'un immeuble moderne. Elle retira mécaniquement son manteau puis ses bottes qu'elle rangea exactement comme à l'habitude. Elle chaussa ses pantoufles, se rendit à la fenêtre et contempla les arbres nus du parc Lafontaine, qu'elle voyait de biais, qui, par leurs gribouillis de branches agitées par le vent, semblaient envoyer des appels de détresse. Elle demeura ainsi un moment, jusqu'à ce qu'elle se dise que, compte tenu de la gravité du geste qu'elle venait de poser, elle pouvait s'autoriser à pleurer.

Et une fois cela admis, elle fut incapable de s'arrêter.

43
Les tourments de Percival Imbert

Même les génies amalgamés de Jean-Sébastien Bach et du violoncelliste Pierre Fournier ne parviennent pas à détourner l'esprit de Percival Imbert du sombre cours de ses pensées.

Il a attendu l'arrivée de Jacynthe Lemay toute la journée. Dans deux-cent-soixante secondes, il sera dix-huit heures, l'heure frontière entre la journée et la soirée. Bien sûr, on peut aligner une grande quantité de raisons, plus simples les unes que les autres, pour expliquer qu'elle n'ait pas tenu parole, ou du moins qu'elle tarde tant. Percival Imbert l'a fait, en vain, cela ne l'a pas rassuré. Le pressentiment que quelque chose de fâcheux se soit produit pèse sur sa raison comme un système dépressionnaire sur un ciel de novembre.

L'hypothèse qui le tourmente avec la plus grande cruauté, c'est celle de la trahison. Il a consenti un formidable effort pour laisser la carte à Jacynthe Lemay. Elle voulait en tirer un bélinogramme et le transmettre aux différents corps de police.

233

Il fallait donc qu'elle l'emportât au poste, où il était évidemment hors de question qu'il l'accompagnât. Cette idée de propager l'image de sa femme lui paraît toujours aussi sacrilège, mais il a fait un grand bout de chemin dans l'acceptation des nécessités qu'impose son inébranlable volonté de découvrir ce qui lui est arrivé. Il a définitivement compris, la veille, quand il a été enfin extirpé de la fascination qu'exerçaient sur lui les prouesses architecturales de Wildérie « Bill » Boudreau, à quel point il avait été présomptueux de se croire un moment capable d'agir seul. À tout moment, ses formidables facultés peuvent être happées de manière inappropriée.

Jacynthe Lemay devait en principe venir le rejoindre dès que l'opération serait terminée, soit aux alentours de midi. Ils avaient décidé de procéder ensuite à un fin ratissage de la maison. Elle était persuadée que les personnes qui avaient vidé la maison des traces de Marie Doucet ne pouvaient pas ne pas être passées à côté d'autre chose que la carte. Et les robes ! Les robes, c'était gros ! Ils avaient probablement pris ce sac pour un sac d'ordures, mais il reste que cette erreur montrait un manque de rigueur, attribuable peut-être à l'empressement. Ce ratissage, Percival Imbert aurait pu s'en charger tout seul. Sûr qu'il n'aurait rien oublié, mais ça aurait été long !

Bach ne joue plus. Percival Imbert accomplit le rituel de rangement du disque et monte.

Sous ces latitudes, en janvier, à cette heure, il fait déjà nuit et la nuit lui fait tout à coup peur. Comment pourra-t-il la traverser alors qu'il se convainc de plus en plus que Jacynthe Lemay l'a trahi, qu'elle est en réalité complice de cet ennemi mystérieux qui a fait disparaître sa femme, et que toute sa gentillesse, sa compréhension, n'ont eu d'autre objectif que de l'amener à lui céder la carte ? Il sent déjà la présence du monstre, on dirait qu'il joue du coude dans son estomac. Le sentiment de trahison est pour le monstre une nourriture de prédilection, il le flaire de loin, c'est sa potion magique, qui le ressuscite, lui insuffle une force incontrôlable.

Percival Imbert est debout devant la fenêtre du salon quand il voit les phares s'approcher, tourner dans l'allée et la voiture de Jacynthe Lemay se garer derrière la grosse américaine.

La jeune femme en descend et trotte jusqu'à la porte qui s'ouvre avant qu'elle n'ait le temps de sonner.

— La carte, demande Percival Imbert en tendant la main avec une discourtoisie qui n'est pourtant pas du tout dans ses manières, et qui est déjà une manifestation du monstre.

— Je ne l'ai plus, répond Jacynthe Lemay, un moment décontenancée.

Le teint de Percival Imbert s'enflamme. Son regard se pétrifie, ses mains se crispent.

— Attendez, laissez-moi vous expliquer, supplie la jeune femme. Il s'est passé des choses très importantes, vraiment très importantes. Je vous en prie, laissez-moi entrer. J'ai du nouveau, beaucoup de nouveau…

Percival Imbert est à une coche de céder au monstre. C'est le visage de Jacynthe Lemay qui le tempère. Il y sent la sincérité. Il y voit surtout le visage de sa femme. Il ne se peut pas que derrière un tel visage se cache un esprit mauvais.

Et surtout, le monstre ne doit pas rejouer dans la même scène.

44
L'extraordinaire journée de Jacynthe Lemay

Jacynthe Lemay avait pleuré partout: sur son lit, dans le fauteuil de lecture, prostrée sur la table de la cuisine, et s'était arrêtée vers treize heures, sans raison apparente. Pleurer, pour elle, c'était déjà un événement remarquable, car elle n'avait pas du tout la larme facile. Les malheurs de sa famille et le rôle qu'elle y avait involontairement joué l'avaient entraînée à contenir les mouvements de l'âme, elle s'était même interdit d'être heureuse ou malheureuse, se convainquant qu'elle devait racheter ce qu'elle considérait comme sa faute en se dévouant pour les autres.

Ses larmes s'étaient peut-être simplement taries parce qu'elle avait eu faim. De son passé d'athlète, elle avait gardé l'habitude d'une alimentation régulière que même les pires moments ne lui avaient pas fait perdre. Elle n'avait cependant pas envie de se préparer quelque chose et, jugeant qu'en outre, marcher un peu lui ferait du bien, elle décida d'aller croquer un sandwich dans un bistro de la rue Saint-Denis. Elle s'habilla.

Histoire de garder la forme, elle ne prenait l'ascenseur que si elle trimballait quelque chose d'encombrant. Elle se dirigea donc vers la porte de l'escalier, non sans avoir remarqué sur le palier la présence d'un homme qu'elle ne connaissait pas et qui ne semblait ni sur le point d'entrer dans un appartement ni venir d'en sortir. L'immeuble étant des plus sécuritaires, et ayant tant d'autres choses en tête, elle aurait poursuivi son chemin et probablement oublié cette présence, si l'homme n'avait pressé le pas derrière elle et ne l'avait interpelée.

— Mademoiselle Lemay, je dois absolument vous parler. Ne craignez rien.

Elle se retourna et vit un badge de police.

Il lui posa la main sur l'épaule et de son bras gauche ouvrit la porte de la cage d'escalier. L'homme n'était pas très grand, mais large d'épaules, portait un pardessus kaki et un chapeau à bord légèrement remonté vers l'arrière. Son visage avait quelque chose de familier, ce qui ne fut sans doute pas étranger au fait qu'elle se laissa délicatement mener sans au moins adopter une posture défensive.

D'ailleurs, il remontra son badge en lui laissant cette fois tout le temps de l'examiner.

— Marcel Grothé, Sûreté du Québec. Agent Lemay, ou plutôt Mademoiselle Lemay, puisqu'il semble que vous ayez démissionné ce matin, il faut que nous parlions, vous et moi, de la femme de Percival Imbert. C'est dans l'intérêt de tout le monde.

Le badge avait l'air authentique.

— Je vous écoute.

— Pas ici. Il vaut mieux sortir. Si vous allez à votre fenêtre qui donne sur Sherbrooke, vous verrez, à une centaine de pieds vers l'est, une voiture noire garée dont le moteur tourne. Dedans, il y a deux types habillés comme des espions – pas obligatoire d'être brillant pour trouver un job dans les services secrets. Ils sont là pour vous, Mademoiselle Lemay. Probablement sont-ils seulement en filature, mais on ne peut exclure qu'ils représentent une menace plus grave. Probable qu'ils aient déjà le meurtre de Dorothy Pettigrew à leur crédit.

Le teint de Jacynthe Lemay pâlit.

— Il faut les arrêter !

— Ce n'est pas si simple. Mais si vous collaborez, on va vous tirer de leurs pattes. Il faudra cependant vous résoudre à laisser votre appartement pour un temps.

— Combien de temps ?

— Je suis incapable de vous le dire. Rentrez prendre quelques affaires, jetez un coup d'œil discret à la fenêtre pour vous assurer que je ne vous mène pas en bateau. Je vais vous attendre devant votre porte. Je comprends que vous soyez saisie, mais je vous conjure de me faire confiance.

— Et après ?

— Une étape à la fois. Allez vite…

Elle fit comme Grothé avait dit. Elle repéra en effet la voiture noire. Un des deux types en était sorti et fumait une cigarette sur le trottoir. Grothé avait raison quand à l'habillement, il aurait porté une affiche-sandwich avec flic ou espion écrit dessus que ça n'aurait pas été plus évident. Néanmoins, malgré son aspect ridicule, ce personnage avait quelque chose d'effrayant.

Jacynthe Lemay fourra à la hâte divers effets dans son sac à dos et ressortit.

Grothé était au poste.

— Voici comment on va faire. C'est très simple, mais il faut être parfaitement synchronisé. Ajustons nos montres. Parfait. Vous allez maintenant descendre au garage et prendre votre voiture. Mais vous ne sortirez pas avant ni après 13 h 30 exactement. À ce moment-là, vous commanderez l'ouverture de la porte et vous vous avancerez. Vous allez me voir passer lentement dans une grosse Chevrolet grise. Je vais klaxonner un petit coup pour être sûr. Aussitôt, vous allez embrayer et me coller au derrière. Ne vous gênez pas d'être effrontée. Si jamais, à un moment ou l'autre, vous étiez interpelée par une patrouille de la police de Montréal, n'arrêtez pas, virez à droite à la première rue et descendez un bout avant de vous tasser. Alors, vous leur dites que vous agissez pour le compte de la SQ et vous leur donnez ce numéro de code.

Grothé lui tendit un rectangle de carton celluloïd marqué aux effigies de la Sûreté du Québec.

— Ça leur prendra quelques minutes pour vérifier, mais ils vont vous laisser partir. À ce moment-là, nos deux comiques se seront fait à l'idée que vous leur avez échappé. Donc, vous sortez du garage, vous me collez au derrière, mais pas trop, juste assez pour pouvoir me doubler, prête à freiner d'urgence, car mon moteur va s'étouffer juste à leur hauteur, de manière à les empêcher de sortir. Vous en profiterez pour nous dépasser et filer jusqu'à Papineau puis tourner à droite pour prendre le pont. Vous pensez être capable de faire ça?

— J'ai eu la mention d'excellence en conduite automobile à l'école de police. Ça va aller.

— Parfait. Vous connaissez Longueuil?

— Assez.

— Rue Saint-Charles, deux ou trois rues à l'ouest du chemin de Chambly, il y a le restaurant Chez Nicolas. Il y a toujours du monde. Installez-vous à une table du fond et attendez-moi.

Elle descendit les escaliers à toute vitesse, n'en revenant pas comme tout venait de changer d'un coup. D'aucuns se seraient pincés pour s'assurer qu'ils ne rêvaient pas. Elle non. Depuis des années, ses rêves étaient toujours moroses, jamais excitants.

À 13 h 30, elle appuya tel qu'entendu sur le bouton qui commandait l'ouverture électrique de la porte du garage et s'avança lentement. Presque aussitôt, elle vit passer lentement la voiture grise et entendit le klaxon. La voie était dégagée et elle n'eut aucune difficulté à se glisser dans le sillage de Grothé. Elle eut le temps d'apercevoir l'espion qui tantôt fumait une cigarette, et qui en avait allumé une autre, réintégrer vivement son véhicule en jetant son mégot. Par chance, la place devant la voiture noire était libre et Grothé obliqua comme s'il voulait la prendre d'un seul mouvement vers l'avant, manœuvre que la dimension de son véhicule rendait impossible. Il dut donc s'arrêter, coinçant ainsi les espions. Jacynthe Lemay pesa sur l'accélérateur, prenant un peu de court une Coccinelle qui s'amenait derrière et qui manifesta son mécontentement, et elle passa en troisième. Conduisant avec une incivilité dont elle aurait eu honte en d'autres circonstances, elle faufila sa R5 dans la circulation pour rejoindre Papineau, tourna à droite sur le feu qui passait au rouge et roula ensuite sans entrave, traversa le pont et se retrouva sur la Rive-Sud.

Après s'être garée dans une petite rue du Vieux-Longueuil, elle trouva sans peine Chez Nicolas. C'était un restaurant classique, frites, sandwichs et soupe du jour, avec des tables en formica bordées de chrome, des banquettes recouvertes de cuirette rouge, avec un poste de juke-box et un ensemble de condiments dans des flacons de plastique. Il y avait aussi un comptoir derrière lequel un marmiton moustachu agitait un panier de frites au-dessus d'un bac de graisse bouillante. Au-dessus de lui, un écriteau la fit sourire : *Si vous écrasez vos mégots dans nos tasses, nous vous servirons vos cafés dans des cendriers.* Les tables qui donnaient sur la vitrine étaient occupées, mais il n'y avait personne au fond. Jacynthe Lemay s'y rendit, consciente que cela agaçait la serveuse qui, après le *rush* du midi, s'accordait le droit d'économiser ses pas.

Pour le coup, avec ces émotions fortes, Jacynthe Lemay avait maintenant un gros creux et elle commanda rien de moins qu'un club-sandwich, dont elle avait déjà ingurgité les deux premiers quarts quand Grothé arriva.

Il était tout sourire.

— Vous avez fait ça comme une pro, dit-il. Ils n'y ont vu que du feu. Ils ont eu beau klaxonner à tue-tête et gesticuler comme des diables, je ne les ai pas laissés sortir avant de vous avoir perdue de vue, et même là, je me suis arrangé pour les retarder encore. Soyez certaine que j'ai eu droit à une sacristie complète !

— Mais qui sont-ils ?

— Probablement des agents des services secrets de la GRC, section G. Mais une chose à la fois.

La serveuse vint s'enquérir des désirs de son nouveau client. Celui-ci commanda une pointe de tarte aux pommes et un café.

— Évidemment, Mademoiselle Lemay...

— Appelez-moi donc Jacynthe.

— Je vais essayer. Donc, Jacynthe, je ne peux pas vous cacher que ce que vous allez apprendre, si vous consentez à m'écouter, est non seulement *top secret*, mais c'est de la nitroglycérine. Je ne vous cache pas non plus qu'on a besoin de vous, mais vous demeurez libre, bien entendu. Vous avez encore le choix de vous faire oublier, en vous offrant une petite vacance dans le Sud, par exemple. Vous êtes déjà à même de constater que nous avons affaire à du monde dangereux, et en moyens.

— Continuez toujours.

— Vous savez, nous avons des taupes chez votre ancien employeur – nous avons des taupes partout, tout le monde a des taupes partout, les polices, municipales, provinciales, nationales, ce n'est pas exactement une grande famille, il y a de la méfiance, de la jalousie, des conflits de toutes sortes. Tout ça pour dire qu'on vous a un peu suivie dans cette affaire et la nouvelle de votre démission, vu le caractère spectaculaire que vous lui avez donné, nous est parvenue avant même que vous ne soyez rhabillée.

Jacynthe Lemay rosit.

— Ne soyez pas gênée, j'ai passé l'âge de me tortiller le poisson pour si peu. Je vous mets en garde cependant: ce genre de démonstration, c'est à proscrire.

— Ce n'est pas dans mes habitudes.

— J'imagine. En tout cas, on connaît ce brave Burns, il va limiter les dégâts.

— Je l'aimais bien, mon commandant, mais je pense qu'il était coincé. Je ne souhaitais pas du tout lui compliquer la vie... c'est que ça réveille tellement de choses en moi, cette affaire...

— Je sais. J'ai commandé une petite recherche sur vous, histoire de m'assurer que vous n'étiez pas une sorte d'agent double.

— Voyons donc!

— Ne protestez pas, tout est possible! Mais nous sommes rassurés. Votre sensibilité envers Percival Imbert est sans doute reliée à la perte de votre petit frère. Sylvain, c'est ça?

Le regard de la jeune femme s'embua.

— Vous êtes allés jusque-là!

Grothé but une gorgée de café pour faire passer la dernière bouchée de tarte. Jacynthe, elle, picossait sa salade de chou.

— Ça n'a pas été difficile, le dossier n'a jamais été fermé, même s'il n'a pas évolué. Et croyez bien que je compatis. J'ai eu des enfants, je les ai encore, sauf que ce ne sont plus des enfants, évidemment, et quand quelque chose arrive à un enfant, on s'imagine toujours que ça aurait pu arriver au nôtre. Et dans le métier que nous faisons...

— Que vous faites!

— Si vous voulez, mais, laissez-vous donc un peu de temps. Surtout que, si vous acceptez ma proposition, vous vous retrouverez encore pas mal dans la police.

— Ça ne m'engage à rien ?

— Non… mais… si vous êtes complètement fermée à l'idée de repartir à la recherche de la femme de Percival Imbert, avec tout ce que cela implique, on va s'arrêter tout de suite. Il vaudra mieux que vous n'en sachiez pas plus et, comme je disais tantôt, que vous vous fassiez oublier. D'autre part, je ne peux pas vous garantir qu'ils vous oublieraient de toute façon. Ils ont l'obsession du nettoyage, si vous voyez ce que je veux dire…

— De qui vous parlez, enfin ?

— J'y arrive, si vous acceptez de faire le saut.

Jacynthe Lemay réfléchit… ou plutôt non, elle ne réfléchit pas. Certes, un certain nombre de considérations se présentèrent dans son esprit, mais il était évident qu'elle allait accepter. Qu'importe l'engagement, qu'importe le danger, après tout, elle n'avait personne dans sa vie, sauf Cindy, peut-être… D'ailleurs, lui serait-il possible de vivre un véritable amour sans s'être au préalable purgée de sa culpabilité ? Et n'avait-elle pas devant elle une occasion unique, inespérée, de le faire ? Depuis ses premiers contacts avec Percival Imbert, inutile de se le cacher, elle se sentait en mission, elle voulait que l'énigme soit résolue, elle le voulait pour lui et ce, même si elle savait qu'il lui cachait des choses, qu'il lui avait menti, au moins par omission, en ne lui disant pas que, le jour de la disparition de sa femme, il avait acheté ses chers dictionnaires.

— Allez-y, dit-elle simplement.

Son visage avait pris une telle expression de détermination que Grothé ne douta pas une seconde du sérieux de sa décision.

— Vous avez entendu parler de la Commission d'enquête sur des opérations policières en territoire québécois, mieux connue sous le nom de Commission Keable ?

— Comme tout le monde.

— La Commission a été créée officiellement en juin dernier et ce n'est que depuis que la Cour Suprême a confirmé la validité de son mandat (suite à la contestation de Francis Fox), qu'elle a plus ou moins les coudées franches. Le mandat initial de la Commission est d'enquêter sur les circonstances entourant le vol de données perpétré dans les locaux de l'Agence de presse libre dans la nuit du 6 au 7 octobre 1972, mais vous pensez bien que pour mener à terme une telle enquête, il faut ratisser beaucoup plus large. En fait, bien avant la création de la Commission, la Sûreté du Québec était sur la piste, et j'étais impliqué dans ces dossiers. Le gouvernement Bourassa, sans nous mettre carrément des bâtons dans les roues, n'était pas vraiment empressé d'obtenir des résultats. La Sûreté est un corps policier en principe apolitique, comme les autres d'ailleurs, mais, après ce que vous venez de vivre, vous comprenez que ça n'empêche pas que des personnes subissent des pressions. Les choses ont changé avec l'arrivée de René Lévesque au pouvoir, mais pas tant qu'on le croirait. Il n'y a pas eu de purges. On travaille encore dans un climat de méfiance. Cette méfiance, vous devrez la faire vôtre.

— Compris.

— Ce qui signifie, entre autres, que vous n'aurez jamais rencontré le détective Marcel Grothé. D'ailleurs, pour quelle raison l'auriez-vous rencontré ? Ce Grothé n'est officiellement qu'un détective de la SQ parmi tant d'autres.

Il vida sa tasse avant de poursuivre.

— Maintenant, venons-en aux faits. On peut dire que tout a commencé en 74. Le nom de Robert Samson, ça vous dit quelque chose ?

— Oui..., c'est une histoire de bombe, non ?

— En effet. La bombe qu'il a posée, le 26 juillet, pour être exact, au domicile du président de la compagnie Steinberg, Melvyn Dobrin, a explosé prématurément. Il a été arrêté deux jours plus tard à l'hôpital Christ-Roi de Verdun, où il était soigné pour des blessures aux mains et au visage. Mais Robert Samson n'était pas un terroriste ordinaire : c'était un agent de la GRC. Comme c'est souvent le cas avec ce genre de particuliers quand ils sont coincés, il a essayé de jouer le grand jeu en éclaboussant ses ex-patrons. Il a avoué être le responsable du cambriolage de l'Agence de presse libre, dont le but était de mettre la main sur des documents pouvant compromettre des militants. Il a prétendu avoir fait bien pire encore, parfois avec la collaboration du monde interlope. Il faudra sûrement quelques années avant de faire toute la lumière sur son cas, si jamais on y arrive, mais en attendant, son histoire nous a confortés dans ce que nous appréhendions : le pouvoir fédéral n'a pas l'intention de s'en tenir à la démocratie pour contrer le séparatisme, il n'a aucun dédain à enfreindre la loi, à s'en prendre aux biens et aux personnes. Non seulement cela, mais plusieurs indices nous permettaient de croire qu'on n'avait pas l'intention d'y aller avec le dos de la cuillère, ce qui impliquait beaucoup d'argent. Sauf que des dépenses illicites, ça ne doit pas être inscrit au budget d'un service de l'État. Samson a, par après, changé d'attitude, mais nous avons eu le temps d'obtenir un nom, que je vous laisse deviner…

— Marie Doucet ?

— En plein dans le mille ! Marie Doucet, en effet, qui aurait travaillé au ministère du Revenu…

— … mais que vous n'avez jamais retrouvée…

— Eh non !

— … puisqu'elle a quitté son poste en octobre 74, partie sans laisser d'adresse, comme on dit.

— Cela, nous ne le savions pas. Vous l'avez appris de Murielle Gendron ?

— Oui ! Mais comment…

— Vous voudrez bien nous excuser de vous avoir nous aussi un peu suivie, sans mauvaises intentions. Et ce Wildérie Boudreau est un monsieur plutôt facile d'accès. Vous avez été très habile… et un peu chanceuse. Vous avez surtout fait ce que nous ne pouvions faire. Comme je vous l'ai expliqué tantôt, nous n'avions pas le chemin libre, nous devions agir discrètement, donc nous limiter à des recherches périphériques.

— Un autre café? demanda la serveuse en desservant.

— Oui, deux cafés, répondit Grothé en faisant à Jacynthe une œillade qui l'invitait à ne pas protester.

— Je reviens, dit la serveuse sur un ton résigné.

Grothé sortit son paquet de cigarettes.

— Ça ne vous dérange pas…?

— Si vous pouviez vous en passer, j'apprécierais.

Grothé leva un sourcil étonné. D'habitude, l'obtention d'une permission de fumer était pure formalité. Il ne fut pas agacé. Au contraire, il apprécia cette nouvelle démonstration de caractère. Il rangea son paquet en se disant que ce serait toujours un clou en moins de commandé pour l'assemblage de son cercueil.

Ils attendirent en silence que la serveuse fût revenue avec les cafés puis repartie.

Grothé reprit.

— Ensuite, juste avant Noël, est arrivée dans les postes de police cette formidable nouvelle: une dénommée Marie Doucet est portée disparue! On ne pouvait évidemment pas affirmer qu'il s'agissait de cette même Marie Doucet que nous ne retrouvions nulle part, au point de douter de son existence, mais à mesure qu'on découvrait l'épais mystère qui entourait cette personne, on n'a plus eu beaucoup de doute. Et on a commencé à s'intéresser à vous. Pas question pour le moment d'aller mettre nos grosses pattes dans une affaire qu'une police municipale pouvait très bien traiter seule. De toute façon, je vous l'ai dit, nous étions tenus au courant.

— En effet!

— Ça a été une autre histoire avec le meurtre de cette pauvre Dorothy Pettigrew. Et c'est nous, cette fois, qui avons eu un peu de chance. La police de Saint-Bertrand a vite demandé à la SQ de se charger de cette enquête, vu que la victime est ontarienne, ce qui, dans notre contexte, en fait quasiment une étrangère, et cette demande est tombée sur le bureau de quelqu'un avec qui j'ai des atomes crochus. Il a flairé, comme vous d'ailleurs, un lien potentiel avec la disparition de Marie Doucet. Dès le lendemain, un dimanche – ma femme n'était pas trop de bonne humeur, mais elle est assez habituée – je suis passé prendre une copie du dossier. Lundi, très tôt, j'ai filé à Ottawa. Au début d'une enquête, le temps joue contre nous, n'oubliez jamais cela. Ensuite, il faut de la patience.

— Et avez-vous découvert quelque chose ?

— En apparence, pour ainsi dire rien, et pourtant, trois choses : a) La GRC s'est dépêchée de nous souffler l'enquête, avec l'intention de l'étouffer. Ça, vous le savez maintenant aussi bien que moi. Donc, ce meurtre s'inscrit fort probablement dans la lignée des actes illégaux dont je parlais tantôt. b) Le patron de Dorothy Pettigrew, un certain Dandonneau, que j'ai rencontré, a quelque chose à cacher. Ce n'est évidemment qu'une intuition, mais fiez-vous à mon expérience. c) Savez-vous ce que c'est qu'un lazaret ?

— Un lazaret ? Oui, c'est une léproserie.

Grothé écarquille les yeux sous l'effet de l'étonnement.

— Exactement ! Y'a pas à dire, vous êtes instruits, les jeunes. Moi je l'ignorais et je l'ignorerais encore si je n'avais pas une femme ancienne maîtresse d'école et amatrice de mots croisés.

— Je n'ai pas de mérite. Ma mère était une enfant adoptée. Puisque vous avez consulté le dossier de sa disparition, vous savez que mon petit frère Sylvain était en retard dans son développement intellectuel. Quand les diagnostics sont arrivés, mes parents se sont posé des questions, ce qui était naturel dans les circonstances. C'est alors que ma mère nous a appris ce qu'elle avait toujours caché, à son mari d'abord, et à moi évidemment, que ses parents adoptifs l'avaient trouvée au lazaret, à Tracadie, au Nouveau-Brunswick. Officiellement, c'était un bébé abandonné par des inconnus, cela arrivait encore à l'époque, mais elle aurait très bien pu être l'enfant de parents lépreux. Bien sûr, ça n'avait rien à voir avec les problèmes de Sylvain, mais vous comprenez…

Jacynthe Lemay s'arrête. Grothé paraît complètement sidéré.

— Mon Dieu! Ce n'est quand même pas une histoire tellement extraordinaire! s'étonne-t-elle à son tour. Dans ce temps-là…

— Mais oui, c'est extraordinaire! Non pas que votre mère ait été adoptée, mais que cela se soit fait au lazaret de Tracadie!

— Pourquoi?

— Je ne sais pas. Enfin oui, je sais, mais je ne sais rien…

— Je vous suis mal…

— Je vous explique. Lundi, donc, j'étais à Ottawa pour enquêter sur la mort de Dorothy Pettigrew. C'était une femme en apparence absolument sans histoire et la nouvelle de sa mort violente a surpris et consterné ses connaissances, au travail comme à la paroisse où elle faisait du bénévolat. Comme d'habitude, j'ai laissé à tout le monde ma carte à laquelle était ajouté le numéro de mon hôtel. Le lendemain matin, juste avant d'apprendre que la GRC s'était arrangée pour nous tirer le tapis sous les pieds, j'ai reçu un appel anonyme qui me suggérait de m'intéresser à un *lazaretto in Tracady*. C'était une femme, une Anglaise. Tout ce que je sais d'elle, c'est que je l'avais forcément croisée la veille et que je lui avais remis ma carte. À moins qu'elle ne l'ait eue de quelqu'un d'autre, enfin, qu'importe. Écoutez, avant hier, je ne savais pas ce qu'était un lazaret et moins encore qu'il y en a un à Tracadie et voilà que tout d'un coup, bang! bang! j'en entends parler par deux personnes différentes en un peu plus de vingt-quatre heures, dans le cours d'une même enquête!

— Il est fermé depuis 196… 5, si ma mémoire est bonne.

— Ah bon!

— Après la disparition de mon frère, ma mère est tombée dans une psychose et elle s'est imaginé toutes sortes de choses, elle a voulu connaître ses véritables origines. Mon père s'est renseigné, et on a appris que le lazaret était fermé. Ma mère s'est ensuite perdue dans d'autres fantasmes. Mais on n'est pas ici pour que je vous raconte ma vie. Les traces du lazaret n'ont pas disparu, il y a même un musée, je crois. Vous allez peut-être y trouver une piste.

— Moi ? Non ! Il est hors de question que je me rende là-bas. D'abord, je vous rappelle qu'officiellement, je ne suis plus sur cette enquête et de toute façon, un flic de la SQ, ça attirerait l'attention. Je comptais sur vous.

— Sur moi ?

— Oui, et encore davantage maintenant que j'apprends que vous avez un formidable prétexte pour aller fouiner là-bas.

— Lequel ?

— Celui de vos origines, voyons ! Vous avez bien le droit de chercher à mieux connaître cette institution où votre mère a été adoptée.

— Ça ne m'a jamais intéressée.

— Qu'importe, vous ferez semblant. Vous êtes le genre de personne à qui on fait naturellement confiance. Vous saurez bien manœuvrer.

— Mais puisque le lazaret a été fermé il y a plus de dix ans !

— Dix ans, quinze, vingt, ce n'est rien, ça ! Il y a sûrement des archives quelque part. Vous venez juste de me dire qu'il y a un musée, d'ailleurs. S'il subsiste quelque trace d'un rapport entre Dorothy Pettigrew et le lazaret de Tracadie, vous les trouverez, j'en suis persuadé. Et ne vous en faites pas pour les frais, nous avons aussi des budgets discrets, modestes, mais suffisants.

— Je n'ai pas pensé à ça. Je pense plutôt à Percival Imbert. Je lui dois des explications. Déjà, il doit être dans tous ses états.

Je dois lui parler avant de faire quoi que ce soit, au moins lui rendre la carte.

— Non.

— Vous n'allez pas me la demander vous aussi !

— Je n'en ai aucun besoin. Bien sûr, je pourrais diffuser sa photo, mais ce serait une gaffe majeure. Il faut pas alerter ceux qu'il faut bien appeler nos ennemis. Il faut les endormir. Pour y arriver, le mieux à faire, c'est que vous alliez remettre la carte à Burns.

— Pardon ?

— Écoutez, s'ils ont posté des hommes devant chez vous, ce n'est pas pour votre personne, c'est parce qu'ils sont obsédés par cette damnée carte. Quand ils l'auront en main, on peut raisonnablement penser qu'ils vont vous lâcher un peu. Et puis, mon cœur de père me force à me préoccuper un peu de votre sécurité, et pourquoi pas de votre avenir, Jacynthe. Ça va atténuer considérablement les effets de votre démission. Non ! S'il vous plaît, je sais ce que vous allez me dire, mais vous ne pouvez pas nier que c'était une décision prise sous le coup de l'émotion…

45
Et qu'en dit Percival Imbert?

— Je me suis rendue aux raisons de Grothé. Juste avant de venir ici, je suis allée au poste de Saint-Bertrand. J'ai croisé mon ex-commandant qui revenait de son bureau. Il y avait donc plusieurs témoins quand je lui ai remis la carte. Il a essayé de juguler sa stupéfaction pour dire quelque chose d'à propos. J'ai cru comprendre qu'il me proposait d'oublier ce qui s'était passé le matin, il a même dit que mes effets de policière étaient encore dans son bureau. Peine perdue, j'ai tourné les talons sans un mot. Je souhaite maintenant de tout cœur que Percival Imbert comprenne que c'était la meilleure chose à faire, pour moi, pour lui, et pour la suite des choses concernant la recherche de Marie Doucet.

Percival Imbert a tout écouté sans interrompre, sans manifester la moindre émotion. Il continue d'en être ainsi alors que le silence s'est installé. Il réécoute le récit de Jacynthe Lemay car il a un magnétophone dans la tête.

Jacynthe Lemay l'observe avec une apparente quiétude. À la seule exception de son demi strip-tease, elle lui a raconté les choses telles qu'elles se sont passées. Elle ne peut rien faire de plus. Attendre.

251

— Vous…

Dès ce premier mot, Jacynthe Lemay réalise que c'est gagné. Si Percival Imbert s'adresse à elle en employant la deuxième personne, cela signifie que le lien est renoué.

— … avez bien fait de suivre la recommandation de ce policier Grothé. Percival Imbert accepte de lui faire confiance par votre personne interposée. A-t-il un choix ? Jamais il ne se serait douté que sa femme eût été le rouage d'une mécanique occulte et criminelle visant à corrompre l'exercice de la démocratie. Jamais elle ne parlait de politique. Lui-même ne s'y intéresse pas du tout et n'a jamais voté. Il apprend qu'il y a des élections lorsque les affiches électorales fleurissent les poteaux de téléphone. Pas ici, bien entendu, où c'est interdit. Jamais un journal n'entre dans la maison. Il attrapait parfois une nouvelle à la radio, où à la télé, par inadvertance, mais sa femme et lui n'écoutaient pas les émissions d'informations. Sa femme, en tout cas, ne les écoutait jamais en sa présence.

— Vous saviez cependant qu'elle avait des secrets.

— Oui, je le savais…

Jacynthe Lemay note que Percival Imbert est passé au second degré d'intimité, en se désignant à la première personne.

— …mais qu'est-ce qu'un secret ? Un ensemble de connaissances, d'informations qui sont réservées à quelques-uns et que le détenteur ne doit pas révéler ? Si l'on s'arrête à cette acception, j'ignorais qu'elle détenait des secrets. Je savais simplement qu'il y avait des choses dont nous ne parlions pas. Nous parlions bien peu, par ailleurs. Je ne connaissais rien de sa vie d'avant notre rencontre. Je ne savais rien de son travail, sauf au tout début, quand nous nous sommes rencontrés. Mais je n'ai jamais pensé que c'étaient des secrets. Ce n'était tout simplement pas pertinent. Elle n'était pas comme moi, en ce sens qu'elle était conforme, mais, elle par choix, et moi de par les exigences de ma nature particulière, nous nous en tenions strictement à l'essentiel. Si j'avais su…

— Si vous aviez su ?

Percival Imbert se tait un instant, fixe le vide.

— Rien. Veuillez excuser cette courte dérive. Les hypothèses sont inutiles quand elles se rapportent à ce qui ne peut être refait. Quelle est la suite des choses ?

— Je vais me rendre à Tracadie... et je crois que vous devriez m'y accompagner.

— Pourquoi vous encombreriez-vous d'un fardeau tel que moi ?

— Vous ne serez pas un fardeau, vous savez vous occuper de vous-même. Vous avez une façon spéciale de voir les choses qui pourrait s'avérer très utile. Enfin, si vous êtes avec moi, je ne serai pas inquiète.

Percival Imbert balaie le salon du regard, fixe même un moment le plancher, comme s'il pouvait, à travers, voir la pièce où il écoute de la musique, ses disques, aussi précieux que ces dictionnaires, qui eux sont en haut. Il se sent comme une mère à qui l'on demanderait d'abandonner un moment ses petits.

— Ce sera probablement l'affaire de trois jours, peut-être quatre, dit Jacynthe Lemay qui devine ses tergiversations. Que peut-il arriver ? Maintenant qu'ils ont récupéré la carte, ils n'ont aucune raison de revenir ici.

— Est-ce que vous ou le dénommé Grothé avez pensé que, s'ils vous suivent, ils me suivent peut-être aussi ?

— Bien sûr.

46
N's tient à tout contrôler, même ça…

AU MÊME MOMENT, DANS UN COIN PERDU DE HULL

La limousine se gara lentement derrière la voiture de Donald Cornfield. Le chauffeur, un jeune homme plutôt bien bâti, en descendit et balaya les environs d'un regard attentif. La rue était déserte, les entreprises en perdition qui y tenaient encore pignon étaient fermées pour la nuit. Cela dûment constaté, le chauffeur fit signe à Cornfield qu'il pouvait s'amener.

Celui-ci descendit aussitôt, jetant à son tour un coup d'œil sur les environs, et se hâta de s'installer dans la limousine, en avant, place du passager. *N's* était derrière et fumait impassiblement sans le quitter de ses yeux plissés.

— Alors, j'espère que vous apportez de bonnes nouvelles, pour une fois.

— Oui, mais ça pourrait être mieux.

N's inspira une longue bouffée qu'elle propulsa ensuite avec une exaspération ostensible.

— Notre homme a récupéré la carte et il l'a détruite, s'empressa de dire Cornfield comme pour se racheter.

— Vous n'avez pas fait trop de mal à la petite ?

— Non, en fait, ça ne s'est pas du tout passé comme on pouvait l'imaginer. Dans un premier temps, elle nous a filé entre les doigts.

— C'est pas vrai ! Vous vous êtes fait jouer par une débutante !

— Elle a eu de l'aide, c'est certain.

— De l'aide de qui ?

— On ne sait pas encore. Des séparatistes, probablement...

— Elle n'a jamais eu de rapports avec des séparatistes, ni elle ni Percival Imbert. Comment est-ce que ça pourrait être possible ?

— Ça se peut encore que ce soit un hasard. En tout cas, on va faire un portrait-robot de l'homme qui s'est mis en travers de notre route et essayer de l'identifier, mais ça va prendre du temps. De toute façon, elle a finalement décidé de remettre la carte. Elle a probablement pris peur et ça, ce serait idéal.

— Vous avez retrouvé sa trace ?

— Pas encore. Elle n'est pas revenue chez elle.

— Vous gardez l'œil sur Percival Imbert ?

— Évidemment, mais c'est délicat, vu le genre de place où il vit.

N's retira le mégot de son fume-cigarette à l'aide d'une pince idoine et le fit tomber dans le cendrier.

— Délicat, dites-vous. Connaissant vos habiletés, il y a tout lieu de s'inquiéter.

Elle réfléchit durant un moment en regardant dehors. Cornfield crut voir sa joue rosir et ses yeux briller d'une sorte d'envie. Elle esquissa même un filament de sourire. Il tourna la tête. Elle inspira profondément comme si elle revenait d'une brève émotion.

— Sauf le respect que je vous dois, dit Cornfield voyant qu'elle lui revenait, je doute qu'elle constitue encore une menace. Elle a tout l'air d'être en état de crise. Elle a fait un scandale au poste de police.

La voix de *N's* se fit dure.

— Le problème, avec votre *Dirty tricks department*, Cornfield, c'est qu'on y prend les séparatistes pour des idiots. Pourquoi pensez-vous qu'on se retrouve avec une commission d'enquête aux fesses ?

— *Oh my God !* Ils ne trouveront jamais rien, ceux-là.

— Qu'est-ce que je disais… fit *N's* en se pinçant l'arête du nez en signe de profond découragement. Écoutez, écoutez bien, vous n'écartez pas que c'est peut-être par hasard qu'elle a pu vous échapper, alors sachez que nous détestons avoir à composer avec le hasard. Il n'est donc pas question de laisser cette poulette se promener à sa guise dans la nature. Suis-je assez claire ?

— Oui Madame.

— Pour ce qui est de la Commission, n'avons-nous pas un contact au gouvernement séparatiste ?

— Oui, mais il ne donne à peu près rien que nous ne sachions déjà.

— Eh bien, il serait temps qu'il rentabilise l'argent qu'on lui verse, Monsieur le Ministre de la contredanse !

— On va lui serrer la vis.

— Faites ça. Allez, je ne vous retiens plus.

Cornfield sortit. Le chauffeur se réinstalla au volant. Il attendit que sa patronne exprime ses intentions. Cela tardait à venir. *N's* regardait encore dehors et sa respiration augmentait d'amplitude.

Elle parla enfin.

— L'ambiance de ce quartier m'inspire, tout à coup, Carlo. C'est sombre, sordide. Beau décor, vous ne trouvez pas ?

— Je suis aux ordres de Madame.

Carlo devinait la tâche déplaisante qui l'attendait, car sa patronne ne lui aurait jamais demandé son opinion sur quoi que ce soit sans une arrière-pensée.

Elle méprisait profondément les hommes et la seule chose qu'elle leur enviait, c'était leur pouvoir de s'imposer par la force physique. Heureusement, elle avait les moyens d'asservir ce pouvoir, de l'utiliser à sa guise, et ce n'était que dans la maîtrise de ce jeu qu'elle trouvait la jouissance.

— Je sais que vous êtes à mes ordres, Carlo, et c'est bien prétentieux de votre part de croire utile de me le rappeler. Cela dit, j'ai envie d'un numéro trois, bien garni, ici et maintenant.

Sans un mot de plus, Carlo opina de la casquette, retira ses gants puis les rangea dans ladite casquette et déposa le tout à la place du passager. Il sortit, scruta les environs une dernière fois, et rejoignit sa patronne sur l'immense banquette arrière.

Celle-ci, fébrile, se recula comme effrayée. Il s'approcha, la regarda dans les yeux, et sans lui laisser le temps de voir venir, il la gifla mollement de sa main gauche.

— Tu l'enlèves, ta culotte, salope ?

Et il la gifla encore.

N's se mit à ahaner bruyamment et se hâta de s'arracher tout ce qu'elle avait sous sa robe. Sitôt cela fait, sans ménagement, Carlo la fit se retourner. Il extirpa son sexe de bonne taille et, après l'avoir enduit de fluide vaginal, rassuré par la remarquable fiabilité de l'engin, il l'enfonça sans retenue dans l'arrière-train charnu et flageolant de la femme la plus puissante du Canada.

Une fois bien en place, il ferma les yeux et commença à s'activer en imaginant une jolie fille accroupie sur un lit de numéraires multicolores à l'effigie de la Reine d'Angleterre. La perspective de ce spectacle lui procurait l'excitation suffisante pour mener à terme une opération qui le dégoûtait.

Les gémissements à la fois extasiés et douloureux de Nicole Norton, née Sinclair-Keaton, achevaient de le stimuler.

47
Interception

UN PEU PLUS TARD, LE MÊME JOUR

Grothé attendait patiemment dans sa voiture de service, garée tous feux éteints dans la petite rue des Airelles, à une dizaine de mètres en retrait de l'intersection du Grand Boulevard, côté droit, de manière à voir venir la circulation plutôt clairsemée en ce mercredi soir. La rue des Airelles servait d'entrée à un développement domiciliaire en circonvolutions, coquet, qui n'avait toutefois pas, loin s'en fallait, le prestige des Jardins du Golf.

Il devina, par l'étroit écart entre les phares, que la voiture qui s'amenait lentement était la R5 de Jacynthe Lemay. Il ne se trompait pas. Elle ralentit encore à sa hauteur, tel que convenu. Grothé la laissa passer. Quelques secondes plus tard, une autre voiture passa, qui roulait elle aussi en dessous de la limite légale de vitesse. Bien évidemment, cette berline noire filait la R5.

Grothé démarra et alla s'ajouter au cortège. Il s'approcha pour doubler, ce qu'il fit non sans avoir au préalable noté mentalement le numéro de plaque. Il se dépêcha ensuite de doubler assez cavalièrement aussi la R5 et reprit une allure normale. Il tourna dans une rue quelconque et s'arrêta. Par radio, il transmit le numéro de plaque.

Quatre minutes plus tard, la R5 s'engageait sur la route 132, qui longe le Saint-Laurent à la hauteur de Montréal. Jacynthe Lemay poussa son moteur au maximum, forçant ses poursuivants à appuyer sur le champignon. Presque aussitôt, elle entendit la sirène et aperçut les gyrophares d'une voiture banalisée dans le rétroviseur. La police obligea ses poursuivants à se ranger sur l'accotement. Le plan de Grothé avait encore fonctionné. Elle ralentit et arriva bientôt à la jonction de l'autoroute 20, qu'elle emprunta.

48
La première mission d'Anastasia Kristopoulos

LE MÊME SOIR, PLUS TARD, ENTRE MONTRÉAL ET QUÉBEC

Ce que craignait Anastasia Kristopoulos depuis qu'elle s'était installée au bar se produisit : un homme d'âge mûr l'aborda avec un sourire équivoque en lui proposant une consommation. Pour unique réponse, elle pointa du doigt son verre encore plein de jus d'orange (non additionné de vodka) et pivota sur son tabouret de manière à tourner le dos à l'importun. Celui-ci, n'ayant visiblement pas saisi le message, la contourna et se présenta de l'autre côté.

— Je ne crois pas être le genre de femme que vous cherchez, dit-elle avec son joli accent.

— Vous vous trompez, moi, les jeans, ça m'allume.

— Eh bien allez prendre une douche !

— Ne vous fâchez pas. J'ai beaucoup, beaucoup à vous offrir, vous savez, et je ne suis pas tellement exigeant...

— Laissez-moi, j'attends quelqu'un.

— Bon. Mais prenez toujours ma carte, un jour ou l'autre, vous...

Ce disant, l'homme glissait les doigts dans la pochette de son veston. Anastasia Kristopoulos fut plus rapide.

— Vous devriez plutôt regarder la mienne.

Elle lui brandit sous le nez sa carte de la Sûreté du Québec.

Le sourire de l'homme tomba. Il ajusta sa cravate, s'excusa, se leva et marcha d'un pas rapide vers les toilettes.

Le restaurant Madrid se trouvait à un peu plus de cent kilomètres à l'est de Montréal, au bord de l'autoroute 20. L'établissement était imposant et remarquable par un espagnolisme de carton-pâte, comme son nom l'indiquait. On y trouvait une table banale, mais généreuse, de la bière froide et des chambres au besoin. L'axe Montréal-Québec étant de très loin le plus fréquenté du pays, le Madrid avait acquis au cours des années un caractère quelque peu mythique, et pour plusieurs, c'était une étape indispensable dans un parcours reconnu pour sa monotonie.

Pourtant, Anastasia Kristopoulos, qui, à l'instar de la plupart de ses congénères d'origine grecque, avait raccourci son prénom et se faisait appeler Anna, s'y trouvait pour la première fois. Il faut dire que, si elle n'était pas née en Grèce, il s'en était fallu de peu, et que ses parents, immigrants donc, avaient eu des préoccupations plus immédiates et terre à terre que de faire connaître à leurs enfants les adresses fameuses de leur pays d'adoption. Et ses parents, d'ailleurs eussent été navrés de la savoir en ce moment seule dans un relai de voyageurs où l'on servait de l'alcool, toute majeure qu'elle fût. Elle avait dû travailler très fort pour leur faire accepter son choix de carrière. C'était ce métier, justement, qui l'avait amenée au Madrid.

C'était sa toute première mission, car elle n'était que stagiaire à la Sûreté du Québec. Sans avoir rien à voir avec un film de James Bond, même en miniature, cette mission avait pourtant quelque chose d'excitant, et c'était une opportunité. La jeune Anna avait été très fière quand on l'avait convoquée en fin d'après-midi pour la lui confier. Soit, on ne l'avait pas choisie en fonction de ses compétences, mais qu'importait.

Le détective Grothé, qu'elle avait jusque-là tout au plus croisé dans les couloirs, lui avait expliqué qu'elle avait le physique de l'emploi. Il s'agissait de se substituer à une jeune femme qui lui ressemblait quelque peu. Elle prendrait la voiture de la jeune femme, elle la ramènerait à son appartement, s'y installerait et attendrait de nouvelles instructions. Si la mission n'était pas périlleuse, il restait qu'il y avait dans l'affaire, paraissait-il, des gens considérablement plus dangereux que le vieux cochon qui l'avait prise pour une putain.

Ce n'était pas un hasard si elle portait un jean et un blouson de cuir brun, quasiment piqué à une collègue, ainsi qu'un foulard rouge acheté en vitesse dans une boutique minable de la rue Sainte-Catherine, à quelques pas du quartier général, juste avant de foncer vers le Madrid, c'était pour ressembler le plus possible, au moins de loin, à Jacynthe Lemay, et corollairement à permettre aux deux jeunes femmes de se reconnaître.

Et la voilà qui s'amenait. On n'avait pas mentionné à Anna Kristopoulos que Jacynthe Lemay serait accompagnée d'un monsieur. Il s'agissait sans doute d'un ajout de dernière minute.

Jacynthe Lemay balaya le quart de la salle du regard, et ce fut suffisant.

— Sureté du Québec ?

— Anna Kristopoulos. Je suis envoyée par Grothé.

— Enchantée. Voici les clefs de ma voiture, c'est une Renault 5, manuelle, évidemment.

— Pas de problème pour moi.

— Ne la poussez pas trop quand même. Le numéro de code pour entrer au garage est inscrit sur un papier collé dans le coin du rétroviseur et voici les clefs de mon appartement. J'ai téléphoné au gérant pour le prévenir que ma sœur l'occuperait pendant quelques jours.

— Il ne va pas se méfier en entendant mon accent ?

— À l'heure où vous arriverez, il sera en train de regarder le hockey. Pour la suite, ne vous en faites pas, ce n'est pas le genre à se déranger si on ne l'appelle pas au moins trois fois.

— Bon, voici les clefs de l'autre voiture. C'est une automatique, une Chevrolet Caprice beige. Je l'ai garée au fond, dans le coin nord.

— Parfait. J'espère que vous vous plairez chez moi. Je dois cependant vous dire que je n'ai pas la télé.

— Vous n'avez pas la télé ?

— Eh non ! Mais j'ai des disques. Et des livres. Il y a du vin dans le bahut. Ne vous gênez pas.

— Je suis en service.

—Juste. Je noterai cette réplique à votre dossier, dit Jacynthe Lemay avec un clin d'œil.

Elle lui faisait bonne impression, cette petite Grecque, qui était peut-être un rien lesbienne elle aussi, avouée ou non. Ce sont des choses qui se sentent.

Percival Imbert, lui, ne sentait rien. Il avait l'impression d'avoir été téléporté sur une planète inconnue.

Anna Kristopoulos prit le volant de la R5 sans avoir ajusté le siège ni les rétroviseurs. Elle avait la sensation que cette voiture était faite pour elle. Sauf qu'elle avait menti, elle ne conduisait jamais de manuelle. Elle connaissait cependant le principe et la route jusqu'à Montréal était bien plate, au sens littéral et au sens figuré, parfaite pour une débutante.

Ce fut quand elle aboutit de l'autre côté du pont Jacques-Cartier que les choses se compliquèrent quelque peu. Elle parvint à rétrograder sans trop faire grincer la transmission. Sauf que Montréal est une île avec dessus une colline de quelque trois cents mètres d'altitude appelée le mont Royal, jouxtée d'un plateau du même nom. L'arête de ce plateau, c'est en somme la rue Sherbrooke, et pour accéder à la rue Sherbrooke, il y a une fameuse côte à monter. En haut de la côte, il y a un feu de circulation. S'il passe au rouge avant que vous n'ayez eu la chance de tourner et qu'il y a des voitures devant vous, vous vous trouvez immobilisé dans la côte. Vous devez débrayer et appuyer sur la pédale de frein et même, il n'est pas contre-indiqué de tirer le frein d'urgence. Si la conduite manuelle a encore des secrets pour vous, vous allez étouffer. Bonne chance au moment de redémarrer, vous allez étouffer encore !

Ce fut exactement ce qui arriva à Anna Kristopoulos. Plutôt trois fois qu'une. À chaque fois, l'auto recula un peu.

Elle recula tant et si bien qu'elle emboutit la voiture de derrière, dont le klaxon hurla et fit des petits jusqu'au bas de la côte, où la queue de voitures se défit pour investir la voie de droite et doubler cette incompétente (on ne pouvait de là savoir que ce blocage était le fait d'une femme, mais d'aucuns l'auraient parié par simple préjugé).

Anna Kristopoulos descendit pour s'excuser, espérant ne pas avoir causé de dommages. Au besoin, elle pourrait toujours exhiber sa carte de police, mais elle préférait pas. Que penserait-on d'elle à la SQ si l'on venait à y apprendre qu'elle avait cafouillé à sa première et si élémentaire mission ?

La voiture était une berline noire et, par chance, les deux hommes qui l'occupaient lui firent de derrière le pare-brise de grands signes de ne s'occuper de rien et de reprendre le volant aussitôt. Ils avaient des mines rébarbatives. Anna Kristopoulos jeta tout de même un coup d'œil au point d'impact et constata que le pare-chocs de la berline, quasiment une table à pique-nique, semblait avoir absorbé le coup. Pour ce qui en était de la R5, peut-être une égratignure…

Elle adressa un merci gestuel aux deux hommes et se dépêcha de repartir. Elle mit tant de détermination à embrayer que les pneus crissèrent sur la chaussée sèche et glacée et que la petite bagnole française s'élança comme un lièvre débusqué.

Anna Kristopoulos manœuvra les pédales et le levier par de purs réflexes qu'elle se découvrait à l'instant et parvint à s'installer en troisième vitesse, mais elle avait complètement raté le virage à gauche prescrit par son itinéraire, brûlé presque le feu rouge, et elle dut continuer plus au nord.

C'était un moindre mal, elle n'aurait qu'à contourner le parc Lafontaine et revenir vers l'appartement de Jacynthe Lemay sans affronter d'autres côtes.

Elle fut intriguée de constater que la voiture noire lui avait emboîté le pas, elle aussi en brûlant nettement le feu rouge. Elle craignit que l'explication avec les deux hommes n'eût été que partie remise, mais non, ils s'arrêtèrent au feu de Rachel, à une distance courtoise de la R5. Ils la suivirent cependant dans son virage vers l'ouest. Elle fut de nouveau prise de perplexité quand ils tournèrent aussi sur l'avenue du Parc Lafontaine, direction sud. Cela prenait drôlement l'allure d'une filature. Il eût été étonnant qu'ils se fussent trompés eux aussi de chemin. Mais leur destination était peut-être tout simplement sur cette avenue. Il était tard et la voie était dégagée. Anna Kristopoulos eut le loisir d'accélérer et là, elle n'eut plus de doute.

Franchissant Sherbrooke au péril de sa vie, elle parvint à la porte du garage de l'immeuble de Jacynthe Lemay.

Elle devait baisser sa vitre et composer le code, mais déjà la voiture noire surgissait dans le rétroviseur. Elle vit l'homme qui occupait le siège du passager brandir une arme munie d'un silencieux. Elle voulut se jeter au plancher. Elle ressentit une vive douleur à la tête. La R5 plongea dans l'allée descendante. Elle crut voir la porte du garage s'ouvrir juste avant de sombrer.

Ainsi prit fin la première mission d'Anastasia Kristopoulos, dite Anna.

QUATRIÈME PARTIE

La lèpre est une maladie qui laisse des traces

49
Tête à tête matinal

— Percival Imbert a bien dormi?

— Percival Imbert n'a jamais saisi le sens de cette expression. Le sommeil prive l'homme de conscience, alors comment pourrait-il évaluer, après coup, la qualité de son sommeil?

— Percival Imbert a donc dormi.

— Il s'est endormi avec l'allemande de la deuxième suite.

Jacynthe Lemay maintient son verre de jus de pamplemousse en suspens contre ses lèvres et lève un sourcil.

— J'ai peur de ne pas comprendre.

Ils sont arrivés à la hauteur de Québec après minuit, ont décidé d'y passer la nuit et ils sont descendus dans le premier gros hôtel important du boulevard Laurier. Il leur a été recommandé d'éviter les motels, où ils seraient plus repérables – cela peut sembler une précaution exagérée, mais la sagesse et l'expérience de Grothé prêchent qu'il vaut toujours mieux

269

surestimer l'ennemi. L'hôtel en était un d'abord destiné aux voyageurs d'affaires, mais il est à des années-lumière d'un hôtel de passe.

— Une Allemande… ?

— Oh! Percival Imbert prie Jacynthe Lemay de l'excuser. Il ne parle pas d'une Allemande au sens physique, mais du deuxième mouvement de la deuxième des suites pour violoncelle seul de Jean-Sébastien Bach, musicien cé…

— Je connais un peu, quand même, merci.

— Percival Imbert ne voulait pas froisser Jacynthe Lemay.

— Je sais. Maintenant, est-ce que Percival Imbert a une objection à ce que nous recommencions à parler comme…

— Comme tout le monde?

— Si on veut…

— Non, Percival Imbert n'a pas d'objection, mais c'est le matin et…

— C'est difficile avant votre premier café?

— Je ne bois jamais de café.

Jacynthe Lemay apprécie d'un large sourire ce recours immédiat à la première personne qui a dû demander un grand effort, bien que Percival Imbert n'en ait rien laissé paraître.

— Avoir su qu'on les donnait à la radio, j'aurais écouté moi aussi.

— Ce n'était pas à la radio. Je me les suis jouées.

— Vous voulez dire, mentalement?

— Oui.

— Et je suppose que vous les connaissez par cœur !

— Je les sais par cœur. Pour ce qui est de les connaître, c'est une longue quête.

Les plats arrivent. Percival Imbert a commandé des céréales en forme de lettres et Jacynthe Lemay, un classique deux œufs au miroir avec bacon. Au moment d'attaquer, elle surprend le regard de Percival Imbert et devine qu'il refait à l'envers, non sans dégoût, le chemin qu'avaient suivi les œufs avant d'aboutir dans l'assiette, ou quelque chose du genre.

— Vous savez ce que j'apprécie chez vous, Percival Imbert?

Celui-ci remonte aussitôt de ses cogitations et prend sa cuillère.

— C'est que Percival Imbert n'est pas méchant?

Jacynthe Lemay ne peut s'empêcher de glousser à cause du ton piteux emprunté par son interlocuteur.

— Non, vous n'êtes pas méchant, mais ce n'est pas ce à quoi je pensais.

— Ah! C'est pourtant ce que les gens disent, d'habitude.

— Eh ben moi, ce que j'apprécie, c'est votre façon d'envisager les choses, de les regarder, de les penser ou de les formuler; ça me donne l'impression de… comment dire, de découvrir au monde une profondeur que je ne lui soupçonnais pas. C'est ça, une autre dimension… mais pas au sens de la science-fiction, parce que vous êtes tout de même entièrement dans la réalité. Je ne sais pas pourquoi ça me fait du bien, mais c'est ainsi!

Ils mangent un moment.

— J'aimerais bien pouvoir à mon tour vous dire ce que j'apprécie de vous, mais les rapports humains sont une matière à laquelle l'esprit de Percival Imbert est imperméable.

— Vous ne pourriez pas expliquer, par exemple, pourquoi vous me faites confiance?

— Je le pourrais, si l'on s'en tenait aux motifs logiques qui découlent de l'analyse de vos actes. Il y a aussi le fait que vous ressembliez tant à ma femme étant jeune. Il y a cependant une part de cette confiance que je ne comprends pas. D'habitude, la moindre incompréhension trouble profondément Percival Imbert. Ce n'est pas le cas avec vous. C'est cela que je ne comprends pas, et ce qu'il y a d'extraordinaire, c'est que je l'accepte. Il en était ainsi avec Marie.

— Était? Cet imparfait signifie-t-il que vous ne vous attendez plus à la revoir?

Un silence malaisé suit cette question.

— Concernant le sort de sa femme, Percival Imbert se débat dans une mortifiante confusion.

Jacynthe Lemay est certaine qu'il passerait sans vaciller le test du polygraphe. Et pourtant…

— Quoi qu'il en soit, je suis honorée de cette confiance, très sincèrement, dit-elle pour effacer temporairement la petite tension qui cherchait à s'installer.

Ils mangent encore. Percival Imbert termine le dernier, car à chaque cuillérée, il marque une pause pour composer des mots avec les lettres. Jacynthe Lemay sirote son café, puis elle tente une nouvelle approche.

— Vous m'accordez votre totale confiance? demande-t-elle sur un ton qui trahit l'hésitation.

— Le concept de totalité, dans le cas présent, est une abstraction.

Jacynthe Lemay regarde l'homme dans les yeux et décide d'aller au but. Elle est seule avec lui, dans un restaurant de la ville de Québec. Elle n'imagine pas Percival Imbert sauter dans un car ou un train pour rentrer seul chez lui. Elle ne s'imagine pas non plus poursuivre le voyage sans tenter d'éclairer certains coins sombres qu'elle a découverts.

— Je vais prendre le risque de compromettre ce lien de confiance, mais étant donné que la confiance doit être mutuelle, je n'ai pas le choix. Je vais vous faire un aveu.

Elle a l'impression que Percival Imbert devient sa propre statue de cire.

— Je sais que Percival Imbert m'a menti.

Réaction nulle.

— Je sais que quand il est rentré chez lui, ce soir du 23 décembre, ce n'était pas des objets achetés par sa femme qui avaient disparu du coffre de sa voiture. C'étaient des dictionnaires tout neufs, achetés par lui le jour même à la librairie Mille-Pages des Galeries du Sud, où il est connu.

Elle fait de son mieux pour ne pas avoir l'air du *bad cop* qui veut confondre le coupable. Percival Imbert ne bronche pas.

— Jacynthe Lemay ne peut faire autrement que d'en tirer la conclusion que la femme de Percival Imbert n'est pas allée magasiner avec lui le 23 décembre 1977.

— Percival Imbert ne désire pas répondre à cette question.

Jacynthe Lemay a l'impression que c'est un automate qui vient de défiler une réponse préenregistrée.

— Percival Imbert sait bien que ce n'est pas une question, mais un énoncé de fait. Est-ce que Percival Imbert est en mesure de le démentir?

— Percival Imbert ne désire pas répondre à cette question.

Jacynthe Lemay vide son café.

— Ne pas y répondre, c'est déjà une réponse, bien qu'insatisfaisante. N'importe qui d'autre que moi vous laisserait tomber et remettrait ces renseignements à la police. Je suis sûre que vous vous rendez bien compte qu'en gardant cela entre nous, je dissimule des éléments d'enquête dans une affaire de meurtre. C'est extrêmement grave, même pour un simple citoyen. Sauf que je ne suis pas tout à fait une simple citoyenne, et que je ne vous laisserai pas tomber. Dans mes choix aussi, il y a quelque chose que je ne comprends pas, mais que j'accepte. Cependant, je ne vous cache pas que je suis déçue.

— Je suis désolé. Je ne peux que vous répéter que la femme de Percival Imbert est vraiment disparue.

Ça y est, il vient de retrouver sa voix humaine et son accent de vérité.

— Nous ne pourrons pas en rester là indéfiniment, Monsieur Imbert. Je veux que ce soit bien clair avant de poursuivre ce périple.

— C'est clair.

— Alors allons-y, nous avons une journée de route devant nous.

Elle se lève aussitôt suivie de Percival Imbert, comme si ce dernier était relié à elle par un mécanisme quelconque.

À cinq mètres d'eux, suspendu au plafond, il y a un appareil de télévision. L'image retient un instant l'attention de Jacynthe Lemay. Un accident de voiture? Mais l'image disparaît aussitôt pour faire place à la suite des nouvelles.

50
Ce qui est fait est fait

Nicole Sinclair-Keaton avait la nature en horreur. Elle ne comprenait pas que les humains, supposément dotés d'intelligence, tolérassent encore l'existence d'immenses territoires échappant à leur contrôle, livrés au tiraillement des pulsions les plus basses, au désordre absolu, à l'anarchie en somme. Seul l'humain avait le privilège de donner un sens au monde, et pour que ce sens existe, le pouvoir était essentiel, qu'on l'exerce ou qu'on s'y soumette, et essentiel avant tout était le pouvoir originel, celui que l'on a sur soi-même, celui qui avait tragiquement fait défaut à son animal de père.

Elle était un peu plus indulgente envers les parcs. Celui qui entourait *New Thames Manor*, la propriété patrimoniale des Sinclair-Keaton, ne trouvait cependant guère grâce à ses yeux. Trop de verdure. À quoi bon prendre le contrôle d'un terrain si c'est pour lui rendre le plus possible une apparence de nature? Il n'y avait bien que les Anglais pour imaginer des concepts aussi biscornus, comme jouer au tennis sur du gazon. Les deux courts de tennis, justement, elle en ferait des courts intérieurs. Elle avait grande hâte d'hériter de *New Thames*, non pour l'habiter, elle préférait son petit palais de Rockliffe, mais pour d'abord mettre le parc à sa main. Elle conserverait la plupart des arbres, mais elle ferait paver ou daller l'espace les séparant, de manière à ce que le moindre arbuste ait son enclos. Le lit du ruisseau serait bétonné sur toute sa longueur, ainsi que celui des étangs, jusqu'à l'Outaouais, dont elle contiendrait la rive par un muret. Là, elle ferait peut-être installer une paire de canons anciens pointant vers l'autre rive, vers le Québec : un peu d'humour ne fait jamais de mal ! Elle ajouterait ainsi sa touche personnelle, peut-être finale, à la longue histoire de l'élaboration de ce domaine, acquis pour une bouchée de pain en 1865 par Alexander Sinclair-Keaton, dans le but d'y ériger un pavillon de chasse où il pourrait éventuellement inviter et corrompre en toute discrétion les parlementaires récemment installés dans la jeune capitale du Canada. Évidemment, il y avait belle lurette qu'on n'y chassait plus le moindre lièvre, une bonne partie des terres avaient été revendues, mais le domaine avait conservé sa splendeur et sa valeur emblématique. L'on y recevait toujours les grands de ce monde, et c'était là que tous les événements majeurs de la vie du clan se tenaient.

Pour l'heure, elle poussait le fauteuil roulant de son père dans le seul sentier déneigé à ras, qui faisait une boucle. Le vieux Duncan Sinclair-Keaton avait ressenti un regain de vitalité après son petit-déjeuner et, constatant la clémence du temps, avait demandé qu'on le sorte et le promène un peu. Elle l'avait trouvé là. Elle avait libéré le domestique pour prendre sa place. Cela faisait son affaire. Marcher l'aiderait à se replacer le fondement suite à ses débauches de la veille. Et elle pourrait fumer à son aise tout en gâchant la journée de son père, ce qu'elle venait de faire sans ménagement en posant sur ses genoux l'exemplaire du jour du *Journal de Montréal*, dont la une était comme toujours spectaculaire :

«Dernière heure: Jeune policière abattue!»

La photo pleine page montrait deux voitures aux calandres écrasées l'une contre l'autre, dans une entrée de garage souterrain. La voiture qui venait de l'extérieur, une R5, avait la portière du chauffeur ouverte et on distinguait nettement le sang qui avait éclaboussé la vitre et le pare-brise.

Duncan Sinclair-Keaton avait tourné la page pour lire qu'aux dernières nouvelles, la victime se trouvait entre la vie et la mort. Il s'agirait d'un agent de police, mais on n'en savait pas davantage, le nom n'avait pas encore été divulgué pour les raisons habituelles. Le journal avait dû faire des miracles pour sortir la nouvelle si rapidement et il en avait pour l'heure l'exclusivité.

— La petite Jacynthe?

— Oui, je peux vous l'affirmer.

La victime avait été abattue par des balles tirées de la chaussée, sans doute d'un véhicule. Vu l'heure tardive, les seuls témoins étaient un couple qui s'adonnait à quitter le garage presque au moment même où les tireurs faisaient feu. Un impact de balle sur la porte du garage montrait qu'ils auraient pu être atteints. La collision des voitures s'était faite au ralenti et ils n'avaient pas été blessés, mais ils souffraient d'un violent choc nerveux et n'étaient pas en état d'être interrogés. L'enquête était menée par la police de Montréal, qui n'avait aucune piste. Il était flagrant, cependant, que le meurtre était l'œuvre de professionnels.

Le vieil homme leva les yeux du journal. Deux larmes coulaient sans les irriguer sur ses pommettes désertifiées.

— Encore, soupira-t-il.

— Avant que vous ne me posiez la question, sachez que je n'ai pas ordonné qu'on l'élimine, seulement qu'on l'empêche de nuire. Mais, que voulez-vous, ça devient compliqué et on doit parfois recourir à des hommes sous-qualifiés. Ceux-là viennent de nous fournir une belle illustration du principe de Peter. Selon le rapport de ces deux abrutis, Jacynthe Lemay avait manigancé un plan avec la SQ pour échapper à la filature. Ils se sont énervés et ont pris l'initiative de recourir aux moyens extrêmes... ils prennent l'avion pour le Mexique ce matin et ça m'étonnerait qu'ils en reviennent.

Cette version des faits n'était pas tout à fait exacte en ce qui concernait son implication personnelle, mais elle n'en avait cure. Un des plus délectables effets de la puissance est le prodigieux pouvoir de forger la vérité.

— Qu'est-ce que c'est, le principe de Peter ?

— Vous n'avez pas besoin de le savoir avant de mourir.

Duncan Sinclair-Keaton accusa le coup.

— Ma pauvre petite Jacynthe. Si jeune... soupira-t-il.

— « Votre » pauvre petite ! Allons, vous n'avez jamais eu le moindre contact avec elle.

— C'est tout de même ma descendance.

— Pour en revenir à ça – elle désigna le journal du menton –, ce n'est pas une bonne nouvelle. Ah ! Pour nous mettre dans la merde, ils nous ont mis dans la merde ! Assassiner un agent de police, c'est une gigantesque gaffe parce que là, ça va se serrer les coudes et ça ne vaut même pas la peine d'essayer d'étouffer l'enquête. Il va falloir jouer dur, père.

— Encore des morts ?

— Cela se pourrait bien, mais ne m'en blâmez pas. Le seul responsable, c'est vous.

— Est-ce que je vais pouvoir supporter cela ?

Nicole Sinclair-Keaton ne put s'empêcher de ricaner. Elle prit une cigarette dans son étui incrusté de nacre, la porta directement à ses lèvres et l'alluma. Elle aspira une bouffée, une autre, puis, mue par une pulsion haineuse, elle passa devant le fauteuil de son père, se pencha, le regarda dans les yeux et lui rejeta un long filet de fumée grise au visage.

— Vous avez toujours la possibilité de crever, n'est-ce pas ?

Et pour appuyer son dire, elle envoya un coup de poing à moitié symbolique dans la poitrine du vieillard. La suite fut effrayante.

Les yeux de Duncan Sinclair-Keaton parurent s'exorbiter et il se mit à tousser comme s'il crachait ses poumons, et en effet, un jet de sang sortit de sa bouche. Sa fille, horrifiée et dégoûtée recula de deux pas, mais eut la présence d'esprit de ne pas le laisser trépasser sur place, ce qui aurait été gênant.

Il y avait, accrochée à l'accoudoir, une sirène d'alerte. Elle appuya sur le bouton et un sifflement insoutenable se fit entendre.

Il ne fallut que quelques secondes pour que des domestiques s'amènent au pas de course.

51
Les larmes de Cindy Sexton

LE MÊME AVANT-MIDI, DANS UNE POLYVALENTE
ANGLOPHONE DE L'EST DE MONTRÉAL, PUIS AILLEURS

Cindy Sexton ne lisait jamais le *Journal de Montréal,* non pas à cause de la langue, mais du fait que tout professeur d'éducation physique qu'elle fût, l'actualité sportive, du moins au-delà des grandes lignes, ne l'intéressait guère. Tel n'était cependant pas le cas de son collègue Valerio Mazola, pour qui, comme pour tant d'autres, ce journal était une sorte de *vade-mecum* indispensable à la gestion de ses paris sportifs qu'il organisait à l'école ou ailleurs. La recension méticuleuse de tous les résultats et la lecture des commentaires était la pause inéluctable avant de commencer sa journée de travail, qui débutait une bonne heure avant le début des cours. Ensuite, il laissait son exemplaire sur le bureau commun, dans la pièce vitrée attenante au gymnase.

Cindy Sexton entra dans le bureau en question un peu passé 9 h 30. Elle n'avait pas les premiers cours ce jour-là et elle en avait profité pour discuter des derniers problèmes d'élèves avec la directrice adjointe, passer des commandes et remplir la paperasse en vue d'une sortie de ski. Il lui restait du temps pour transcrire des notes. Elle tassa la copie du journal pour se faire de la place et là, son esprit se vida d'un coup.

«Jeune policière abattue!»

Elle pensa aussitôt à son amie, et tout aussitôt reconnut sa voiture. Elle tourna la page et lut fébrilement dans le vain espoir d'être démentie, mais le silence sur le nom de la victime la confirma plutôt dans ses pires appréhensions.

Elle demeura statufiée, le journal entre les mains.

Valerio Mazola, qui venait de lancer un groupe de garçons à la poursuite d'un ballon, aperçut sa collègue à travers la vitre et comprit aussitôt que quelque chose d'anormal se passait. Il n'était guère d'un naturel empathique, mais il vint tout de même s'enquérir.

— *Something bad in the paper, Sexy?* demanda-t-il en entre-bâillant la porte.

Incapable de distinguer le facile du subtil, il avait surnommé sa collègue *Sexy*, à cause de son nom, évidemment, pour ses charmes aussi, auxquels peu d'hommes étaient insensibles. Il se doutait qu'elle était lesbienne, mais n'en faisait pas de cas. Ç'aurait cependant été une tout autre affaire avec les élèves et la plus grande discrétion s'imposait.

Cindy Sexton ne répondit pas. Ses yeux brillants de larmes émergentes contrastaient avec son teint livide. Elle avait la bouche entrouverte et ne respirait pas.

Valerio Mazola jeta un regard à sa classe et se glissa dans le bureau sans refermer complètement la porte. Il crut comprendre.

— *Do you know her?*

Cindy Sexton se tourna vers lui et, dans un souffle qu'elle tentait de retrouver, parvint à dire qu'il s'agissait de sa meilleure amie.

— *Oh shit! Are you sure?*

Cindy hocha la tête. Valerio craignit qu'elle ne s'évanouisse. Il lui saisit le coude et tira la chaise. Elle se laissa faire. Il y avait une causeuse. Elle pouvait s'y étendre tant bien que mal. Elle déclina l'offre.

Quelques secondes suffirent à Mazola pour évaluer la situation et envisager des solutions pour y faire face. Les horaires des profs étaient affichés au mur. Il y jeta un bref coup d'œil seulement pour être sûr, car dans le département, chacun connaissait l'horaire de l'autre.

— *You have only three classes to do, right ? We can manage to replace you. Want me to take care of that, Cindy ?*

— …

— *Okay, I'll assume you said yes.*

Il sortit. D'un puissant coup de sifflet, il fit cesser toute activité. Dans le langage bien relevé qu'il ne se gênait pas d'utiliser même en fonction, il annonça qu'il devait s'absenter quelques minutes, mais que Mme Sexton les surveillait du bureau et que le moindre écart de comportement qu'elle lui rapporterait serait châtié avec une sévérité qui dépasserait tout ce qu'on avait connu de sa part. Étant donné qu'aucun des garçons n'avait envie de se retrouver au gymnase après l'école pour repousser le seuil tolérable de la douleur dans sa jeune musculature, l'enseignant allait être obéi.

Il tourna les talons et courut au bureau.

Il en revint au bout de cinq minutes suivi de la directrice adjointe, petite bonne femme chargée de châles, de bracelets et de colliers, et affublée d'énormes lunettes cornées, qui la faisait ressembler un peu à Janis Joplin, si cette dernière s'était laissé l'opportunité de vieillir. En somme, elle n'avait pas du tout cet air d' *Ilsa, la louve des SS,* qu'on s'attend parfois à trouver chez une directrice adjointe, mais elle savait se faire respecter.

Tandis que Mazola reprenait la charge de sa classe, elle entra dans le bureau avec sur le visage une expression de compassion qui n'était pas feinte. Elle se pencha, passa le bras autour des épaules de Cindy Sexton et, de sa voix la plus douce, lui proposa d'aller s'étendre à l'infirmerie. En aucun moment la directrice adjointe ne remit en doute que c'était bien son amie qui avait été abattue. Un simple coup d'œil à la une du journal toujours étalé interdisait d'ailleurs de douter. La voiture était juste un peu abîmée sur le devant et facile à reconnaître même si le numéro de plaque avait été gommé. À ce moment, l'esprit de Cindy Sexton errait dans des sortes de limbes, entre l'évidence et l'incrédulité. Elle déclina cette offre aussi.

La directrice adjointe l'assura que si elle voulait rentrer chez elle, cela ne posait aucun problème. De toute façon, dans les circonstances, elle-même aurait le sentiment de manquer à son devoir en la laissant poursuivre sa journée comme si de rien n'était. Les secrétaires étaient d'ailleurs en train de prévenir les collègues qui auraient à prendre la relève. Cindy fit une moue désolée ; la directrice adjointe le lui reprocha gentiment, car c'était la première fois à sa connaissance qu'elle devait se faire remplacer à la dernière minute, et combien de fois l'avait-elle elle-même fait pour d'autres ? Elle ne devait absolument pas se préoccuper de ces détails.

Si elle se sentait assez forte, elle pouvait rentrer chez elle, à une condition cependant, qu'elle ne conduise pas sa voiture. Cindy voulut protester, mais l'autre coupa court à tout argument, il n'était pas question de courir le moindre risque d'avoir à se passer d'une enseignante de sa qualité à la suite d'un accident. Au besoin, elle trouverait quelqu'un pour la reconduire, mais peut-être Cindy préférait-elle l'anonymat d'un taxi.

Cette dernière opina. L'adjointe utilisa aussitôt l'intercom pour demander à une secrétaire d'appeler une voiture.

Elle accompagna son enseignante au vestiaire puis vint attendre avec elle dans le hall, sans cesser de lui prodiguer des mots de compassion et d'encouragement. Qui savait s'il n'y avait pas une autre jeune policière conduisant une R5 jaune ?

Quoi qu'il en fût, elle lui fit promettre, une fois à la maison, de se préparer une bonne boisson chaude et de s'étendre un moment avant de faire quoi que ce soit.

Dans le taxi, Cindy décida de briser sa promesse. Jacynthe n'avait probablement pas de famille. Sa mère avait été adoptée, et elle ne lui avait jamais parlé d'oncles ou de tantes, de cousins ou de cousines du côté de son père. Elle ne lui connaissait pas non plus d'autres amis, les drames de sa jeunesse l'ayant entraînée à s'isoler. Cindy était donc fort probablement la seule personne susceptible d'identifier la victime de ce meurtre. Si on taisait le nom de la victime afin de d'abord prévenir la famille, on pourrait chercher longtemps. Peut-être trouverait-on le nom de Cindy Sexton dans un carnet d'adresses ou dans un agenda ? Elle songea furtivement qu'il était paradoxal de vouloir taire le nom de la victime et d'autoriser en même temps la publication d'une première page qui permettait à ses connaissances de l'identifier facilement, et même de mentionner son emploi, mais elle était trop émue pour s'interroger davantage sur cette incohérence.

Il lui apparut tout à coup impératif d'en informer la police et elle demanda au chauffeur de l'amener plutôt au poste de police le plus proche.

Elle y fut reçue par un préposé à qui elle expliqua qu'elle avait des informations à transmettre concernant l'assassinat perpétré la veille au soir.

On ne la fit pas attendre longtemps. Un policier sans uniforme dont elle oublia instantanément le nom l'invita à passer dans son bureau, où elle expliqua sans cesser de s'essuyer les yeux que Jacynthe Lemay était sa plus grande amie, que celle-ci n'avait probablement plus de famille et donc, si elle pouvait se rendre utile…

L'homme l'écouta attentivement et lui demanda quelques précisions avec une délicatesse toute paternelle. Il lui demanda de l'attendre un moment, le temps qu'il trouve le nom du collègue chargé de l'affaire.

Il revint au bout de deux minutes et apprit à la jeune femme que, pour des raisons inconnues de lui, l'enquête était entre les mains de la Sûreté du Québec.

Elle demanda si elle devait se rendre à leur quartier général, et la réponse qu'elle reçut l'étonna au plus haut point.

— Ce ne sera pas nécessaire. On m'a demandé de vous retenir ici. On va passer vous prendre. Bien sûr, si cela vous cause un inconvénient majeur, je peux les rappeler.

— Non… j'ai tout mon temps, dit Cindy Sexton après plusieurs secondes d'un silence perplexe.

— Prendriez-vous un peu de thé ?

Une vingtaine de minutes passèrent, pendant lesquelles la jeune enseignante sirota un orange-pekoe médiocre en regardant le policier potasser ses affaires. Il essayait, pour combler le vide, de lancer un dialogue sur les liens de complicité qui devraient exister entre leurs deux métiers, mais son interlocutrice ne lui répondait guère que par monosyllabes.

On frappa enfin à la porte qui s'ouvrit sans attendre de réponse sur un homme trapu qui n'avait pas enlevé son chapeau. Il en releva seulement la calotte de la pointe de l'index pour saluer et tendit aussitôt la main.

— Mme Sexton ? Lieutenant Grothé, de la Sûreté du Québec. Merci de m'avoir attendu. Il est très important qu'on se parle.

52
Sur la route

Pour les Montréalais qui descendent en voiture dans le Bas-du-Fleuve, en Gaspésie ou dans les Maritimes, le premier tronçon du périple, entre Montréal et Québec, est un moment moche. Autoroute rectiligne bordée de champs à perte de vue, garnie d'éparses et modestes maisons de ferme plus ou moins entretenues, de quelques industries laborieuses, ateliers de mécanique agricole, scieries... Pourtant, la région ne manque pas d'attraits, mais pour les apprécier, il faudrait prendre ce que les gens appellent les anciennes routes, et c'est un trajet considérablement plus long.

Percival Imbert, par contre, préférerait de beaucoup que la route soit demeurée ainsi jusqu'à destination. Pour lui, se déplacer dans une machine est contre nature, l'automobile, un mal nécessaire qu'il ne parvient à endurer que sur de courtes distances, à basse vitesse. Filer ainsi entre des paysages infiniment changeants et fuyants, à la merci de tant d'impondérables, c'est une aberration. Une route droite, uniforme, ce n'est certes pas un plaisir, mais au moins, cela comporte un peu plus de stabilité et de prévisibilité.

Par contre, maintenant que, passé Québec, ils roulent en terrain vallonneux, avec tantôt le fleuve qui se déploie par intermittence sur la gauche, sans prévenir, large à s'y perdre, avec des collines à droite, qui défilent comme un troupeau désordonné de bêtes blanches, et devant, toujours, des courbes en points d'interrogation inachevés, jamais suivis de réponses, l'inconnu perpétuel, en somme, c'est un terrible tourment.

Jacynthe Lemay connaît maintenant assez cet homme pour savoir qu'il est inutile d'essayer d'engager une conversation. De toute manière, s'il y a le froid dehors, il y a aussi le froid dedans, entre eux, qui persiste depuis le matin, séquelle des non-réponses tellement éloquentes du petit-déjeuner. Pour la première fois depuis qu'elle a rencontré Percival Imbert, elle remet en question son engagement vis-à-vis de lui. Pour qui s'est-elle donc prise, petite policière de rien du tout? Et ce n'était pas qu'on ne l'avait pas prévenue! Absolument établir une cloison étanche entre les sentiments et le travail! Si elle avait écouté ce bon commandant Burns, elle serait en ce moment en train de faire la patrouille dans les rues tranquilles de Saint-Bertrand plutôt que de traverser le pays avec un demi-cinglé qui refuse d'ouvrir son placard.

Elle mettrait bien de la musique, mais la radio de bord ne capte que les stations locales qui jouent des morceaux à la mode, et à voir la tête qu'a fait Percival Imbert en entendant les premières mesures, elle a éteint. Elle n'allait quand même pas recourir à la torture pour lui faire cracher le morceau!

Ainsi, la route est fort longue, et exigeante. C'est l'hiver et dans ces régions, il est des plus sournois. Chaque tournant peut déboucher sur un piège: glace noire, bourrasques, bancs de brouillard, lames de neige qui strient la chaussée et peuvent vous faire tanguer dangereusement, sans parler des autochtones qui, sous prétexte qu'ils connaissent la route, vous collent au derrière avec leurs *pick-up* avant de vous doubler sans vergogne.

Elle a besoin de toute sa concentration.

Percival Imbert ne connaît de la géographie que ce qu'il en a retenu de l'école. Il sait que le Québec et le Nouveau-Brunswick se touchent et comprend mal pourquoi on met si longtemps à arriver. La prise de conscience de tout cet espace l'indispose au plus haut point et il doit vite demander à Jacynthe Lemay d'arrêter pour lui permettre de descendre et de vomir, ce qu'il ne fait cependant pas, brusquement rétabli par le froid cinglant. L'arrêt est néanmoins bénéfique et dorénavant, il portera toute son attention sur ce qu'il aime le plus : les mots, et le trajet en est riche.

Il dédaigne normalement les noms propres, mais le long du fleuve, ceux-ci sont souvent formés à partir de noms communs.

L'Islet, par exemple : régionalisme d'îlot, le « s » est sans doute une relique de l'ancien français.

Saint-Jean-Port-Joli : pourquoi port joli et non joli port ? Peut-être pour éviter l'allitération.

Saint-Roch-des-Aulnaies : lieu planté d'aulnes. On ne les aperçoit pas de la route.

La Pocatière : Percival Imbert a beau faire défiler toutes ses listes, il ne trouve pas de pocatière. Il faudra éclaircir ça au retour.

Rivière-Ouelle : l'oued désigne une rivière dans les régions arides de l'Afrique. À part ça, il ne voit pas !

Kamouraska, Notre-Dame-du-Portage, Rivière-du-Loup ! Percival Imbert ferme les yeux. Tout petit, sa mère lui avait raconté une fois une histoire avec un loup dedans et il en avait été tellement terrifié qu'elle n'avait plus jamais recommencé. Comme elle avait dû travailler fort pour le convaincre que les loups, non, ce n'était pas comme les dragons, mais qu'il fallait quand même aller très très loin pour risquer d'en rencontrer ! Il s'était juré de ne jamais aller très très loin. Rencontreront-ils des loups, eux qui vont si loin ? Les loups lui font penser à son monstre, ils peuvent surgir à tout moment de la noirceur dans laquelle ils vous épient en silence.

Maintenant, ce n'est plus l'autoroute, on va plus lentement, on longe le fleuve. Il fait beau. On dirait que le troupeau de bêtes blanches a traversé sur l'autre rive.

L'Isle-Verte : obstiné, ce « s ».

Trois-Pistoles : ancienne pièce de monnaie.

Le Bic : ce serait étonnant que cela réfère au stylo à bille, encore plus à l'injure raciste. À retenir pour recherches ultérieures.

Mont-Joli : retour de la joliesse. Ici, on vire à quatre-vingt-dix degrés et on pénètre dans le pays. On s'infiltre de nouveau dans le troupeau des bêtes blanches qui s'assoupissent dans la grisaille. Sainte-Angèle-de-Mérici, Saint-Moïse, Sayabec…

— Il va falloir arrêter pour manger.

Tiré de sa torpeur encyclopédique, Percival Imbert se rappelle tout à coup de l'existence de cette jeune femme. Il la regarde, constate à nouveau à quel point elle ressemble à sa femme au même âge et le motif de ce voyage lui revient. Sa femme, cependant, ne l'aurait jamais confronté, elle, jamais elle n'aurait insisté pour avoir une réponse.

— Vous avez faim ?

— La faim est une sensation que Percival Imbert éprouve rarement, mais il convient qu'il faut manger.

— On arrive à Amqui. On devrait trouver quelque chose.

À peine achève-t-elle cette phrase que les deux voyageurs aperçoivent des gyrophares qui s'agitent derrière. Jacynthe Lemay ralentit, la voiture de police s'amène sur leur gauche et l'agent fait signe de le suivre.

— Qu'est-ce que j'ai fait ? se demande Jacynthe Lemay en jetant un coup d'œil à l'indicateur de vitesse.

La voiture de la Sûreté passe devant et s'immobilise un peu plus loin à la faveur d'une halte routière aménagée sommairement au bord d'un grand lac.

Jacynthe Lemay se gare sagement derrière la voiture de police dont la portière s'ouvre aussitôt et il en descend un agent qui, malgré le temps froid, s'en vient nu-tête et le parka ouvert.

Jacynthe Lemay baisse la vitre.

— Je ne roulais pourtant pas vite, dit-elle d'entrée de jeu.

L'agent s'approche encore, se penche, jette un coup d'œil à Percival Imbert.

— Vous êtes Jacynthe Lemay? demande-t-il.

— Oui? répond celle-ci en levant un sourcil incrédule.

— Accompagnez-moi dans la voiture, j'ai quelque chose pour vous.

Jacynthe Lemay se tourne vers Percival Imbert.

— Ce ne sera pas long, précise le policier.

— Monsieur l'agent aurait dû ajouter «s'il vous plaît», dit calmement Percival Imbert, sans détourner le regard de la voiture qui clignote toujours.

Jacynthe Lemay sent l'agent se raidir. D'un geste de la main, elle l'incite à ne pas tenir compte de cette dernière remarque.

— S'il vous plaît, dit tout de même le policier en ouvrant la portière.

Percival Imbert ne quitte pas Jacynthe Lemay des yeux. Il la voit passer à droite de la voiture et monter à l'avant. L'agent lui parle pendant vingt-sept secondes et elle écoute en hochant la tête. Puis, l'agent porte un micro à sa bouche, parle pendant treize secondes, pose le micro de côté et rien ne se produit pendant soixante-dix-neuf secondes. Enfin l'agent reporte le micro à sa bouche puis le passe à Jacynthe Lemay après seulement six secondes. Celle-ci ne parle pas tout de suite, elle attend que l'agent sorte de la voiture et referme la portière. Il reste là et après un coup d'œil à Percival Imbert, il se tourne vers le lac.

Jacynthe Lemay parle en hochant la tête de gauche à droite, en se passant la main dans les cheveux. Elle paraît secouée par ce qu'elle entend. Cela inquiète Percival Imbert au point qu'il perd le compte des secondes. Cette jeune femme a percé sa carapace. Pourra-t-il longtemps éviter de lui parler du monstre ?

Jacynthe Lemay sort enfin de la voiture. Elle salue l'agent et revient d'un pas lent, la tête basse. Elle contemple le paysage et respire plusieurs fois profondément avant d'ouvrir la portière et de réintégrer sa place. Elle regarde Percival Imbert. Elle a les yeux rouges.

— Ça devient très laid, dit-elle. Vous savez, la jeune femme avec qui on a échangé les voitures hier soir, croirez-vous qu'on lui a tiré dessus à la porte du garage de mon immeuble ?

— Percival Imbert n'a aucune raison de mettre la parole de Jacynthe Lemay en doute.

— Elle n'est pas morte, des fois que son état vous intéresserait. Elle lutte pour sa vie, comme on dit.

— Percival Imbert compatit.

— Mais non, il ne compatit pas, il en est incapable.

Percival Imbert ferme les yeux, respire comme s'il s'apprêtait à plonger dans l'eau d'une piscine.

— Je compatis, à ma manière.

La gorge de Jacynthe Lemay se serre. Quelle est donc cette manière ? Il n'y a que Percival Imbert qui le sache.

— Je vous prie, ajoute ce dernier, de ne pas tenir compte de ma présence si vous éprouvez le besoin de pleurer.

Jacynthe Lemay le regarde, désarmée.

— Merci ! Ça va aller, répond-elle d'une voix étranglée.

— Jacynthe Lemay est peinée pour cette jeune femme, mais si Percival Imbert comprend bien la manœuvre, c'est plutôt Jacynthe Lemay qui était visée par les tueurs.

— Et voilà ! C'est pour cette raison que vous et moi devons nous efforcer d'oublier Jacynthe Lemay. À partir de maintenant, il faudra m'appeler Anna, Anna Kristopoulos.

— Anna Kristopoulos, répète Percival Imbert.

La jeune femme approuve d'une brève mimique.

— Et il faut quand même aller manger, ajoute-t-elle sur un ton résigné.

53
Grothé détestait mentir, même
quand il ne pouvait faire autrement

Grothé se justifie en se disant que dans le cas de Cindy Sexton, ce n'avait été qu'un demi-mensonge. Il était vrai, après tout, que Jacynthe Lemay n'était pas morte et qu'elle était hors de danger, du moins tant qu'on la croirait morte. C'est ce qu'il s'était efforcé de faire comprendre à la jeune femme. C'était délicat parce qu'il ne pouvait évidemment lui révéler le pourquoi des choses. Ce n'était pas le genre de situation dans lequel il était le plus à l'aise, et il aurait bien aimé confier la demoiselle à un spécialiste, mais on avait affaire à un secret d'État, même si le Québec n'était pas un État au sens où l'était le Canada. Quoi qu'il en soit, il était persuadé d'avoir convaincu l'amie de Jacynthe Lemay de ne parler à personne. Il était exact que cette dernière n'avait plus de famille (autrement les choses auraient été beaucoup plus compliquées), mais il était dans son meilleur intérêt de laisser

291

croire qu'elle en avait et que pour cette raison, on allait taire son nom le plus longtemps possible. Il avait été rassuré quand Cindy Sexton lui avait affirmé être certaine de ne pas avoir nommé son amie à l'école.

Il avait proposé à l'enseignante de lui fournir un diagnostic médical en bonne et due forme prescrivant un congé de durée indéterminée, mais cette dernière refusa. Bien que réconfortée, elle demeurait inquiète, et le travail était le moyen le plus sûr de ne pas se rendre malade à échafauder de sombres hypothèses. Elle trouverait le moyen d'éluder les questions embarrassantes. De toute façon, elle n'avait jamais été du genre à ennuyer ses collègues en relatant les aléas de sa vie personnelle. Elle prenait la plupart du temps son lunch en un quart d'heure, sur le coin du bureau.

Donc, ça irait avec Cindy Sexton. Ce serait une tout autre affaire dans le cas d'Anna Kristopoulos.

Elle, elle en avait de la famille, à commencer par des parents chez qui elle habitait toujours. La première chose qu'elle avait faite, la veille, en acceptant cette mission dont Grothé n'avait jamais imaginé qu'elle finirait si mal, ça avait été justement d'appeler ses parents pour leur dire qu'elle ne rentrait pas à la maison pendant quelque temps, à cause d'un travail spécial qu'on lui avait confié, mais qu'elle les appellerait tous les jours. Eh bien, la pauvre enfant ne les appellerait pas aujourd'hui !

Ah ! Grothé s'en voulait ! Depuis qu'il avait été réveillé alors qu'il venait à peine de s'endormir et qu'il était descendu au quartier général de toute urgence pour gérer la crise, il ne s'était pas passé dix minutes sans qu'il se donne mentalement des coups de pied au cul. Oui, il savait que la mission n'était pas exempte de danger, mais il avait tragiquement sous-estimé ce danger ! Il enquêtait sur des gestes illégaux commis par la GRC, soit, mais il ne pouvait croire qu'un corps de police puisse aller aussi loin dans l'illégalité, dans l'immoralité, dans la violence. Il y avait quand même tout un écart entre incendier une grange et tirer sur les gens. Durant sa longue carrière, il avait eu à rencontrer du monde de la GRC pour toutes sortes de raisons, et même si c'était un peu froid comme relation, on parvenait à coopérer, on était entre gens raisonnables, on partageait l'objectif du bien commun. Bien sûr, les bouleversements politiques troublaient plusieurs esprits, mais au point de transformer la GRC en police de république de bananes?

Grothé commençait à se demander s'il n'y avait pas quelque chose d'autre que la GRC dans cette affaire. Le gouvernement fédéral, oui, bien sûr, devait exercer des pressions, mais dans le système canadien, la police parvenait à maintenir son indépendance, sauf peut-être au Québec, sous Duplessis. Oui, l'existence d'une main invisible lui semblait de plus en plus probable.

Mais en attendant d'en confirmer l'existence et d'en découvrir l'identité, il devait se rendre chez les Kristopoulos raconter un énorme mensonge afin de leur cacher que leur fille adorée était entre la vie et la mort. Maudit métier!

Le téléphone sonna. L'appel ne dura que quelques secondes, mais il soulagea quand même un peu Grothé: Anna Kristopoulos avait ouvert les yeux.

54
Le monstre de Percival Imbert

Jacynthe Lemay a loué deux chambres pour deux nuitées dans un motel de la rue de la Chapelle, à Tracadie. Elle a payé comptant et a signé Anna Kristopoulos, ce qui a semblé intriguer le commis à la réception, mais bon, elle n'allait quand même pas s'inventer un accent grec.

Elle est maintenant assise face à Percival Imbert dans un *Pizza Delight*, le restaurant que leur a recommandé le commis.

Le menu qu'il scrute avec perplexité est totalement exotique pour Percival Imbert, qui donnerait un trésor pour être plutôt assis devant un des bons plats mijotés de sa femme, dans lesquels les ingrédients sont facilement identifiables, taillés juste à la bonne taille, sans pelure, sans nervure, parfaits. Il commencerait comme toujours par les disposer dans son assiette selon un motif improvisé auquel lui seul trouverait un sens.

Finalement, il commande une pizza sans garniture.

Quand elle lui est servie, il en découpe la circonférence croûtée, qu'il sectionne en bouchées égales. Puis, à même le disque ainsi détaché, il taille un grand carré. Il retire les excédents et les place dans la soucoupe, de manière à ne garder que le quadrilatère, qu'il divise ensuite en carrés plus petits, calculant bien pour qu'il n'y ait pas de pertes. Le plus difficile, c'est de faire tout ça en conservant la géométrie de la pizza, mais il est patient. Ce n'est qu'une fois l'opération terminée, et après avoir contemplé à satiété le résultat de son travail, qu'il commencera à manger. Il prélèvera bouchée après bouchée en ayant toujours soin de revenir à un schéma symétrique.

Jacynthe Lemay l'a regardé faire, fascinée. Ses fettucine aux fruits de mer auront quelque peu refroidi quand elle les attaquera. Ça n'aura aucune importance, puisqu'il va se passer quelque chose de majeur : Percival Imbert va parler.

— Percival Imbert demande à Jacynthe Lemay de l'excuser. Ce n'est pas bien de sa part de lui cacher des choses. Il éclaircira tous les mystères, si elle veut bien avoir la patience d'attendre. Avant toute chose, Percival Imbert doit lui parler du monstre.

— Un monstre ? Quel monstre ?

— Serait-ce discourtois de demander à Jacynthe Lemay de ne pas interrompre Percival Imbert ? C'est très difficile pour lui de parler du monstre. Même à sa femme, il n'en a jamais parlé. Cela ne lui paraissait pas utile parce que, vu qu'il ne s'était pas manifesté depuis des décennies, Percival Imbert en était venu à croire que le monstre n'existait plus, qu'il était mort, comme meurt tout ce qui vit.

Moment de silence.

— Le monstre a été créé quand Percival Imbert avait six ans. Percival Imbert est né le 17 juin 1922, à 22 h 14, à l'hôpital Saint-André de Bordeaux, en France. À six ans donc, sa maman tenait à ce qu'il aille à la même école que les autres, et non à l'école des fous. Elle n'avait jamais considéré que son fils était

fou et elle était convaincue qu'à l'école des fous, on apprenait
forcément à devenir fou. Percival Imbert a maintenant 55 ans, et
s'il n'est pas fou, c'est parce que sa mère voyait juste. C'est parce
qu'il a commencé très jeune à le faire que Percival Imbert a pu
vivre dans le monde des normaux. Si Percival Imbert avait été
à l'école des fous, par exemple, il n'aurait jamais rencontré sa
femme. Sa vie scolaire n'a cependant pas été facile. Aujourd'hui,
l'apparence de Percival Imbert ne pose pas de problème,
mais quand il était petit, d'aucuns trouvaient qu'il avait une
tête bizarre. Dans ce temps-là, on coupait court les cheveux
des garçons, on dégageait les oreilles et celles de Percival
Imbert étaient décollées, pas tellement en réalité, mais il n'en
fallait pas beaucoup pour attirer les sarcasmes. Il avait le nez
un peu comme un bec d'oiseau. Ce n'était pas si terrible et
dès l'âge adulte, Percival Imbert, sur les conseils de sa mère,
adopta la moustache et se coiffa de manière à atténuer ces
légères disgrâces. Cependant, combinées aux particularités
de son comportement, à l'école, elles lui valurent d'être surnommé « la créature ». Ce mot, dans le parler québécois de
l'époque, pouvait prendre un sens très péjoratif. Ce genre
d'indélicatesses n'était pas de nature à blesser Percival Imbert
car il s'intéressait peu aux autres et ne cherchait pas d'amis.
Malheureusement, il semble qu'il y a toujours eu et qu'il y
aura toujours des méchants garçons, des brutes. Vous savez
que Percival Imbert possède une mémoire hors du commun.
Cela l'aidait beaucoup dans ses études. Par exemple, les élèves
devaient apprendre par cœur le petit catéchisme catholique.
Dès qu'il a pu le lire, Percival Imbert l'a mémorisé en entier et
il pouvait le réciter à l'endroit comme à l'envers, et sans doute
pourrait-il le faire encore s'il se concentrait là-dessus une petite
heure. Il ne comprenait pas nécessairement tout, mais cela lui
a valu de gagner l'estime des Frères des Écoles chrétiennes,
lesquels contrôlaient l'école et n'étaient pourtant pas, au
départ, très chauds à l'idée d'accueillir dans leurs classes un
enfant problématique. Percival Imbert devint une sorte de

chouchou. Il fut bientôt invité à faire des démonstrations de son talent devant des parterres plus ou moins prestigieux. Sa formidable puissance en calcul mental aurait même pu lui valoir de connaître la gloire réservée aux enfants prodiges.

Percival Imbert s'arrête, boit un peu d'eau, mastique une bouchée de pizza tiédie avec un air de bambin qui n'aime pas les épinards.

Jacynthe Lemay l'observe avec attendrissement et se morigène un peu à propos du ressentiment qu'elle a éprouvé durant le voyage.

— Pourquoi n'est-ce pas arrivé, demande-t-elle ?

— La mère de Percival Imbert était d'une lucidité et d'une détermination extraordinaires. Elle avait peu étudié, mais elle n'a jamais cessé de s'instruire et elle connaissait parfaitement ses droits. Il n'était pas question qu'on transforme son fils en phénomène de foire. Elle a tenu tête aux frères, et même au curé de la paroisse. Elle leur a imposé des limites, leur a laissé juste assez de latitude pour qu'ils tiennent à garder Percival Imbert dans leur école.

— Et ce monstre, alors ?

— Percival Imbert a parlé des mauvais garçons, ceux qui, non contents de se moquer, éprouvent le besoin de maltraiter, de faire souffrir, de montrer qu'ils n'ont pas de scrupules à frapper. Percival Imbert était déjà une victime idéale, mais quand ils ont constaté qu'il bénéficiait d'un statut spécial auprès des frères, les mauvais garçons se sont mis à le détester. Tant qu'il était sur le terrain de l'école, Percival Imbert était relativement en sécurité et même si les mauvais garçons connaissaient des moyens pour déjouer l'attention des surveillants, ils ne pouvaient pas donner toute la mesure de leur cruauté.

— Et les filles ? se permet d'interrompre Jacynthe Lemay.

— Dans les années trente, les garçons et les filles ne fréquentaient pas les mêmes écoles.

— C'est vrai. Ça a changé tout juste quand moi j'ai commencé mes classes.

— La mère de Percival Imbert venait le reconduire chaque matin, chaque midi, chaque soir.

— Vous n'aviez pas de père ?

— Percival Imbert n'a jamais connu son père, mais c'est une autre histoire. Cela étant, le petit Percival n'a jamais manqué de quoi que ce soit. En autant que Percival Imbert se souvienne, sa mère n'a jamais occupé d'emploi, jamais exercé de métier.

— Elle avait une fortune personnelle ?

— Elle ne parlait jamais de son passé. Ce que Percival Imbert sait, c'est que sa venue au monde fut le fruit d'un accident, survenu au cours d'un voyage en France, sans doute, et que Imbert est le nom de son géniteur. On peut supposer beaucoup de choses, mais ne m'écartez pas du sujet, s'il vous plaît.

— Excusez-moi. Tout de même, mère mystérieuse, conjointe mystérieuse, on dirait que Percival Imbert était prédestiné !

— L'important, c'était qu'elle pouvait se consacrer entièrement à son fils. Il était toute sa vie. Mais il n'existe aucun système de sécurité sans faille. Un jour qu'elle était souffrante, sa mère lui avait demandé de rentrer seul, pour une fois, sans perdre de temps. Percival Imbert ne racontera pas tout en détail, mais quand il est enfin arrivé à la maison, il avait le visage en sang, ses vêtements étaient déchirés et son sac d'écolier avait été pillé.

— Oh ! Pauvre garçon…

— Curieusement, l'affaire a été beaucoup plus traumatisante pour sa mère que pour lui. Il a eu très mal, bien sûr, mais la douleur physique est une réalité à laquelle chacun est confronté un jour ou l'autre, d'une manière ou d'une autre. C'est une alerte que l'organisme envoie et il faut l'accepter quand elle se fait entendre. L'important était pour lui que son esprit n'avait pas été atteint. Peut-être a-t-il réalisé, ce jour-là, pour la première fois, que rien n'aurait jamais de pouvoir sur son esprit, rien sinon lui-même. La mère de Percival Imbert, de son côté, a compris qu'elle ne pourrait pas toujours être là, elle ou quelqu'un d'autre, pour le protéger. Il fallait que Percival Imbert soit en mesure de se défendre lui-même. Elle ne songea même pas à lui faire apprendre la boxe, ou le judo. Percival Imbert ne jouait pas, il ne pratiquait aucun sport et n'en a jamais pratiqué aucun. Il ne joue pas non plus aux échecs. On a essayé de l'y faire jouer, à l'université. C'est un jeu pourtant simple, mais qui comporte une quasi-infinité de possibilités, et avant même de pousser son premier pion, Percival Imbert est aspiré par cette quasi-infinité. Il en va de même si on demande à Percival Imbert de lancer une balle: son esprit est aussitôt transporté bien loin du but, dans toutes sortes de calculs concernant la trajectoire de la balle. Il en serait de même dans un sport de combat. Bien qu'il y ait des techniques, il faut porter les coups d'instinct, on ne peut pas calculer, ce n'est pas le but du jeu. Percival Imbert ne peut faire taire son esprit, à moins de l'annihiler.

— Vous ne connaissez donc jamais le repos quand vous êtes éveillé?

— Quand j'écoute Bach, ou Marie jouant au piano, ou simplement la respiration de Marie.

Percival Imbert demeure silencieux un moment et dans son regard, phénomène rare, passe une émotion.

— Mais quand vous parlez d'annihiler votre esprit, voulez-vous dire devenir comme une bête?

— En quelque sorte… Jacynthe Lemay sait-elle qu'en tout être humain se cache un monstre, ou du moins la possibilité d'un monstre?

— Je crois que oui.

— Jacynthe Lemay a-t-elle jamais trouvé le monstre qui est en elle?

— Non, grâce au ciel!

— Tant mieux si elle n'a pas eu à créer son monstre, ce n'est pas une expérience réjouissante. Mais si elle avait surpris le ravisseur de son petit frère, peut-être aurait-elle fait la connaissance de son monstre.

Le visage de la jeune femme se rembrunit. Percival Imbert s'excuse aussitôt d'avoir ressuscité ce triste souvenir.

— Ce n'est rien, le rassure Jacynthe Lemay, cela m'arrive souvent même sans raison apparente. Et vous n'avez pas tort. Je pense que j'aurais pu devenir très méchante, en effet.

— Cela vous serait venu naturellement. Le monstre de Percival Imbert, quant à lui, n'est pas venu naturellement, il a été créé. La mère de Percival Imbert a passé plusieurs soirées à le convaincre qu'il y avait un monstre en lui, et que ce monstre était là pour le protéger contre ceux qui voulaient lui faire du mal. Percival Imbert n'a malheureusement pas d'imagination. Alors sa mère lui a apporté des images. Ils les ont découpées, et d'autres encore, et ont recollé les morceaux, reconstituant ainsi des monstres nouveaux, jusqu'à ce qu'ils arrivent à un résultat qui satisfît le petit Percival.

— Et de quoi avait-il l'air, ce monstre?

— Il était terrifiant, parce qu'il était vide. Il n'avait pas de visage, que des dents, pas de corps, que des griffes. Et le petit Percival a adopté le monstre, il lui a fait une petite place au fond de lui-même. Il sut désormais que le monstre le suivrait partout et que tout être qui tenterait de faire du mal au garçon devrait d'abord en découdre avec le monstre.

— Et c'est arrivé?

— Une fois. Deux, en fait, mais la deuxième fois, il s'agissait d'un chien.

— Un chien!?!

— Oui. L'été, la mère de Percival Imbert louait une vieille maison de ferme. Ils faisaient tous les jours de longues promenades. Un jour, un chien de garde qui avait brisé sa corde s'est rué vers eux. Il paraît que le monstre a instantanément réagi et a défié le chien avec de tels cris de rage et de si horribles mimiques que celui-ci a fait demi-tour et est retourné en couinant à sa niche.

— Incroyable !

— C'est ce que la mère de Percival Imbert a raconté, car lui, il ne se rappelle de rien. Et il ne se rappelle pas non plus ce qu'il a fait quand les brutes ont voulu lui faire du mal une autre fois. Ils avaient réussi à créer une diversion et avaient isolé Percival Imbert hors de la vue des surveillants. Il faut dire qu'ils n'avaient pas souvent la chance d'agir ainsi, car Percival Imbert était la plupart du temps autorisé à demeurer à l'intérieur de l'école durant les récréations, soit pour mémoriser quelque chose, soit pour aider un frère quelconque dans une tâche où ses facultés mentales étaient utiles. Ce jour-là, cependant, non, et les garnements n'avaient pas l'intention de rater leur chance.

— Percival Imbert s'est défendu ?

— Non, mais le monstre est sorti, et quand il est retourné dans son refuge, il y avait un garnement par terre qui pleurait et hurlait en même temps. Sa chemise était déchirée et rougie du sang qui coulait de son visage lacéré et de son oreille à demi arrachée.

— C'est épouvantable.

— C'est aussi ce qu'ont dit les frères et les parents du garnement. Percival Imbert, lui, était seulement dégoûté par les morceaux de chair sanguinolents accrochés à ses ongles, et surtout par le goût du sang dans sa bouche.

Jacynthe Lemay décide de ne plus toucher à ses fettucine aux fruits de mer.

— Vous n'avez éprouvé aucune émotion ?

— Les émotions sont l'affaire du monstre. S'agit-il d'ailleurs d'émotions, ou de décisions prises par une forme d'intelligence non rationnelle, Percival Imbert ne saurait le déterminer. Le monstre agit de façon totalement indépendante quand il juge qu'il y a danger.

— Mais c'est Hulk !

— Qui ?

— L'incroyable Hulk. C'est un personnage de *comics*.

— Le monstre n'a rien de comique.

— Bien sûr que non. Oubliez ce que je viens de dire, c'est… dans une autre dimension.

Percival Imbert a terminé sa pizza. La serveuse, qui commence à trouver que ces convives demeurent bien longtemps à table arrive aussitôt pour prendre les plats, oubliant de demander à Jacynthe Lemay si elle en a bien terminé avec le sien, distraite sans doute par les singuliers reliefs abandonnés par Percival Imbert.

— Dites-moi, relance Jacynthe Lemay, une fois la serveuse repartie, quand le travailleur social s'est présenté chez Percival Imbert, l'autre jour, c'est le monstre qui lui a ouvert ?

— Je crains que ce soit le cas. Le monstre aurait-il posé un geste regrettable ?

— Oh non ! Mais le pauvre homme a eu une sacrée frousse ! Ce que je ne comprends pas, c'est pourquoi vous vous seriez senti menacé.

— Percival Imbert ne peut donner de réponse à cette question, comme à tant d'autres depuis la disparition de sa femme.

55
Les monstres de Nicole Norton
(née Sinclair-Keaton)

— Il a repris conscience.

« *Shit !* » fit mentalement Nicole Norton.

— Il vous demande.

« *Double shit !* »

— J'y vais, répondit-elle à l'infirmière, sur un ton grave et l'air éploré.

— Il n'en a plus pour longtemps.

Nicole Norton fit mine d'essuyer une larme et passa dans la chambre, dont elle referma la porte. La pièce était vaste et bien fenestrée, coquette, malgré les appareils médicaux. Un seul défaut : le symbole très en évidence d'interdiction de fumer. Nicole Norton se laissa tomber dans le fauteuil destiné aux visiteurs et contempla le profil émacié du mourant. Si elle n'avait pas entendu le sifflement de sa respiration, elle l'aurait cru déjà trépassé.

— Vous étiez si bien parti, père ! Pourquoi vous arrêter en chemin ?

— Comment partir sans te demander pardon, Nicole ?

— Oh ! mais... c'est que depuis quelque temps, ça devient une véritable manie, chez vous, de demander pardon !

— Une dernière fois, je veux te le demander une dernière fois. J'ai commis trop d'horribles crimes, et je les regrette, tous, mais ce que je t'ai fait à toi, ma fille, je le regrette au-delà de tout.

Nicole Norton se redressa un peu.

— Ah bon ! Ça devient intéressant. Et que m'avez vous donc fait ? Êtes-vous seulement capable de me le dire ? En me regardant dans les yeux ?

Duncan Sinclair-Keaton tourna la tête et le mince filet de regard dont il disposait encore se rendit jusqu'aux yeux de sa fille.

— Je t'ai violée, Nicole, murmura-t-il.

Nicole Norton porta la main à sa bouche pour calmer la crispation de sa gorge.

— Contente de vous l'entendre dire, se reprit-elle, mais c'est tard, très tard, trop tard. J'espère seulement que, s'il y a une vie après la mort, mère vous ait entendu et qu'elle va enfin me croire.

— Elle m'aurait pardonné, elle, comme elle m'avait pardonné pour les autres.

— Mais non, pauvre vieil imbécile ! réagit Nicole Norton sans se retenir d'élever la voix. Elle ne vous a pas pardonné, elle s'est pliée à la loi du clan. Elle a jeté un drap sur vos «amours» comme on fait sur les meubles quand on quitte une demeure pour ne pas y revenir, et par sa froideur quand j'ai voulu vous dénoncer à elle, j'ai compris que je devais suivre le même processus.

— Tu lui en veux, à elle aussi ?

— Non. Je n'en veux jamais aux faibles. Je m'en sers quand ils peuvent m'être utiles, sinon, je les ignore. De toute façon, qu'aurait-elle pu faire ? Le seul être que vous craigniez, qui avait un tant soit peu le pouvoir de freiner vos « ardeurs », c'était votre père, et il venait de mourir. Mais avouez donc, maintenant, que vous l'aviez violée, elle aussi.

Duncan Sinclair-Keaton mit plusieurs secondes à récupérer assez de souffle pour parler encore.

— J'ai toujours eu ce problème, c'est comme une maladie, et je n'en ai été délivré que quand cette autre maladie est arrivée. Imagine ce que c'était quand j'étais garçon. Ta mère était jolie. Sa famille séjournait parfois à *New Thames*. Les jeunes filles ne se rendent pas toujours compte de l'effet qu'elles produisent.

Nicole Norton frappa de la paume le bras du fauteuil.

— Arrêtez ! Il ne manquerait plus que ce soit de notre faute !

— Ce n'est pas…

Nicole Norton interrompit brutalement son père.

— Toute ma vie, je n'ai entendu que ça de vous, du déni ou des justifications. Vous avez brisé cette femme et elle a été forcée de mettre au monde une enfant qu'elle était incapable d'aimer. Petite princesse élevée dans la ouate, elle n'a pas eu, comme d'autres que nous connaissons, la force morale de s'élever au-dessus de son malheur pour en aimer le fruit malgré tout. Parce qu'il paraît que ça existe, l'amour, en tout cas on le dit, mais je ne peux pas en témoigner, je n'ai aucune idée de ce que ça fait d'aimer, et d'être aimée. Si vous saviez ce qu'il m'en coûte et par quelles voies je dois passer pour atteindre un semblant d'orgasme ! Peut-être croyez-vous que j'aime Michael, mon fils, notre fils ? Non, ce que j'aime, c'est ce que je veux en faire. Votre fille est un monstre, père, et ça n'est pas étonnant, qu'est-ce qu'un monstre tel que vous aurait bien pu engendrer d'autre ?

Duncan Sinclair-Keaton eut un rictus douloureux.

— Es-tu bien certaine que Michael soit mon fils ?

Nicole Norton pâlit. Après quelques secondes d'une immobilité cadavérique, elle se leva et, très lentement, entoura de ses mains la gorge de son père. Sa voix se glaça.

— Peut-être que ça me ferait du bien de vous étrangler, juste pour la satisfaction de vous avoir fait taire une fois pour toutes. Je pourrais jouir longtemps de vous imaginer vous présentant aux portes de l'enfer après y avoir été expédié par votre propre fille.

Mais elle relâcha son emprise.

Duncan Sinclair-Keaton souffla péniblement.

— Si j'avais admis tout de suite mes torts, m'aurais-tu davantage pardonné ?

— À quoi bon vous poser une telle question ? Vous étiez bien trop lâche pour ça. Vous avez plutôt décidé de jouer au brave en vous sauvant à la guerre, que vous avez menée bien à l'abri. Dire que vous avez trouvé le moyen de vous faire blesser quand même… Mais je vais répondre à votre question : non, je ne vous aurais pas pardonné davantage.

— Alors, je ne pouvais rien faire, siffla le mourant, qui se tut ensuite pour laisser monter des sécrétions qu'il ravala douloureusement.

Ses yeux se fermèrent, sa respiration devint un chuintement. Sa fille observa que ses doigts prenaient lentement la couleur de la craie. Elle demeura au-dessus du lit et, pour la première fois depuis l'enfance, sinon de sa vie, elle eut un geste de presque tendresse envers son géniteur, elle posa sa main sur son front.

— Pauvre vieille ordure, répéta-t-elle, cette fois d'une voix adoucie. Si puissant, si brillant et tellement aveugle… Vous n'avez rien compris, père, rien vu. J'aurais pu passer outre l'horreur du viol. C'était la première fois que vous vous intéressiez à moi, après tout. D'une certaine manière, c'était une victoire. Mais je suis une Sinclair-Keaton, père, une vraie, et ce que je gagne, je ne le partage pas. Ce qui a rendu toute forme de pardon impossible, c'est qu'après, je n'ai pas pu vous garder pour moi, pour moi toute seule.

56
Sœur Dorina Frigault

Il émane de sœur Dorina Frigault, hospitalière de Saint-Joseph, une générosité, une énergie et une sérénité qui feraient oublier aux pires anticléricaux leurs récriminations les mieux justifiées contre les ordres religieux. Qui plus est, elle est le plus éloquent démenti à cette idée que le respect du vœu de chasteté mène forcément à l'aigreur et à la tristesse. Avec ses yeux pétillants comme des vaguelettes sur la mer, mis en évidence par des lunettes aux vastes lentilles, avec son sourire en coin et la mèche de cheveux pâles qui s'échappe de sa coiffe noire, elle affiche d'emblée que la vie qu'elle a choisie la comble de joie. Ajoutez à cela un petit nez cubique et une mâchoire volontaire, un corps qu'on devine bien charpenté, et vous avez devant vous le portrait assez typique d'une Acadienne de bonne souche bâtie pour vivre un siècle.

L'Académie Sainte-Famille, école fondée en 1912 par les mêmes religieuses, est un édifice de belle prestance, de style colonial, tout blanc, en bois, comportant trois ailes et quatre niveaux, plus les combles, sous le toit à croupe à pente surmonté d'un clocheton. Il abrite le musée du lazaret et, pour quelques semaines encore, des religieuses.

C'est là que sœur Dorina Frigault a accueilli Jacynthe Lemay et Percival Imbert par ce matin bleu et blanc du vendredi 20 janvier. Bleu le ciel, blanche la terre et la mer jusqu'à mi-horizon, où elle vire sans transition à un bleu royal quasiment irréel !

— Vous savez, les écarts de température sont moins drama-tiques ici que par chez vous, expliquera sœur Dorina Frigault à Jacynthe Lemay qui s'étonne de la relative douceur de l'hiver. Par contre, pour ce qui est des tempêtes de neige, on y goûte !

C'est très aimable de sa part de les recevoir, car elle est très occupée.

Désignant une grosse boîte posée au centre de la pièce et pas encore ouverte, sœur Dorina Frigault explique qu'elle contient des artefacts micmacs, trouvés à Pointe-à-Tom, tout près. La vocation première du musée est de perpétuer le sou-venir du lazaret, mais comme il devient désormais une attraction touristique locale, il est souhaitable d'en offrir un peu plus. On y présente ainsi des objets liés à la religion, et il y a même un espace réservé à la conserverie de homards qui, jadis, faisait vivre une bonne partie de la population locale. Détail qui en dit long, le nom de Tracadie n'était pas inscrit sur les étiquettes des boîtes de conserve, pour ne pas inquiéter le consommateur qui aurait pu l'associer à la lèpre.

Il aurait été inconvenant pour les deux visiteurs d'essayer de se dérober à une visite éclair du musée, qui est le grand œuvre de la personne qui les reçoit. Pour Percival Imbert, évidemment, tout l'intérêt de la chose réside dans les mots. Jacynthe Lemay, elle, est touchée par les objets souvent artisa-naux qui témoignent de la modestie des conditions de vie, des béquilles rudimentaires, de la vaisselle rustique, l'armoire à pharmacie sur pied. Tout semble si simple, et si limité à la fois, presque naïf, comme cette prière d'une lépreuse, encadrée.

Jacynthe Lemay la parcourt et revient à voix haute sur l'avant-dernier paragraphe.

Ô mon père, comme tu as été bon
Pour ta petite Véronique.
Et ce soir, ô mon amour,
Je te prie pour les lépreux du monde entier.
Je te prie surtout pour ceux que la lèpre morale abat,
détruit, mutile et terrasse.
Ceux-là, surtout, je les aime et je m'offre en silence
pour eux, car ils sont mes frères et mes sœurs.
Ô mon Amour, je te donne ma lèpre physique
pour qu'ils ne connaissent plus le dégoût, l'amertume
et la froideur de leur lèpre morale.

Jacynthe Lemay n'a jamais eu la fibre mystique très développée, et peut-être que son homosexualité est considérée par plusieurs comme une lèpre morale, mais qu'y a-t-il d'autre à offrir devant une maladie tellement désespérante ?

Elle se penche aussi sur les photos du long bâtiment de bois aujourd'hui disparu. Elle imagine un enfant déposé devant la porte, sa mère, petit paquet de rien du tout.

— Il y avait aussi un orphelinat, n'est-ce pas ?

— Oui, confirme la religieuse, et c'est ce qui vous intéresse, m'avez-vous dit au téléphone. Passons dans mon bureau, j'ai des classeurs remplis de registres et d'albums de photos, mais je vous préviens que ça ne va pas être facile. Je vais faire de mon mieux pour vous aider.

Le bureau de sœur Dorina Frigault n'a rien de celui d'un homme d'affaires prospère, on dirait une arrière-boutique d'antiquaire. Il y a un réchaud avec une théière. Elle va en verser trois tasses, mais Percival Imbert décline d'un geste de la main.

— Vous allez bien, Monsieur ? lui demande la religieuse qui le trouve pour le moins absent.

Jacynthe Lemay se penche un peu à l'avant pour s'adresser à la religieuse à voix basse.

— M. Imbert est un ex-collègue de travail, c'est un mordu d'archives. Il vit un peu dans son monde, mais c'est un excellent chauffeur, et il y a un bon bout de route de Montréal à ici. Il a gentiment accepté de m'accompagner.

— En effet, en cette saison surtout, mieux vaut avoir quelqu'un avec qui partager le volant.

Percival Imbert ne réagit pas. Ce mensonge de Jacynthe Lemay a été convenu avant la rencontre.

— Et vous-même, dans quoi travaillez-vous? demande sœur Dorina Frigault.

— Je suis bibliothécaire, à l'Université de Montréal.

— Quelle belle profession! Comment votre mère s'appelait-elle?

Tout à coup, Jacynthe Lemay aurait bien envie de donner vraiment le nom de sa mère. La question de ses origines ne l'a jamais préoccupée, mais tant qu'à se trouver en ces lieux où tout a commencé... la mission d'abord.

— Ma mère s'appelait Dorothy Pettigrew.

— Dorothy Pettigrew. C'est possible: des anglophones adoptaient parfois de nos orphelins, des gens fortunés et instruits, qui savaient que la lèpre est une maladie peu contagieuse et non héréditaire. En quelle année votre mère a-t-elle été adoptée?

— C'est ce qui est embêtant, et c'est pourquoi je suis venue en personne plutôt que de vous écrire. Ma mère a toujours été des plus laconiques quant à son adoption. Si nous pouvions consulter les registres... Nous ne voulons pas abuser de votre temps.

— Mais vous devez bien avoir un papier, un certificat?

— C'est... compliqué, disons. Je dois vous expliquer que ça n'a pas été une adoption heureuse. Le ciment n'a pas pris, comme on dit. De son propre aveu, ma mère a d'abord été une enfant difficile, le traumatisme de l'abandon, peut-être... et ses parents adoptifs ont tôt fait de lui révéler ses vraies origines dans le but d'exercer sur elle une sorte de chantage affectif, de lui reprocher son manque de reconnaissance, quoi. Ça n'a évidemment pas arrangé les choses et elle n'a plus eu d'autre idée que de quitter ce foyer au plus tôt. Elle s'est donc mariée très jeune, à 17 ans, au grand soulagement des Pettigrew, et elle ne les a jamais revus. Donc, je ne les ai pas connus. Cette union précipitée aurait pu être une catastrophe, mais non, mon père était un homme bon et loyal, un fonctionnaire fédéral natif du Manitoba qui n'avait pas de famille dans l'Est, ni, je suppose, de cercle d'amis. Il avait une dizaine d'années de plus qu'elle. Ils ont été heureux, je le crois, en tout cas jusqu'à ce que le malheur frappe, mais c'est une autre histoire.

Sœur Dorina Frigault est touchée par ce bref récit. Percival Imbert, quant à lui, est étonné de l'aplomb de sa compagne et de sa capacité d'improviser une histoire avec de tels accents de vérité. Mais il se trompe, Jacynthe Lemay n'a rien inventé: à l'exception du nom, c'est la véritable histoire de sa mère.

— Vous comprenez qu'à l'époque, dit sœur Dorina Frigault, on n'était pas aussi méticuleux qu'on l'est aujourd'hui, je crois, dans le choix des adoptants. L'offre était beaucoup plus forte que la demande, pour parler en économiste, et nous n'avions certainement pas les moyens d'aller voir comment ça se passait ensuite. Il y a eu des histoires bien pires que celle de votre mère.

— Je le conçois, hélas!

— Mais pour en revenir à votre démarche…

Sœur Dorina Frigault est interrompue. Elle n'a pas fermé la porte de son bureau et un homme d'une quarantaine d'années s'avance discrètement. Par la mallette caractéristique qui lui pend au bout du bras, Jacynthe Lemay déduit que c'est un médecin.

— Excusez-moi de vous déranger, je ne voulais pas partir sans vous laisser le bonjour, ma Sœur.

— Ce n'est pas le bureau du premier ministre, ici, docteur Robichaud, voyons. Tout se passe bien, ce matin ?

— Autant qu'on puisse le souhaiter, ma foi. Même notre bonne sœur Frenette a un tel regain qu'on dirait quasiment que c'est déjà le printemps. Je suis de plus en plus optimiste : elle va pouvoir connaître la nouvelle résidence.

— À la bonne heure ! Voilà qui est rassurant.

— On en reparlera. Je ne peux pas m'attarder, je suis attendu à l'Hôtel-Dieu.

— Je vous en prie, bonne journée ! conclut sœur Dorina Frigault avant de se tourner vers Jacynthe Lemay qui semble perplexe.

— C'est que bientôt, explique la religieuse, nous ne logerons plus nos sœurs à l'Académie. On déménage tout près, mais dans certains cas, comme celui de sœur Frenette, qui a quatre-vingt-dix ans bien sonnés, et qui a vécu ici depuis qu'elle est entrée en religion, qui a même participé à la construction de cet édifice, dont les plans ont été dessinés par nos sœurs, vous savez ? – et qu'est-ce qu'il se tient encore droit ! –, c'est un déplacement périlleux...

Sœur Dorina Frigault s'arrête, elle a l'impression que Jacynthe Lemay ne l'écoute pas, ni Percival Imbert, bien sûr, mais dans ce cas, elle s'est faite à l'idée.

Et c'est vrai, Jacynthe Lemay est complètement en mode retour en arrière. « Sœur Frenette, sœur Frenette... » Ce nom tourne dans sa mémoire, elle sent qu'elle doit absolument le rattraper... Ça y est !

Et il lui revient en bloc sa conversation avec Murielle Gendron, seulement trois jours plus tôt, même si elle a l'impression que ça fait un an, dans les bureaux du ministère du Revenu.

— *Je suis désolée de ne pouvoir vous aider à avancer dans votre enquête. À moins que vous n'ayez d'autres questions, nous allons devoir mettre fin à cet entretien. J'ai été éduquée chez les sœurs, vous savez, elles m'ont appris à gérer mon temps avec rigueur, une en particulier...*

Elle avait fait une pause.

— ... *Sœur Annonciade Frenette... Un nom difficile à oublier, n'est-ce pas ? qui nous répétait sans cesse qu'on serait stupéfaites de constater les sommes fabuleuses de temps qu'on perd au cours d'une vie à étirer des conversations quand il n'y a plus rien à dire.*

Un nom difficile à oublier... C'était un message, bien sûr ! Cela ne peut pas être un hasard.

— Vous parlez bien de sœur Annonciade Frenette ? lance Jacynthe Lemay.

— Mais oui ! Sœur Annonciade Frenette ! Vous la connaissez ?

— Non, je ne la connais pas, ma Sœur, mais il faudrait que je m'entretienne avec elle.

— Vous entretenir avec elle ? Je ne sais pas si c'est souhaitable. Elle a quatre-vingt-dix ans, je vous le répète, et même si elle va bien aujourd'hui, son état de santé demeure des plus précaires. C'est votre mère qui vous a parlé d'elle ?

Jacynthe Lemay pose le bout de sa main gauche sur ses lèvres, regarde un instant par terre, puis droit dans les yeux de sœur Dorina Frigault, et décide de plonger.

— Je vous dois des excuses, ma Sœur. Si vous permettez, je vais tout reprendre à zéro. Je vous ai menti.

Le sourire de la religieuse tombe. Elle redresse le torse comme pour prendre une distance, croise ses mains sur la surface de son bureau, incline légèrement la tête vers la droite.

— Pour commencer, je ne suis pas bibliothécaire, je suis policière, de la Sûreté du Québec, et M. Imbert n'est pas archiviste. Si nous avons cru nécessaire d'utiliser un subterfuge, c'est que je n'ai pas de mandat. Nous aurions pu en demander un, mais il y a plusieurs raisons pour lesquelles ça n'a pas été fait, autres que les questions de juridictions. C'est une affaire des plus complexes, qui met en cause des gens puissants et sans scrupules. Pour le bien de tous, il est vraiment important que nous soyons le plus discrets possible. Vous me suivez ?

— Continuez.

— L'ironie, c'est que je n'ai pas eu à vous mentir complètement. En fait, ma mère a vraiment été adoptée ici, et la suite plutôt triste des choses a été telle que je vous l'ai racontée. Mais c'est une extraordinaire coïncidence. Ma mère ne s'appelait pas Dorothy Pettigrew. J'ai misé sur la supposition que vous ayez bien d'autres choses à faire que de lire les faits divers, et que, par conséquent, vous n'étiez pas au courant que Dorothy Pettigrew est une dame fort respectable qui a été assassinée il y a une semaine dans un centre commercial de la région de Montréal. Ça, je peux vous le dire, parce que cette information a été rendue publique. Pour le reste, je vous prie de ne pas chercher à en savoir davantage.

— Admettons, mais comment sœur Frenette intervient-elle là-dedans?

— Je n'en sais franchement rien. Je ne sais pas non plus quel rapport entretenait la pauvre *Mrs.* Pettigrew avec le lazaret, mais l'enquêteur chargé spécifiquement de ce crime a reçu un appel anonyme lui suggérant de s'intéresser au lazaret de Tracadie. En ce qui concerne sœur Annonciade Frenette, son nom est apparu dans une autre enquête, qui s'avère plus que jamais reliée à celle sur le meurtre. L'épouse de M. Imbert est disparue de façon remarquablement mystérieuse. Il serait étonnant qu'il existe deux sœurs Annonciade Frenette, n'est-ce pas? Son nom, a été mentionné sans indications particulières, au détour d'une conversation assez peu instructive pour les fins de l'enquête, par une personne qui a connu la femme de M. Imbert, et je suppose désormais que cette personne l'a fait intentionnellement, dans l'espoir que je lise entre les lignes. Je n'ai pas pigé sur le coup, mais là, ça vient de cliquer dans ma petite tête! D'autant plus que Marie Doucet est d'origine acadienne.

— Marie Doucet? Il y a en effet de fortes chances qu'elle soit Acadienne, confirme la religieuse.

— Il faut absolument que je parle à sœur Frenette. Ce ne sera pas un interrogatoire de police, je vous jure que je ne ferai rien pour l'indisposer. Est-ce qu'elle est lucide?

— Pour ça, oui, du moins quand elle se sent bien et qu'elle n'est pas sous l'effet de médicaments trop forts, et il semble que ce ne soit pas le cas aujourd'hui.

— Je suis ici incognito, en quelque sorte, ajoute la jeune policière, je n'ai pas le badge habituel, mais je peux vous donner un numéro de téléphone et un nom de code, si vous voulez vérifier.

Sœur Dorina Frigault demeure silencieuse un moment, puis décroise les mains et les pose sur son bureau, annonçant ainsi qu'elle va se lever.

— Ce ne sera pas nécessaire. Vous me donnez l'impression d'une jeune femme honnête qui ne mentirait pas sans des motifs majeurs, et mes impressions sur les personnes ne me trompent jamais. Je vais donc vous conduire au chevet de sœur Frenette. Je vous préviens cependant qu'au moindre inconfort de sa part, je vous prierai de vous retirer, et je ne vous permettrai pas d'insister s'il s'avère qu'elle n'a pas de réponses à vos questions.

— C'est entendu. Nous vous obéirons à la lettre.

— Ah bon ! Monsieur va venir avec nous ?

— Si vous ne vous objectez pas, oui. À vrai dire, je n'ai aucune idée du genre de réponses que je dois attendre de sœur Frenette. Il est possible qu'elle ne sache même pas qu'elle pourrait nous fournir un renseignement pertinent. Je vais à la pêche, comme on dit, alors deux lignes à l'eau valent mieux qu'une. Il est possible qu'elle mentionne un détail qui évoquera quelque chose dans la seule mémoire de M. Imbert.

— Soit. Si vous voulez me suivre, conclut la religieuse en se levant.

57
Sœur Annonciade Frenette

JUSTE APRÈS, UN ÉTAGE AU-DESSUS

L e bas soleil de janvier se déverse par la haute fenêtre et vient chauffer le dos de sœur Annonciade Frenette. Elle paraît minuscule dans sa berçante qui oscille à peine. Elle est bien emmitouflée dans une épaisse robe de chambre blanche. Elle porte une coiffe blanche, aussi, sans doute davantage pour le confort que pour le principe. Il faisait déjà chaud dans le couloir, il fait encore plus chaud dans la chambre, mais on devine que la vieille religieuse frissonnerait si elle n'était intégralement couverte.

Jacynthe Lemay et Percival Imbert demeurent dans le couloir tandis que sœur Dorina Frigault entre seule dans la chambre dont la porte était déjà grande ouverte.

— Bonjour Sœur Frenette, dit-elle sur un ton duveteux. Le docteur Robichaud m'a dit que vous vous portiez à merveille ce matin.

— Il avions dit la vérité. Je me sentions aussi bien que possible pour une vieille nonne à la veille de mourir. Je créyons que le Bon Dieu voulions me donner encore de belles heures pour le prier.

Sœur Dorina Frigault sourit. Il est de bonne tenue, chez les sœurs, de s'exprimer dans un français standard, mais depuis quelques années, sœur Frenette s'est offert la petite délinquance de renouer avec le parler de son enfance. Qui pourrait le lui reprocher?

— C'est notre bon Saint-Joseph qui intercède en votre faveur. Vous sentez-vous assez bien pour recevoir une visite?

— Une visite? Pour *moâ*? Y'a-t-y encore du monde de vivant qui me connaissions?

— Ils ne vous connaissent pas, mais ils sont venus de très loin pour vous écouter. Ils aimeraient que vous leur parliez du lazaret.

De l'extérieur de la chambre, Jacynthe Lemay et Percival Imbert perçoivent une soudaine gravité dans le ton de la voix chevrotante de la vieille religieuse.

— De loin…? pour que je leur parlions du lazaret…? Mon Dieu… Est-ce que…?

Elle étire un peu le cou pour regarder dans l'embrasure de la porte.

Elle a le visage long, qui porte naturellement toutes les marques de la vieillesse, le nez mince et droit, des petits yeux en amande encore bien en vie.

— Pourriez-vous me passer mes lunettes, ma Sœur?

Les lunettes, véritables antiquités, sont déposées sur le meuble de chevet. Sœur Dorina Frigault les prend et veut les mettre elle-même à la vieille religieuse, mais celle-ci sort aussitôt une main de sous sa robe de chambre, une main dans laquelle est enlacé un chapelet, et avec cette seule main, bien qu'en tremblant, elle glisse avec précision les fines branches de la monture sous la coiffe.

— Oh mon Dieu, fait-elle encore en détaillant la silhouette de Jacynthe Lemay.

Puis, après un silence imposé par la perplexité générale…

— Mais entrez, Madame, entrez !

Jacynthe Lemay tourne un œil vers sœur Dorina Frigault qui, de la tête, lui fait signe d'avancer.

— Approchez, approchez, insiste sœur Frenette. Oh mon Dieu ! C'est incroyable !

Quand Jacynthe Lemay est aussi près que possible, elle lui prend les mains et l'invite à se pencher. Alors, elle passe délicatement les doigts de sa main gauche sur la joue de la jeune femme.

— Oh mon Dieu ! Ce ne peut pas être toi, Marie !

— Non, je ne suis pas Marie.

Jacynthe Lemay est décontenancée, de même que Percival Imbert, de même que sœur Dorina Frigault, qui est la première à se ressaisir et à parler.

— Ce n'est pas Marie, non, en effet ma Sœur. Vous n'êtes pas au ciel !

Ce disant, elle lance une œillade discrète à Jacynthe Lemay, pour lui faire comprendre que l'entretien sera difficile à poursuivre.

— Je sais que je ne suis pas au ciel, Sœur Frigault, je ne pensais pas à la Vierge Marie. Merci au Ciel, cependant, de m'avoir accordé le temps pour vivre ce moment. Il n'y a pas de plus grand bonheur que celui d'être exaucée.

Et pourtant, on dirait qu'elle va pleurer. Ses yeux sont noyés d'émotion. Elle ajuste ses lunettes. Et c'est alors que Percival Imbert surprend tout le monde.

— Ce n'est pas la Vierge Marie, c'est Marie Doucet, la femme de Percival Imbert, que sœur Annonciade Frenette reconnaît en Jacynthe Lemay. Cette dernière ressemble à la femme de Percival Imbert quand celle-ci avait son âge.

— Vous… vous êtes l'époux de Marie ? dit sœur Frenette.

Le visage de la religieuse s'attriste.

— Vous êtes donc Perceval ! Et si Marie n'est pas avec vous, serait-ce qu'elle est morte ?

— C'est ce que nous cherchons à savoir, répond Jacynthe Lemay. Elle est disparue.

— Disparue! Oh mon Dieu! Qu'est-ce qu'ils lui ont fait? soupire la religieuse en fermant les yeux et en joignant les mains.

— Vous vous sentez bien ma Sœur? demande sœur Frigault.

Sœur Frenette se ressaisit. Étrangement, elle est définitivement repassée au français standard.

— Oui. Ne vous faites pas de mauvais sang pour ma petite personne. Je suis entre les mains aimantes de mon créateur. Est-ce que je peux vous demander d'ouvrir l'armoire?

— Bien sûr, répond sœur Frigault en s'exécutant.

— Sur la troisième tablette, la boîte que je vous avais demandé de garder avec vous après ma mort, soyez gentille de me l'apporter, s'il vous plaît.

C'est une boîte carrée d'une trentaine de centimètres de côté, d'une dizaine en épaisseur, en fer blanc, à l'effigie du thé King Cole, sans doute ancienne mais comme neuve, le genre de boîtes dans lesquelles on range des souvenirs, vieilles photos, lettres, menus objets. Sœur Annonciade voudrait l'ouvrir, mais le couvercle est maintenu en place par pression, et ses mains osseuses marbrées de veines sont trop faibles pour en venir à bout.

— Permettez? dit sœur Frigault.

— S'il vous plaît.

La boîte est ouverte en un tournemain. Elle contient en effet des souvenirs. Sœur Annonciade soulève quelques enveloppes jaunies et en trouve une, plus petite, de laquelle elle extrait avec une infinie délicatesse un rectangle de papier photo aux bords crénelés. Sur le carton, dans un ovale aux contours flous, apparaît le visage d'une jeune fille. Le nez plat, gracieusement retroussé, des petits yeux francs, le menton volontaire. Malgré le peu qu'on en voit, elle porte un uniforme d'écolière de l'époque. Ses cheveux abondants sont peignés bien plus qu'ils ne sont coiffés. Elle doit avoir entre quinze et vingt ans, c'est difficile à déterminer. Il n'y a pas de date inscrite, seulement un nom, écrit à la main en élégantes cursives : Marie Doucet.

— N'est-ce pas que vous lui ressemblez! dit-elle en montrant la photo à la jeune femme. Vous êtes son portrait tout craché.

Les yeux de Jacynthe Lemay paraissent doubler de volume. C'est elle, comme si elle s'était déguisée en fille d'avant-guerre. Sur la photo, Marie Doucet sourit, mais son sourire n'est pas exempt de tristesse, et la jeune policière s'identifie encore davantage à elle, car elle aussi, elle le ressent intimement par-delà les décennies, elle aussi, celle qui sera devenue la femme de Percival Imbert, porte en elle une indélébile peine.

C'est maintenant sœur Frigault qui tient la photo en main, et son regard effectue des va-et-vient. Elle est bouche bée.

Elle tourne la photo vers Percival Imbert qui la regarde deux secondes et qui, pour toute réaction, se contente de hocher la tête.

— La probabilité pour qu'une telle ressemblance, dans les circonstances, tienne du hasard est si faible qu'on peut la considérer comme nulle, énonce-t-il après un moment de réflexion.

Jacynthe Lemay est pâle. Craignant qu'elle ne s'évanouisse, sœur Frigault sort prestement pour prendre une chaise droite dans le couloir et l'apporter à la jeune femme.

— Asseyez-vous, je vous en prie, vous êtes blanche à faire peur.

Jacynthe Lemay obéit.

— Je vais vous chercher de l'eau.

— Merci, merci, ça va aller, objecte Jacynthe Lemay. Ma mère m'aurait menti! ajoute-t-elle avec désolation.

— Non, corrige sœur Frenette, elle ne vous a pas menti. Elle ne savait pas. Je vais essayer de vous éclairer, dans la modeste mesure de mes moyens. Mais est-ce que je peux faire appel à votre patience encore juste un petit peu, et vous demander de sortir un instant: il faut d'abord que sœur Frigault et moi parlions.

Jacynthe Lemay et Percival Imbert sont assis face à sœur Annonciade Frenette. Sœur Dorina Frigault a fermé la porte derrière elle en retournant à ses affaires.

— Sœur Frigault se consacre à perpétuer la mémoire du lazaret, c'est une œuvre louable et essentielle. Jamais le dévouement de nos religieuses ne doit sombrer dans l'oubli. Mais sœur Frigault est encore jeune : sa profession religieuse a été faite durant la guerre, et les choses dont je vais vous parler se sont passées avant son affectation à Tracadie. Or, ces choses ne sont pas jolies et il n'est pas utile qu'elle les apprenne. C'est ce que je viens de lui faire comprendre et elle m'a accordé sa confiance. Il faut d'ailleurs que personne n'en sache rien, sauf ceux et celles qui savent déjà, et vous, parce que vous en avez le droit, parce que cela vous concerne personnellement, et quand je dis vous, je parle de vous deux. Sœur Dorina m'a dit que vous étiez policière, Mademoiselle, mais ce n'est pas à la policière que je veux parler, c'est à la jeune femme. Je vais vous dire tout ce que je sais, tout ce que je gardais en moi depuis presque un demi-siècle, dans l'espoir de vivre, un jour, ce moment. Il sera inutile de me poser des questions. Est-ce que cela pourra vous aider dans une enquête que vous menez ? Je l'ignore et désire continuer de l'ignorer. Il ne vous faudra pas revenir. De toute façon, je serai bientôt morte. Le docteur Robichaud était bien étonné de me trouver en si bonne forme ce matin ; je comprends maintenant que Dieu m'a donné ce sursis inespéré pour que je m'en aille enfin vers lui soulagée des terribles secrets qui m'ont été confiés. Il ne tardera plus à me rappeler.

On frappe délicatement à la porte. Jacynthe Lemay se lève et va ouvrir. Une religieuse lui tend un plateau qui porte une théière, trois tasses, le lait, le sucre, et une assiette avec quelques biscuits dorés. Elle entre et pose le plateau sur la table de lit, la déplace et l'ajuste pour que le tout soit à portée, puis elle s'éclipse telle une apparition, répondant par un modeste signe de tête aux mercis qui lui sont adressés. « Un ange ! » pense Jacynthe Lemay.

— Il ne faut qu'en aucune manière, poursuit sœur Frenette, la mémoire du lazaret soit entachée. Ce serait une grave injustice. Parmi les religieuses, les médecins, parmi tous ceux et toutes celles qui ont consacré leur temps et leurs talents à cette œuvre, vous ne trouverez personne qui ait quoi que ce soit à se reprocher, qui porte quelque responsabilité, je peux vous l'affirmer en mon âme et conscience. Versez-nous un peu de ce thé, s'il vous plaît. Juste un fond pour moi. Je reviendrai.

Percival Imbert prend les devants et s'applique à cette modeste tâche avec une attention touchante. Il ajoute le sucre et le nuage de lait demandés par sœur Annonciade, qui porte en tremblant la tasse à ses lèvres.

— Comme c'est bon, le thé, dit-elle après avoir dégluti laborieusement. J'en ai bu toute ma vie, mais il me semble qu'il est meilleur que jamais.

Elle se recueille.

— Merci de votre patience, reprend-elle. Permettez-moi une question : comment vous êtes-vous retrouvés ?

— Retrouvés ? fait Jacynthe Lemay en écho.

— Comment se fait-il que vous soyez ensemble, ici ?

— Eh bien, c'est d'abord le hasard, et puis une chaîne de circonstances assez complexe. Au départ, j'étais tout simplement en service lorsque M. Imbert a signalé la disparition de sa femme.

La religieuse dodeline de la tête.

— Le hasard, dites-vous ? Je préfère croire en Dieu. Vous ne vous êtes pas posé de questions, Perceval, à propos de cette étonnante ressemblance ?

— C'est Per-ci-val, corrige gentiment la jeune policière.

Mais Percival Imbert la reprend.

— Sœur Annonciade Frenette a raison. Le prénom original de Percival Imbert était bel et bien Perceval, ainsi qu'il est écrit sur l'acte de naissance émis en France. Cependant, lorsque la mère de Percival Imbert est revenue au Canada, un fonctionnaire anglophone a fait une erreur de transcription, et a inscrit ce prénom dans sa forme anglaise, et c'est resté ainsi, la mère de Percival Imbert jugeant inutilement compliqué d'exiger la correction.

— Ce détail ne m'a pas été rapporté, s'excuse la religieuse.

— Pour ce qui est de la ressemblance, il n'est pas dans la nature de Percival Imbert de chercher des explications à des phénomènes fortuits.

58
Un bébé nommé Perceval

— Ma Sœur, se demande tout haut Jacynthe Lemay, cela ne vous a pas été rapporté, dites-vous, mais pas rapporté par qui?

— Par Marie, Marie Doucet! Vous allez comprendre.

La religieuse savoure une autre gorgée de thé et pose sa tasse.

— Commençons par vous, Perceval. D'abord, vous serez étonné d'apprendre que vous n'êtes pas né en France, mais ici même, à Tracadie. Votre mère, Jeanne d'Arc Basque, était la première et unique enfant d'un couple de fermiers frappé par la lèpre. En plus du lazaret qui prodiguait des soins aux lépreux, un orphelinat accueillait leurs enfants, quand la chose était possible et nécessaire, ainsi que des orphelins, et ce fut son cas. Votre mère était déjà une jeune fille quand j'ai pris mon service auprès des enfants. C'est à eux que j'ai eu la grâce d'offrir les plus belles années de ma vie. Pour un bon nombre, j'ai été une nouvelle maman. Il y a, dans cette boîte, les lettres que plusieurs m'ont envoyées par les années pour me raconter les grands moments de leur vie. Je vous remettrai tantôt celles qui vous concernent, celles de Marie Doucet. Votre mère, elle, Perceval, ne m'a jamais écrit. Je ne lui en tiens aucunement rigueur. D'abord, ne l'ayant pas connue enfant, notre lien n'était pas aussi profond qu'avec d'autres, et puis il a été parfaitement clair au moment de son départ qu'elle ne reviendrait jamais en arrière, qu'elle tenait à vous élever de manière à ce que vous n'appreniez jamais vos véritables origines. Elle a réussi, jusqu'à aujourd'hui du moins, mais vous êtes un homme accompli maintenant et je suis certaine que, de là-haut, elle m'approuve. Je respectais son choix. Qui suis-je, d'ailleurs, humble servante du Seigneur, pour requérir quoi que ce soit ? Mais je dois d'abord vous apprendre l'essentiel, ce sans quoi vous ne seriez pas ici. Si vous en avez le temps, avant de partir, passez par le musée et allez lire la Prière d'une lépreuse, qui y est exposée.

— Je l'ai lue, dit Jacynthe Lemay.

— C'est touchant, n'est-ce pas, cette petite Véronique qui offre sa lèpre physique pour soulager la lèpre morale de ses frères et sœurs qui en sont atteints ? Or, de cette lèpre morale, le lazaret n'en a pas été exempt. Enragé sans aucun doute de voir tant de bonté dispensée pour la seule gloire de Dieu, le Diable a résolu d'y mettre le bout de sa queue fourchue. Il a peut-être d'abord essayé de poser ses griffes sur quelques bonnes âmes du lazaret, mais celles-ci, par leur pureté, par leur amour du Christ, et par la protection du bon Saint-Joseph, étaient hors de sa portée. Le Diable est donc venu de l'extérieur, sous les traits d'un beau jeune homme, de bonne et riche, très riche famille. Il se repentait, prétendait-il, d'une erreur commise, une faiblesse, un péché, le péché de la chair. Il s'appelait Duncan Sinclair-Keaton. Nous n'avons pas oublié son nom, car nous avons été appelées à le revoir, pour notre plus grand malheur. Il s'est présenté pour la première fois à l'orphelinat il y a maintenant soixante ans, avec à la main un carnet de chèques et, derrière lui, dans un landau que poussait une servante, un bébé naissant, une fille que notre aumônier de l'époque a aussitôt baptisée et à qui nous avons donné le nom de Marie Doucet. Si vous aviez la gentillesse de réchauffer mon thé, Perceval, j'en boirais encore.

Sœur Frenette boit non seulement un peu de thé, mais elle trempe dedans la moitié d'un biscuit, qu'elle déguste du bout des lèvres, en fermant les paupières telle une première communiante.

— La famille Sinclair-Keaton était déjà bienfaitrice de l'œuvre du lazaret et sa générosité, ai-je entendu, car les choses d'argent n'étaient pas de mes affaires, se serait considérablement accrue à partir de ce jour. Comme il se doit, les bienfaiteurs étaient invités à participer aux événements marquants, inaugurations ou anniversaires, célébrations diverses qui agrémentaient notre labeur, et c'est lors d'un événement de ce genre que Duncan Sinclair-Keaton est revenu à Tracadie, et que nous avons constaté avec horreur que la lèpre morale dont il souffrait avait causé à son âme des dommages épouvantables. Je ne vous apprendrai pas, Perceval, que Dieu avait doté votre mère d'une beauté remarquable, une beauté que Duncan Sinclair-Keaton a souillée de sa turpitude. Comment est-ce arrivé ? Il a fallu quelque temps pour nous rendre à l'évidence que la version de votre mère correspondait à la vérité. D'abord, il faut dire que nous n'avons rien su. Cet homme abject, par les ruses de Satan, n'avait pas du tout l'apparence d'un monstre, à tel point qu'il semble que nous ayons quelque peu oublié dans quelles circonstances il s'était présenté à nous la première fois. Votre mère, Perceval, approchait de sa majorité. Ce n'était pas seulement une belle femme, elle était intelligente et dégourdie, elle avait tout naturellement envie de connaître le monde. On peut imaginer qu'en toute innocence, elle n'ait pas été insensible aux marques d'intérêt d'un homme tel que Duncan Sinclair-Keaton, dont elle ignorait les vices. Il a sans doute été facile à ce pécheur impénitent d'isoler sa proie afin de se livrer à ses basses œuvres. Il escomptait que le poids de la honte serait suffisant pour garantir le silence de sa victime.

— Mais elle est devenue enceinte ?

— En effet, Mademoiselle, et le moment est arrivé où il ne lui a plus été possible de se taire. Elle a toujours maintenu qu'elle avait été forcée, malgré que, du côté des Sinclair-Keaton, on acceptait sans le moindre scepticisme la version du fils de la famille, à l'effet qu'elle l'aurait plutôt aguiché, dans l'espoir supposé d'exercer un chantage. N'allez pas croire que nos supérieures aient voulu camoufler l'affaire pour des raisons vénales. Mais que pouvaient-elles faire ? Duncan Sinclair-Keaton aurait d'ailleurs pu simplement tout nier.

— Il n'y avait pas de test de paternité à l'époque, réfléchit tout haut Jacynthe Lemay.

— Non, sans doute. Mais, je vous le disais à l'instant, Jeanne d'Arc Basque, qui se fera appeler seulement Jeanne, était une femme intelligente et dégourdie. Elle avait reçu, ici même, à l'Académie Sainte-Famille, les bases d'une instruction solide. Elle n'était pas du genre à s'apitoyer sur son sort et à accepter la fatalité d'ajouter un orphelin à la charge des sœurs.

La religieuse boit du thé et grignote encore un peu de son biscuit, et se recueille de nouveau avant de continuer.

— Le Seigneur, cependant, n'avait pas abandonné sa fille et il a envoyé un ange à son secours. La fin de la grossesse a coïncidé avec la visite d'un médecin français de Bordeaux qui avait entendu parler de l'œuvre du lazaret auprès des lépreux et qui était curieux de se renseigner davantage.

— Le docteur Auguste Balère ? suggère Percival Imbert, dont on aurait pu se demander s'il écoutait tant il réagissait peu.

— Justement.

— Percival Imbert a donc toutes les raisons de déduire de ce qui vient de lui être raconté qu'il est le demi-frère de Marie Doucet.

— C'est bien cela… Mais, Percival Imbert, c'est vous, non ?

— Monsieur Imbert a cette particularité de parfois parler de lui à la troisième personne. C'est déroutant au début, mais on s'y fait.

— Pardonnez-moi, je crois que je le savais, mais ma pauvre mémoire est bien fatiguée.

— C'est Percival Imbert qui doit vous demander pardon. Il va faire l'effort. Je vais faire l'effort.

— Mais dites, ma Sœur, est-ce que Marie Doucet connaissait, quant à elle, ce lien sanguin ?

— Elle l'a su. Je vais y revenir. Permettez-moi pour le moment de poursuivre l'histoire de Monsieur. Le docteur Balère était un homme de grande valeur et à l'esprit ouvert. Il a séjourné parmi nous plusieurs jours, peut-être même plus d'un mois, je ne me souviens plus. Il a donc connu Jeanne d'Arc Basque, dont l'état était des plus évidents. Il s'est pris de compassion pour cette jeune femme et son malheur. Il a accepté de faire quelque chose d'extraordinaire pour elle, et pour vous, Perceval. Il a accepté de vous fournir une identité légale. Il est reparti à Bordeaux. Votre mère a accouché sans problème. Quelques semaines après votre naissance, elle a reçu les papiers promis, soit un certificat de naissance en bonne et due forme de l'hôpital Saint-André de Bordeaux, comportant le nom du père, Ferdinand Imbert, ainsi que le certificat de décès de ce dernier. Détail qui vous intéressera peut-être, Monsieur Imbert, c'est le docteur Balère qui a choisi votre prénom. Quant à votre prétendu père, une note précisait qu'il a bel et bien existé. Il était décédé pendant la grossesse de votre mère. Ferdinand Imbert avait été gravement blessé durant la guerre, et ce sont les séquelles de ses blessures qui avaient provoqué son décès prématuré. Cela n'avait d'importance que pour l'honneur de sa mémoire et votre mère n'allait certes pas revendiquer une rente de veuve de guerre. Elle n'en aurait de toute manière pas besoin. Les nantis ont une morale bien à eux et ils considèrent que l'argent a valeur de pénitence, qu'il peut les racheter, littéralement. Duncan Sinclair-Keaton a fait parvenir à votre mère une somme importante, assortie d'une rente à vie pour elle et son fils, en échange, bien sûr, d'un silence éternel. Ainsi donc, votre mère est devenue veuve, et vous, orphelin de père, et elle a parfaitement réussi à officialiser cette supercherie, vous le savez mieux que quiconque. Elle a quitté Tracadie et le Nouveau-Brunswick au printemps de 1923. Ce n'était pas le premier départ que nous vivions, mais c'est le seul que nous ayons connu qui fût aussi définitif. Votre mère voulait couper tous les ponts, non qu'elle nous en voulait, mais pour vous protéger. En vérité, elle a triché juste une petite fois.

Sœur Annonciade Frenette s'interrompt un instant pour fouiller dans sa boîte aux souvenirs. Elle en sort une carte postale qui montre l'église Notre-Dame de Montréal, avec des couleurs rajoutées, et la tend à ses visiteurs. Le texte au verso est laconique :

Tout va bien, Jeanne.

Il n'y a même pas de date inscrite, mais la carte a été oblitérée le 9 avril 1924.

— Je n'aurais normalement jamais eu d'autres nouvelles si Marie Doucet n'avait un jour rencontré Perceval Imbert, ou Percival si vous préférez. Ça, c'est l'autre histoire. Je vais boire un peu de thé.

— Si vous êtes fatiguée, ma Sœur, nous pouvons revenir plus tard, cet après-midi ou même demain. Avec ce que nous venons d'apprendre, on dirait que le temps s'est arrêté.

— C'est gentil de vous préoccuper de moi, mais si je m'arrêtais, rien ne garantirait que je puisse reprendre. Et même si on m'en donnait le temps, je n'ai pas toujours les idées aussi claires, hélas, et il ne faut pas abuser de la bonté du Seigneur.

La religieuse boit un peu, toujours de la même manière.

— Poursuivons. Mais vous-mêmes, n'êtes-vous pas fatigués ? Vous surtout, Mademoiselle, car ce qui me reste à raconter ne sera pas facile à entendre.

59
Ce qu'on lui a fait...

La religieuse glisse la main dans sa manche et en sort un mouchoir qu'elle porte à son nez, tandis que Jacynthe Lemay hausse un sourcil.

— Dites tout, s'il vous plaît, tout, je vous le demande, conjure-t-elle d'un ton grave.

— Je ne vous cacherai rien, parce qu'il faut que vous sachiez, mais j'aurais tellement préféré que cette obligation morale ait échu à quelqu'un d'autre. J'ai aimé Marie Doucet comme ma propre fille. Ce qu'on lui a fait, c'est aussi à moi qu'on l'a fait.

Elle se prend un instant pour ordonner ses souvenirs.

— Dix années ont passé après le départ de Jeanne d'Arc, dix années difficiles, marquées par la Grande Dépression. Ses effets ont été ressentis moins cruellement ici que dans les grandes villes, mais tout de même, cela a compliqué l'accomplissement de notre immense mission. La crise paraissait cependant avoir épargné la fortune des Sinclair-Keaton. Leur soutien n'a pas fait défaut et Marie Doucet avait grandi et avait désormais tout de la jeune femme à laquelle vous ressemblez tant. Elle était officiellement la fille d'une famille décimée non par la lèpre, mais par la tuberculose, qui faisait des ravages encore plus terribles dans ce temps-là. Elle n'avait aucune idée de qui était son véritable géniteur, et elle n'était donc pas en mesure de le reconnaître quand elle l'a rencontré pour la première fois, au mois de mai 1933… Mai, le mois de Marie. Cruelle ironie!

La religieuse est tout à coup sans voix, ses yeux fixant le vide à travers les eaux du chagrin. Elle boit du thé.

— Elle avait quinze ans, poursuit-elle en retirant ses lunettes d'une main tremblante pour éponger ses larmes avant qu'elles ne s'écoulent, quinze ans! Elle ne connaissait rien du monde, de la vie, rien des hommes, du moins de tout ce qu'il peut y avoir de laid dans un homme. C'était une enfant rieuse, enjouée, toujours prête à s'occuper de ses petits frères et petites sœurs orphelins. J'ai toujours cru que si rien de tout cela n'était arrivé, elle serait restée avec nous. Dieu l'appelait à son service et elle l'entendait bien. Quelle belle religieuse elle aurait fait! Mais Satan n'a pas de plus grand plaisir que de voler une âme à Dieu et pour y parvenir, il ne connaît pas de moyens trop vils. Bien sûr, on ne saurait accuser Marie d'avoir mené une mauvaise vie, mais elle a fait des choses qui ont égratigné sa conscience, et voyez-vous, la grande beauté d'une existence consacrée à Dieu, c'est que, si imparfaite que l'on soit, on arrive à son terme sans remords, sinon sans regret. Hélas! quand on perd la foi, on est privé de la lumière divine. J'ai essayé de tout mon cœur et de toutes mes modestes facultés, de mes prières, de la ramener à Dieu, mais comment redonner à une pauvre enfant la foi en son père céleste quand elle a été, ici bas, par son propre père … violée?

— Oh non…

— Telle est, malheureusement, l'insupportable vérité.

331

Jacynthe Lemay cache son visage dans ses mains ouvertes et émet une sorte de gémissement.

Percival Imbert est pétrifié.

La jeune femme se ressaisit.

— Comment est-ce possible ?

— C'était un samedi, un samedi de mai. Il y avait beaucoup de choses à faire, ici, en mai. Sans remords, disais-je, mais non sans regret… Et mon plus grand regret est de n'avoir pas protégé Marie. Je partais en promenade avec les petits quand j'ai vu arriver la voiture. L'arrivée d'une voiture, dans ce temps-là, c'était déjà un petit événement. J'ai reconnu Duncan Sinclair-Keaton, et ça m'a donné froid dans le dos. Mais il n'était pas seul. Il y avait deux hommes plus âgés avec lui, dont l'un était son père et l'autre, le chauffeur en livrée. Cette visite n'était pas annoncée et je n'ai jamais demandé quel en était le motif. Plusieurs religieuses, dont les plus récemment arrivées, n'étaient au courant de rien concernant les péchés de cet homme. Quoi qu'il en soit, il a encore réussi à isoler une de nos pensionnaires, et il s'est adonné que c'était Marie. Je dois préciser que si Marie ignorait l'identité de son père, Duncan Sinclair-Keaton, lui, savait que Marie Doucet était sa fille. Il a bien prétendu qu'il ne l'avait pas reconnue, mais qu'est-ce que ça changerait si c'était vrai ? Il savait sans aucun doute que la jeune femme sur laquelle il s'est jeté avait l'âge de sa fille, et il ne se trouvait pas tant de filles de quinze ans parmi nous.

Sœur Annonciade Frenette se tait.

— Je pense que nous avons tous besoin d'un peu de thé, dit-elle presque tout de suite.

Quelques minutes passent que même Percival Imbert n'a pas la tête à compter, dans un silence opaque à peine allégé par le tintement des tasses.

— J'ai abrégé la promenade, en proie à un affreux pressentiment qui ne cessait de croître en moi. Mon Dieu ! Il s'en est fallu de si peu que j'arrive avant que l'irréparable ne soit commis. Pourquoi? Pourquoi la voix de Dieu ne m'a-t-elle enjoint de quitter la grève juste un peu plus tôt? Lui seul le sait. C'était peut-être qu'il vous voulait, Jacynthe? Du grand livre de la création, à nous, simples mortels, il n'est permis que de lire un minuscule paragraphe. Voilà pourquoi il faut garder l'espoir. Est-ce que vous avez la foi, Jacynthe?

La jeune policière dresse la tête, hausse un peu les épaules en regardant de côté.

— D'une certaine manière, oui.

— Je vois. Je ne suis plus en mesure depuis longtemps de suivre ce qui se passe dans le monde extérieur, mais je sais qu'il est dans l'air du temps de construire sa foi en dehors de la religion. Je ne comprends pas très bien. La foi est comme un oiseau, elle plane dans les hauteurs célestes, oui, mais il faut bien qu'elle se pose quelque part pour bâtir son nid. Enfin, il n'est sûrement pas essentiel que je comprenne. Pardonnez-moi cette diversion.

— Je n'ai rien à vous pardonner, ma Sœur.

— Ce pour quoi je vous ai posé cette question, c'est que je me demande en quoi vous pourrez vous réfugier pour trouver la force d'accepter.

— J'ai connu d'autres épreuves.

— Vraiment? Dieu doit vous aimer beaucoup. Il devait beaucoup aimer Marie. Donc, je suis rentrée avec les enfants qui couraient derrière moi, car d'un pas à l'autre, mon mauvais pressentiment me soufflait dans le dos tel un vent d'orage. Quand j'ai aperçu Sinclair-Keaton père seul avec notre Supérieure dans la grande salle, j'ai compris que le pire arrivait. J'ai demandé où était Marie, parce que tout me disait que c'était pour elle qu'il fallait craindre. Mon ton devait être des plus alarmistes, car leur conversation s'est arrêtée net, il se sont regardés, ont regardé autour, comme s'ils n'avaient pas réalisé qu'ils étaient seuls depuis un moment. Et c'est alors que nous avons entendu Marie crier.

La religieuse pose les doigts sur sa bouche et ferme les yeux dans une expression de vive douleur. Elle respire péniblement. Jacynthe Lemay se lève et prend une débarbouillette qui trempe dans un bol d'eau fraîche posé sur la table de lit. Elle la tord et humecte le visage parcheminé et tout à coup d'une sinistre pâleur de sœur Frenette.

— Appelez quelqu'un ! lance-t-elle à Percival Imbert.

— Non ! Non, réagit la religieuse. C'est passé tout près, mais ce n'est pas encore le moment. Dieu Notre Père me signale simplement que je n'ai plus le loisir de m'attarder.

Elle tend la main vers sa tasse, Jacynthe Lemay la devance et la religieuse accepte qu'elle la fasse boire. Puis elle continue :

— Le cri venait de la dépense. Je m'y suis précipitée et cette fois, la scène ne laissait aucun doute : Duncan Sinclair-Keaton achevait de satisfaire ses bas instincts sur notre pauvre Marie qui tentait vainement de le repousser. Encore, si nous étions intervenus seulement quelques secondes plus tôt, vous ne seriez pas ici, Jacynthe.

— Vous voulez dire que…

— Oui. Votre mère venait d'être conçue.

— Ma mère…

C'est au tour de Jacynthe Lemay de sembler sur le point de s'évanouir.

— Donc, Jacynthe Lemay et Percival Imbert sont aussi liés par le sang, énonce ce dernier d'une voix d'outre-tombe.

Jacynthe Lemay exhale un long soupir et se replie sur elle-même comme un œuf.

Sœur Annonciade Frenette se tait et ferme les yeux, Percival Imbert l'imite.

Jacynthe Lemay se redresse enfin.

— Ça n'a pas de sens, souffle-t-elle.

— C'est l'absolue vérité, pourtant, telle que je l'ai vécue. Pris en flagrant délit, Duncan Sinclair-Keaton s'est redressé et il a tenté de bafouiller une explication. Moi, j'étais déjà toute à Marie, mais cela ne m'a pas empêchée d'être témoin d'une chose qui m'étonne encore aujourd'hui. M. Sinclair-Keaton, bien qu'affaibli par l'âge, a empoigné son fils par le col et s'est mis à le secouer d'une main et à le frapper à coups de poings de l'autre, celui-ci se protégeant tant bien que mal et gémissant comme un enfant. Je ne comprends pas l'anglais, mais ce n'était pas nécessaire pour saisir toute la fureur des injures dont il l'accablait. Puis, il l'a sorti de la pièce et l'a quasiment traîné jusqu'à la voiture dans laquelle, m'a raconté notre Supérieure, il l'a jeté comme une poche de patates. Moi, je suis restée avec Marie que je serrais très fort dans mes bras. Elle ne pleurait pas et c'était effrayant. Elle gardait les yeux grand ouverts sur le vide, la bouche béante, le cœur battant, haletante. Elle a fait montre d'un courage extraordinaire dans les jours et les mois qui ont suivi, jusqu'à ce qu'elle mette au monde une petite fille, mais une part d'elle était partie. Notre Marie si gaie, pleine de générosité, pleine d'appétit de vivre, a disparu. Elle a été remplacée par une jeune femme trop sérieuse à qui on aurait donné tout d'un coup cinq ans de plus, qui accomplissait ses tâches sans rechigner, avec une application méthodique, mais sans cette sérénité que la foi donne aux plus humbles travaux. Elle était toujours bonne avec les enfants, mais elle n'était plus leur grande sœur, si vous voyez ce que je veux dire. Je crois que sa vie aurait été bien misérable si vos routes ne s'étaient pas croisées, Perceval.

— Encore un hasard extraordinaire! s'étonne Jacynthe Lemay.

— C'est le propre du hasard que d'être extraordinaire, commente Percival Imbert, telle une encyclopédie parlante.

— En vérité, il ne s'agit pas tout à fait d'un hasard. Mais n'anticipons pas et revenons à ce sinistre samedi de juillet, ou plutôt au lendemain après-midi. La voiture des Sinclair-Keaton est revenue, mais cette fois, le père était seul, et il s'était annoncé. Il a sollicité un entretien avec notre Supérieure, et a demandé à ce que j'y assiste. N'étais-je pas un témoin direct du crime de son fils? Je vous avoue que nous avons eu pitié de ce pauvre homme, qui illustrait de manière si flagrante que la fortune matérielle compte pour bien peu quand la misère morale vous accable. Il a pleuré. Imaginez, cet homme tellement puissant implorant notre compréhension et notre pardon, pour l'ignoble forfait de son fils, bien sûr, mais aussi pour sa propre négligence, pour l'inconscience dont il avait fait preuve en amenant son fils au lazaret, compte tenu de ce qui s'y était déjà passé. Lui-même ne se pardonnerait jamais d'avoir été un si mauvais père, d'avoir plus ou moins dénié jusqu'à ce jour que son fils était un pervers, et non juste un homme un peu faible qui résistait mal aux charmes des femmes. Maintenant, il ne pouvait plus douter. Qu'il ait fait ça quasiment en sa présence montrait qu'il était dangereux à un point qu'il n'aurait jamais imaginé. Notre Supérieure se sentait coupable aussi de ne pas avoir été vigilante. Et moi de même. Si le mal triomphe si souvent, c'est qu'il va toujours au-delà de ce que peuvent imaginer les gens de bien.

— C'est à Marie Doucet qu'il aurait dû demander pardon, de dire Jacynthe Lemay.

— Oui, il l'aurait fait, mais Marie était à ce moment-là au repos et notre Supérieure a jugé qu'une confrontation avec le père de son bourreau aurait pu lui faire plus de tort que de bien. Pour en revenir à M. Sinclair-Keaton, il venait donc de perdre ses dernières illusions sur son fils. Bien sûr, Duncan lui avait joué la grande scène du repentir, sauf que le vieil homme n'y croyait plus. Il nous a assuré que la famille assumerait toutes ses responsabilités, comme elle l'avait déjà fait pour Jeanne d'Arc Basque, qui menait avec son enfant une vie à l'abri du besoin. Nous ne devions jamais hésiter à adresser nos demandes au père ; il donnerait des instructions pour que nous ayons accès directement à lui, en ajoutant qu'il prendrait toutes les dispositions pour que ses héritiers éventuels continuent à soutenir notre œuvre ainsi que les victimes de son fils. Il nous a aussi donné l'assurance que, lui vivant, son fils ne remettrait jamais les pieds au Nouveau-Brunswick.

— Il a tenu parole ?

— Oui. D'abord, comme vous le savez déjà, Marie a donné naissance à une petite fille. C'est M. Sinclair-Keaton qui lui a trouvé une famille adoptive.

— Marie était d'accord ?

— Oui ! Cela lui a fait de la peine, mais elle comprenait que c'était la solution la plus raisonnable. M. Sinclair-Keaton père est décédé juste avant le début de la guerre. Comme la famille a de nombreux intérêts dans les Maritimes, la nouvelle a paru dans les journaux locaux, mais nous en avons été informés directement, et nous avons appris par la même occasion que le fils pervers s'était volontairement enrôlé dans l'armée canadienne, malgré un âge assez avancé, geste salué comme un exemple de bravoure et de loyauté. Disons que nous nous sommes autorisées à manquer un peu de charité concernant les véritables motifs de cet engagement. À partir de ce moment, c'est un bureau d'avocat qui est devenu notre intermédiaire avec la famille, jusqu'à ce que la fille de Duncan Sinclair-Keaton, Nicole, prenne les affaires en main.

— Mais j'ai cru comprendre que Duncan Sinclair-Keaton avait refait surface.

— En effet, si vous voulez bien me soulever un peu que je rétablisse ma posture, et me verser quelques dernières gouttes de thé, je vais achever mon récit.

Les lettres de Marie Doucet à sœur Annonciade Frenette

60
Sœur Annonciade Frenette
n'a jamais complété son récit

Quand Jacynthe Lemay a voulu aider la vieille religieuse à se redresser afin de dégager un espace entre son corps sans masse et le dossier de la berçante, ce qui devait lui permettre de lisser le pan arrière de la robe de chambre, un souffle s'est échappé d'entre les lèvres beiges de la vieille religieuse et sa tête a basculé vers l'arrière. Jacynthe Lemay a crié à Percival Imbert d'appeler à l'aide. Celui-ci s'est levé comme si on le tirait d'un rêve. Des soignantes sont aussitôt venues, et sœur Annonciade Frenette a été étendue sur son lit. On l'a couverte, on lui a retiré ses lunettes, on lui a tamponné le visage. Elle a repris conscience un court instant, le temps de murmurer : « J'crée ben que je m'en allions pour de bon » et d'esquisser un signe de la croix.

Jacynthe Lemay et Percival Imbert se sont retirés dans le couloir et ont attendu l'arrivée du docteur Robichaud.

L'hôpital de l'Hôtel-Dieu étant à deux pas de l'Académie Sainte-Famille, ce dernier a été là en moins de vingt minutes. Selon Percival Imbert, il est resté dans la chambre close pendant trente-trois minutes et dix-sept secondes avant d'en ressortir pour annoncer que l'âme de sœur Annonciade Frenette avait pris sa place auprès de son Seigneur. Qui aurait pu en douter?

Aussitôt, un voile invisible s'est déployé à l'intérieur de l'Académie Sainte-Famille, qui s'est endeuillée, sans qu'aucun signe matériel ne soit pourtant encore apparu, sauf le roulement feutré des premières prières. La jeune policière et son compagnon ont offert leurs condoléances à la ronde, en particulier à sœur Frigault, qui a eu la bonté de les prévenir contre tout sentiment de culpabilité. Oui, peut-être l'effort de l'entretien avait-il constitué l'ultime poussée, mais si sœur Frenette y avait consenti, c'était qu'elle le jugeait nécessaire. Puis, sœur Frigault leur avait remis les lettres de Marie Doucet, attachée par un ruban bleu, ainsi que la défunte lui avait demandé de le faire au cas où elle n'aurait pas le loisir de s'en charger elle-même. Comme elle avait dû être soulagée de s'envoler en sachant que toute chose était dorénavant rangée!

Maintenant, Jacynthe Lemay et Percival Imbert sont au motel, dans la chambre de ce dernier. Sur le lit, ils ont étalé les lettres de Marie Doucet. Il y en a cinquante et une. Elles sont dans leurs enveloppes originales, lesquelles ont été ouvertes avec le plus grand soin. Les enveloppes et le papier proviennent d'ensembles de correspondance, les deux premiers d'un rose très délicat, le troisième, violet; elles sont toutes ornées d'un motif floral assorti, d'un style classique même dans le dernier cas, ce qui montre que l'auteure était plutôt conservatrice en matière de goût. Jacynthe Lemay voudrait bien que Percival Imbert le confirme, mais celui-ci comprend mal le sens de la question. Les quatre dernières lettres, cependant, sont écrites sur du papier à dactylographier et postées dans des enveloppes standard. Un rapide coup d'œil aux dates d'oblitération permet de constater qu'elles sont déjà classées par ordre chronologique, soit du 3 septembre 1940 au 15 novembre 1977. L'écart entre chaque lettre s'agrandit progressivement, passant de pratiquement une par mois au tout début, à plus ou moins une par année. Après 1965, il n'y en a que quatre, en 1971, 1974, 1976 et 1977.

Percival Imbert et Jacynthe Lemay sont assis au flanc du lit, côte à côte, sur des fauteuils capitonnés de cuirette qui servent en principe à regarder la télé posée sur la commode. Une table basse pour déposer une valise, et un pupitre étroit avec sa chaise complètent le mobilier. Sur le pupitre, il y a une bouteille de vin rouge avec son bouchon replacé de guingois. La jeune policière aurait préféré quelques bières fraîches, mais au Nouveau-Brunswick, on ne peut acheter d'alcool que dans les magasins du *Liquor Board,* et ceux-ci ne réfrigèrent pas la bière. Il y a aussi des sandwichs au jambon attrapés dans un casse-croûte, et des chips. De quoi tenir, en somme. Est-ce une bonne idée, l'alcool, pour la jeune policière ? En principe non, mais elle a besoin de prendre un peu de distance et c'est le mieux qu'elle ait trouvé pour y parvenir. Percival Imbert, lui, ne boira que de l'eau.

Ayant procédé à l'inventaire des lettres, elle se prépare à les lire en scrutant l'opacité suspecte de son verre de vin, verre par ailleurs destiné à se rincer les dents. Elle éprouve le besoin de laisser son esprit vagabonder un peu. Percival Imbert et elle n'ont pas énoncé de commentaire sur le lien sanguin qui vient de leur être révélé. En fait, hormis la mécanique essentielle, ils ne se sont rien dit depuis qu'ils ont définitivement salué et remercié sœur Dorina Frigault. Jacynthe Lemay évite de trop regarder Percival Imbert. Elle en a un peu peur, pourquoi le dénier ? Il vient d'apprendre qu'il a vécu sans le savoir toute sa vie d'adulte avec sa demi-sœur et ça ne semble pas le perturber. Dans son cas, il ne faut pas se fier aux apparences, d'accord, mais justement, qu'y a-t-il au-delà des apparences, et est-ce que son secret à lui, celui qu'il refuse de dévoiler, qui ferait paraître l'autre moins terrible à ses yeux ? Finira-t-il par craquer? Et s'il craquait, ce monstre capable de frapper sans état d'âme pourrait-il se tourner contre elle? Elle ne veut pas le penser; elle ne peut pas non plus chasser ses craintes d'un revers de la main.

C'était pour ça, le vin, pour calmer un peu la houle dans son esprit rempli d'ambivalences, et encore en état de choc. Sa mère à elle, savait-elle qu'elle était la fille de Marie Doucet et d'un riche violeur? Sans doute pas. Mais les parents adoptifs de sa mère, eux, peut-être, puisque c'était Sinclair-Keaton le vieux qui avait organisé l'adoption. Sa mère avait-elle continué à bénéficier de certains avantages après son émancipation et son mariage? Le clan Sinclair-Keaton avait-il gardé un œil sur elle? Et dans ce cas, sont-ils au courant de sa propre existence? Et, grands dieux, elle allait l'oublier, on a tiré sur Anna Kristopoulos en croyant tirer sur elle!

Elle se lève, vide son verre de vin et s'en verse un autre en tremblant.

— Percival Imbert, dit-elle, quand nous aurons terminé de lire ces lettres, si elles ne révèlent rien d'autre qui exige d'enquêter à Tracadie, il sera prudent de ne pas nous attarder ici. Mais je ne serai plus en état de conduire, alors, que ça vous plaise ou non, c'est vous qui allez prendre le volant.

— Percival Imbert est incapable de conduire sur une si longue distance.

— Ouais... Alors je vais appeler Grothé pour qu'il nous fasse cueillir à la frontière du Québec. Laissons-nous une couple d'heures pour lire et comprendre ce que l'on peut tirer de ces lettres.

61
Le temps de l'ennui

Elle se rassoit, boit une gorgée, pose le verre par terre, se frotte les mains et le visage, prend la première enveloppe et en retire le feuillet qu'elle manipule comme s'il menaçait de tomber en poussière. Une page et demie sont remplies, recto seulement, d'une écriture appliquée et dépourvue de fantaisie, tracée à la plume, en bleu. La première page du feuillet est garnie d'un contour ombré et d'une gerbe florale dans le coin supérieur droit, reprenant les teintes de l'enveloppe.

Montréal, le lundi 2 septembre 1940, Fête du Travail.

Chère Sœur Frenette,

J'espère que vous vous portez bien, ainsi que la grande famille de l'orphelinat. Je sais déjà combien vous allez me manquer même si toutes les nouveautés que je vis me gardent l'esprit occupé.

Je vous écris tel que promis. J'ai tardé de quelques jours, je sais, mais vous comprendrez que je n'ai pas eu tant de temps à moi. Les premières choses que j'ai achetées, pourtant, c'est ce qu'il me fallait pour vous écrire : du beau papier à lettre et une belle plume-fontaine, qui m'a coûté je ne vous dis pas combien. La vendeuse m'a assuré que si j'y fais attention, je n'aurai jamais besoin d'en acheter une autre for the rest of my life ! Je l'ai achetée chez Eaton, un magasin plus grand que tout ce qu'on peut imaginer.

Oui, vous allez me manquer et je vais vous écrire aussi souvent que possible, mais n'en déduisez pas que je regrette ma décision. Ce que je regrette, c'est la peine que je vous fais. Elle est malheureusement inévitable. L'autre possibilité aurait été de vous mentir et nous sommes d'accord que cela aurait été pire. La foi, la vocation, vous le savez, on l'a ou on ne l'a pas. J'ai cru avoir la foi et la vocation, sauf que j'étais bien jeune. J'ai perdu l'une et l'autre. Ce n'est pas que je refuse d'entendre un appel, non, au contraire ! J'ai été si bien placée pour voir à quel point la vie que vous menez vous comble de joie que je ne peux que vous envier. Les sept années passées depuis ce samedi maudit et l'intarissable déversement de bonté dont j'ai été le témoin quotidien n'ont cependant pas suffi à me ramener dans l'innocence perdue.

Je ne sais pas ce que ma nouvelle vie m'apportera. Je n'en attends rien, surtout pas la plénitude que vous connaissez, mais je veux voir. J'ai le droit de profiter des avantages qui me sont offerts, j'ai déjà payé pour ça, et je vous redis bien fort que ce n'est pas une question de me complaire dans de basses satisfactions temporelles. Quelque chose finira bien par arriver qui m'indiquera ma voie. Pour une petite orpheline de Tracadie, entreprendre de vivre à Montréal, c'est comme partir pour un grand voyage. Jusqu'où irai-je ? Quel monde vais-je découvrir ?

Je sais que vous vous inquiétez du mal que pourraient encore me faire de méchantes personnes. Je peux déjà vous rassurer un peu : je ne risque pas de rencontrer qui vous savez, puisqu'il est à la guerre, bien sûr, mais même s'il en revenait, on m'a fait comprendre que la famille tenait à me garder à distance. J'ai été accueillie par une dame anglaise, une secrétaire. C'est elle qui m'a amenée à mon petit appartement. (Il est joli, et à deux pas des grands magasins de la rue Sainte-Catherine, je vous enverrai des dessins.) C'est cette dame *qui m'a dit où je dois me présenter pour mon emploi. Comme on me l'avait promis, je vais travailler pour le gouvernement. Je serai sténodactylo. Je vais gagner plusieurs dollars par semaine, plus que je n'espérais, et davantage paraît-il que le salaire habituel, alors, on m'a dit de n'en parler à personne, même en dehors du bureau. Vous voyez, je m'exerce à tenir ma langue, quoique pas tout à fait, c'est vrai, mais à Tracadie, vous n'avez pas de temps à perdre pour les commérages, n'est-ce pas ? Et je ne dois jamais non plus mentionner par qui j'ai été placée, mais la dame a ajouté qu'à cause de la guerre, personne ne me poserait de questions. Vu que mon logement est déjà payé, je vais pouvoir faire des économies et, bien entendu, j'en mettrai toujours de côté pour rendre un peu de tout ce qui m'a été donné par les Hospitalières de Saint-Joseph.*

Je voudrais bien vous parler de Montréal, qui est vraiment une très grosse ville, mais je ne saurais pas par où commencer, alors je vais attendre de m'habituer un peu. C'est tellement différent. Où que l'on regarde, on ne voit que des bâtisses, et ça ne sent pas aussi bon qu'au bord de la mer, c'est le moins qu'on puisse dire ! Quand je sors le matin, je trouve même que ça sent le gaz et ça me donne un peu mal au cœur, mais ça passe à mesure que la journée avance.

Je vais me coucher tôt, car je veux être à mon meilleur pour ma première journée. Il y a une boîte à malle juste au coin de la rue. Ma lettre partira demain matin. Vous me direz quand vous l'aurez reçue.

Je vais vous réécrire très bientôt pour vous raconter comment ça se passe au travail.

Votre Marie qui ne vous oubliera jamais.

La deuxième lettre avait été écrite le dimanche suivant. Marie Doucet y laissait transparaître une relative déception. Ce n'était pas que son insertion dans la fonction publique canadienne eût été difficile, c'était plutôt le contraire, elle trouvait qu'elle n'avait pas assez à faire. Elle s'était demandé s'il en allait toujours ainsi pour les débutants, et elle avait trouvé une réponse en constatant que des consœurs déjà en place ne se gênaient pas d'apporter un tricot au bureau pour meubler les temps morts tout en papotant. Peut-être aussi y avait-il tout simplement des périodes moins achalandées que d'autres ; dans quelques semaines, qui savait si elle n'écrirait pas qu'elle était débordée ? En tout cas, elle se réjouissait d'une chose : elle avait un peu de difficulté à suivre les conversations à bâtons rompus, mais pour ce qui était des exigences du travail, son anglais était à la hauteur, et c'était grâce à l'excellent enseignement qu'elle avait reçu à l'Académie Sainte-Famille. Elle était certaine de s'améliorer encore car ça parlait bien plus anglais à Montréal qu'à Tracadie.

En lisant les lettres subséquentes, cependant, Jacynthe Lemay en vient à penser que le département où a été placée Marie Doucet était, sinon un département factice, au moins un département dont les besoins avaient été artificiellement gonflés afin de mettre à la disponibilité des amis du régime des portes d'entrée dans l'appareil gouvernemental, sinon des quasi-sinécures pour des jeunes femmes qu'on voulait mettre à l'abri du besoin pour toutes sortes de raisons plus ou moins honorables. Là-dessus, Marie Doucet est d'une discrétion impeccable. Elle ne mentionne aucun nom, n'avance aucune hypothèse, mais constate qu'elle est peut-être bien la seule à être entrée là en s'attendant à travailler pour de vrai. Ce qui transparaît le plus de ses propos, c'est qu'elle s'ennuie au bureau.

Il semble qu'elle n'eut dans cette période à peu près aucune vie sociale, et d'après ce que la jeune policière a appris de Percival Imbert, il a continué d'en être ainsi. Heureusement, elle s'est bientôt découvert une passion : la lecture. Elle aimait déjà lire à Tracadie, mais n'avait pas tout ce temps libre à elle. Elle dit qu'elle lit beaucoup, même au travail, mais ne donne guère d'indications sur ses lectures, peut-être pour ne pas effaroucher sa correspondante. Autre note heureuse, grâce à une annonce publiée dans le journal, elle a trouvé une vieille dame qui donnait des leçons de piano dans les locaux de la faculté de musique de l'Université McGill. Marie ne possédait guère que des rudiments acquis à l'Académie Sainte-Famille, mais la vieille dame, qui avait, disait-elle, formé des musiciens sérieux, n'avait plus beaucoup d'élèves et avait consenti à prendre cette dilettante. La santé de la vieille dame périclita cependant fin 1943 et elle fut hospitalisée. Marie Doucet n'en parlera plus et ne mentionnera jamais son décès. Néanmoins, elle put continuer à jouer, les fins de semaine, sur un piano de la faculté.

Tout de même, une jolie jeune femme dans la vingtaine, seule à Montréal, devait bien être parfois sollicitée, et en effet, elle fait état d'un garçon qu'on a voulu lui présenter, pour rassurer illico sœur Frenette qu'elle a écarté l'offre, et ce de telle manière qu'on renonçât à lui en faire une autre. Elle n'avait aucune envie de connaître des garçons, encore moins de s'engager dans une relation, pour le moment, précise-t-elle, mais il est clair qu'elle doute que cela changera dans un avenir prévisible.

Et puis on est en guerre et le mot *conscription* revient sans cesse dans les conversations. À ce sujet, il y a un échange avec sœur Frenette. On déduit incidemment que Marie Doucet entame souvent ses lettres en répondant à la religieuse, sur une question qu'elle aurait posée ou sur un avis qu'elle a émis. Sur la conscription, il paraît que sœur Frenette croyait qu'elle ne serait jamais appliquée totalement, c'est-à-dire pour le service militaire outremer, car les volontaires étaient en nombre suffisant, mais Marie Doucet, de par ce qu'elle entendait à Montréal, affirmait que ce n'était qu'une question de temps que cela se fît. L'histoire allait lui donner raison. Toujours est-il qu'elle y voyait un prétexte crédible pour refuser d'engager une relation amoureuse avec un garçon qui risquait, dans un proche avenir, d'être appelé sous les drapeaux, et dans le pire des cas, de n'en jamais revenir.

La vie professionnelle de Marie Doucet est à ce point inintéressante qu'à l'hiver 1941, elle évoque la possibilité de suivre un cours d'infirmière pour s'engager elle-même et partir au front. À la connaître de mieux en mieux, Jacynthe Lemay ne doute pas qu'elle aurait pu donner suite à son projet si sa charge de travail n'avait pas progressivement augmenté.

Ce n'était pas qu'on la sollicitait davantage, mais elle avait pris de l'assurance et se gênait de moins en moins pour offrir aux collègues de prendre leurs tâches à sa charge, et rares étaient celles qui ne profitaient pas de l'aubaine. Marie Doucet devint progressivement la personne de confiance, la perle, l'indispensable, d'après ce qu'elle rapporte en toute humilité des compliments de ses patrons. Et c'était tellement vrai qu'à l'automne 1943, alors que les Alliés livrent bataille sur le sol italien, elle annonce à sœur Frenette qu'on l'a recrutée pour un nouveau poste, sans toutefois préciser lequel.

Par recoupement, toutefois, Jacynthe Lemay et Percival Imbert, supposent que l'omission systématique d'informations sur ce nouveau travail est voulue. Marie Doucet n'en parle presque jamais, sinon pour dire que c'est intéressant, que ça va bien. Y a-t-il quelque chose de gênant à en parler ? Il apparaît aussi que ses émoluments ont considérablement augmenté, puisqu'elle a déménagé dans un appartement qui comporte une pièce de plus, laquelle accueillit bientôt son premier piano. Elle écrit moins dans cette période car, dit-elle, elle rapporte souvent du travail à la maison.

Le temps de l'ennui était bel et bien révolu.

62
La guerre est finie

L a lettre datée du 10 mai 1945, comme sans doute une infinité de celles écrites dans les jours qui ont suivi l'armistice, déborde de joie et d'optimisme, mais elle n'apporte rien à la recherche.

La suivante, par contre, datée du 25 juin, est beaucoup plus intéressante.

(…)

Je sais que je vais vous décevoir, et c'est la gorge serrée, c'est contre mon cœur que je vous écris que je n'irai pas à Tracadie cet été, ni probablement plus jamais. Cela me fait d'autant plus de peine que ce serait possible. Au bureau, nous avons encore beaucoup de travail, beaucoup de dossiers à fermer et à ranger maintenant que la guerre est finie, mais je n'ai plus à être disponible en tout temps, et je peux prendre des vacances. Ce n'est pas une question d'argent non plus. Je l'ai dit et je le répète, les dons que je vous fais parvenir ne me demandent pas du tout de me priver. Je pourrais même vous en envoyer plus si, héritage de mon état d'orpheline, je suppose, je ne ressentais le besoin d'économiser beaucoup pour me mettre à l'abri des revirements du sort.

351

À propos, la nouvelle du retour de guerre du méchant homme, que vous mentionnez dans votre dernière lettre, n'en était pas une pour moi. Au bureau, nous épluchons les journaux de tout le Canada et je suis très au courant de la high society. Il a été blessé et c'est tout juste si on n'en fait pas un héros de guerre. C'est lui qui va reprendre le contrôle des affaires de la famille. Est-ce qu'il va respecter les engagements de son défunt père ? Jusqu'à maintenant, on dirait que oui, mais je ne prends pas de risques. S'il décidait le contraire, je ne pourrais rien y faire. J'en ai assez appris sur ces gens pour savoir que c'est mieux de ne pas les contrarier.

J'aimerais vous donner plus d'explications, être plus claire, mais je ne le peux pas et je vous jure que ça me rend toute mal en dedans. Il faut me faire confiance et accepter de ne pas tout comprendre, et surtout ne pas croire que je suis sans cœur. Ce serait un plaisir grand comme la mer que de me retrouver de nouveau auprès de vous, de serrer dans mes bras mes petits frères et mes petites sœurs, de voir comment vont les malades, de traverser à nouveau le village comme quand j'allais faire les commissions. (Parlant du village, je suis bien contente d'apprendre que Samuel, le fils du boulanger, reviendra sain et sauf. Vous avais-je dit que, dans le temps, il me trouvait de son goût ? Pauvre garçon, s'il avait su !) Oh non ! Ce n'est pas que je veuille vous oublier ! La plus grande place dans mon cœur est pour vous. Que pourrais-je vous dire de plus pour vous faire comprendre ? Je n'ai pas le droit de parler de mon travail, mais sachez seulement que ça va tout ensemble, c'est-à-dire que, parmi toutes les raisons pour lesquelles ils sont venus me chercher, il y a le fait que je sois une orpheline. D'ailleurs, on me ferait de grands reproches si on apprenait que j'ai continué à vous écrire, mais faire autrement aurait été au-dessus de mes forces. J'ai d'ailleurs pensé vous demander de détruire mes lettres, mais je ne peux me faire à l'idée d'une telle disparition. Je compte cependant sur vous pour les garder à l'abri.

(…)

— Ma foi, c'est presque une prémonition ! En tout cas, elle travaillait pour les services secrets, le contre-espionnage ou quelque chose comme ça, c'est évident, dit Jacynthe Lemay en tendant la main vers son verre de vin. Le saviez-vous ?

— Quand Percival Imbert a connu Marie Doucet, elle occupait une position importante auprès du secrétaire d'État aux Affaires extérieures. Son travail n'était pas secret, celui de Percival Imbert non plus d'ailleurs, quoique la plus grande discrétion fût de mise. Par exemple, si des éléments d'un discours avaient coulé dans la presse avant que le ministre ne l'ait prononcé, cela aurait pu avoir de graves conséquences. Percival Imbert ne saurait toutefois vous décrire les fonctions exactes de Marie Doucet. Il se souvient lui avoir posé la question à l'époque, et elle lui avait répondu que son rôle était de prévenir des problèmes.

— Ça concorde. Mais, Percival Imbert, puisque vous êtes le demi-frère de ma mère, vous êtes quelque chose comme mon demi-oncle, n'est-ce pas ! Et en plus, en tant que conjoint de ma grand-mère, je pourrais quasiment vous considérer comme mon grand-père. Ça tombe bien, je n'en avais pas.

Silence de Percival Imbert.

— Je ne sais pas ce que cela représente pour vous et franchement, je ne sais pas encore trop ce que cela représente pour moi. Je ne réalise pas, comme on dit. J'ai l'impression que je suis en train de lire une histoire dont un des personnages porte mon nom, et si des gens impliqués dans cette histoire n'avaient pas tiré sur cette pauvre fille qui se faisait passer pour moi, n'avaient pas froidement assassiné une dame dénommée Dorothy Pettigrew, qui avait probablement une grande révélation à vous faire, je pense que je n'y croirais pas, à cette histoire.

— Le verbe croire, et donc l'adjectif incroyable, qui en découle, et dont la définition est : « Qui n'est pas croyable ; qu'il est impossible ou très difficile de croire », fait aussi partie de ces concepts auxquels Percival Imbert est imperméable. Une chose est ou n'est pas, et l'esprit doit décider de son existence ou de sa non-existence par l'analyse des données.

Le point de départ de cette chaîne d'événements, qu'on peut certes désigner comme une histoire, est la disparition de la femme de Percival Imbert. Or, cette disparition paraîtrait incroyable à plusieurs personnes, et pourtant, le fait est que Marie est bel et bien disparue, Jacynthe Lemay est autant en mesure de le constater que Percival Imbert.

Jacynthe Lemay lâche un profond soupir en secouant la tête et se verse encore du vin.

— En tout cas, vous, vous-même, mon oncle, vous êtes incroyablement rationnel !

Et elle rit. Percival Imbert fronce le sourcil.

— Ne faites pas cette tête, je ne me moque pas de vous. Mais ce n'était pas là que je voulais aller. Puisqu'on est en famille, oncle Percival, à moins que vous ne préfériez que je vous appelle grand-papa, est-ce qu'on ne pourrait pas au moins recommencer à se parler normalement, et est-ce que vous ne pourriez pas cesser de me faire des cachoteries ?

Percival Imbert fixe le lit sans bouger, sans même cligner des yeux, mais Jacynthe Lemay perçoit un trouble. C'est la première fois qu'elle a le sentiment d'outrepasser le bouclier invisible que cet homme a dressé entre lui et ses congénères. Le malaise s'est donc dissipé et le contact entre eux s'est rétabli, un peu plus proche. Avec ce qu'ils viennent d'apprendre, se dit-elle, pourrait-il en être autrement ?

— Nous pouvons nous parler normalement, déclare enfin Percival Imbert.

— Ah ! Mais vous allez garder vos secrets ?

— Je vous demande d'être patiente. Je ne vous cacherai plus rien quand j'aurai compris tout ce que je dois comprendre.

— À savoir ?

— La disparition de Marie

— La disparition de Marie... Quand j'étais petite, on essayait plutôt de nous faire croire que Marie apparaissait.

— Plaît-il ?

— Oh rien... Soyez gentil de ne pas vous arrêter à tout ce qui sort de ma bouche en ce moment. C'est l'effet du vin, et sans doute une façon de me défendre. C'est quand même énorme, ce qui nous arrive, non?

— Énorme en comparaison de quoi?

— Euh... de la vie ordinaire!

— Ordinaire? Conforme à l'ordre normal, habituel des choses? Voilà un autre mot, du moins une acception de ce mot, qui s'ouvre sur un abîme, car qui donc peut prétendre connaître l'ordre normal, habituel des choses? Qui peut seulement affirmer, faits à l'appui, qu'un tel ordre existe? Ceux qui ont cette prétention n'invoquent jamais que l'argument du plus grand nombre. C'est un faux argument. Croyez-vous que, même avant que vous ne me rencontriez, votre vie était ordinaire? Pour le peu que j'en sais, je répondrais par la négative. Et la vie de Percival Imbert, alors? Aucune vie ne l'est.

— Oh!

— Qu'est-ce qu'il y a?

— Vous avez souri!

— Vraiment? Je suis désolé.

— Ne le soyez surtout pas, ça me fait du bien de constater que mon seul parent connu est peut-être humain, finalement.

— J'ai pris bonne note de votre demande.

— Laquelle?

— De ne pas m'arrêter à tout ce que vous dites. Je supposerai que vous ne doutiez pas vraiment que je sois un être humain, que c'était ce qu'on appelle un trait d'humour. Je vais continuer de faire cet effort. Et le fait que vous buviez un peu ne m'indispose pas. Percival Imbert a lui-même beaucoup bu juste après la disparition de sa femme.

— Vous, ou Percival Imbert?

— Nous ne pouvons exister que dans le présent.

Jacynthe Lemay fait une moue d'approbation.

— Ouais... Si je pouvais me mettre ça dans la tête... Bien. Retournons à ces lettres si nous voulons passer au travers.

63
Vivre en paix

Les lettres d'après-guerre sont plutôt banales. Elles racontent l'histoire d'une jeune femme résolument célibataire qui doit se bâtir une vie en temps de paix. Elle est, pour ce faire, certainement mieux outillée que la majorité de ses contemporaines. Elle peut même s'offrir une période de flottement vers 1947-1948, période où elle n'a pas d'emploi. Elle n'a pas quitté celui qu'elle occupait, il a simplement cessé. La guerre froide n'entraînait probablement pas les mêmes besoins que la guerre tout court. Marie Doucet en profite pour suivre des cours. Elle ne vise pas l'obtention d'un diplôme, elle ne cherche qu'à se perfectionner. Elle dit à un moment donné qu'elle pourrait travailler au gouvernement dès le lendemain si elle le voulait, mais qu'elle préfère attendre quelque chose qu'elle ait vraiment envie de faire. Elle lit toujours, reprend des cours de piano et s'offre quelques modestes voyages, dont elle fait de généreuses et jolies relations, une croisière dans le fjord du Saguenay, un tour en train aux chutes du Niagara, une équipée en Nouvelle-Angleterre, New York, Boston, dans une voiture de location, toute seule, apparemment, ce qui, compte tenu de l'époque, demande quand même une certaine audace.

Elle ne fait d'ailleurs état d'aucune amitié, même superficielle. Elle a peut-être été tellement entourée dans sa vie d'orpheline que cette solitude est un passage essentiel, un long passage, tout de même. Vie sexuelle ? Néant. Il est vrai cependant qu'elle écrit à une religieuse ; elle choisit peut-être d'occulter certaines choses. On peut le penser, mais rien ne permet de le déduire.

— Pas besoin d'avoir fait de grandes études en psychologie pour deviner qu'elle souffrait d'un blocage provoqué par le viol.

— Elle ne souffrait pas, corrige Percival Imbert.

— C'est une façon de parler… Vous n'êtes pas obligé de me répondre, mais est-ce que je peux vous demander si vous et elle… ?

— Non.

— Non ?

— Non. Percival Imbert a expérimenté le rapprochement intime avec une jeune fille une fois, quand il était à l'Université, et il n'a pas jugé utile de répéter.

— Vous étiez donc vraiment fait pour vous entendre.

— Je ne connais rien à la génétique, mais peut-être notre père a-t-il été tant asservi à l'instinct de reproduction qu'il n'en est plus resté pour nous.

— Instinct de reproduction ! Vous avez des mots bien indulgents pour parler d'un vice, d'un vice criminel ! Mais c'est peut-être ça ! Un coup parti, je pourrais bien en déduire que c'est aussi cette sorte d'hérédité négative qui fait que je n'aime pas les hommes.

— Vous n'aimez pas les hommes ?

— C'est-à-dire que je ne suis pas attirée physiquement par les hommes, je le suis plutôt par les femmes, je vous rappelle que je suis ce qu'on appelle une lesbienne, mon oncle.

L'emploi que Marie Doucet attendait, on le lui a offert en novembre 1948, à la faveur de la nomination de Lester B. Pearson au poste de secrétaire d'État aux Affaires extérieures dans le gouvernement libéral de Louis Saint-Laurent. Le désir explicite de ce dernier que le Canada tienne un rôle de puissance moyenne aux plans social, militaire et économique, sur la scène mondiale, exigeait des ressources. Marie Doucet est exceptionnellement disserte sur les intentions du gouvernement et ne cache pas son admiration pour les hommes politiques chargés de les mettre en pratique. Portée par un enthousiasme évident, sa discrétion est cependant inversement proportionnelle quant à la nature exacte de ses fonctions à elle.

Il appert qu'elle ne sera pas déçue par son nouveau travail. Ses lettres s'espacent et se font plus courtes. Elle demande plus de nouvelles qu'elle n'en donne. Sinon heureuse, elle paraît sereine, menant la vie qu'elle a souhaitée, faite d'un engagement total dans son travail et de ses loisirs intimes, la lecture et le piano, ce dernier prenant de plus en plus d'ascendant sur l'autre.

Elle ne parle plus du drame qui a marqué sa vie, on dirait presque qu'elle l'oublie. La seule allusion qu'elle y fait, c'est lorsqu'elle explique à sœur Frenette ses dons de plus en plus généreux aux œuvres des Hospitalières de Saint-Joseph par le fait qu'elle n'a plus tellement besoin de ce qu'elle appelle pudiquement sa rente, qui continue cependant de lui être versée.

Et il en va ainsi jusqu'au « séisme » de 1952. La nouvelle, dont Marie Doucet ne pouvait soupçonner les effets sur sœur Annonciade Frenette, est annoncée à cette dernière dans la trente-deuxième lettre.

64
Quelque chose qu'elle n'espérait plus

(…)

Il m'est arrivé quelque chose que je n'espérais plus, quelque chose dont je suis sûre que vous vous réjouirez avec moi : j'ai rencontré un garçon. À 34 ans ! C'est dire qu'il ne faut jamais désespérer ! Je plaisante. Je ne vivais certainement pas dans le désespoir, ni dans l'espoir de trouver un jour un homme qui me convienne, et j'aurais pu poursuivre mon existence sans personne, même si, dans certains moment creux, je commençais à songer que je ne serais pas toujours jeune et que ma solitude pourrait éventuellement devenir très lourde à porter. Ah ah ! Je vous entends déjà me dire que le Bon Dieu a pensé à moi ! Laissez-moi plutôt vous parler de ce garçon.

Il doit bien avoir trente ans, mais, dans sa manière d'être, on dirait un enfant. Il a souvent cet air désemparé qu'avaient les nouveaux orphelins qu'on nous amenait. D'ailleurs, c'est un orphelin ! Il n'a jamais connu son père et il a perdu sa mère avec laquelle il vivait encore jusqu'à son décès, il y a quelques mois. On pourrait le prendre pour un idiot, mais on aurait bien tort. Je n'ai jamais rencontré quelqu'un d'aussi intelligent. Le problème, si on tient à ce que ce soit un problème, c'est qu'il ne pense qu'à une chose à la fois.

Sa grande force, c'est le français. C'est ce qui fait que je l'ai rencontré, il a eu des contrats de révision et, ouf! il y a maintenant du monde au bureau qui se demande s'ils ont jamais appris à écrire! En passant, je suis certaine que lui aussi a été poussé par un « parrain », car je ne vois personne qui aurait confié des contrats à quelqu'un d'aussi particulier sur simple appel de candidature. C'est que ce ne sont pas des affaires banales que l'on traite chez nous!

Mais évidemment, ce n'est pas ça qui m'a touchée. C'est un homme tellement délicat, si vous voyez ce que je veux dire! Il ne demande jamais ce que les hommes cherchent tant chez une femme, au point de le prendre parfois de force. Il n'y a donc aucun problème à ce qu'il vienne chez moi, et je vous jure que nous ne faisons rien dont vous souhaiteriez que je me confesse. Nous écoutons des disques, surtout. Il aime beaucoup la musique. Ce sont les seuls moments où nous nous collons. Il laisse aller sa tête sur mon épaule et c'est tout juste s'il ne ronronne pas comme un chat.

Je ne peux pas dire que je suis tombée en amour, ainsi que cela arrive aux autres filles, mais je l'aime, je l'aime à ma manière, comme j'avais besoin d'aimer quelqu'un même si je ne le savais pas. N'est-ce pas merveilleux de découvrir la façon dont on est capable d'aimer en même temps qu'on trouve la personne, peut-être la seule personne au monde, qui ait justement besoin d'être aimée ainsi? Dès lors, ma vie prend un autre sens, en fait, elle en prend un alors qu'elle n'en avait pas. Je n'étais pas malheureuse, notez, et je n'étais pas heureuse non plus, j'étais juste bien parce que j'aimais ce que je faisais (et ça ne change pas), je remplissais ma vie, dirais-je, alors que maintenant, ma vie est remplie. Je suis sûre que vous saisissez la différence, vous dont la vie est pleine de l'amour du Seigneur.

Je vous entends encore vous inquiéter de me voir emportée par un enthousiasme trop soudain. Si vous connaissiez Percival, vous comprendriez. (Oui, il porte un drôle de nom, Percival Imbert.) Dès qu'on le connaît un petit peu, on sent que c'est quelqu'un qui ne changera pas. Enfin, oui, je suppose qu'il va changer, comme tout le monde, mais le moindre geste qu'il pose, la moindre décision découle d'une réflexion tellement profonde et complexe que c'est quasiment toujours définitif. Imaginez-vous donc qu'il parle de lui à la troisième personne. Il ne dit pas : «Je vais faire cela.», il dit : «Percival Imbert va faire cela.» Bien sûr, ça devient agaçant, mais après y avoir pensé pendant plusieurs jours, il a accepté de faire l'effort de parler normalement avec moi.

Ces particularités, vous imaginez que ça entraîne toutes sortes de problèmes. Son logement est un véritable fouillis, par exemple, parce qu'avant de commencer le ménage, il peut prendre une heure juste à se demander par où il serait le plus judicieux de commencer! Il a besoin de quelqu'un pour vivre avec lui, il a besoin de moi, et ça compte beaucoup.

Est-ce que lui, il m'aime? À sa manière, oui. Il me l'a expliqué. Pour Percival Imbert, les sentiments et les émotions sont comme des poisons. Je ne suis pas sûre d'avoir bien compris, mais cela l'empêche de penser, et s'il ne pense plus, c'est comme s'il était emporté dans une tempête. Cela ne se dit peut-être pas, mais c'est quelqu'un qui «se pense» tout le temps. Il ne m'a pas fait de demande en mariage, c'est moi qui lui ai proposé que nous vivions ensemble. Il a accepté, mais il a justifié sa décision pendant une demi-heure, comment «Percival Imbert en était venu à la conclusion qu'il devait répondre par l'affirmative à la demande de Marie Doucet de devenir sa compagne de vie, sa femme, pour ainsi dire.» N'importe laquelle des filles que j'entends papoter au bureau l'aurait envoyé promener devant ce qui paraît de la froideur, mais pour lui, m'aimer, c'est accepter que je prenne une place dans sa vie, une place auprès de lui, parce que, les autres, dans ses yeux, ils sont tous pareils, tous indifférents.

On pourrait juger qu'il est égoïste, mais non, ce n'est pas cela, il souffre peut-être d'une sorte de maladie. Je ne suis pas sûr d'employer les mots justes, de donner les bonnes explications, mais je suis sûre d'une chose, ma Sœur, c'est que Percival ne me décevra jamais.

(...)

Un bruit violent tire brutalement Jacynthe Lemay de sa lecture.

Percival Imbert gît au sol à côté du fauteuil renversé.

Il est recroquevillé et grimace de douleur comme s'il avait un couteau dans le ventre. Elle se jette à son chevet.

— Qu'est-ce qui se passe, qu'est-ce que vous avez?

Pour toute réponse, elle n'obtient que des gémissements au sein desquels ressort le nom de Marie. Elle demande où il a mal, elle essaie de le découvrir en lui auscultant maladroitement l'abdomen, elle lui demande s'il a des médicaments, bien qu'elle soit certaine que non, elle voudrait qu'il se rassoie, ou qu'il s'étende sur le dos, enfin elle s'agite en vain un moment jusqu'à ce qu'elle se rende à l'évidence qu'elle doit trouver un docteur.

— Non! Non! Pas de docteur, grogne aussitôt Percival Imbert.

Il se tourne sur le ventre, en plaçant ses mains ouvertes entre son visage rougi et la moquette défraîchie et il demeure ainsi de longues secondes, respirant longuement et lourdement. Puis il se tourne sur le dos, en gardant les mains sur son visage et en continuant à respirer de la même manière.

Cela dure encore un bon moment puis, tout d'un coup, sa respiration redevient normale. Il écarte les mains de son visage, ouvre grand les yeux puis les tourne vers Jacynthe Lemay penchée sur lui.

— Ça va mieux?

— C'est fini.

— Vous êtes sûr? Ça ne devrait pas être compliqué de trouver un docteur, il y a un hôpital…

— Les docteurs sont impuissants contre la peine.

— La peine?

— État psychologique fait d'un sentiment de tristesse et de dépression dont la cause est connue.

Jacynthe Lemay commence à être habituée, mais elle demeure pourtant interdite.

— Et elle est partie, cette peine, comme ça, comme un ballon qui dégonfle ? s'étonne Jacynthe Lemay d'un geste gracieux mimant un envol.

— La peine est un mal. Il ne faut pas la garder en soi.

— Mais non, voyons, la peine c'est... c'est...

— Vous ne savez pas ce que c'est.

— Oh, vous n'avez aucun droit de dire ça ! J'en ai eu plus que mon lot.

— J'aurais dû utiliser *on* plutôt que *vous*. Éprouver de la peine et savoir ce que c'est, c'est différent. Personne ne le sait.

— Même pas vous ?

— Non, si je le savais, cela ne me ferait pas de mal, cela ne réveillerait pas le monstre.

— Le monstre ? N'a-t-il pas été créé pour vous protéger contre les agressions ?

— La peine fait mal, et quand le mal ne vient pas de l'extérieur, le monstre se tourne contre lui-même. Mais c'est fini, Percival Imbert l'a ramené à la raison. Allons voir la lettre suivante. On devine que sœur Frenette aura appris à Marie Doucet d'où venait Percival Imbert.

— Vous ne voulez pas un peu qu'on parle de cette peine ? Ça fait du bien...

— Je vais bien, merci.

— Bon ! Vous me permettrez toutefois de prendre votre pouls, sinon je ne serai pas tranquille.

— Ce n'est pas nécessaire.

— Excusez-moi de l'exiger.

La minute de silence est lourde, mais Jacynthe Lemay compte exactement 72 pulsations, d'une régularité métronomique.

65
Qu'est-ce que ça change ?

(…)

Malgré toute la délicatesse que vous avez déployée pour me ménager, très chère Sœur Frenette, votre dernière lettre m'a causé un grand choc et m'a plongée dans un trouble profond. C'est ce qui m'a empêchée de vous répondre aussi vite que j'aurais dû afin de vous épargner de vains tourments. Je vous remercie quand même ; ça n'a pas dû être facile pour vous non plus, mais il le fallait, bien sûr.

D'abord, j'ai douté que ce que vous m'appreniez soit la vérité. Je sais pourtant que vous ne m'auriez pas raconté ça sans raison, sauf que c'est tellement incroyable, ce qui nous arrive ! Il m'a fallu une bonne semaine avant d'accepter les faits. Déjà, Percival Imbert, je pense bien que c'est un nom unique au Canada, l'âge correspond, et le fait qu'il ait été orphelin de père, le fait aussi qu'il semble avoir des « protecteurs » qui ont les mêmes entrées au gouvernement que les miens, j'avais beau imaginer d'autres possibilités, j'avais beau résister, tout ça, vraiment, rendait mes doutes ridicules.

Percival est mon demi-frère. Il a fallu que je me le répète mille fois pour que ça me rentre dans la tête, et les cinq cents premières fois, c'était en pleurant. Puis, petit à petit, je suis arrivée à me dire: «Qu'est-ce que ça change?». Rien d'irréparable n'a été commis, on ne s'en est même pas approché. Il ne sera jamais question de ça entre nous. Alors qu'est-ce que ça change, sinon que c'est encore plus merveilleux? Je vous dirais que c'est la volonté de Dieu que nous soyons réunis, si je pouvais encore y croire. Mais vous savez ce que j'en pense, et je ne veux pas vous faire de peine. Et qui sait si la foi ne me reviendra pas?

En attendant, je me demande comment je vais transmettre cette révélation à Percival. Comment va-t-il réagir? L'histoire de son père français mort durant la Première Guerre, c'est pour lui un fait admis, avec lequel il a vécu depuis toujours. Est-ce vraiment la chose qu'il faut faire, d'ailleurs? Ne serait-ce pas manquer de respect à la mémoire de sa mère? Avons-nous le droit, même si elle est morte, de profaner sa volonté? Ne serait-ce pas comme un autre viol? Je vous demande conseil, ma Sœur.

J'ai été une semaine sans voir Percival, sans même être capable de lui parler. Quand nous nous sommes revus, j'avais préparé un petit mensonge comme quoi je m'étais absentée pour une affaire de la plus haute importance. Il m'a répondu avec sa candeur habituelle que c'était justement la conclusion à laquelle il en était venu. Il avait cependant l'air fatigué et, comme je le connais, pour en arriver à cette conclusion, il lui a sûrement fallu des heures de réflexion.

(…)

Les lettres suivantes n'apprennent pour ainsi dire rien de plus. Marie Doucet n'a évidemment jamais révélé à Percival Imbert le secret de ses origines. Elle revient peu sur le sujet, sinon pour expliquer à sœur Frenette qu'à force de procrastination, elle a fini par y renoncer. De 1952 à 1965, Marie Doucet écrit à son *alma mater* tout juste une fois par année, à l'occasion de Noël. Elle s'en excuse à répétition et rien n'indique que sœur Frenette lui en fasse le reproche. On devine que la religieuse se réjouit que sa Marie soit heureuse.

Sa vie avec Percival Imbert, elle la qualifie de rien de moins que passionnante.

(…)

Vivre avec un tel homme, c'est comme vivre avec un mystère perpétuel, et pourtant, ce n'est pas inquiétant. Je dois seulement accepter de ne pas comprendre ce qui se passe dans sa tête, comment ça fonctionne. On le traitait souvent de fou, quand il était jeune, et je peux comprendre, parce que parfois, même moi, même après trois ans, j'ai l'impression qu'il vit dans un autre monde. Entre ce qui se passe en lui et ce qui se passe à l'extérieur de lui, il y a une frontière que je ne peux franchir que très rarement, et quand ça arrive, je ne vais pas plus loin que là où il veut bien me laisser aller. C'est comme lire un livre qui n'aurait jamais de fin. Mieux, c'est comme un livre qu'on relirait sans cesse, non seulement parce qu'on l'aime, mais parce qu'à chaque lecture, on se rendrait compte qu'on n'a pas tout à fait compris l'histoire, qu'il y a quelque chose d'autre. Alors on ne s'ennuie jamais, contrairement à ce que pourraient penser des gens qui nous regarderaient vivre. Nous bougeons à peine, nous ne sortons pas, nous n'en avons pas le temps ni l'envie. Vous savez que j'avais coiffé Sainte-Catherine bien avant de le rencontrer, que je vivais toute seule sans m'ennuyer, j'avais pris un pli, quoi. Il y a d'ailleurs souvent des moments encore où j'aime être seule, pour lire, jouer du piano ou simplement réfléchir à un dossier particulièrement compliqué. Jamais il ne me dérange dans ces moments, et je n'ai pas besoin de lui dire que je préfère être seule, il le devine par une sorte d'instinct. Lui-même peut passer des heures à travailler un texte ou à mémoriser ses chers dictionnaires. On se sépare le matin et on se retrouve à midi, puis le soir. On ne se pose pas de question sur ce qu'on a fabriqué chacun de notre côté. Même quand je suis au bureau, il est avec moi. C'est moi qui fait le facteur pour lui, qui apporte et rapporte le travail, qui encaisse les chèques. C'est moi qui accepte ou refuse les commandes pour lui. Seules quelques personnes sont au courant de notre vie commune. De toute façon au gouvernement, moi, c'est un peu comme si je n'existais pas.

(…)

— Vous entendez ça ?

— J'entends. Pourquoi en doutez-vous ?

— Je ne... Je veux attirer votre attention, mais je suppose que c'est inutile, s'impatiente-t-elle un brin en levant la main pour interdire tout développement. Votre femme, votre sœur, dit : « C'est comme si je n'existais pas ! ». Alors on pouvait bien chercher en vain des traces de son passage au gouvernement, depuis qu'elle y a mis les pieds, elle ou ses patrons, on ne sait trop, faisaient en sorte qu'il n'y en ait pas, de traces ! Sa disparition n'était peut-être pas planifiée du début, mais d'après moi, d'après ce que je lis, Marie Doucet devait demeurer en mesure de se transformer en fantôme du jour au lendemain. Je parierais même qu'elle avait une double identité pour ses affaires personnelles ou ses transactions commerciales.

— Tous nos biens étaient officiellement la propriété exclusive de Percival Imbert.

— C'est ça ! Elle était profondément attachée à vous, c'est évident, mais en même temps, vous étiez un élément de plus dans un système de... de camouflage, un système extrêmement sophistiqué.

— Tellement que moi-même, Percival Imbert, qui ne rêve jamais, j'ai failli perdre l'esprit et m'imaginer qu'elle n'avait été qu'un rêve. C'est une grande chance que j'aie retrouvé cette carte.

— Cette fameuse carte... C'est qu'elle a changé ma vie, vous vous rendez compte ? Sans elle, nos routes se seraient sans aucun doute séparées. Je n'aurais jamais su d'où je viens vraiment. Et vous...

— Percival Imbert serait devenu fou pour de vrai.

— On peut se demander si la carte était la seule faiblesse du système.

— Elle n'a pas toujours eu une carte. C'est au temps des bombes que c'est devenu indispensable. Si elle avait une double identité, je suis en mesure d'affirmer qu'au gouvernement, elle était bel et bien Marie Doucet. On peut supposer qu'il était impossible de faire autrement.

— Toutefois, elle n'était enregistrée nulle part. On ne sait toujours pas ce qu'elle accomplissait comme tâches, mais il est facile d'imaginer que ça n'était pas tout à fait licite.

— Marie est une personne honnête.

— Oui, sans doute ! Sauf que, vous savez, au nom des intérêts supérieurs de la nation, on peut amener les meilleures personnes du monde à déroger à leurs principes... On se croirait quasiment dans un épisode de *Mission Impossible* : « En cas de problème, le gouvernement niera toute implication. Ce document se détruira lui-même dans les cinq secondes. » Vous ne voyez pas ? C'est une émission de télé.

— Je ne regarde jamais la télé.

— Moi non plus, voilà un autre point que nous avons en commun, mais je n'ai pas toujours été si sage. Pour en revenir à la carte, se pourrait-il que votre femme, je veux dire, votre sœur, ou ma grand-mère... Oh là là ! Bon, elle était votre femme quand elle est disparue et qu'on s'est mis à sa recherche, alors on va continuer à l'appeler votre femme, si ça vous va.

— Ce choix est le plus simple en effet.

— Se peut-il que votre femme, donc, ait délibérément dissimulé cette carte dans le divan en espérant que vous la retrouveriez un jour et que d'une certaine manière, cela vous... réconforterait ?

— Elle ne serait pas partie sans me le dire.

Jacynthe Lemay se tait un moment et regarde Percival Imbert avec tendresse et peut-être un peu de pitié.

— Je comprends que ce soit difficile à admettre, mais plus j'avance, plus il me semble évident que votre femme ne peut pas être disparue comme ça, sans qu'elle ait collaboré, et de façon assez importante, à sa propre disparition.

C'est au tour de Percival Imbert de se taire.

Jacynthe Lemay l'observe et le sent en proie à un pénible débat intérieur. Va-t-il enfin vider son sac ?

— Continuons à lire ses lettres, dit-il enfin.

66
Au fil de l'Histoire

— **P**our découvrir quel genre de mandats on lui confiait, dit encore Jacynthe Lemay en sortant la trente-quatrième lettre de son enveloppe, il faudrait interroger des gens qui étaient au secrétariat des Affaires extérieures dans ce temps-là, sauf que cela ne se fera pas en criant ciseau. Ça prendrait quasiment une commission d'enquête. Vous avez connu quelques-uns de ses collègues ?

— Pierre-Paul Dandonneau est le seul nom que je puisse donner.

— C'est toujours ça de pris… attendez, j'ai entendu ce nom-là dans l'exposé de Grothé…

— C'était le patron de *Mrs.* Pettigrew.

— Voilà ! Oh ! mais il faudra aller le cuisiner, celui-là !

Percival Imbert lève un sourcil perplexe, puis se souvient du sens figuré du mot *cuisiner*.

— Je l'ai déjà contacté, dit-il.

— Ah bon !

— Quand j'ai eu retrouvé la carte et mes esprits du même coup, j'ai résolu d'éclaircir moi-même le mystère.

J'avais des rapports avec Pierre-Paul Dandonneau, c'était par lui que passaient mes contrats. C'était un ami de Marie, sans doute depuis son arrivée à Montréal, le seul, et encore, je pense que parler d'amitié dans leur cas serait un abus sémantique, d'ailleurs, elle ne l'a pas encore mentionné dans aucune lettre. Néanmoins, même après que nous eûmes quitté Ottawa, elle a continué de le rencontrer, quand il avait affaire à Montréal. Alors, la première démarche qui s'imposait dans ma recherche, c'était de l'appeler, et c'est ce que j'ai fait.

— Et?

— Je lui ai fait croire que Marie était mourante et qu'elle désirait mettre de l'ordre dans ses affaires, qu'elle avait besoin des documents administratifs la concernant. C'est un personnage haut placé et c'était peu de choses pour lui d'en obtenir des copies.

— Il ne l'a pas fait, bien entendu.

— Non. C'est-à-dire qu'il a d'abord accepté volontiers, mais il a par la suite fait appeler sa secrétaire pour me dire que de tels documents n'existaient pas et qu'il fallait renoncer à chercher Marie, qu'elle n'avait en réalité jamais travaillé au gouvernement.

— Il pensait vous faire avaler cela?

— Ce n'est pas pour rien qu'il a refilé la sale besogne à sa secrétaire. *Mrs.* Pettigrew, dont je connaissais la voix assurée et le ton direct, était cette fois très mal à l'aise. Elle s'est excusée cinq fois de ne pas être autorisée à me donner d'explications.

— Pauvre femme. Si elle avait su qu'elle allait mourir... Qu'est-ce qu'elle venait vous apprendre? Sûrement pas qu'on l'avait obligée à vous mentir, vous le saviez déjà. Elle voulait sûrement vous parler du lazaret. Elle avait mis quelqu'un d'autre au courant, l'inconnue qui a appelé Grothé.

— J'ai été choqué que *Mrs.* Pettigrew m'ait menti. Toutefois, en me remémorant certains propos de Marie elle-même, et le fait qu'elle n'apparaissait pas dans les budgets officiels – moi non plus d'ailleurs – j'ai conclu qu'il n'y avait probablement pas de documents en effet. Par contre, de là à nier son existence...

— Il y a tout un pas, oui.

Jusqu'au 10 juin 1957, date à laquelle les conservateurs de John Diefenbaker ravissent le pouvoir aux libéraux, les lettres ne mentionnent aucun événement particulier. Le ton de la lettre qui suit l'élection de 1957 est cependant franchement morose. Un nouveau gouvernement entraîne toujours des changements de politique et de personnel, l'un ne justifiant pas nécessairement l'autre, et les conservateurs étaient reconnus pour leur dédain envers une fonction publique importante. En matière d'affaires extérieures, on doutait fort que ceux-ci eussent pris acte que le Canada était désormais une puissance en lui-même et qu'il était passé le temps où, en bon Dominion, il n'avait qu'à s'appuyer sur les positions du Royaume-Uni. Marie Doucet espère que le fait que ce gouvernement soit minoritaire va limiter les dégâts. Maintenant que Jacynthe Lemay sait que Marie Doucet n'a jamais occupé un poste de manière officielle, elle est mieux en mesure de lire entre les lignes. Marie Doucet elle-même ne pouvait être congédiée, mais les gens qui lui donnaient ses mandats officieux, oui. Et il y avait ces budgets discrétionnaires dont de nouveaux mandarins voudraient peut-être s'emparer. Il semble cependant que ce qui alimentait ses appréhensions fut du même coup ce qui la protégea, elle et ses « patrons ». Béotiens qu'ils étaient, les conservateurs paraissent avoir jugé plus prudent d'opter pour une certaine continuité. Peut-être aussi, sans doute même, les Sinclair-Keaton avaient-ils des relations chez eux, ces gens-là n'étant pas du genre à mettre tous leurs œufs dans un même panier. Toujours est-il que Marie Doucet salue avec soulagement la nomination de Sidney Smith comme secrétaire d'État aux Affaires extérieures, un universitaire qui ne faisait pas partie du caucus de Diefenbaker et qui suivit à peu près les traces de Lester B. Pearson.

Ce dernier devient premier ministre en 1963, à la faveur encore une fois d'un gouvernement minoritaire, et on imagine que la nouvelle est accueillie avec enthousiasme aux Affaires extérieures. Marie Doucet annonce qu'elle va déménager à Ottawa, avec Percival Imbert, bien sûr.

— Ça n'a pas dû être facile pour vous d'aller vous installer dans une autre ville.

— Non, en effet, mais la seule chose importante pour Percival Imbert était de rester avec Marie. C'est elle qui s'est occupée de tout.

— Et une fois là-bas ?

— C'était pareil. C'était une ville comme Montréal, plus petite, quelque peu différente du point de vue architectural, mais ce n'était rien d'essentiel en ce qui me concernait. Nous avions un grand logement dans un quartier tranquille, mon bureau était parfait, le piano avait sa place. Nous aurions pu rester là indéfiniment. Marie, cependant, parlait parfois de revenir à Montréal.

— Pourquoi ? Quelque chose n'allait pas ?

Percival Imbert regarde Jacynthe Lemay avec une sorte de tristesse. Il se frotte les yeux comme si le simple fait d'avoir une expression faciale lui causait de la douleur.

— Je vous envie, Jacynthe Lemay, vous et vos semblables qui êtes capables de vous enquérir des états d'âme de vos proches. Si vous saviez à quel point je regrette aujourd'hui de ne l'avoir jamais fait. J'aimerais tant pouvoir vous expliquer pourquoi Marie souhaitait quitter éventuellement Ottawa ! Il me semble qu'elle ne serait pas autant disparue, si l'on peut dire, peut-être même ne serait-elle pas disparue du tout. Nous aurions pu prendre d'autres décisions. Mais non ! Percival Imbert ne posait pas de questions. Que Marie soit près de lui, c'est tout ce qui importait pour Percival Imbert.

Il respire lourdement.

— Percival Imbert n'a pas créé de monstre, Percival Imbert EST un monstre !

Et de nouveau, comme si une balle lui défonçait le ventre, il se plie en grimaçant. Jacynthe Lemay bondit pour le retenir, mais il ne tombe pas. Il se redresse à force de grandes inspirations.

— Ne vous faites pas de mal, vous êtes tel que vous êtes et vous n'y pouvez rien. Dites-vous que Marie vous aimait ainsi.

— Il y a quelque chose en moi qui se casse.

Jacynthe Lemay revient à son fauteuil, avale ce qui semble bien être la dernière gorgée de vin et se dit qu'il est grand temps qu'elle cesse d'en boire de toute façon. Elle se sent comme entre deux mondes. Deux? Il n'y a même pas un mois, elle se partageait entre sa jeune carrière de policière, les réminiscences de son petit frère et les appels de Cindy Sexton à l'amour – Cindy! L'inquiétude devait la torturer – puis sans même un tic-tac annonciateur, sa vie a explosé dans des mondes vastes et mystérieux où elle n'est plus qu'un petit personnage parmi d'autres, déplacés sur un parcours illisible, par des mains invisibles. Des mains invisibles...

— Je pense que j'ai une hypothèse, tout à coup! Le clan Sinclair-Keaton est si proche du monde politique fédéral qu'il est forcément présent à Ottawa. Votre femme sentait peut-être sa présence. Qui sait, elle l'avait même peut-être aperçu, lui? Pire: aurait-il tenté de l'approcher? C'est vrai qu'il devait commencer à se faire vieux... D'ailleurs, rien n'indique qu'il ait encore quitté ce monde, notre cher ancêtre.

La suite des lettres n'est pas du tout éclairante, en fait, elles sont plus éloquentes par ce qu'elles ne disent pas. Ne se serait-on pas attendu à ce que Marie Doucet transmette à sa correspondante ses impressions sur la capitale du Canada, que sœur Frenette n'avait peut-être jamais eu l'occasion de visiter? Mais non! Pire, les lettres sont de plus en plus courtes et à peu près aussi exaltantes qu'une liste d'épicerie. En somme, Marie Doucet se contente de donner signe de vie.

Mil neuf cent soixante-cinq, année de la fermeture du lazaret: là, la fréquence des lettres connaît une relance (trois en deux mois) et elles retrouvent de la chair. Ce sont cependant essentiellement des élans de nostalgie et des interrogations quant à l'avenir.

Puis c'est le retour à la banalité. Jacynthe Lemay parcourt les lettres en diagonale pour arriver le plus vite possible à l'automne de 1968, l'automne qui suit la première victoire électorale en tant que premier ministre de Pierre Elliott Trudeau, car Percival Imbert l'a prévenue que les choses allaient changer à partir de là. En effet, Marie Doucet annonce à sœur Frenette qu'elle va quitter Ottawa pour revenir à Montréal. Elle demeure malheureusement toujours aussi énigmatique au sujet de ses nouvelles fonctions et ne mentionne même pas le ministère du Revenu. Elle dit seulement qu'il s'agit de quelque chose de complètement différent de ce qu'elle faisait auparavant, elle parle même de nouvelle mission, et on se demande pourquoi elle s'attarde à le préciser puisqu'on ne peut avoir aucune idée de ce qu'elle faisait avant, justement. Sans doute veut-elle montrer à sœur Frenette que sa vie professionnelle continue de la combler.

La lettre suivante arrive à sœur Frenette en mai 1969. Elle est longue et entièrement consacrée à la description de la maison que Percival Imbert et elle habitent déjà depuis quelques mois, et que Jacynthe Lemay connaît bien. Marie Doucet s'attarde sur le jardin et sur la passion nouvelle que cet espace fait naître en elle. Elle vient de tourner le cap de la quarantaine et se dit déjà prête à vieillir en ce lieu, en compagnie de Percival Imbert – incidemment, elle n'a plus jamais mentionné le lien de parenté qui les unit, par pudeur ou par crainte d'être surprise par ce dernier, elle seule pourrait le préciser. Si rien n'arrive, ajoute-t-elle. Or, bien sûr, quelque chose est arrivé. Quoi ?

67
Sueurs vraiment froides

Jacynthe Lemay est persuadée que Percival Imbert possède une partie de la réponse. Il va finir par la livrer, elle en est certaine, rien ne sert de le presser. Il ne reste que cinq lettres à lire et si elles sont à l'image des dernières, c'est pour ainsi dire terminé. Il est presque 17 h 30, donc 16 h 30 au Québec. Il serait grand temps d'appeler Grothé si elle souhaite toujours qu'on les cueille à Pointe-à-la-Croix, ville d'entrée au Québec, sur l'autre rive de la rivière Restigouche, qui se déverse dans la baie des Chaleurs. C'est ce qu'elle va faire avant de poursuivre. Toutefois, elle pense qu'il est plus prudent de ne pas utiliser le téléphone de la chambre, puisqu'il faudrait passer par le standard, et qui sait? La clientèle est pour le moins clairsemée en cette saison, et eux forment un couple atypique, même s'ils ne partagent pas la même chambre. Opportunément, comme dans le cas de presque tous les motels, il y a une cabine téléphonique à l'entrée du stationnement, à quelques dizaines de mètres.

— Je vais aller téléphoner dehors. C'est peut-être exagéré, mais ça me paraît plus prudent.

Percival Imbert ferme les paupières et s'absorbe un instant.

— Non, conclut-il, il appert dès la première analyse que ce n'est pas exagéré.

— Merci de chasser mes doutes.

— Le doute est un terrible poison.

Jacynthe Lemay sourit. Elle va finir par y prendre goût, à cette façon de prendre toute parole au sens littéral. Il faudra qu'elle lui demande une fois s'il connaît le sens du mot *ironie*. Il le connaît bien sûr, mais en même temps, c'est comme une nuance de couleur pour un daltonien, il est inapte à la percevoir, ce qui l'aura probablement protégé contre la méchanceté humaine. C'est peut-être l'ironie suprême !

Elle se lève et va vers la penderie.

— Tandis que je suis dehors, peut-être pouvez-vous avancer dans la lecture des dernières lettres ? Je commence à être un peu fatiguée… mais ne vous sentez pas obligé ! Je comprends le trouble que cela peut vous causer.

— Le trouble ?

— Euh… ce n'est peut-être pas le mot juste, mais tantôt, vous avez eu… une… réaction ?

— C'est un fait. Mais que je les lise moi-même ou que ce soit vous qui me les lisiez, ce sont les mêmes mots, n'est-ce pas ? Ne vous en faites pas, le séisme est passé, il n'y a plus à craindre que des répliques mineures.

— Qu'est-ce que vous dites, la terre a tremblé ?

— J'utilisais une métaphore, Jacynthe… mais… je… je crois que vous le savez. Je vous accorde le point, pour employer une autre métaphore. Par ailleurs étant donné la saison, je vous recommande d'éviter tout relâchement en matière vestimentaire.

— Je suis une grande fille, mon oncle !

Elle attache son col et sort.

« Mais vois comment tu lui parles ? se dit-elle en refermant la porte. Qu'est-ce que c'est que cette familiarité ? Pourquoi est-ce que je me sens tellement désinvolte ? Est-ce seulement l'effet du vin, où y a-t-il en moi aussi quelque chose qui change ? »

Elle a fait cette réflexion debout telle une sentinelle devant la porte fermée de la chambre. Par-delà la route, elle devine la mer alitée sous la bougie mauve du jour qui s'éteint. Les voitures s'empressent de raturer ce vendredi 20 janvier 1978. C'est le retour au bercail pour ceux qui travaillent, ceux qui ne sont pas restreints à attendre pendant encore d'interminables semaines que la glace libère les havres et que la pêche reprenne. Ce coin de pays a quelque chose d'un bout du monde, on a le sentiment que l'activité humaine y est réduite à sa plus simple expression. À tort, évidemment. Ce même vendredi 20 janvier 1978, ce petit bout du monde est devenu pour Jacynthe Lemay le point d'origine de toute chose.

La cabine téléphonique est libre. Jacynthe Lemay a en poche la petite monnaie nécessaire et de toute façon, elle fera l'appel à frais virés. Qu'est-ce qui la fait donc hésiter ? Elle a chaussé ses bottes et la couche de gadoue est mince. Rien à signaler sur 180°, trois voitures devant trois portes bien intercalées, plus la leur, juste à côté, deux autres devant l'accueil qui étaient là ce matin, qui étaient là aussi la veille, les voitures des employés. Qu'est-ce qui la fait donc hésiter ? Un pressentiment tout à coup ? Sa présence, si brève soit-elle, en compagnie de Percival Imbert, cela n'a pas dû passer totalement inaperçu. Tout le monde se connaît et tout se sait dans ce que les vieux appellent les petites places. La nouvelle du décès de sœur Frenette a dû faire son chemin, avec elle celle de l'étrange visite qu'elle a reçue. Cette pieuvre qui étend ses tentacules sur leur vie depuis toutes ces années aurait encore des antennes à Tracadie qu'on serait bien bête de s'en surprendre.

Raison de plus pour appeler Grothé au plus tôt. La jeune policière serre les poings dans ses poches et s'élance vers la cabine.

— Vous allez bien, Jacynthe ?

— Oui, merci, épuisée, mais bien. Et vous ? Du neuf ?

— Ça va, mais ça ne bouge pas. J'ai rencontré une de vos amies.

— Cindy ?

— Cindy Sexton, oui. Elle est venue me voir après qu'elle ait vu la une du journal…

— Oh, mon Dieu !

— Elle était sous le choc en effet.

— Vous ne l'avez pas laissée…

— Non, non. On n'est pas des brutes. Je lui ai fait comprendre, sans rien lui révéler, que ce n'était pas vous, mais qu'elle doit continuer à jouer le jeu. J'espère qu'elle en est capable.

— Je suis sûre que oui.

— Tant mieux. Et M. Imbert ne vous fait pas de misère ?

— Non… enfin, pas trop. De toute façon, c'était vraiment nécessaire qu'il m'accompagne.

— Vous avez découvert quelque chose ?

— Quelque chose, dites-vous ? Vous n'en reviendrez pas.

— Ne me dites pas que vous avez retrouvé la mystérieuse femme de Percival Imbert !

— Oui ! mais pas en personne. Elle manque toujours à l'appel. Une cabine, ce n'est pas très approprié pour parler de ça, je vais tout vous raconter dès qu'on sera rentré. Et d'ici là, je vous conseille de vous trouver un siège particulièrement stable.

— C'est à ce point ?

— N'essayez même pas d'imaginer. Et il reste beaucoup de noirceur. En attendant, je vous appelle parce que, comme je disais, je suis épuisée et je veux rentrer au plus tôt pour faire rapport. Ça fait beaucoup de route, alors j'ai pensé que vous pourriez nous trouver un chauffeur à partir de Pointe-à-la-Croix.

Grothé semble hésiter un instant.

— Il n'en est pas question…

— Pardon ?

— … pas question que vous preniez la route. Pouvez-vous me laisser une heure ?

— Bien sûr.

— On se fait des politesses entre corps de police. On va vous trouver une escorte à partir du Nouveau-Brunswick. Si vous n'avez pas de nouvelles d'ici, disons une heure et demie, pour nous laisser une chance, rappelez-moi.

— Entendu.

— Et vous ne pourriez pas me donner un petit quelque chose pour me faire patienter ?

Jacynthe Lemay réfléchit un instant.

— Dans vos enquêtes sur ce que vous savez, est-ce que le nom de Sinclair-Keaton ne serait pas apparu, par hasard ?

— Sinclair-Keaton ! De la bière, du fort, des trains, des avions, des journaux, des hôtels, des chantiers navals… Hum… Non, pas encore entendu leur nom, que je sache, mais ce n'est pas ce qui me ferait tomber de ma chaise. Y'a pas une diable de piastre qui se dépense au Canada sans qu'ils en profitent d'une manière ou d'une autre.

— Bon… Et si je vous disais que la femme de Percival Imbert, eh bien, c'est ma grand-mère !

— Vous plaisantez !

— Non, ce n'est pas une farce.

— …

Grothé a convenu qu'il faut que Percival Imbert et Jacynthe Lemay rentrent à Montréal toute affaire cessante. Avant de sortir de la cabine, cette dernière réfléchit encore à sa situation. Une visite impromptue, en plein mois de janvier… leur voiture avec la plaque du Québec… facile de les retrouver.

Elle sort, elle presse le pas, elle se dit que dans un roman policier classique, une voiture viendrait lui barrer le chemin et elle serait brutalement kidnappée, ou on lui tirerait dessus. Elle se rassure. Elle n'est pas dans un roman policier, ni dans un film, classique ou non, bon ou mauvais, elle arrive d'ailleurs à la porte de la chambre. Dans le même roman policier classique, elle trouverait Percival Imbert étendu par terre avec un trou rouge au côté gauche et un filet de sang à la commissure des lèvres, voire plus de Percival Imbert du tout.

Mais non, il est là, dans son fauteuil, des feuilles à la main. Il redresse ses lunettes en se tournant vers elle. Il va lui parler, mais quelque chose l'arrête. Elle n'enlève pas son manteau, écarte plutôt le rideau.

— Il se passe quelque chose dehors? demande Percival Imbert.

— Non. Un pressentiment, c'est tout.

— L'avenir étant par définition toujours inexistant, il est impossible d'être affecté par un événement avant qu'il ne se produise. Un pressentiment est donc…

— N'empêche… Venez voir.

Percival Imbert se lève et s'approche pour regarder par la portion de fenêtre dégagée.

— La voiture… souffle Jacynthe Lemay comme si on pouvait l'entendre à l'extérieur.

Une voiture vient en effet d'entrer dans le *parking* et avance trop lentement. On jurerait que le conducteur, apparemment seul, examine les lieux.

Jacynthe Lemay tire vivement le rideau et met la chaîne de porte. Percival Imbert n'a pas le temps de lui reprocher d'interpréter un événement anodin, soit une voiture s'amenant dans un espace commercial qui lui est destiné, quand ils entendent que la voiture s'immobilise devant la porte d'à côté, celle de la chambre occupée par la jeune femme, donc celle devant laquelle leur propre voiture est garée. Leurs chambres sont communicantes et le passage entre les deux est ouvert.

Jacynthe Lemay se précipite pour aller mettre la chaîne sur l'autre porte. Rien ne se passe cependant. On n'entend que le son du moteur, un moteur mal réglé. Puis la voiture repart.

Jacynthe Lemay écarte à nouveau le rideau. La voiture est à la sortie du *parking*. Elle clignote vers la gauche, elle devra franchir la ligne centrale pour prendre la direction choisie. La voie se libère enfin. La voiture tourne et disparaît. La jeune femme reprend son souffle.

— Maintenant, ils savent où nous sommes. Savent-ils qui nous sommes ? s'interroge-t-elle tout haut.

— Seule sœur Frigault pourrait les renseigner à ce sujet, si toutefois le passage de cette voiture est bien relié à notre présence ici.

— Je suis tranquille de son côté. Il n'y avait qu'un seul homme dans la voiture, ça donne à penser qu'ils en sont encore au stade de la recherche, pas de l'action. Il a relevé le numéro de plaque. Même s'ils ont les moyens de trouver à quoi il correspond, ça ne leur donnera rien. Et d'ici une couple d'heures, on sera partis.

Elle frissonne. Elle enlève son manteau et se frotte les bras et les épaules.

— Vous avez pris froid ?

— Ça va aller, c'est l'humidité. Vous avez pu lire un peu ?

— Il ne reste qu'une lettre.

— Vous n'avez pas perdu de temps !

— Je n'en perds jamais. Je peux lire très vite, et c'est ma femme, je suis habitué à son écriture.

— Qu'est-ce qu'elle dit ?

— Beaucoup de choses, et peu à la fois.

68
Il en restait trois, mais il y en avait quatre

— Comment?

— La cinquante et unième lettre contenait elle-même cette enveloppe.

Percival Imbert exhibe en effet une enveloppe cachetée. Ce n'est pas une enveloppe semblable aux autres, c'est une enveloppe blanche ordinaire qui a été pliée en deux sur la longueur pour entrer dans celles qu'utilisait Marie Doucet pour écrire à sœur Frenette. Un mot dessus, en majuscule : CONFIDENTIEL.

— Oh! On dirait qu'on est près du but.

— Difficile en effet de ne pas supposer que cette enveloppe contient des révélations, surtout après avoir lu la quarante-neuvième lettre, en particulier ce passage.

Cette fois, Percival Imbert tend un feuillet à Jacynthe Lemay et lui indique trois paragraphes.

— Je vous prie de me dispenser de vous la lire à haute voix, ce qui serait la moindre des choses puisque vous l'avez fait pour les autres, que votre voix doit être fatiguée et qu'en plus, vous avez peut-être pris froid, mais je suis incapable de le faire.

J'ai essayé quand vous étiez dehors, mais mettre ma voix sur les mots de Marie provoque en moi de violentes réactions.

— Ça va aller. Donnez.

(…)

Il y a des moments où une oreille attentive telle que la vôtre me manque cruellement. Vous sauriez m'écouter sans me juger, sans me dicter une ligne de conduite. Vous êtes chanceuse, ma Sœur, de posséder cette foi qui vous permet de vous accomplir dans le don de soi. Vous n'êtes pas à l'abri du doute, vous me l'avez dit déjà, mais si ce mal vous atteint parfois, vous avez le remède de la prière. Pas moi. Moi, je n'ai que ma propre raison, mon propre jugement.

Bien sûr, dès que j'ai accepté de travailler dans le secret, je devais m'attendre à ce que les tâches qui me seraient confiées n'allaient pas être des plus nobles et seraient même condamnables si elles étaient considérées indépendamment du contexte. Le contexte, au départ, c'était la guerre. Notre pays était en guerre, des jeunes Canadiens risquaient leur vie à chaque instant, des masses d'êtres humains périssaient, d'autres souffraient atrocement, l'ennemi s'est révélé encore plus abject que ce que nous en savions. L'adage qui dit que la fin justifie les moyens aura rarement été plus approprié à une situation. Mais contrairement à ce qu'on a cru, la guerre n'a pas pris fin en 1945, elle a continué et continue toujours, par d'autres moyens, contre d'autres ennemis, et il est encore nécessaire de recourir à des méthodes que la loi ou la morale réprouvent. Cela va parfois jusqu'à la violence. On ne m'a jamais demandé d'aller moi-même jusque-là, et de toute manière, j'aurais refusé, je vous le jure. Dans ce métier, toutefois, le secret va jusqu'à nous tenir dans l'ignorance des objectifs exacts des missions qu'on nous confie, mais je ne suis pas aveugle. Je me suis toujours considérée comme un soldat appelé à défendre son pays, et j'étais aussi justifiée de faire ce que je faisais que l'est le canonnier qui vise la cible qu'on lui indique. Disons que mon job était parfois d'identifier les cibles. Et c'est avec ce même sentiment que je me suis offerte pour revenir à Montréal, quand l'opportunité s'est présentée. Ce n'était pas pour des raisons financières ou d'avancement personnel, c'était que je n'aimais pas tellement travailler à Ottawa. On y est trop proche du sommet et, de haut, on a une vue bien différente de celle que l'on a au niveau du sol, et on aperçoit des choses qu'on aurait préféré ignorer. Enfin, c'est difficile à expliquer sans entrer dans les détails.

Mon poste actuel a l'avantage d'être routinier. Je n'ai qu'une mission et je n'ai pas de patron. Je dois traiter avec des gens, prendre des décisions. Je ne suis jamais bousculée et il y a des périodes où j'ai très peu à faire ; avec le jardin, le piano, la lecture et surtout Percival, je suis à même de meubler agréablement ces périodes. Il y a cependant un mais, vous le sentiez venir, n'est-ce pas ? Le mais, c'est que je ne suis plus du tout certaine de bien servir mon pays. J'ai été élevée par de saintes personnes et même si je n'ai pas gardé la foi, une conscience aiguë dans la distinction du bien et du mal m'est restée, et je doute terriblement que ce soit bien, ce que je fais, et je doute que ce soit pour le bien qu'on me demande de le faire.

Mais ce n'est pas si grave, changeons de sujet. Savez-vous que l'Halloween est devenue une fête très importante ici ?

(…)

Jacynthe Lemay abaisse le feuillet, le retient sur sa cuisse et se frotte les arcades sourcilières avec le pouce et l'index de sa main gauche.

— Elle est datée du dimanche 17 octobre 1971, dit Percival Imbert.

— C'est important ?

— Le 17 octobre, cela ne vous dit rien ?

— Oui, mais quoi donc…

— C'est le premier anniversaire de l'assassinat de Pierre Laporte.

— Bien sûr.

— Et c'est aussi trois ans plus tard, jour pour jour, que Marie a quitté ce travail.

— Oh ! Très intéressant, à moins que vous teniez ça pour un hasard.

— Non. Nous ne pouvons être sûrs de rien, mais écrire une lettre est une décision humaine, et il peut y avoir un motif au fait qu'elle a décidé de l'écrire ce jour-là en particulier, et qu'elle a choisi le même quantième du même mois pour laisser son travail. D'ailleurs, quand il n'y avait rien de spécial, Marie écrivait plutôt au début de décembre, pour transmettre ses vœux. De plus cette lettre n'a été oblitérée que le 28 octobre 1971.

— Ce n'est pas du tout le genre de votre femme, me semble-t-il, de laisser traîner les choses.

— En effet. J'inclinerais même à penser que la fin de la lettre, à partir du changement de sujet, a été écrite après un délai. Cette fête appelée Halloween nous laissait parfaitement indifférents. Tout au plus nous étonnions-nous que certains voisins décoraient leurs portes alors que toute forme de sollicitation est interdite dans le domaine.

— Je vois. Donc, votre femme aurait senti le besoin d'écrire cette lettre, mais aurait hésité à la poster, et décidé de le faire au bout du compte, mais en s'interdisant d'aller plus loin dans la confidence. Elle décide d'aborder un sujet... superficiel, pour enrober son besoin de se confier, manière de diminuer l'importance de son propos sans y renoncer... Elle voulait et ne voulait pas en même temps...

— Comment est-ce possible?

— C'est très courant chez les gens qui, au contraire des Vulcains dans votre genre, éprouvent des émotions.

— Pourquoi me comparez-vous à un papillon?

— Quel papillon?

— Le vulcain.

— Le vulcain, un papillon... Vous me l'apprenez, mais ce n'est pas à ce Vulcain-là que... Revenons à cette lettre et à votre femme. La date anniversaire du décès de Pierre Laporte aurait quelque chose à voir avec le malaise de votre femme quant à la mission qu'on lui avait confiée. Cela rejoint l'enquête de Grothé et le mandat de la Commission Keable. Et la lettre suivante, celle qui contenait l'enveloppe, elle apporte de nouveaux éléments?

— Elle est datée du mois d'août 1974. Mis à part des excuses pour n'avoir plus écrit depuis si longtemps et les questions usuelles sur la santé de sœur Frenette et les affaires de Tracadie, Marie lui demande seulement de conserver l'enveloppe qu'elle contenait sans l'ouvrir.

— Elle n'ajoute pas quelque chose du genre «Remettez-la à la police s'il m'arrive quelque chose»?

— Non.

— Elle n'annonce pas non plus qu'elle va abandonner son poste?

— Non. Il faut dire que Percival Imbert lui-même ne l'a appris que le jour même. Elle parle cependant de tout ça dans sa toute dernière lettre, qui est des plus intéressantes.

— Et elle date de quand?

— Il n'y a même pas trois mois!

69
Le mot de la fin

Mardi, 15 novembre 1977

Ma chère Sœur,

Votre dernière et trop courte lettre m'a profondément attristée, et pourtant la sérénité avec laquelle vous acceptez le déclin de vos forces de même que la perspective de votre départ prochain est admirable et consolante. Il n'empêche que lorsque vous quitterez ce monde, je deviendrai orpheline entre les orphelines. Vous ai-je assez dit que, même si je me suis séparée de vous au seuil de l'âge adulte, même si je vous ai si peu écrit, vous avez toujours été une présence dans ma vie, précieuse au-delà de toutes car elle me rappelait toujours que dans ce monde de noirceur et de turpitude, il existe des îlots de lumière qui donnent une valeur à son existence ? J'ai dû me faire violence pour ne pas courir à votre chevet. Si une telle possibilité m'avait été permise, je serais retournée vous voir bien avant.

Comme je m'en veux de ne guère vous avoir envoyé que des cartes de souhaits au cours des dernières années. Je m'en veux aussi de la teneur de la présente lettre à propos de laquelle je dois vous annoncer qu'elle sera la dernière, et de même il ne faudra plus que vous m'écriviez, quoi qu'il advienne. C'est une situation affreusement cruelle.

Hélas ! mes choix passés font qu'aujourd'hui, je ne suis plus maîtresse de mon destin. La jeune Marie Doucet qui a quitté Tracadie au début de la Deuxième Guerre mondiale n'existe plus depuis longtemps. Celle que vous avez regardée vivre de loin, celle qui s'efforce d'empêcher sa main de trembler en écrivant ces lignes (que vous lisez, je l'espère du fond du cœur), cette Marie Doucet-là est une autre personne et elle va disparaître sans laisser de traces. C'est presque naturel. Je suis venue au monde par accident, fille du vice et de la cruauté, j'ai moi-même enfanté dans les mêmes épouvantables circonstances. Je n'ai jamais cherché à savoir ce qu'il est advenu de ma petite fille, que je n'aurai vue que le temps qu'on l'emmaillote et qu'on l'emporte. Ce que j'ai pleuré, ma Sœur, et vous étiez là pour pleurer avec moi. C'était pourtant ce qu'il fallait faire, c'était ce que je voulais. Oh ! Si j'avais été engrossée, même contre mon gré, par le fils du boulanger où n'importe qui d'autre, j'aurais voulu qu'on trouve un arrangement pour garder ce bébé. Dans ce temps-là, vous le savez mieux que moi, c'était déjà difficile d'être orpheline, alors, à plus forte raison, être le fruit d'un atroce inceste ! Notre seule consolation, vous vous souvenez, ce fut qu'elle était normalement constituée. Il paraît que ce n'est pas vrai que les enfants nés d'unions consanguines soient plus susceptibles que les autres de naître avec des tares, mais en 1933, cette croyance était tenue pour un fait.

Je n'ai jamais regretté, je vous le répète, cette douloureuse décision. Ce jour-là, nous avons fait en sorte qu'il n'y ait pas de traces devant. Plus tard, par chance, j'ai eu l'opportunité d'effacer les traces laissées derrière, et je l'ai saisie, pour les mêmes raisons que j'avais donné mon enfant en adoption. Seules les lettres que vous détenez peuvent témoigner de mes origines. Je n'aurais pas dû les écrire, en principe, mais je n'ai pas été capable de me séparer complètement de vous. J'ai souvent résolu de cesser cette correspondance, je ne pouvais cependant jamais me résoudre à vous laisser imaginer qu'il me serait arrivé malheur, ou pire, que je vous aurais tourné le dos. Et cela me faisait tellement de bien de vous écrire et de vous lire en retour !

Depuis quelques années, par contre, soit depuis que je vous ai fait parvenir ce document que je vous ai demandé de ne pas ouvrir, je considère que j'ai finalement bien fait de vous écrire. Cette lettre cachetée est une protection. Pour le moment, je pense n'avoir rien à craindre, rassurez-vous, et je ne crains pas pour Percival davantage. Qui vous savez a toujours joué de l'énorme influence de son clan en notre faveur. Peut-être croit-il ainsi s'être racheté – certainement pas à mes yeux en tout cas, mais j'ai laissé à la vie le soin de décider de son sort. Il vit encore, sûrement torturé par les remords, et c'est peut-être là son châtiment, mais il ne vivra pas toujours, alors il est bon qu'on sache que ce document existe, et j'ai pris des dispositions pour qu'il en soit ainsi. Si jamais il arrivait quelque chose de louche à Percival, il faudra remettre ce document à la police du Québec, surtout pas à la Gendarmerie royale. Il faut donc dès maintenant, pardonnez-moi de vous le demander, vous assurer d'un dépositaire fiable pour prendre votre succession – peut-être sœur Frigault, que vous tenez en si haute estime.

Si jamais c'était à moi qu'on essayait de s'en prendre, personne n'en saurait rien de toute façon. Mais encore une fois, il est à peu près certain que le papier de mes lettres jaunira jusqu'à s'effriter sans qu'on y touche.

Je dispose de quelques semaines pour effacer définitivement le personnage de Marie Doucet. J'ai une bonne expérience dans ce genre d'opération, je l'ai déjà fait pour d'autres, et croyez-moi, il y a jusqu'à des gens qui m'ont connue qui douteront de mon existence. Sauf qu'il y a Percival. C'est la partie la plus difficile. Il ne sait rien de ma vie « professionnelle », et il ne faut pas qu'il sache. Il n'est cependant pas d'une nature curieuse et ce ne sera pas là que le bât va blesser. Comment lui faire accepter la séparation ? Bien sûr, ce sera une séparation temporaire. Je me suis juré de ne jamais l'abandonner et je ne serais plus capable de me regarder dans un miroir si je le faisais. Je reviendrai le chercher, le temps que passent les gros nuages et que ma nouvelle identité soit solidement établie, cela fait partie de l'entente avec mes «employeurs». Mais il faudra bien compter plusieurs mois! Des mois durant lesquels nous n'aurons aucun contact! Je sais qu'il peut surmonter cette épreuve. C'est un homme d'une force incroyable quand il se détermine un objectif, et il a en moi une confiance quasiment infinie, cela devrait aider, mais d'autre part, hormis quelques mois après la mort de sa mère, il n'a jamais vécu seul. Il peut y arriver, il y arrivera, c'est loin d'être un idiot, il suffira qu'il se concentre sur cette nécessité. Mais cela va le déranger, lui prendre du temps sur son travail, cela va perturber son ordre des choses, si vous me comprenez, et cela, c'est la mer à lui faire boire. Je l'ai toujours protégé, j'ai toujours tout fait pour lui éviter la moindre préoccupation triviale et là, voyez-vous, je dois lui annoncer qu'il va avoir à se tirer d'affaire tout seul. Dois-je lui annoncer petit à petit ou tout d'un coup? J'ai peur de sa réaction.

(...)

Jacynthe Lemay interrompt sa lecture. Des larmes coulent de ses yeux. Elle les essuie du revers de sa manche. Elle regarde Percival Imbert, qui demeure impassible.

— Cela ne vous émeut pas?

— Percival Imbert a déjà lu cette lettre.

— Et elle vous a ému?

— Je crois que oui.

Jacynthe Lemay pose la lettre sur le lit et tourne son fauteuil davantage vers Percival Imbert. Elle observe encore un instant cet homme absolument banal, rondelet, avec ses moustaches et ses cheveux ourlés d'un gris uniforme, banal, sauf les yeux qui, au premier abord, ne dégagent rien d'autre qu'une innocence benoîte. Oui, elle se souvient de sa première impression, elle lui aurait donné le Bon Dieu sans confession, comme on dit. Mais Jacynthe Lemay va dorénavant au-delà de cette première impression, et au-delà, il y a un labyrinthe.

La voix de la jeune policière baisse d'un ton.

— Vous ne pouvez plus y échapper. J'ai entendu l'essentiel de ce que devait nous dire Marie Doucet. Maintenant, ce sera à vous, Percival Imbert, de dire. Et maintenant, maintenant oui, je sais quelle question je dois vous poser, et à laquelle vous avez l'obligation de répondre.

— Quelle question ?

Jacynthe Lemay marque une pause. Elle ne cesse de fixer l'homme dans les yeux.

— Comment avez-vous réagi ?

70
Un sursis pour l'un, la fin pour l'autre

U n ange passe et le téléphone sonne, ce qui fait sursauter tant l'homme que la jeune femme. Grothé, déjà ? Jacynthe Lemay hésite puis décide de répondre. C'est bien Grothé.

— ... Maintenant ! Vous n'avez pas perdu de temps !

Grothé non plus ne s'attendait pas à ce que ça s'arrange si vite, mais parfois, c'est comme ça. Du premier coup de téléphone, il a joint une connaissance et ils ont convenu que le plus simple était d'utiliser les patrouilles. Jacynthe Lemay et Percival Imbert auront donc à changer plusieurs fois de voiture, d'un district à l'autre, jusqu'au Québec, mais ils n'auront pas à attendre. Et, oui, la voiture dans laquelle ils sont venus va rester là, c'est un détail. Ensuite, ils seront pris en charge par un agent de la Sûreté du Québec. Ils ont donc tout juste le temps de ramasser leurs affaires.

— C'est possible de vous voir dès notre retour ? (...) Oui, cette nuit, il y a trop de choses, je ne veux pas garder ça avec moi. (...) Ah pour ça, je vous le garantis. Rien qu'avec ce qu'on sait déjà, il y a de quoi faire des vagues, et il reste une pièce, et j'ai l'impression que c'est la grosse bombe.

Percival Imbert ne parvient pas à déduire la teneur du reste de la conversation. Jacynthe Lemay ne répond à son interlocuteur que par monosyllabes, et son visage prend un air grave.

Elle raccroche doucement et met quelques secondes avant de s'adresser à Percival Imbert.

— Vous venez de gagner un sursis, mon oncle. Il faut qu'on décolle d'ici.

— Et l'enveloppe cachetée ?

— On l'ouvrira avec Grothé.

— Et ? Que Grothé vous a-t-il dit qui a fait changer l'expression de votre visage ?

— On vient d'annoncer que Duncan Sinclair-Keaton est décédé aujourd'hui.

— Cela vous émeut ?

— Non, cela m'inquiète.

Intervalle à Ottawa

— Excusez-moi Madame, mais il y a monsieur Cornfield qui tient absolument à vous parler. Il dit que c'est urgent.

Nicole Norton exhala un soupir volcanique.

— Ce n'est pas le moment.

— C'est ce que je lui ai expliqué...

— ... mais je devine qu'il insiste.

— Oui. Il tient à ce que je précise qu'il s'agit de Tracadie.

Les traits de Nicole Norton se durcirent un instant, pour aussitôt retrouver une composition dans laquelle se mêlent affliction et sérénité.

— *Do you know Tracady, in New Brunswick, Mr. Tubman ?*

— *Unfortunately no.*

— *You should. It is quite a pretty place.*

— *We have no business in the Maritimes so far but...*

— *Anyway, I think we went through the main things, so you can start to work on the funeral. In case of needs, see my son Michael or Wilson, the* New Thames *manager.*

Elle se leva et tendit la main par-dessus son bureau au petit homme gris qui se leva à son tour tel un polichinelle sortant de sa boîte.

Elle accompagna l'entrepreneur de pompes funèbres à la porte de son bureau et signifia en même temps à son secrétaire de lui passer Cornfield.

— Dépêchez-vous de lâcher votre merde, Cornfield, je n'ai pas trop la tête à ces histoires.

— Je m'excuse, Madame, mais c'est que nous avons de bonnes raisons de croire que qui vous savez sont allés à Tracadie.

— Sont? Vous voulez dire elle et lui?

— Exactement.

— *Shit and shit again!* Ainsi, ce n'est pas elle qui a reçu vos balles. Non seulement, vous avez fait la gaffe de tirer, mais en plus vous avez tiré sur la mauvaise personne. Pitoyable!

— Ce n'est pas moi personnellement...

— C'est pareil. Et je suppose qu'ils vous ont échappé.

— C'est que, vous savez, nos gens là-bas ignoraient ce qui se passait, c'est déjà beau qu'on ait eu la présence d'esprit de nous aviser. Mais ils ont eu le temps de disparaître. Selon le commis du motel où ils étaient descendus, ils sont repartis dans une voiture de police.

— Est-ce qu'ils ont eu le temps d'aller à l'ancien lazaret?

— Il semble qu'ils y ont passé un bon moment. Mais je serais étonné qu'ils aient trouvé quoi que ce soit.

— Moi pas. C'est probablement ce qui nous distingue le plus, Cornfield. Et ils ne seraient pas repartis avec la police s'ils n'avaient rien trouvé. Vous avez deux choses à chercher, Cornfield. D'abord eux, sur qui vous avez toutes les informations utiles.

— Et qu'est-ce que je fais si je les trouve?

— Vous les empêchez de nuire. Pourquoi est-ce nécessaire de vous le dire?

— Bien. Et quelle est l'autre chose que je dois chercher?

— Un nouveau job, Cornfield.

Et Nicole Norton claqua le téléphone.

Ce n'était pas dans ses habitudes d'agir ainsi. Serait-ce l'effet de ce sentiment dont elle avait déjà entendu parler. Comment disait-on, donc? La peur de l'échec?

SIXIÈME PARTIE

Les bons comptes font les bons ennemis

71
La bombe

— Quelle bombe en effet!

— Je ne vous aurais pas dérangé pour rien un samedi après-midi, Monsieur le Commissaire.

— Ainsi, cette Marie Doucet n'était pas un personnage inventé pour nous lancer sur de fausses pistes.

— Certainement pas. Et j'ai dans ma serviette une cinquantaine de lettres dans lesquelles elle parle de sa vie. Bien qu'elle ne donne aucun détail, c'est évident qu'elle a mené une carrière du genre agent secret, dont on a ici l'aboutissement.

— Espionne?

— Si on veut, mais pas comme dans les films, plutôt du contre-espionnage. Elle n'allait pas en mission très loin, en tout cas pas du temps qu'elle a vécu avec Percival Imbert. Elle a commencé pendant la guerre. Ses dernières années, son numéro de code était SAT-945-175, Q-00.

399

— SAT… Section anti-terroriste.

— Ironique, n'est-ce pas, quand on sait qu'un des objectifs de tout ce monde était justement de faire en sorte que le terrorisme ne s'arrête pas ? Elle a probablement toujours fait à peu près le genre de travail qu'elle décrit là-dedans, tripoté des dossiers, bougé de l'argent, exercé des pressions, fait du chantage, et depuis le début, même si elle était présente dans les bureaux, elle n'avait pas d'existence officielle. Supposons qu'un des personnages apparaissant sur cette liste se serait retourné et avait essayé de la dénoncer, elle se serait volatilisée, comme elle vient de le faire. Tu te plains que madame Chose t'a rencontré pour te tordre les gosses ? Quelle madame Chose ? Il n'y a pas de madame Chose !

— Et parallèlement, elle était pistonnée et protégée par le clan Sinclair-Keaton.

— Oui.

— Mais là, on sort de notre mandat.

— Peut-être pas tant que ça. On peut parier que les Sinclair-Keaton sont au cœur du cartel.

— Ça va être difficile à prouver, surtout que le patriarche vient de trépasser et qu'on n'a aucune idée d'où se trouve Marie Doucet.

— On ne peut même pas être sûr qu'elle est vivante.

Le commissaire, qui portait un veston en *corduroy* café sur un chandail à col roulé assorti, se laissa aller sur le dossier du fauteuil de conférence, qu'il fit reculer de quelques centimètres, de manière à exposer son dos au soleil blanc de janvier qui pénétrait à gros rayons chauds par les fenêtres de la salle de réunion où lui et Grothé se trouvaient seuls. Il passa les doigts sur sa moustache puis sur son favori de gauche qui, comme l'autre, descendait en s'évasant jusqu'à l'articulation de la mâchoire. Il hocha la tête, glissa la main dans sa poche et en tira sa pipe. Du bout du pouce, il vérifia si elle était encore assez bourrée, tandis que Grothé amenait à lui un cendrier joufflu en verre brun et se prenait une cigarette. Le commissaire craqua une allumette en bois qu'il partagea avec Grothé. Il y avait de quoi fumer !

Dans le document que le commissaire venait de parcourir et que Grothé avait déjà lu plus tôt dans la journée, c'est-à-dire tard dans la nuit, Marie Doucet décrivait exactement, sur un ton informatif, son travail au ministère du Revenu. D'ailleurs, pour affirmer le caractère d'authenticité du document, elle avait utilisé du papier à en-tête du Ministère ainsi que le tampon horodateur attestant de la réception du courrier. Elle avait aussi joint une photocopie de la carte qui avait tant fait courir, à propos de laquelle elle précisait qu'elle constituait une dérogation à la règle de l'incognito, rendue nécessaire par le resserrement des mesures de sécurité provoqué par les multiples attentats à la bombe du tournant des années 70, dont quelques-uns, ironiquement, faisaient partie des œuvres indirectes du cartel au bénéfice duquel elle opérait.

Elle avait commencé ce travail à l'automne 1968. Avant, elle affirmait avoir œuvré à protéger le Canada contre les visées néfastes de certaines puissances étrangères. Jusque-là, Pearson ou ses prédécesseurs considéraient les séparatistes québécois comme des idéalistes marginaux dont on pouvait contrer la contamination par la seule persuasion, laissant à la police civile la charge des quelques têtes brûlées tentées par l'action violente. Cependant, le successeur du prix Nobel de la Paix 1957, Pierre Elliott Trudeau, ne voyait pas du tout les choses du même œil, surtout que René Lévesque venait de fonder le Parti québécois, extirpant de la marge le projet d'indépendance du Québec. Dorénavant, les séparatistes québécois allaient être considérés comme un ennemi intérieur et traités comme tel, par conséquent combattus par les mêmes moyens et la même absence de moralité qu'on utilisait contre les ennemis extérieurs. De la même façon que les poignées de main souriantes des diplomates ne reflètent pas les coups bas que s'échangent les États entre eux, cette nouvelle attitude de l'État fédéral ne fut jamais officiellement affirmée. Le secret était ici d'une importance plus grande encore. Entre États, quand une affaire d'espionnage est mise au jour, on chasse les diplomates de l'autre, on rappelle les siens et on se boude jusqu'à ce que la conjoncture économique impose la réconciliation. Dans la lutte contre le séparatisme, par contre, des révélations compromettantes auraient probablement eu pour effet de renforcer les appuis à cette option. Un des arguments préférés des fédéralistes contre la séparation, n'était-ce pas justement qu'au Canada, ce genre de choses ne se faisaient pas, et qu'il serait par conséquent immoral de détruire un pays exemplaire au chapitre des libertés?

Bien sûr, la GRC était déjà sur le terrain, mais elle était limitée quant au budget qu'elle pouvait consacrer à cette cause désormais sacralisée. (Trudeau, à propos du séparatisme, n'avait-il pas parlé d'un crime contre l'humanité?) En effet, quand cette sorte de conviction s'installe au sein d'un appareil humain, elle devient vite spirale, elle hypnotise, elle aspire, elle exige toujours davantage et il ne faut pas long que l'on perde tout sens commun.

Autant Jacynthe Lemay que Percival Imbert, dans un premier temps, autant Grothé que le commissaire, maintenant, accréditaient l'idée que Marie Doucet suggérait dans ses lettres, à savoir qu'elle avait elle-même été entraînée dans ce mouvement et qu'elle avait d'abord accepté de faire ce qu'on lui demandait comme on s'engage dans une guerre sainte. Sauf qu'à Montréal, à l'écart des zélateurs fédéralistes et des *war rooms* hermétiques, et surtout, mise en face des gens dont les intérêts étaient tristement dénués de noblesse, elle avait commencé à douter que cette fin particulière justifiait vraiment de tels moyens, et cela l'avait éventuellement amenée à démissionner.

Pour en revenir à sa mission, l'objectif en était clair : l'argent. Il fallait constituer un fonds secret destiné à soutenir la lutte souterraine au séparatisme par toutes sortes de manœuvres illicites et condamnables en période de paix. Cela pouvait aller jusqu'à des actions violentes initiées par des agents infiltrés, sinon carrément commises par des hommes de main, actions qu'on imputerait aux séparatistes, car on était convaincu que pour le bon peuple, la violence et le désordre étaient les plus puissants répulsifs au changement.

Comme dans toute bonne organisation occulte, chaque rouage du mécanisme ne connaissait que ce qui concernait sa propre tâche, et Marie Doucet ne pouvait affirmer, pour prendre l'exemple le plus fameux, que la Crise d'octobre aurait été provoquée, en tout ou partie, ou aggravée par la main invisible du cartel. Grothé et le commissaire déploraient ces limites, mais déjà, le dévoilement du cartel, c'était inespéré.

Maintenant, où trouver de l'argent sinon chez ceux qui en ont? Les grandes fortunes canadiennes se sentaient menacées au premier chef par une éventuelle séparation du Québec (craintes exacerbées par la chimère d'un «Cuba du Nord»). Ces grandes fortunes furent donc appelées, avec succès, à adhérer au *Cartel pour la défense du Canada* et à délier les cordons de leurs bourses. Le cartel était un organisme sans existence légale, évidemment, sans organigramme, dont le premier ministre lui-même, de par sa propre volonté, ignorait l'existence. Il en allait de même des ministres et plus encore des députés, à moins qu'ils fussent eux-mêmes liés à de puissants groupes d'intérêts. Le fonds allait donc être constitué, personne n'en doutait, mais on jugeait insuffisant de s'en tenir à des contributions volontaires. Il fallait un approvisionnement plus sûr, plus constant, et c'est pour cela qu'on fit appel aux talents de Marie Doucet.

Bien qu'elle ait eu un bureau à sa disposition dans l'immeuble du Ministère, rue Dorchester, à Montréal, de 1968 à 1974, Marie Doucet n'était pas une employée du Ministère. Elle relevait en principe directement du ministre – en principe parce que le ministre ignorait tout d'elle et de sa mission. On avait simplement fait descendre des sous-ministres aux adjoints, aux directeurs et ainsi de suite la consigne d'acquiescer sans poser de questions aux demandes de Marie Doucet.

Sur une base mensuelle, celle-ci recevait la liste de tous les recouvrements à effectuer, c'est-à-dire de tous les contribuables qui, par erreur, par négligence ou par pure malhonnêteté, avaient produit des déclarations de revenus fallacieuses. Cette liste mentionnait pour chaque cas une estimation de la somme dont l'État avait été lésé. Dans un premier temps, Marie Doucet éliminait de cette liste les montants qui ne valaient pas son intervention. Dans le groupe restreint qui surnageait, elle sélectionnait les éléments les plus dignes d'intérêt. C'était parfois des noms, parfois des compagnies à numéro, qui allumaient dans son esprit un petit clignotant rouge. Tantôt elle se laissait guider par son instinct, tantôt c'était sa riche mémoire professionnelle qui posait le doigt sur un nom, d'autre fois, elle recevait un tuyau d'un ancien collègue. D'une manière ou d'une autre, elle prélevait les dossiers prometteurs qu'elle faisait retirer des mains des fonctionnaires ordinaires pour en prendre la charge. De tels retraits de la procédure usuelle n'étaient pas absolument extraordinaires. Il arrivait déjà que des arrangements fussent pris en très haut lieu parce que, par exemple, il eût été contreproductif d'acculer telle personne physique ou morale à la faillite.

Le rôle de Marie Doucet était donc de négocier un arrangement. Négocier, c'était beaucoup dire ; en fait, elle attaquait les cas les plus vulnérables, de même que les plus réceptifs à la cause de l'unité canadienne, et leur présentait une offre impossible à refuser. En échange du classement du dossier, elle exigeait un paiement immédiat, considérablement réduit, divisé en deux parts, une pour l'État, histoire de sauver les apparences, et l'autre pour le cartel, sans oublier le pourcentage qu'elle prélevait pour sa propre rémunération, et dont, coquetterie pudique sans doute, elle taisait la hauteur.

Évidemment, toute cette confession aurait pu être écartée du revers de la main comme n'étant rien d'autre que des fabulations, si Marie Doucet n'avait joint à ladite confession une jolie liste de noms dont certains étaient bien connus et pâtissaient souvent d'une réputation équivoque (quand il ne s'agissait pas carrément de mafieux). Qui plus est, elle avait ajouté quelques photocopies de chèques faits à des comptes à numéros ainsi que de bordereaux de dépôt en argent liquide.

— Pensez-vous pouvoir remonter la filière et trouver ce qui se cache derrière ces numéros ?

— On va essayer, Monsieur le Commissaire, mais ne nous faisons pas d'illusions. Ça date déjà de quatre ans, ils ont eu le temps en masse de tout effacer. C'est de la routine pour eux, pensez bien, s'ils sont capables d'éliminer toute trace d'une personne.

— Certes, sauf qu'ils n'ont pas tout à fait réussi. Quoi qu'il en soit, c'est déjà énorme. Faudra voir comment on va sortir tout ça. En tout cas, Grothé, bravo !

— Merci, mais tout le mérite ne me revient pas.

— Vous avez au moins celui d'avoir mis la main sur cette jeune policière…

— Jacynthe Lemay…

— … et de lui avoir fait confiance. Il faudra se rappeler d'elle. J'aurais aimé la rencontrer.

— Les derniers jours ont été très chargés et elle a voyagé une bonne partie de la nuit, de même que Percival Imbert, alors ils se reposent tous les deux dans un hôtel discret. Officiellement, elle est morte, mais il y a tout lieu de penser qu'ils ont été repérés à Tracadie, alors on ne prend aucun risque. Et avec tout ce qu'ils ont appris sur leurs origines, ils ont des émotions à digérer.

— Bien sûr. Mais éventuellement, croyez-vous qu'elle pourrait retrouver Marie Doucet ?

— Je ne sais pas. Je ne peux pas me mettre à sa place, à leur place, parce que lui aussi, il est affecté, et c'est un drôle de moineau. En tout cas, ce n'est pas moi qui vais lui demander quoi que ce soit pour le moment. Je me contente d'assurer sa protection. Si ceux de l'autre côté ont compris que ce n'était pas elle qui a reçu les balles devant son appartement, comment vont-ils réagir ?

— Elle se remet toujours bien, cette jeune grecque ?

— Oui, oui. Mais je ne peux pas garder encore longtemps sa famille dans l'ignorance... on est quand même encore humains, nous autres.

— Ces préoccupations vous honorent. Et je vous réitère notre confiance absolue.

— Ouais... Mais comme dirait Claude Ruel : «Y'en aura pas de facile !»

Le commissaire sourit.

— À propos, on vous a déjà dit que vous ressemblez à Toe Blake ?

72
La savate de Cindy Sexton

MONTRÉAL

Ce lundi 23 janvier, il passait 17 h quand Cindy Sexton sortit de l'école. Cette heure tardive n'avait rien d'extraordinaire, même si la dernière classe prenait fin à 15 h 10. Soit l'enseignante entraînait une équipe, soit elle supervisait une activité parascolaire, soit elle conseillait un élève, soit elle planifiait ses cours, bref, elle n'avait pas à chercher de prétextes pour prolonger sa journée au-delà de ce qu'exigeait la convention collective. Dès le vendredi précédent, au lendemain de la terrible nouvelle, elle avait repris le collier, résolue à ne rien changer à son régime de travail. N'était-ce pas la meilleure façon de détourner l'attention, celle des autres autant que la sienne ? À Mazola, elle avait dit que tout était sous contrôle et cela lui avait suffi pour qu'il n'y pense plus. À la directrice adjointe, elle avait demandé de la soutenir dans l'épreuve en observant une absolue discrétion.

À cette heure, en janvier, le soleil est couché. Il ne restait qu'une vingtaine de véhicules dans le stationnement. Comme tout prof à qui sa profession tient vraiment à cœur et qui l'exerce dans la même école depuis plusieurs années, Cindy Sexton avait développé une conscience quasiment fusionnelle de son milieu de travail. Rien qu'à entendre les presque deux mille élèves entrer le matin, elle pouvait prédire à quel genre de journée on allait avoir droit, et rien qu'à les regarder repartir à 15 h, même si elle passait le plus clair de son temps au gymnase, elle devinait comment la journée s'était finalement passée. Phénomène utile entre tous, elle percevait aussitôt la moindre anormalité, un peu comme l'Indien de cinéma qui anticipe la menace dans le silence soudain de la forêt. Cette sorte de sixième sens demeurait actif aux alentours du bâtiment. Sitôt qu'elle mettait le nez dehors, sans même plus s'en rendre compte, elle balayait du regard les environs afin d'y déceler la moindre présence suspecte, des voyous, par exemple, qui traîneraient dans l'attente de commettre quelque mauvais coup.

Rien de tel ce soir-là, mais, dans le stationnement, il y avait une voiture inconnue. Oh! Cindy Sexton ne connaissait pas toutes les voitures, et il y avait celles des visiteurs, des stagiaires, des officiers de la commission scolaire, mais cette voiture-là, elle avait accroché son œil, peut-être parce qu'elle était garée au fond, un peu de travers, le nez devant, peut-être parce qu'elle crut apercevoir que le chauffeur se tenait derrière le volant. Un parent attendant un élève retenu? Possible, mais alors, pourquoi s'être placé si loin?

D'autre part, ça n'était rien pour se mettre en frais et Cindy Sexton alla sans tarder à son Acadian vert pomme, laquelle se trouvait tout près, puisqu'elle arrivait parmi les premières le matin. Elle lança le moteur et lui permit de se réchauffer une trentaine de secondes avant d'allumer les phares et de reculer en virant de manière à se placer en position de sortir. Le temps de passer de la marche arrière à la première vitesse, elle perçut une lueur dans son rétroviseur extérieur. Elle regarda plus attentivement et constata que la voiture qu'elle avait remarquée venait elle aussi d'allumer ses phares.

L'enseignante s'avança sur la chaussée et prit à gauche, comme d'habitude. Elle travaillait à Rosemont et habitait Notre-Dame-de-Grâce, ce qui impliquait qu'elle devait traverser la ville d'est en ouest pour rentrer chez elle. Théoriquement, le meilleur trajet passait par l'autoroute Métropolitaine, mais aux heures de pointe, celle-ci était généralement encombrée d'automobilistes excédés. Cindy Sexton n'était pas du genre à conduire suspendue aux lèvres des chroniqueurs de circulation et elle préférait écouter de la musique plutôt que le ressassage de l'actualité journalière, enfin, personne ne l'attendait à la maison ; elle s'offrait donc le luxe d'emprunter plutôt la rue Jean-Talon à partir de D'Iberville, et plus souvent qu'autrement, elle y gagnait au change. Il s'agissait là d'une option tout à fait personnelle et la probabilité qu'une autre voiture partît en même temps du même point qu'elle pour suivre ce même parcours était des plus minces.

Donc, qu'elle eût encore dans son sillage, sur Jean-Talon, à l'approche de Christophe-Colomb, la voiture qui l'avait intriguée dès sa sortie de l'école, cela ne pouvait être attribué au hasard. Histoire d'en être certaine, elle actionna ses feux de secours et ralentit considérablement. Aussitôt, on se mit à la doubler sans vergogne sur sa gauche, mais pas ladite voiture qui adapta sa vitesse à la sienne. C'était une berline foncée dont la couleur était impossible à déterminer ; en certains moments de l'hiver, à Montréal, de par la soupe de neige souillée et le froid qui interdit l'usage des lave-autos, les voitures sont comme les chats la nuit, toutes en nuances de gris.

Cindy Sexton éteignit les feux de secours et reprit une vitesse normale, soit une dizaine de kilomètres à l'heure au-dessus des cinquante permis, car la voie était dégagée. Elle atteignit bientôt l'autoroute Décarie, dont elle emprunta la voie de service en direction du sud. Elle tourna vers l'ouest sur le chemin Queen-Mary, poursuivit sur l'avenue Fielding jusqu'à l'avenue Doherty, où elle tourna à gauche. Elle était arrivée. Elle louait le haut d'un duplex qui avait l'avantage de faire face au parc Loyola. Elle se gara devant chez elle, mais du côté du parc.

Elle attendit de voir la voiture plus que suspecte s'engager à son tour dans l'avenue Doherty pour descendre prestement et s'enfoncer à grands pas dans une allée du parc qu'elle connaissait par cœur. Elle se réfugia vite derrière un bosquet; au travers des branches, elle put apercevoir son poursuivant se garer.

Il demeura dans son véhicule un moment, scrutant sans aucun doute l'intérieur du parc. Finalement, il se résigna à sortir et emprunta d'un pas faussement nonchalant la même allée. Il n'était pas très grand, mais large d'épaules, nu-tête et chevelu, il portait un blouson de cuir et des jeans. Cindy Sexton lui trouva une sale gueule, mais son jugement était peut-être affecté par les circonstances.

Elle le laissa venir, contournant le bosquet comme il arrivait à sa hauteur, pour se dissimuler et se retrouver ainsi derrière lui. L'homme s'arrêta. Le parc n'était pas si touffu. Le chalet de service, plus loin sur la droite, était fermé. L'objet de sa quête n'avait sûrement pas eu le temps de traverser et de se rendre de l'autre côté pour entrer quelque part. Il se gratta l'occiput, puis se retourna. Il parvint mal à cacher sa surprise : elle se tenait debout, les poings sur les hanches et le fixait droit dans les yeux.

— *Are you looking for me ?* demanda crânement Cindy Sexton.

Il avait effectivement une sale gueule. Les arcades sourcilières tombantes sur des yeux globuleux, le nez aplati, jadis par quelque coup de poing sûrement, la lèvre inférieure affublée d'une cicatrice de deux centimètres, et quelque chose d'arrogant dans l'attitude. Aucun homme n'était du genre de Cindy Sexton, mais celui-là était carrément repoussant, même quand il se mettait en frais de sourire, ce qui était le cas.

— *Well, not at all, Miss. Some very important people found out that you have a friend they worry about, a French girl... Djaycent Loumay, isn't it ?*

En terminant sa phrase, il leva les yeux comme si quelqu'un s'amenait dans le dos de Cindy Sexton. Elle faillit tourner la tête, mais se rappela à temps que c'était une ruse classique. Elle allait répliquer qu'elle ne connaissait personne de ce nom quand elle se rendit compte que, non ! ce n'était pas une ruse !

— Qu'est-ce que tu lui veux, mon cochon, à Jacynthe Lemay ? fit une voix de femme, une voix familière.

C'était la voix de Jacynthe ! C'était elle, apparue là, comme descendue du ciel, à côté de Cindy Sexton, et comme elle, elle avait les poings sur les hanches et la mâchoire serrée.

La surprise passa sur le visage de l'homme et fit place à un rictus chargé de sarcasme.

— *So there you are,* Madame *Loumay ! So you're not dying ! Well, guess that's exactly what they wanna know. I have nothing more to do around, so... good night, girls ! Nice to meet you.*

Il fit un pas en avant.

— Restez où vous êtes, je vous arrête, cingla Jacynthe Lemay en levant la paume de la main.

— *I beg you pardon ?! ?*

— *You are under arrest,* confirma Cindy Sexton, qui revenait de son étonnement.

L'homme éclata de rire en se tapant dans les mains qu'il avait nues.

— *Really funny !* Son regard se fit dur et il pointa tour à tour les filles de l'index. *See... I'm in a good mood but don't push your luck. Get off my way.*

Il recommença tout de suite à avancer, jugeant que ses airs de caïd impitoyable suffiraient à ramener ces deux folles à la raison, mais mal lui en prit, car il reçut aussitôt, sans qu'il l'ait moindrement vu venir, le talon de la botte droite de Cindy Sexton en plein sur le menton. Il tomba lourdement sur le dos. Il ne garderait de toute évidence aucun souvenir de ce qui venait de lui arriver.

— Eh ben, dis donc... fit Jacynthe Lemay un peu inter-loquée par la vitesse de réaction et la force de frappe de son amie.

— Boxe thaïe. C'est de plus en plus populaire.

Elles se regardèrent un instant, sourirent, puis, cédant à l'impulsion, se jetèrent dans les bras l'une de l'autre en se frottant le dos comme si elles ne voulaient que se réchauffer mutuellement. Ponctuée de «Jacynthe» et de «Cindy» bien sentis, l'accolade fut cependant brève.

— Qu'est-ce qu'on en fait? demanda Cindy.

— Tu penses qu'il en a pour longtemps?

— Plusieurs minutes, j'ai senti le choc dans mon talon.

— Tu aurais pu le tuer.

— Ouais... Il m'a suivie depuis l'école, le salaud. Tu as des menottes?

— Non.

— Non! Comment est-ce que tu comptais l'arrêter?

— Bonne question... mais c'est toi qui avais la meilleure réponse! réagit philosophiquement la jeune policière.

— Dans ce cas, on peut appeler la police de chez moi.

— Oui, mais il ne va peut-être pas nous attendre.

Suivit un instant de réflexion rompu par Jacynthe Lemay.

— Commençons toujours par lui attacher les mains, dit-elle en pointant du menton les chaussures de l'homme. Ou plutôt les pieds, se ravisa-t-elle, ça va aller plus vite. Assure-toi qu'il ne se réveille pas.

Cindy Sexton se plaça en position de frapper à nouveau tandis que son amie s'accroupissait. En quelques secondes, elle défit les boucles et attacha ensemble les lacets gauche et droit avec un nœud du genre gordien. L'homme continuait à respirer régulièrement sans s'agiter. Elle se releva. Peut-être une voiture était-elle passée, mais les environs étaient déserts.

— Si on le mettait dans le coffre de sa voiture? Il doit avoir les clefs dans sa poche. Surveille-le bien.

Elle trouva tout de suite les clefs et sans qu'elles aient à se consulter, elles passèrent chacune un bras entre les jambes du bonhomme et entreprirent de le tirer en coupant vers sa voiture, qui se trouvait à une centaine de pas en diagonale. La neige était croûtée, ce qui facilitait grandement leur travail.

— Par quel miracle est-ce que tu es arrivée ici, Jacynthe?

— Je voulais te voir, mais je ne voulais pas t'appeler au travail, ni chez vous – et comme tu vois, je ne suis pas si paranoïaque – alors, je suis venue t'attendre discrètement. Je me suis demandé ce que tu faisais quand tu es entrée dans le parc, mais aussitôt que j'ai vu l'autre voiture arriver, j'ai deviné.

— *So glad to see you!* Ma savate est terrible, mais c'est la première fois que je visais une tête sans casque.

— Avec des bottes en plus...

— Pour ça, je m'entraîne souvent habillée normalement, dans le parc, justement. En même temps, c'est un message pour les voisins...

Jacynthe Lemay gloussa un coup.

L'homme était bien assommé, sauf qu'aux deux tiers du trajet, il eût quelques sursauts pour vomir, phénomène probablement provoqué par sa fâcheuse position. Les deux filles s'arrêtèrent et le retournèrent sur le ventre pour éviter qu'il ne s'étouffe dans ses vomissures, qui souillèrent la neige.

— *Disgusting!* fit Cindy Sexton.

Mais l'homme reprenait conscience. Elles se hâtèrent donc et arrivèrent au trottoir. À plat ventre, la face dans l'abject mélange de gadoue, de sable et de granules de calcium, l'homme gémissait et essayait de porter la main à sa tête, mais c'était comme s'il ne la trouvait plus.

Jacynthe Lemay se hâta d'ouvrir le coffre. Chose incongrue en cette saison, du moins pour qui n'aurait pas eu une petite idée du gagne-pain de l'individu, il y avait là un bâton de baseball. Elle le prit.

— Un petit coup?

— Derrière la tête, pas trop fort quand même.

La jeune policière passa à l'acte. L'homme lâcha une plainte et se ramollit. Aussitôt, elles l'empoignèrent par les aisselles et, non sans effort, firent basculer le devant puis le reste du corps dans le coffre. Jacynthe Lemay jeta le bâton et les clefs dans le coffre et s'écarta tandis que Cindy Sexton rabattait fermement le capot.

Elles poussèrent un soupir de contentement et se rendirent compte qu'il avait commencé à neiger.

Elles se rendirent aussi compte que, de l'autre côté de la rue, une dame grande et droite affublée de fourrures burlesques les observait, immobile, un sac d'épicerie pendant au bout du bras.

— *Oh! Good night, Mrs. Bloom*, s'exclama Cindy Sexton. *Would you believe that this bum would have raped me in the park? By chance, she happened to be there,* ajouta-t-elle en désignant Jacynthe Lemay.

— *My God! This park is not the quiet place it used to be when we bought the house. We must call the police.*

— *We will do so, you can be sure.*

Les jeunes femmes avaient traversé la chaussée et marchèrent à côté de Mme Bloom, la propriétaire du logement de Cindy Sexton, jusqu'aux portes de celui-ci. Bien que physiquement encore solide et toujours autonome, la vieille veuve n'avait plus la vivacité intellectuelle de ses belles années et elle ne posa pas de questions embarrassantes.

Elle allait être rassurée une demi-heure plus tard, en voyant deux véhicules de police et une ambulance entourer la voiture et procéder à l'arrestation du voyou, lequel, forcément, n'était pas en mesure de résister.

Jacynthe Lemay, tel que promis, avait contacté Grothé avant même d'enlever son manteau (il ne fallait pas que le voyou meure de froid). Grothé, non sans l'avoir d'abord semoncée pour avoir fait faux bond à son escorte, s'était dépêché de s'occuper de l'affaire.

Plus tard dans la soirée, Jacynthe Lemay plaisanterait que c'était le cas de le dire que le suspect avait été livré à la police.

Mais après avoir raccroché, elle avait balancé tout ça au profit de l'idée qui s'était installée au plus haut de ses priorités : s'abandonner à la plus furieuse envie de faire l'amour qu'elle ait jamais ressentie.

Et Cindy Sexton se laissa prendre comme elle était, avec sur sa peau les résidus des petites sueurs de sa journée.

Il arrive qu'un lundi soir soit formidable.

Elles étaient étendues face à face, peau à peau sous le velouté des draps, rassasiées et ravies et pourtant incapables de laisser se reformer de l'espace entre leurs corps chauds encore ; elles s'amusaient à assembler en tresses bicolores leurs cheveux étalés sur l'oreiller tels des filaments de méduses sur la vague indolente.

— Tu m'as surprise, murmura Cindy.

— Dans le parc ?

— Dans le parc aussi, bien sûr, mais je pensais à tantôt. Je ne t'ai pas connue aussi… *Know what I mean ?*

— Pas vraiment.

— Aussi… désireuse ? Ça se dit ?

— Je pense, mais tu ne me connaissais pas, Cindy. Je ne me connaissais pas moi-même, je crois, ou bien j'avais oublié.

— Qu'est-ce qui s'est passé en si peu de jours ? As-tu eu peur de mourir ?

— Non, mais peut-être que je suis morte, d'une certaine manière. Je vais tout te raconter, Cindy, mais pas ce soir. Ce soir, je veux seulement être avec toi, je veux seulement t'aimer. C'est tellement merveilleux d'être capable d'aimer.

Cindy se releva sur un coude. Les tresses se défirent.

— J'ai songé tant de fois à t'oublier, en tout cas à essayer, mais je n'aurais jamais pu croire en un autre amour si j'avais accepté que ça se soit terminé comme ça entre nous, dit-elle en cherchant chaque mot, ou en le soupesant, ce qui était un peu la même chose pour elle.

— Il faut croire en l'amour. Il faut le vivre, il n'y a pas d'autre manière de se protéger de la haine et du ressentiment.

Cindy se tut de longues secondes.

— Oui... *It must be true*. Mais dis-moi donc ! Est-ce que tu as rencontré Jésus *or something like that* !

— *Something like that...* peut-être, oui ! Je te cacherai rien, Cindy, mais il faut finir l'histoire d'abord.

73
Cas de conscience

«Bonjour, Pierre-Paul. Il y a longtemps qu'on s'est parlé. J'avoue que je suis un peu gênée de refaire surface comme ça pour te demander un petit service, mais tu comprendras, j'en suis certaine. Je voudrais juste que tu lui fasses savoir que je vais bien. Dis-lui aussi qu'il doit avoir confiance. J'aimerais prendre des nouvelles de toi et de ta famille, mais ce n'est pas possible pour le moment. Merci, et, sait-on jamais, au revoir!»

Pierre-Paul Dandonneau se décida enfin à appuyer sur la touche d'effacement. La cassette fit entendre son sifflement caractéristique ponctué par le cliquetis des engrenages, et ce fut fait, ces quelques mots n'existeraient plus nulle part ailleurs que dans sa mémoire. Il avait bien écouté dix fois ce message laconique, dont lui seul possédait les clefs. Peu de gens connaissaient ce numéro qui permettait d'accéder à lui

417

en sautant les filtres bureaucratiques. Le message faisait un peu plus de vingt secondes, mais c'était peut-être le plus long qui eût jamais été enregistré sur ce répondeur. D'habitude, d'ailleurs, les appelants ne laissaient pas du tout de messages autres que leurs coordonnées. Celui-là était entré durant la nuit. Le clignotant rouge du répondeur avait attiré l'œil de Pierre-Paul Dandonneau dès qu'il avait passé la porte de son bureau, ce qu'il avait fait à sept heures, car il avait un dossier à potasser avant l'arrivée du personnel. L'appelant, une femme en l'occurrence, ne tenait donc pas à lui parler en personne, fort probablement voulait-elle même l'éviter, de peur d'avoir à s'expliquer, voire de peur d'être seulement nommée. Par le bruit de fond, on devinait qu'elle avait utilisé un téléphone public. Précaution inutile, jamais il ne serait venu à Pierre-Paul Dandonneau l'idée de faire rechercher le point d'origine de l'appel. Il avait trop de considération pour Marie Doucet.

Dire qu'il l'avait immédiatement reconnue serait exagérée. Il lui avait bien fallu cinq ou dix mots, quinze pour être certain, mais dès le *Bonjour*, une clochette avait sonné dans son esprit. Puis, il avait écouté et réécouté, non pour balayer quelque doute, ni pour mieux comprendre, non, juste pour le plaisir (mais était-ce bien le mot juste?) de réentendre cette voix amie qui n'avait jamais tout à fait perdu sa musicalité de bord de mer, et qui, comme le ressac, justement, rabattait sur la grève des souvenirs des épaves de bois lessivées pendant toutes ces années d'yeux clos.

Il avait appris tôt à se mettre en mode «trois singes», comme il disait, quand il le fallait: ne rien voir, ne rien entendre et, surtout, ne rien dire. Cet entraînement des sens en était paradoxalement devenu un sixième.

Oh! Pierre-Paul Dandonneau n'avait pas tant à rougir de sa carrière. Il avait accompli avec rigueur et intégrité les tâches que l'on attend d'un grand commis de l'État, il n'aurait pas eu grand-chose à révéler à la barre d'une quelconque commission d'enquête... mais combien de petites choses, combien de *Je savais que je ne devais pas me mêler de ça…* de *Tout le monde s'en doutait…* et de *Ce n'était pas dans mes fonctions…* ou de *Ce n'était pas à moi de contester certaines décisions…*? Il s'en tirerait indemne, sinon avec quelques reproches. Sur le fait, sa conscience n'avait jamais été sérieusement éprouvée, ce n'était que depuis un an ou deux qu'il remettait tout ça en question, parce que, peut-être, parvenu sur les contreforts de la retraite, il regardait derrière et la vue d'ensemble offrait une tout autre perspective. La disparition de Marie Doucet, le silence qu'on lui avait alors très clairement imposé de façon si particulière avait achevé le travail : désormais, il s'était compromis, compromis, non envers une huile quelconque, mais envers des gens qu'il connaissait, qu'il estimait, il les avait trahis, autant dire les choses telles qu'elles étaient.

Cela dit, il était prêt à assumer, il aurait avoué ça devant un tribunal et aurait subi les conséquences avec un minimum de tourments. Jamais cependant, il n'aurait pu l'avouer à Marie Doucet elle-même, qui n'était manifestement pas mourante, comme le lui avait dit Percival Imbert, et qui n'avait pas cessé d'exister, comme l'aurait souhaité *N's*. Cela ne l'étonnait pas. Marie est une personne exceptionnelle. Elle avait construit sa vie comme elle le voulait. Il n'est certainement pas recommandé aux gens qui travaillent dans le secret de s'encombrer d'un compagnon de vie du genre de Percival Imbert. En fait, on attend plutôt d'eux qu'ils évitent de s'engager sur le plan affectif. Pourtant, elle, elle l'avait fait. Ça n'avait pas dû être facile, sans aucun doute avait-elle eu à défendre âprement ce choix. Mais elle était née sous une bonne étoile, et Percival Imbert sous une excellente aussi, une étoile avec un bras, avec une main invisible qui ne se gênait pas pour déplacer discrètement les pièces quand il le fallait. Cela faisait partie des *Tout le monde s'en doutait…*

Mais qu'était-il arrivé ? La main avait-elle été coupée ? Ou pire, s'était-elle retournée contre elle ? Marie Doucet avait-elle réussi à lui échapper ? Elle en était bien capable ; elle n'était pas du genre à se laisser surprendre. Mais pourquoi Percival Imbert lui avait-il menti? Cela faisait à peine deux semaines que l'étrange homme l'avait appelé pour lui dire que Marie était mourante. Pourquoi ne pas lui avoir tout simplement dit qu'elle était disparue? Percival Imbert savait des choses, sans doute. Et puis il y avait eu l'entretien, si l'on pouvait appeler la chose ainsi, avec *N's*. Et il y avait eu, ô l'horreur! l'assassinat de cette pauvre *Mrs*. Pettigrew. S'était-elle mise en tête d'aller démentir le message qu'il avait lui-même fait passer par elle, par lâcheté? Il ne pouvait pas le savoir, mais comment expliquer sa présence en ce fatal samedi, dans le *parking* des Galeries du Sud? Cela paraissait irrationnel, il y avait forcément un lien. L'air qu'elle avait fait en recevant l'ignoble consigne aurait dû le mettre en garde, il aurait dû la rappeler et avoir le courage de s'occuper de ça lui-même. Il s'était comporté comme un sale petit patron de rien du tout, froid et dépourvu d'humanité, comme un lâche. Il avait honte de lui, honte chaque matin de l'image que lui renvoyait son miroir. Dorothy Pettigrew était morte par les effets secondaires de la lâcheté, de la déloyauté d'un homme qu'elle avait servi durant tant d'années avec une exemplaire fidélité.

Rien ne le rachèterait à ses propres yeux, il aurait la mort de Dorothy Pettigrew sur la conscience jusqu'à la fin de ses jours. Oui, il allait rendre à Marie Doucet le petit service qu'elle lui demandait, trop petit pour atténuer son remords. Cette fois, il n'utiliserait pas de messager. Au diable *N's*, au diable Nicole Norton, née Sinclair-Keaton – il pouvait bien l'appeler par son nom, puisqu'il se retirait du jeu – il allait faire savoir à Percival Imbert que non seulement sa femme était vivante, mais qu'elle se portait bien et qu'elle lui demandait d'avoir confiance. Comment ferait-il cela? C'est une question à laquelle il se donnait un moment pour répondre. La manière du message de Marie Doucet indiquait clairement que la plus grande discrétion était requise.

Ensuite? On était au Canada, pas au Japon, il n'allait pas se donner la mort! Il démissionnerait, d'ici l'été.

74
Impromptu familial autour d'un cadavre

MERCREDI 25 JANVIER, VERS 15 H,
AUX ENVIRONS D'OTTAWA

L'hiver est la saison idéale pour circuler sur Armitage Avenue, qui longe la rivière des Outaouais, quelques dizaines de kilomètres en amont de la colline parlementaire. La nudité des feuillus permet de contempler les belles résidences et parfois, d'un regard furtif, de traverser les domaines jusqu'à la berge, et même de toucher le Québec, de l'autre côté. La plupart des demeures ont de quoi faire rêver et sont pour l'immense majorité des contribuables absolument inaccessibles, à moins de gagner un gros lot, et encore; pourtant, la nature humaine étant ce qu'elle est, il y a fort à parier que les propriétaires de ces plantureuses villas éprouvent euxmêmes de la jalousie lorsque, rentrant chez eux, ils passent devant le mur de pierre et les larges et hautes grilles de *New Thames Manor*, le domaine patrimonial des Sinclair-Keaton. De la route, à cause du mur et de l'allée qui fait une boucle dont le centre est peuplé de conifères, on n'aperçoit que le toit de l'aile principale, recouvert de tuiles belges. Il ne faut même pas penser entrer pour jeter un coup d'œil : la grille est verrouillée par un système de sécurité à la fine pointe de la technologie.

Cet après-midi-là, cependant, les grilles sont grand ouvertes et des voitures entrent et sortent à une cadence soutenue. Jacynthe Lemay n'a donc pas à se demander si elle est bien arrivée à destination et elle tourne dans l'allée. Aussitôt, un agent de sécurité lui indique un endroit où se garer. La Chevrolet Caprice de location jure un peu au milieu des Cadillac et autres Mercedes et c'est sans doute pourquoi l'agent s'approche de la voiture aussitôt qu'elle et Percival Imbert en descendent.

— *Journalist ?* s'enquiert-il plutôt cavalièrement.

— *No !* fait Jacynthe Lemay avec un air mi-offusqué mi-étonné. *Family,* rétorque-t-elle sans davantage d'aménités.

L'agent met un instant à réagir. Il regarde Percival Imbert qui lui retourne une œillade maussade. Ce dernier ne manque pas de prestance et l'agent craint soudain de commettre un impair qui pourrait lui attirer des remontrances.

— *I'm sorry,* s'excuse-t-il simplement en leur indiquant de la main la direction à suivre.

Une centaine de mètres séparent les visiteurs de l'entrée principale de l'imposante demeure en pierres de taille, qu'ils parcourent en goûtant l'air frais. Tout autour, le parc plantureux invite à la balade. C'est une belle journée qu'on passerait plus volontiers sur une piste de ski qu'au chevet d'un mort.

Pourtant, l'immense hall est rempli de monde qui converse à voix basse. Ce n'est pas que Duncan Sinclair-Keaton ait eu tant d'amis – en fait, dans tous ceux qui sont là, ceux qui sont venus et ceux qui viendront, on compte sûrement un bon nombre de francs ennemis –, mais une telle chapelle ardente est, dans le monde du pouvoir et des fortunes, un endroit où l'on se doit d'être vu.

La chronique nécrologique a appris à qui ne le savait déjà que c'est une tradition du clan Sinclair-Keaton que d'exposer ses morts dans le hall de *New Thames Manor*. D'ailleurs, avec son décor de pierres et de poutres apparentes, ses lustres rustiques d'inspiration médiévale et ses portraits d'ancêtres aux austères mines, l'endroit sied à merveille à cet usage.

Jacynthe Lemay et Percival Imbert ont décliné l'offre d'un laquais de prendre leurs manteaux. Ils se dirigent vers le catafalque qui se trouve au fond, entre deux escaliers massifs qui montent à l'étage. Il y a des gens agenouillés. Juste sur le côté, une grande et droite dame, tout de noir vêtue, reçoit des condoléances d'un bonhomme aux bajoues rougeaudes à l'allure familière, un ministre, croit se souvenir Jacynthe Lemay. L'expression de la dame est extraordinaire : elle arrive à sourire et à avoir l'air triste en même temps, elle arrive à faire croire à son interlocuteur qu'il a toute son attention tout en ne perdant rien de ce qui se passe autour. Elle aperçoit donc Jacynthe Lemay et Percival Imbert qui s'approchent. Un éclair de contrariété strie son regard.

Allez savoir ce qu'elle dit au ministre, mais celui-ci est élégamment congédié et il fait un pas de côté pour attendre qu'un prie-Dieu se libère. La grande dame, véritable *Reine de la Nuit* mozartienne, dans l'esprit de Percival Imbert, s'avance vers les nouveaux arrivants.

Dans un français presque dépourvu d'accent, elle apostrophe Jacynthe Lemay.

— C'est donc bien ce que nous croyions : vous n'êtes pas à l'hôpital !

— Moi ? fait Jacynthe Lemay en regardant de côté et en constatant qu'il ne fait aucun doute que c'est à elle que la dame s'est adressée. Moi ? répète-t-elle. Non, je crains que vous ne me confondiez avec quelqu'un d'autre.

— *Oh my God !* Certainement pas, siffle la dame entre ses lèvres sans se départir de son sourire. Vous nous causez suffisamment d'ennuis, Mademoiselle Lemay, pour que je ne vous confonde avec personne. Je vous fais raccompagner tout de suite et je vous prierais, vous et M. Imbert, par respect pour notre deuil, de ne pas faire d'esclandre.

Ce disant, elle lève un doigt, ce qui a pour effet d'actionner une armoire à glace qui se tenait jusque-là à l'écart, les mains sagement jointes derrière le dos.

Jacynthe Lemay rétorque aussitôt en réussissant presque à adopter le même ton suave.

— Mais pourquoi ferions-nous des histoires ? Votre deuil est aussi le nôtre ; nous avons bien le droit de nous recueillir sur la tombe de notre ancêtre.

— Ah ! Je vois…

Le doigt levé de la dame en noir, dont le sourire s'est quelque peu aplani, est rejoint par ses collègues et, ainsi, de la paume ouverte, elle stoppe le mouvement de l'armoire à glace, laquelle réintègre aussitôt sa posture initiale.

— *So you do know…* Et si vous savez, je doute fort que vous soyez venus jusqu'ici à l'unique fin de prier pour le repos de son âme.

— Je ne sais pas, répond Jacynthe Lemay. Peut-être voulions-nous juste lui voir la face.

Elle s'approche du cercueil, suivie par la dame en noir, mais pas par Percival Imbert qui, depuis son entrée dans le hall, fait tout pour éviter d'envisager le mort. Au masculin ou au féminin, ce mot a sur lui le même effet désagréable.

— Il ne fait pas du tout ses 87 ans, constate Jacynthe Lemay.

— J'espère bien, au prix que ça nous a coûté ! murmure la dame.

Jacynthe Lemay écarquille les yeux, décontenancée.

— Maintenant que vous l'avez vu, enchaîne la dame, il va falloir que nous nous parlions. Patientez juste un instant, s'il vous plaît.

Elle s'éloigne et Jacynthe Lemay l'observe. Difficile d'évaluer son âge par son seul visage dont le maquillage est impeccable, mais par l'allure générale, on ne lui donne guère plus que cinquante ans. La dame se dirige vers un homme à la silhouette athlétique, qui leur fait dos, auquel une chevelure abondante et savamment coiffée donne un port aristocratique. Alerté par un sixième sens, il se retourne avant que la dame n'arrive à lui et il lui sourit. Jacynthe Lemay, pourtant peu sensible à la beauté masculine, ne peut s'empêcher d'être impressionnée : on croirait voir une vedette de cinéma dans la force de l'âge, mi-trentaine tout au plus. Il ressemble à la dame, il ressemble au mort, le même nez un peu retroussé, le même menton volontaire, les mêmes yeux gris. On est beau, dans cette famille. La dame lui adresse quelques mots auxquels il répond par des hochements de tête. La dame revient aussitôt.

— Si vous voulez bien me suivre…

Jacynthe Lemay et Percival Imbert se consultent du coin de l'œil.

— Ne craignez rien, les rassure la dame, les Sinclair-Keaton ont un sens très aigu de l'hospitalité.

Ils la suivent vers l'escalier de gauche, qu'elle contourne. Aussitôt séparée de l'assemblée, elle dit :

— C'était mon fils Michael. Désolée de ne pas vous l'avoir présenté, mais je préfère qu'il ne vous connaisse pas, je souhaiterais même qu'il continue d'ignorer votre existence.

Jacynthe Lemay ne sait trop quoi penser de cette remarque. Elle passe outre.

— Vous avez dû l'avoir bien jeune, hasarde-t-elle pour continuer la conversation.

— Hum… Je suppose que je dois considérer cela comme un compliment.

Ils s'arrêtent devant une porte. La dame pose la main sur la poignée, mais avant d'ouvrir, elle a un propos pour le moins étonnant.

— Toutefois, vous avez raison ! Comme vous le savez maintenant, mon père avait une prédilection morbide pour la chair fraîche des jeunes vierges.

Et elle ouvre.

C'est un petit salon aux murs tapissés de motifs rouge et or, sans fenêtre, meublé d'un canapé replet et de deux fauteuils assortis, autour d'une table basse posée sur une carpette épaisse, l'endroit idéal pour une conversation discrète. Jacynthe Lemay et Percival Imbert s'assoient dans les fauteuils, la dame s'installe sur le canapé

— Ça ne vous dérange pas que je fume ? demande-t-elle en s'allumant une cigarette qu'elle a prise dans une boîte nacrée posée sur la table et qu'elle a fichée dans un long fume-cigarette en ivoire.

Ses interlocuteurs sont encore trop abasourdis par ce qu'ils ont entendu un instant plus tôt pour protester.

— Eh oui ! fait-elle mine de s'exclamer, je suis passée à la casserole, moi aussi, comme Marie Doucet, comme Jeanne d'Arc Basque, et comme trop d'autres que vous ne connaîtrez jamais, à moins de lancer une opération retrouvailles, ce que je ne vous recommande pas. Oh ! mais je manque à mes devoirs les plus élémentaires, vous ne savez peut-être pas qui je suis : Nicole Norton, née Sinclair-Keaton. Norton est le nom de feu mon mari, un homme raisonnable au point d'accepter un mariage de raison afin de s'adonner à sa seule passion, la nature sauvage, sans que son épouse ne lui en tienne rigueur, et sans se soucier de ce que celle-ci fût déjà enceinte. Il a poussé la délicatesse jusqu'à se mettre en travers de la trajectoire d'une avalanche, me permettant ainsi de réaliser le premier rêve de ma vie : devenir veuve, une veuve jeune et riche. Et maintenant, me voilà orpheline, seule et unique héritière de l'empire Sinclair-Keaton. Prenez-en bonne note, en passant.

Jacynthe Lemay revient un peu de son étonnement.

— L'argent ne nous intéresse pas, dit-elle sèchement.

Nicole Norton émet un ricanement dubitatif.

— Voilà qui est très sage. Sachez néanmoins que je n'ai pas l'intention de rompre brutalement avec les engagements de mon père, donc, je veillerai à ce que vous ne vous trouviez jamais dans le besoin, et je pense particulièrement à vous, Jacynthe – vous permettez que je vous appelle Jacynthe? – puisque vous avez récemment quitté votre emploi.

Jacynthe Lemay est pantoise.

— Je vous suis mal...

— Je comprends. Tout ça vous arrive avec un certain désordre. Alors revenons à la base. Mon père ne buvait pas outre mesure et n'était pas foncièrement violent, même s'il pouvait être d'une grande brutalité quand il était sous l'emprise de ses bas instincts, toutefois, il avait un *pattern* de comportement semblable à celui des ivrognes et des batteurs de femme, en ce sens que ses «crises» étaient invariablement suivies par de pathétiques élans de repentir. Si vous saviez combien de fois il a demandé pardon à son père en déversant assez de larmes pour faire monter le niveau de l'Outaouais! Il lui aurait peut-être pardonné, mon grand-père, avec le temps, si son fils n'avait sans cesse recommencé. Pour ce qu'il m'a fait à moi, cependant, aucun pardon n'aurait été possible, mais hélas, le vieux venait de mourir. À moi, Duncan Sinclair-Keaton n'a commencé à demander pardon que sur le tard, et il n'avait pas besoin de pourvoir à mon bien-être, comme il le faisait avec les autres, je m'en occupais très bien moi-même. Auparavant, il faisait comme si rien n'était arrivé, et s'attendait à ce que je fasse de même. Je ne craignais pas qu'il m'agresse de nouveau, car il avait une fixation sur la virginité. Il devait donc toujours rechercher de nouvelles proies et, en un sens, c'était aussi bien pour les victimes, mais ça compliquait, et ça complique encore la gestion. Je doute qu'au-delà des larmes, il était vraiment conscient du mal qu'il a fait. J'incline plutôt à penser qu'il cherchait juste à adoucir le jugement de la famille, la colère de grand-père, surtout, ou encore à se prémunir contre des poursuites. Enfin, ce sera à lui de plaider sa cause dans l'au-delà. Toujours est-il qu'il a, avec une constance qu'on dirait méritoire en d'autres circonstances, établi un système lui permettant de suivre de près la vie, non seulement de ses victimes, mais aussi des enfants qu'il lui est arrivé de leur faire, puis des petits-enfants, et de leur apporter plus ou moins discrètement différentes formes de soutien. Depuis une quinzaine d'années, vu ses problèmes de santé, c'est moi qui me suis occupée de ses bonnes œuvres. Je l'ai fait strictement pour protéger la réputation de la famille, certainement pas pour l'aider à apaiser sa conscience.

Elle a prononcé les deux derniers mots en appuyant sur l'ironie.

Elle fait tomber sa cendre dans le cendrier.

Percival Imbert en profite pour prendre la parole.

— Madame parle un français remarquable.

— Tiens, vous n'êtes donc pas muet, vous ! C'est pourtant vrai, j'oubliais la note à votre dossier concernant votre manie de parler à la troisième personne. Je sais aussi que vous êtes un érudit de cette pauvre langue tellement maltraitée par nos concitoyens, alors je suis flattée que vous appréciiez ma compétence. J'ai étudié à Paris. Je parle aussi couramment italien, j'ai quelques bases en yiddish et je me suis mise au mandarin. Je crois bien que j'ai un don, et je ne déteste pas cela, ça me distrait un peu des affaires, bien que ce soit du même coup utile pour les affaires en question. C'est fou ce que ça prédispose les gens à votre égard de leur parler un peu dans leur langue !

— Vous connaissez toutes les victimes aussi bien ? demande Jacynthe Lemay.

— Bien sûr que non ; disons que vous m'avez récemment donné d'excellentes raisons de revisiter vos dossiers respectifs.

— Pour mieux nous éliminer...

— Non. Mettons les choses au clair. Il y a eu des dommages collatéraux que je déplore, mais nous avons suffisamment de moyens d'action pour qu'il nous soit inutile de recourir à la violence physique. J'ai été très fâchée d'apprendre qu'on a tiré sur cette jeune femme qui n'était pas vous... donc, je suppose, une collègue qui avait pris votre place, c'est ça ?

Jacynthe Lemay confirme d'un signe de tête.

— Un meurtre, ça laisse toujours des traces, ça excite les enquêteurs, ça met en branle la petite police, qui est bien plus difficile à contrôler que la grande, contrairement à ce qu'on pourrait penser. N'en êtes-vous pas la preuve vivante ? Et c'est une sacrée malchance pour nous que vous soyez apparue dans cette histoire, Jacynthe. Vous ne vous en rendez pas compte, mais la carrière politique de mon fils est définitivement compromise : il ne sera jamais premier ministre du Canada.

Pour la première fois, le visage de Nicole Norton, exprime une sincère désolation.

— Une sacrée malchance, oui, que vous deux vous vous soyez croisés, à ce moment-ci et dans ces circonstances. C'était tellement improbable ! Sauf que c'est ainsi, la plus efficace des mécaniques peut s'enrayer pour un stupide grain de sable. Bien sûr, nous allons tout faire pour limiter les dégâts, mais nous ne sommes plus maîtres du jeu, nous avons été informés que les souvenirs que vous avez rapportés de Tracadie sont entre les mains de la Sûreté du Québec. Nous n'avons pas le détail, mais nous savons que c'est gros, et forcément compromettant, n'est-ce pas ? Les rumeurs circulent déjà et personne ne voudra miser un jeton sur un fils d'une famille aussi salement compromise, un candidat qui, au mieux, aura toujours une épée de Damoclès suspendue au-dessus de la tête. C'est l'œuvre de toute ma vie qui demeurera inachevée, et ce, juste comme le décès de mon père me soulageait de tant de tracas. Quelle ironie ! Mais je ne vous en tiens pas rigueur, évidemment, vous n'avez été que les instruments du destin.

— Même si je suis en bonne santé, je doute de vivre assez longtemps pour trouver une seule minute où je n'aurais plus rien d'autre à faire que de me désoler du sort politique de votre fils, Madame. Au moins, lui, il est vivant et paraît même en grande forme.

— Oh ! mais vous avez le sens de la répartie ! Vous avez hérité ça des Keaton vous savez ?

Jacynthe Lemay se redressa et regarda Nicole Norton droit dans les yeux.

— Il semble que ma jeune collègue s'en tirera, mais Dorothy Pettigrew n'a pas eu cette chance, et Marie Doucet non plus, peut-être. Comment pouvez-vous affirmer que vous n'utilisez pas la violence physique quand vous avez tout ce sang sur les mains ?

Nullement démontée, Nicole Norton exhale un nuage bleu vers le plafond et hoche la tête. Elle dépose son fume-cigarette dans le cendrier et laisse le mégot s'éteindre de lui-même.

— Non, trois fois non. Je vous explique. Les affaires impliquant Marie Doucet sont – étaient, devrais-je plutôt dire – beaucoup plus délicates qu'avec d'autres. D'abord, mais peut-être que je ne vous apprends rien, Marie Doucet n'était pas une victime ordinaire, c'était aussi la fille de mon salaud de père. Il avait engrossé une domestique, à sa manière habituelle, alors qu'il n'était même pas sorti de l'adolescence. Ainsi, deux fois, mon père a ajouté l'inceste à ses crimes déjà sordides.

— Oui, nous savions, en ce qui concerne Marie Doucet.

— Bon. Vous savez aussi maintenant qu'elle et moi avons cette atrocité en commun. Elle était ma demi-sœur, comme vous êtes mon demi-frère, Monsieur Imbert ! Quelle famille, n'est-ce pas ? En passant, Percival, votre rencontre à vous et Marie est moins le fruit du hasard que d'une erreur. Mon père avait du génie pour les affaires, c'est courant dans la famille, mais en affaires comme dans sa vie, il manquait quelque peu de rigueur. Il n'aurait jamais dû permettre que deux de ses « protégés » travaillent si près l'un de l'autre. Si j'avais été aux commandes à ce moment-là, j'aurais trouvé le moyen de vous séparer, mais ce n'était évidemment pas le cas. Enfin, il semble que vous ayez coulé une vie de couple heureux et que vous vous soyez épanouis dans vos carrières respectives, et surtout, vous ne nous avez pas apporté de descendants embarrassants. Tant mieux. Côté carrière, nous vous avons considérablement aidé sans que vous le sachiez, mais je peux vous dire que vos formidables compétences étaient des plus appréciées. Mais revenons à Marie, avec qui, en effet, les affaires étaient plus compliquées. Elle n'était pas du genre à se laisser entretenir ou à se contenter de la situation qu'on lui avait procurée. Elle avait du chien : une vraie Sinclair-Keaton...

— La moralité en plus ! interrompt Jacynthe Lemay.

—Je vous l'accorde. Donc, j'étais jeune à l'époque et je n'avais aucune idée de son existence, j'étais, vous pensez bien, trop occupée à me reconstruire après la dévastation causée par mon père, à apprendre à vivre comme une mère, alors que je ne savais même pas ce que c'était que de vivre comme une fille. J'ignore comment ça s'est fait, mais on sait que la guerre offre des opportunités et Marie est entrée dans les services secrets de la GRC. Dès lors, elle a navigué entre deux forces occultes, si on peut dire, nous et le service de sécurité. Et il faut reconnaître qu'elle a fait ça avec brio. Opportunément, nous avons, disons... des liens étroits avec la direction de ce service. Connaître certains secrets peut se révéler un avantage énorme sur vos adversaires, particulièrement s'il s'agit justement des secrets de vos adversaires.

— Si vous essayez de nous intimider, vous gaspillez votre salive.

— Oh ! mais qu'allez-vous chercher là ? Pas du tout ! Je ne fais que vous brosser le tableau de cette famille à laquelle vous venez d'apprendre que vous êtes liés par le sang. Voyez-y des opportunités plutôt que des menaces.

— M. Imbert a tout ce qu'il lui faut côté matériel et moi, je suis capable de faire mon chemin toute seule.

— Vous dites ça maintenant, mais tant de choses peuvent changer. Qu'importe. Restons-en à Marie. Elle aussi, une fois lancée, elle était parfaitement capable de faire son chemin toute seule, et elle l'a fait, jusqu'en 74, année où elle s'est complètement retirée. C'est aussi l'année où nous lui avons versé de l'argent pour la dernière fois. Ce n'était pas un petit montant, mais quand je vous dis que c'était une vraie Sinclair-Keaton, c'est qu'elle avait vraiment le sens des affaires et elle connaissait la valeur marchande de son silence.

— Madame emploie l'imparfait, c'est donc que Marie Doucet est morte, énonce Percival Imbert d'une voix tremblante.

— Je n'en sais rien, Percival, très honnêtement, je n'en sais rien ! J'emploie l'imparfait parce que nous n'avons plus eu le moindre contact avec elle depuis. Ce que je sais, par contre, c'est qu'avec l'élection de ce *Rini Livesskiou, the separatist dwarf,* comme on l'appelle par ici, et avec cette commission d'enquête, il était devenu impératif qu'elle quitte le pays sans laisser de traces. Ce n'était pas vraiment un problème. Elle savait depuis toujours qu'elle pourrait avoir à faire face à cette éventualité et, avec le service de sécurité, elle s'y était préparée. Mais il y avait tout de même une difficulté majeure à surmonter.

Elle se tait, elle reprend son fume-cigarette en extirpant le mégot éteint grâce à un petit crochet fixé au cendrier, elle y installe une nouvelle cigarette, l'allume et souffle la fumée, attendant qu'on lui demande de poursuivre.

— Alors, quelle était cette difficulté ? interroge Jacynthe Lemay qui aime autant jouer le jeu.

Nicole Norton absorbe une nouvelle bouffée et porte son regard sur Percival Imbert.

— Vous, Percival. Vous le savez au premier chef. Et vous savez mieux que moi que l'opération ne s'est pas déroulée comme prévu. Ça, on me l'a appris, on m'a surtout appris que votre femme s'est retrouvée dans un très fâcheux état. Pas plus le service de sécurité que nous n'avions le moindre intérêt à nous en prendre à elle. Alors, qui a bien pu le faire ?

Percival Imbert adopte l'attitude de statue de pierre à laquelle il sait si bien recourir lorsqu'une menace d'intrusion dans son monde intérieur se fait sentir.

Jacynthe Lemay se tourne vers lui. Elle brûle d'acculer l'homme au pied du mur et d'exiger enfin toute la vérité. Elle se retient pourtant, ce n'est ni l'endroit ni le moment. Elle revient à Nicole Norton.

— Parlons plutôt de Dorothy Pettigrew, si vous voulez bien.

— À votre guise.

Nicole Horton secoue la tête de dépit et pompe une autre bouffée.

— Pauvre Dorothy. Je doute que vous sachiez qu'elle était elle aussi une victime de mon père. Elle a aussi été violée lors d'un passage à Tracadie, d'ailleurs. Elle s'était ensuite constitué une vie un peu morne à mon point de vue, mais elle s'en était sortie à sa manière. C'est ce que nous faisons toutes, au bout du compte, enfin presque. La mère de Marie, pour une, n'a pas survécu dix ans à son viol. Elle est morte assassinée dans un bordel de Montréal. En ce temps-là, mon grand-père s'occupait de tout et croyez-moi, s'il n'a pas pu la sauver, c'est que c'était impossible. Dès qu'elle recevait de l'argent, elle disparaissait dans les vapes. Ma mère, ma propre mère, s'est usé l'âme à jouer la comédie de l'épouse distinguée qui aurait marié son bourreau par amour. La haute société a ses règles.

Nicole Norton fume pour se redonner une contenance.

— Vous savez, tout ça, la fortune, le pouvoir, c'est une bien petite compensation pour avoir eu une telle ordure comme père. J'ai beau être forte, quand je ressasse tout ça…

Nouvelle bouffée.

— Dorothy, donc. Je vous ai dit que la rencontre entre Percival Imbert et Marie Doucet était le fruit d'une erreur. Il n'était pas question de la répéter. Mais on n'avait quand même pas un contrôle parfait sur tout, et quand on s'est rendu compte que Marie était débarquée à Ottawa, dans les locaux même où travaillait déjà Dorothy Pettigrew, l'alarme a sonné. C'est la seule fois où nous nous sommes parlé. Oui! Nous nous sommes parlé, et nous sommes allées au fond des choses. Nous avons été d'accord qu'il valait mieux qu'elle quitte Ottawa, pour tout le monde, incluant vous, Percival, et je vous assure que je n'ai exercé aucune pression indue. Une belle opportunité s'est présentée. Elle y est restée un bon moment jusqu'à ce qu'elle cesse toute activité pour des raisons qu'elle n'a pas jugé bon de nous donner. Et Dorothy Pettigrew a continué sa vie tranquille de secrétaire de direction sans être dérangée.

— Jusqu'à ce que vous lui fassiez tordre le cou.

— Ma foi, comme vous y tenez! Je ne lui ai pas fait tordre le cou, je n'ai jamais commandé la mort de personne et je ne le ferai jamais. S'il vous arrive quelque chose, cela ne viendra pas de moi.

— Alors, qui a tué Dorothy Pettigrew?

— Des imbéciles, Jacynthe! Des imbéciles!

— Est-ce qu'elle est morte parce qu'elle a voulu aider Percival Imbert à retrouver sa femme? demande ce dernier qui est discrètement revenu dans l'entretien.

Nicole Norton achève sa cigarette et la dépose comme elle l'avait fait avec la première.

— Ça dépend comment on regarde la chose. Qu'est-ce que cela veut dire, parce que? Elle est morte parce que Marie Doucet est disparue, et parce que le conjoint de Marie Doucet a demandé des renseignements à Pierre-Paul Dandonneau, et parce qu'on m'en a avisé et que j'ai dû faire comprendre à Dandonneau qu'il devait agir comme si Marie Doucet n'avait jamais existé, et parce que Dandonneau n'a pas eu le courage de se charger lui-même de cette désagréable tâche et l'a refilée à Dorothy Pettigrew, et parce que Dorothy Pettigrew a mal réagi et a donné rendez-vous à Percival Imbert et qu'elle ignorait que la ligne téléphonique de son bureau et même sa ligne personnelle étaient sous écoute, comme dans le cas de tous ceux qui peuvent parfois être en contact avec des secrets d'État, particulièrement ce soir-là, vu les événements, enfin elle est morte parce que moi et quelques personnes avons considéré qu'il serait dangereux qu'elle rencontre Percival Imbert. Mais cela ne fait ni de vous ni de moi des coupables: les seuls coupables sont deux imbéciles qui, apparemment, ont «surinterprété» le sens de leur mission. Que voulez-vous? Le

Canada est un pays tranquille. Le peu d'espions professionnels que nous avons préfèrent travailler à l'étranger, alors il ne reste sur place que des cowboys de série B. Et c'est à peu près la même histoire pour votre camarade, Jacynthe.

— C'est épouvantable, soupire Jacynthe Lemay, vous n'avez aucune… aucune…

— Aucune humanité? propose Nicole Norton. Je pourrais en effet ne pas en avoir du tout, puisqu'on me l'a prise, mais j'en ai quand même un peu. Bien sûr que c'est épouvantable, quand on a le nez dessus, sauf qu'un État, il faut que ça fonctionne, et il n'y a pas un État qui fonctionne autrement. Il est naturel de s'apitoyer sur le sort de la gazelle dévorée par le lion, mais la nature a ses lois et on n'y pense plus quand on s'émerveille devant ses beautés.

— Vous n'êtes pas l'État!

— L'État au sens large, la société, l'économie, il faut que ça roule, tout ça! Pendant que vous vous désolez de la mort de Dorothy Pettigrew, il y a des millions de Canadiens qui mènent une vie peinarde et il faut que ça continue, il faut leur donner du travail, de la liberté et de la sécurité, ce qui implique empêcher ces *crazy separatists* de tout foutre en l'air.

— Ce qui implique aussi de permettre au clan Sinclair-Keaton de continuer à s'enrichir à ne plus finir…

— Mais bien sûr! La croissance, d'où croyez-vous qu'elle va venir? Nous avons la puissance et la fortune pour faire avancer ce pays, nous n'avons pas ça pour rien, nous avons ça parce que nous l'avons voulu, parce que nous avons pris les moyens de l'acquérir et de le garder, de père en fils, et maintenant en fille, depuis l'origine de ce pays. Il en a toujours été ainsi, ma petite fille, dans toutes les sociétés, le pouvoir va à ceux qui le veulent et sont déterminés à prendre les moyens pour l'obtenir. Bien sûr, nous avons la démocratie, et c'est joli, la démocratie, ça donne des belles couleurs à un pays, mais c'est nous qui nous occupons des choses sérieuses.

— Et ça vous donne le droit de violer?

— Ne me faites pas dire ce que je n'ai pas dit. Mon père est un accident de parcours, c'est une verrue, un chancre, mais ce n'est pas un cancer, il n'a pas disséminé de métastases. D'ailleurs, si mon fils avait hérité de ses sombres penchants, je pense que je l'aurais châtré de mes propres mains. Ce n'est heureusement pas le cas. Il n'a hérité que de ses qualités. Quel premier ministre il aurait fait! Après tout ce que nous avons apporté à ce pays, il me semblait qu'il était temps qu'un Sinclair-Keaton accroche son portrait dans la galerie de l'édifice du Centre. Mais je ne désespère pas tout à fait. Toute cette agitation va passer. On va laisser les libéraux se faire battre à la prochaine élection. Lévesque va perdre son référendum et se faire virer comme un malpropre. La tension va baisser. Après un mandat conservateur, deux au plus, l'habituelle soif de changement va se faire sentir.

— Si j'étais vous, je ne ferais pas trop de plans avant que la Commission ait déposé son rapport. Ça va faire du bruit.

— Croyez-vous? Au Québec, oui, peut-être, mais nous contrôlons suffisamment de médias pour atténuer les dégâts, et même au Québec, les gens préféreront toujours un Canada imparfait qu'un Canada brisé. Ailleurs au pays, ça embarrassera quelques beaux esprits, Ed Broadbent va y aller de virulentes dénonciations, et ce sera tout, voire, les gens nous remercieront de nous être compromis pour sauver le pays.

Vingt-sept secondes de silence permirent à Nicole Norton d'en finir avec sa cigarette.

— Et ne soyez pas étonnés si l'affaire s'étouffe.

— Je ne vois pas comment...

— C'est fait pour ça, Jacynthe, pour que vous ne voyiez pas. Bon: tout cela étant dit, le devoir m'appelle. Vous savez tout, Jacynthe, enfin tout ce que vous avez à savoir, vous de même, Percival, et j'irais jusqu'à dire que vous en savez probablement plus que nous. Ce sont de bien tristes histoires, mais il n'y a plus grand-chose à faire. Duncan Sinclair-Keaton n'est plus, on ne peut donc ni le poursuivre, ni le faire chanter. Nous allons vous laisser tranquilles et je sais à qui parler pour que les services secrets vous laissent tranquilles aussi. De toute façon, le mal est fait.

— C'est un peu trop facile, il me semble.

— Allons, vous n'allez pas raconter ça à tout le monde, ça ne donnerait rien, et pire, ça ferait du mal. Pensez à tous ces gens qui ont été affectés de différentes manières par les méfaits de mon père, croyez-vous qu'ils aient envie de retrouver leurs noms dans les journaux ? Non, ils ont rangé tout ça quelque part dans leur tête et ils vont leur chemin. Faites donc de même. Vous êtes jeune, belle, talentueuse, et vous aurez notre soutien au besoin. Si vous vous mariez et avez des enfants, irez-vous leur raconter qu'ils sont les descendants d'un affreux violeur de vierges ? Vous-même, n'auriez-vous pas, tout compte fait, préféré l'ignorer ?

Cette allusion au mariage montre que Nicole Norton ne sait pas absolument tout sur elle, et cela est de nature à rassurer un peu Jacynthe Lemay.

— Je n'ai pas l'intention de me marier, dit-elle, et je ne crois pas que ce soit vrai que ce qu'on ne sait pas ne nous fait pas de mal.

Nicole Norton, se redresse, ouvre son petit sac à main noir garnis de brillants qui sont sans doute de véritables diamants, elle en sort un poudrier digne d'être à l'abri dans une vitrine blindée et elle vérifie l'état de son maquillage, effleure une mèche de cheveux, puis remet le poudrier dans son sac, elle avance les fesses au bord du canapé, elle plonge son regard dans celui de Jacynthe Lemay, elle étend le bras et pose délicatement sa main sur le genou de cette dernière. Décontenancée, la jeune policière retient son souffle.

— Je comprends cela, dit Nicole Norton. Alors… je suis sûre que vous aimeriez beaucoup savoir où se trouve votre petit frère et comment il se porte, non ?

— Quoi !? C'est vous qui...

— Non, tout de même, ne vous fâchez pas, non, ce n'est pas nous qui l'avons enlevé. Enfin oui, d'une certaine manière, dans un second temps. Nous étions particulièrement préoccupés du sort de ce garçon et nous gardions un œil attentif sur lui comme sur le reste de sa famille, mais on ne pouvait quand même pas le surveiller en permanence, vous êtes bien placée pour le savoir.

Touchée, Jacynthe Lemay baisse les yeux.

— Mais n'allez surtout pas croire que je vous fasse un reproche, ni à vos défunts parents. Il n'y a rien de plus bête que de se sentir coupable du crime d'un autre, croyez-moi. Mais dès que la nouvelle est sortie, nous avons agi. Vous savez mieux que moi que, paradoxalement, la police est en quelque sorte menottée. Ce n'est pas notre cas. Il y a de ces gens, des malfrats, des prostituées, qui ne parleraient pas à la police même pour un million de dollars, mais qui ne répugnent pas à bavarder pour quelques bières, un peu de drogue, ou simplement pour éviter le désagrément de se faire casser une jambe. On y a mis le paquet, et ça a très rapidement donné des résultats.

Retour en arrière

(1970)

*P*chiii...
   Il est fasciné, toujours, fasciné par le sifflement monocorde, fasciné par le souffle de l'air sur son visage, fasciné par la forme qui s'aplatit comme si la vie l'abandonnait, fasciné par l'énorme masse métallique qui descend doucement grâce à sa seule volonté de libérer cette puissance contenue comme un secret.

   Pchiii...

   Il n'est plus un enfant, il est grand, il est fort et savant, il est le magicien, il est le génie, il est celui qui commande aux éléments.

   Pchiii...

   Il est aussi celui qui fait ce qui n'est pas bien, il est celui qui désobéit, il est celui qui va provoquer la colère de ses parents, qui va faire rager sa grande sœur qui n'était pas là pour lui donner ses biscuits. Il sait que c'est mal, mais c'est encore meilleur comme ça, avec la petite douleur juste en dessous du plaisir.

   Pchiii...

Ce sera bientôt fini, mais il y en a un autre juste à côté, et d'autres un peu plus loin. Voilà pourquoi c'est tellement mieux que de jeter le bouchon de baignoire dans la chasse d'eau et de la tirer, et de regarder le bouchon tournoyer et disparaître. Il peut recommencer, encore et encore, autant qu'il y a de voitures garées, et tant que personne ne le surprenne.

Pchiii...

C'est facile. Il s'accroupit, dévisse le petit capuchon noir, et pousse avec son petit doigt dans le tube.

Pchiii...

C'est reparti. Il ferme les yeux. C'est bon, c'est tellement bon.

Pchiii...

Bruit de semelles...

Il ouvre les yeux. Il voit les grosses chaussures noires. Il lève la tête. Le monsieur n'a pas l'air fâché. Il lui sourit.

— Réparer bicyclette!

C'est toujours ce qu'il dit. C'est comme ça qu'il a découvert le secret, quand il avait regardé le voisin réparer sa bicyclette.

Le monsieur regarde à gauche et à droite. Il se penche un peu.

— Tu aimes ça, dégonfler des pneus, hein, ti-gars? J'en ai un gros pour toi, gros comme ça, dit le monsieur en écartant les bras. Là, dans mon camion.

Il pointe vers le bout de la rue, juste avant la courbe. Il y a un camion de livraison, avec des grosses roues.

— Viens, dit le monsieur, viens voir, une grosse roue juste pour toi. Ça va faire «pchiii» longtemps, longtemps.

Le garçon aperçoit bien le camion et ses grosses roues. Il tourne la tête vers sa maison. Tant qu'il peut voir la maison...

— Viens, insiste le monsieur qui s'éloigne déjà.

Le garçon le suit, un peu en arrière. Il ne doit pas suivre les étrangers, mais il n'a plus d'yeux que pour les grosses roues.

— Regarde ça, mon homme, dit le monsieur en ouvrant la grande portière arrière.

Elle est là, énorme, montée le long de la paroi.

— Allez, vas-y, ça ne me dérange pas.

Le monsieur le prend par le bras pour l'aider à se hisser.

Puis quelque chose de mou tombe sur lui, quelque chose qui sent fort. Le garçon s'agite, mais tout se met à tourner, il se sent aspiré. Pchiii…

Il est assis sur le matelas posé directement sur le sol. Il regarde les roues de bicyclette, placées en tas dans le coin, qu'il a dégonflées une à une, tantôt. Tantôt quand ? Il ne se souvient plus.

Il s'ennuie. Dégonfler les pneus ici, ce n'est pas comme dans la rue. Ça ne lui fait pas d'effet. Il s'ennuie. Il veut rentrer à la maison, il veut sa maman.

Mais la porte ne s'ouvre pas.

Il ne se souvient plus combien ça fait de temps qu'il s'est réveillé la première fois dans cette chambre bleue, sans fenêtre.

Le monsieur était là. Il lui avait demandé s'il allait mieux. Il lui avait donné de l'orangeade froide. C'est bon, l'orangeade. Il lui avait montré les roues de bicyclette alignées contre le mur, toutes neuves, brillantes.

Mais avant, il lui a dit qu'ils allaient jouer un peu ensemble, un jeu facile. Il lui avait montré des dessins. Il avait fait comme dans les dessins. Il n'avait pas trouvé le jeu amusant, pas du tout. Il n'osait pas le dire. Le monsieur était toujours gentil. Il lui avait demandé ce qu'il aimait manger. Du pâté chinois. Il avait eu du pâté chinois. Avec du ketchup. Le monsieur était toujours gentil, mais il lui faisait peur quand même.

Il entend des pas. Il entend la clef dans la serrure. Il met les mains sur son zizi.

La porte s'ouvre. Ce n'est pas le monsieur. C'est une dame. Elle lui sourit. Elle s'approche et se penche, l'appelle par son nom. Elle dit qu'elle s'appelle tante Nicole et qu'elle est venue le chercher. Elle le prend par la main et ils sortent de la pièce. Ils montent un escalier. Ils arrivent dans une cuisine. La dame le presse et lui met doucement la main devant les yeux.

— *Ne regarde pas.*

Mais il a le temps d'apercevoir des hommes avec de gros bras, et entre eux, le monsieur au camion, couvert de sang. Il frémit.

La dame presse le pas. Ils sortent. C'est la nuit. Il fait froid. C'est la campagne. Il y a une voiture, la plus grande voiture qu'il ait jamais vue. Un homme avec une casquette tient la portière ouverte.

Dans la voiture, il fait plus chaud.

— *Je veux voir maman.*

— *Pas tout de suite, mon chou, dit la dame. Il faut commencer par voir le docteur. Il est loin, le docteur. On va d'abord faire un beau voyage.*

— *Je ne veux pas faire un voyage, je veux voir maman.*

— *Mais oui, bien sûr. Ne t'inquiète pas, tante Nicole s'occupe de tout, de tout. Tiens, tante Nicole t'a apporté des bonbons. Tu en veux un ?*

Ce sont de gros jujubes. Le garçon en prend un vert. Il le mâche avec délectation. Il laisse aller sa tête contre la vitre.

La voiture roule avec une extrême douceur.

Il fait dodo.

75
Le récit de Percival Imbert

Jacynthe Lemay claque la portière. Elle est à la fois enragée et exaltée.

— Vous pensez qu'elle va tenir parole ? demande Percival Imbert.

— Elle a intérêt.

Elle demeure immobile un instant, les mains agrippées au volant comme si la voiture s'apprêtait à s'élancer dans les jardins. Puis elle se tourne vers le passager.

— Mais pour l'instant, c'est à vous de parler. Vous m'avez promis de tout me dire, eh bien ! Le moment est plus que venu. Je ne veux plus attendre et faire une folle de moi. Ou vous me racontez tout d'ici à Montréal, ou, lien du sang ou pas, je vous raye de mon existence et je vous laisse vous débrouiller avec Grothé.

— Je… Je ne peux pas. Percival Imbert est incapable de parler.

— Quoi ?

— Mais il peut écrire. Percival Imbert peut écrire.

Il glisse la main dans son pardessus. Il a toujours sur lui un calepin et un stylo-plume.

On a toujours considéré la mémoire de Percival Imbert comme phénoménale. Lui n'a jamais prétendu que c'est le cas, car il ne saurait affirmer quelque chose qu'il n'est pas en mesure de constater par lui-même. Percival Imbert ne peut savoir comment fonctionnent les mémoires des autres, ni donc en quoi elles seraient différentes de la sienne. Il semble que la capacité de mémoriser des dictionnaires soit hors du commun, mais pour Percival Imbert, c'est une opération qui ne pose aucune difficulté particulière, c'est une opération mécanique, sans plus. Percival Imbert est cependant conscient que très rares sont les personnes qui s'adonnent à cette activité, tellement rares qu'il n'en connaît aucune autre que lui-même. C'est sans doute que les gens ne voient pas l'utilité d'un tel investissement de temps, puisqu'il est très facile de se procurer des dictionnaires et de les consulter au besoin. C'est cependant plus pratique et rapide de les consulter quand on les a en mémoire; on s'épargne ainsi des délais de manipulation. Une telle économie n'est pas négligeable dans le métier qu'exerce Percival Imbert. La grande majorité des gens, on peut le supposer, préfèrent meubler leurs loisirs autrement.

D'aucuns assimilent la mémoire à un muscle et si tel est le cas, il faut reconnaître que celui de Percival Imbert est remarquablement développé, on est donc en droit de s'attendre à ce qu'il soit parfaitement précis quant aux référents de temps et de lieu dans le récit qu'il s'apprête à faire. Or, il n'en sera pas toujours ainsi. Il lui est impossible, par exemple, de déterminer à quel moment précis il a commencé à percevoir une tension inhabituelle chez Marie Doucet, personne désignée, selon l'usage populaire, comme sa femme, bien qu'elle n'eût point été sa possession et qu'ils n'eussent pas été liés par un contrat marital quelconque. Percival Imbert ignorait que Marie Doucet était en réalité sa demi-sœur; elle, par contre, le savait, ainsi que l'a révélé la lecture de ses lettres, mais il serait douteux que cela ait joué un rôle dans ce qui s'est produit.

Pourquoi Percival Imbert n'a-t-il pas retenu le moment précis où quelque chose a changé dans le comportement de Marie Doucet ? Quelle que soit la réponse qu'il puisse proposer à cette question, ce manque demeure pour lui un objet de honte et de culpabilité. C'est cette forme de cécité mentale qui a fait en sorte que le monstre est sorti de l'inexistence où Percival Imbert croyait l'avoir définitivement confiné, et qui a fait que Marie Doucet est peut-être morte. S'est-il agi de son ineptie congénitale à se préoccuper de ce qu'on appelle les sentiments, s'est-il agi d'un mécanisme inconscient de défense par le déni, s'est-il agi d'une forme de manipulation visant à amener Marie Doucet à renoncer à son projet ? Sans doute que chacune de ces hypothèses se vérifierait dans une certaine mesure, mais aucune ne saurait constituer une excuse. Si Percival Imbert est aujourd'hui en mesure d'affirmer qu'à un moment donné du dernier automne, quelque chose a changé chez Marie Doucet, c'est forcément qu'il était en mesure de le constater sur le fait. Autrement, on pourrait penser que c'est son imagination qui fonctionne à rebours, ce qui est impossible puisque l'imagination est quelque chose dont Percival Imbert est congénitalement dépourvu. Il a fallu que le ciel s'effondre, dirait-on en langage poétique, pour que son esprit cherche et retrouve certains détails récents dûment enregistrés par sa mémoire.

Quand, par exemple, en sa tendre compagnie, Marie Doucet écoutait de la musique, il arriva à celle-ci de parler, de prononcer de courtes phrases célébrant leur bien-être commun. Ce genre de constatations d'évidences était absolument exclu des habitudes du couple, dont le modus vivendi *réduisait à l'essentiel le recours à la parole, laquelle prenait ainsi une grande valeur. Percival Imbert fut très certainement agacé par ces mots inutiles et cela aurait dû l'alerter. S'il n'avait pas été tellement coulé dans ses propres manies, il aurait demandé à sa compagne pourquoi, tout à coup, elle éprouvait le besoin de souligner ce dont ils étaient conscients depuis qu'ils vivaient ensemble.*

On connaît maintenant le pourquoi de ce changement chez Marie Doucet. Elle se préparait à partir. Elle y alla d'ailleurs bientôt d'allusions plus directes. Si, pour une raison ou pour une autre, disait-elle, il arrivait qu'elle dût se priver de tels moments, elle ferait tout pour que cette privation ne soit pas définitive. Un jour, au petit-déjeuner, elle réfléchit tout haut qu'une vie est une entité au tempérament instable, qui se refuse à suivre le chemin le plus sûr, le plus droit, le plus court ; elle impose tôt ou tard des détours que nous ne souhaitons pas, mais dans lesquels nous n'avons pas le choix de nous engager. Il fallait donc parfois se résigner et accepter le changement. Probablement que Percival Imbert, entendant cela, considéra qu'il fallait être indulgent, et que son indulgence, il la manifesta en écoutant sans commenter. De toute manière, quel commentaire aurait-il été en mesure de faire, sinon lui donner raison ?

Ce n'est qu'aujourd'hui qu'il se rend compte qu'il aurait dû dire quelque chose, n'importe quoi pour montrer un peu d'intérêt, pour encourager Marie Doucet à poursuivre. Il est maintenant évident qu'elle ne trouvait pas la façon de lui annoncer son départ. Il n'y en avait probablement pas, d'ailleurs, de façon autre que celle à laquelle elle dut se résoudre. Cette annonce ne pouvait qu'être brutale. Donc, elle procrastinait.

Et puis, un autre jour, il l'a surprise à faire une liste. C'était d'abord tout simplement extraordinaire qu'il la surprenne tout court tant leur vie était réglée. C'est qu'il avait été pris d'une soif soudaine et tyrannique. D'ordinaire, il buvait peu et à heures régulières, mais depuis quelque temps, il lui arrivait d'être ainsi saisi de sécheresse gutturale. Il impute au vieillissement l'apparition de ce léger désagrément. Quoi qu'il en soit, il était descendu à la cuisine pour se désaltérer et il avait trouvé Marie assise à la table, plongée dans une profonde réflexion. Elle tenait un crayon à la main et devant elle était posée une longue liste écrite de la même main. Elle avait sursauté comme une enfant prise en défaut. Percival Imbert s'était excusé, avait pris la carafe dans le frigo et il s'était versé un verre d'eau froide qu'il avait ingéré à petites gorgées. Il aurait eu tout le temps de lui demander quel était le contenu de cette liste et en vue de quel objectif elle *l'avait dressée. S'il l'avait fait, sans doute aurait-elle profité de l'occasion pour lui expliquer que, non seulement elle devait partir, mais qu'elle devait aussi faire disparaître toute trace d'elle. Au lieu de quoi il s'était empressé de retourner à son travail, qu'il avait horreur d'interrompre.*

Percival Imbert se limitera à ces quelques exemples pour montrer que ce que l'on sait maintenant, soit que Marie Doucet avait préparé elle-même sa disparition, est avéré par les souvenirs que sa mémoire lui restitue, et que s'il avait accepté de sortir un peu de son cocon, il en aurait été dûment informé. Cela dit, sa réaction aurait-elle été différente ? Le monstre serait-il sagement demeuré dans les tréfonds de l'oubli ?

Puis est arrivé le vendredi 23 décembre. Cette date-là, Percival Imbert s'en souvient parfaitement, pour des raisons évidentes. Il était 8 h tapant, heure à laquelle, chaque jour, ayant disposé des reliefs du petit-déjeuner, il monte à son bureau. Or, sa femme le retint. Elle avait à lui parler. Elle précisa, bien que cela allât de soi, sinon elle n'aurait pas rompu avec les habitudes, qu'il s'agissait d'une affaire de la plus haute importance. Ce n'était déjà pas une journée ordinaire. C'était la journée d'une sorte de rite annuel. L'après-midi, ils devaient se rendre aux Galeries du Sud, effectuer différents achats pour la Noël. C'était aussi le jour de l'année où Percival Imbert acquérait les dernières éditions de quelques dictionnaires, jour heureux s'il en est. Cela signifiait par contre que Percival Imbert perdait une demi-journée de travail. Les heures de l'avant-midi devenaient d'autant plus précieuses. Il obtempéra cependant, ainsi qu'il le faisait toujours, il ne se souvient pas d'une seule occasion où il eût opposé un refus à sa femme, et c'était bien ainsi.

Ils passèrent au salon. C'est là que tout s'est joué.

Marie commença par une litanie d'appels au calme, de mises en garde, de préventions, elle était consciente et navrée du fait que ce qu'elle allait lui annoncer causerait un grand choc à Percival Imbert. Peut-être eût-elle mieux fait d'aller directement au but. C'était ainsi que la mère de Percival Imbert avait procédé lorsqu'elle avait

447

dû lui apprendre qu'elle était atteinte d'un cancer incurable. Sa mère avait cependant une connaissance de Percival Imbert d'une profondeur à laquelle personne d'autre ne pourra jamais prétendre, même avec tous les efforts imaginables. Sa mère savait qu'à tout prendre, il valait mieux que Percival Imbert soit confronté au fait brut, sans transition. Tous les détours qu'on puisse prendre dans l'intention de le ménager sont perçus par lui comme autant d'indices de l'ampleur de la menace, parce qu'ils réfèrent à une inconnue et que rien n'est plus effrayant que l'inconnu.

Ainsi, quand sa pauvre femme, qui croyait agir pour le mieux, en est arrivée à l'objet de l'entretien, Percival Imbert était déjà dans un état de perturbation avancé, tel qu'il n'en avait plus connu depuis sa jeunesse, et cela implique qu'il était à ce moment un être dangereux, parce que le monstre, comme un démon exhumé de ses entrailles, avait pris possession de sa personne. Marie Doucet aurait eu intérêt à s'enfuir, mais elle n'avait jamais été confrontée au monstre, dont elle ignorait même l'existence, et elle n'était évidemment pas en mesure de déceler les signes de son émergence, lesquels sont, tant qu'il ne passe pas à l'acte, plutôt subtils. Le monstre ne se bat pas les pectoraux comme un gorille énervé, le monstre n'aboie pas comme un chien enragé, le monstre attend dans une parfaite immobilité le moment de frapper, comme un serpent ou, plus justement dans les circonstances, comme un scorpion !

Percival Imbert ressent pour le scorpion le même attrait que ses congénères ressentent pour la perruche ou le carassin doré, communément appelé poisson rouge. Cet attrait est exclusif et, croit Percival Imbert contre toute logique, partagé. Sa mère avait été pour le moins étonnée lorsque, à la suggestion sans doute d'un thérapeute quelconque, elle avait résolu d'offrir un animal de compagnie à son fils, et que celui-ci avait arrêté son choix sur un scorpion. Bien peu de gens, à l'époque, en tout cas au Canada, savaient que le scorpion peut être gardé en captivité. Allez savoir d'ailleurs où Percival Imbert était allé chercher cette fascination pour une créature qui d'ordinaire inspire l'effroi, lui-même ne s'en souvient pas. La mère de Percival Imbert n'avait cependant qu'une parole, et c'était une personne pour qui rien ne paraissait jamais impossible, surtout quand il s'agissait de son fils. Elle procéda sans doute à une recherche et fut soulagée d'apprendre que seule une minorité des quelque 1500 espèces de scorpions présentent un danger mortel pour l'humain – bien que toutes soient vénéneuses à des degrés divers. Dans le cas des enfants, la plus grande prudence est toutefois de mise, de même qu'avec les adultes de petite santé et les vieillards. La chose prit un certain temps, mais la mère de Percival Imbert dénicha un pourvoyeur et offrit à son fils un joli scorpion d'une espèce à très faible taux de toxicité, dans un vivarium dûment équipé. Malheureusement, la pauvre bête périt après quelques semaines, probablement par défaut d'ajustement de la température. Il fallut deux essais encore, mais finalement, Percival Imbert réussit à amener une bête jusqu'à une mort naturelle, et depuis, il n'a plus cessé de les remplacer.

Il est fortement déconseillé de manipuler un scorpion à main nue, mais, au grand dam de sa mère, c'est une chose que Percival Imbert prit l'habitude de faire, et il n'avait jamais été piqué. D'ailleurs, à part certaines espèces particulièrement agressives, les scorpions ne piquent pas volontiers. Ils le feront pour se protéger ou pour se nourrir, et il faut croire qu'ils ne perçoivent aucune menace dans les mains de Percival Imbert, probablement parce que lui-même n'éprouve aucune crainte ni dégoût à leur égard. Quoi qu'il en soit, c'est ainsi.

Les scorpions ne vivant pas très longtemps, une dizaine d'années pour les espèces les plus grandes, Percival Imbert a dû en adopter un nouveau régulièrement et il a assez vite trouvé son espèce favorite : buthus occitanus, ou scorpion languedocien. Il est de la taille idéale, soit plus ou moins équivalente à la largeur de la paume de la main. Il est joli, intégralement jaune, tirant parfois sur le brun clair ou sur l'ocre, selon les spécimens, et sa piqûre très douloureuse peut entraîner des complications, mais on n'a jamais rapporté de piqûre mortelle, du moins en France. Ce détail a son importance. Un scorpion absolument inoffensif ne serait pas vraiment un scorpion aux yeux de Percival Imbert.

Il aimait le nourrir lui-même (les scorpions languedociens ayant une sociabilité inexistante, on ne peut en garder qu'un seul par vivarium, sous peine d'encourager le cannibalisme); il lui présente des insectes séchés du bout des doigts, parfois en lui offrant l'hospitalité de son autre main. La possibilité jamais nulle d'être piqué est essentielle pour qu'il ressente qu'un lien existe entre lui et l'animal, et ce lien est un élément indispensable de son plaisir. Il ne s'adonnait cependant jamais à cette pratique sous les yeux de Marie. Elle ne partageait pas son affection pour les scorpions, elle en avait même très peur et il était entendu que si jamais le scorpion s'échappait du vivarium, elle s'en irait vivre à l'hôtel tant qu'il n'aurait pas été retrouvé. Sa peur était immodérée, mais pas exclusive. Elle craignait aussi les araignées, car elle n'était pas absolument convaincue que celles du Québec ne piquent pas, de même que les abeilles et les guêpes, surtout les guêpes; elle avait un jour, au jardin, été attaquée par l'une d'entre elles et elle avait subi une très forte réaction qui l'aurait amenée à l'hôpital si Percival Imbert n'était pas parvenu à obtenir des conseils médicaux par téléphone. C'était la seule fois, à sa connaissance, où Marie Doucet avait été en danger, et Percival Imbert comprend maintenant pourquoi elle avait catégoriquement refusé qu'il demande une ambulance. (Incidemment, Percival Imbert se rend compte tout à coup qu'elle n'avait sûrement pas de carte d'assurance-maladie.)

Donc, Percival Imbert écoutait maintenant Marie lui expliquer que, dérogeant à la convention établie depuis des décennies, ils partiraient dès à présent, et non en après-midi, faire leurs achats saisonniers, du moins lui, car elle, elle n'achèterait rien. À la fin de la journée, après avoir arpenté les Galeries du Sud, elle ne reviendrait pas avec lui, dans leur voiture, elle partirait avec d'autres gens qu'il ne verrait pas, qui l'emmèneraient pour un voyage dont elle ne pouvait pas lui donner le détail. Elle lui demandait de lui faire confiance, elle jurait qu'ils se retrouveraient dans un avenir raisonnable, elle le suppliait d'accepter le fait que le moins il en savait, le mieux c'était pour lui, le mieux c'était pour eux...

Mais Percival Imbert n'écoutait plus, n'entendait plus, n'était plus là, et le monstre est sourd.

Percival Imbert n'a aucun souvenir de ce qui s'est passé dans les minutes qui ont suivi, mais il est facile de reconstituer les faits. Percival Imbert a été rappelé au monde par un cri déchirant, un hurlement de douleur. Au travers d'un épais brouillard, il a vu sa femme, sa Marie si bonne pour lui, étendue par terre, gémissant et tremblant, les mains se tenant la gorge et, juste à côté, sur le tapis, le scorpion jaune qui cherchait une direction pour s'enfuir. Percival Imbert a pris le scorpion, qui l'a piqué à son tour, mais il n'a presque rien senti, peut-être parce que l'aiguillon s'était vidé de son venin. Il a remis le scorpion dans le vivarium et il s'est penché sur sa femme.

Percival Imbert ou le monstre ? Le monstre, qui s'était toujours manifesté sous la forme d'une bête sauvage et qui disparaissait presque aussi brusquement qu'il était venu, s'était métamorphosé en fonction des exigences de la situation, il avait cette fois épousé les manières d'un diable froid et calculateur. Sa mission n'était pas, comme jadis, de neutraliser un ennemi et de le dissuader à jamais de s'en prendre à Percival Imbert, sa mission était au contraire de garder auprès de lui l'être le plus cher au monde, qu'importe le moyen. Il était inconcevable de s'en prendre lui-même physiquement à Marie Doucet, il avait donc procédé par l'intermédiaire du scorpion.

Cela fait, il ne pouvait maintenant rentrer dans son antre et laisser Percival Imbert se débrouiller avec le résultat de son intervention. Il était donc resté, mais il avait rendu à Percival Imbert sa conscience agissante, car elle était essentielle à la poursuite des choses.

C'était donc un hybride de Percival Imbert et du monstre qui était penché sur Marie Doucet. Marie Doucet qui souffrait. L'hybride ne craignait pas pour la vie de la femme de Percival Imbert. Même si elle était plus sensible que la moyenne à la piqûre, son organisme était suffisamment fort pour venir à bout de ses effets dévastateurs en douze ou vingt-quatre heures, ce sont des *choses qu'un ami des scorpions n'a pas le droit d'ignorer. L'hybride était toutefois incapable de la laisser souffrir ainsi. Il prit alors une décision qui paraîtra totalement absurde à Jacynthe Lemay et à toute personne qui lirait ce récit. Il souleva Marie Doucet en lui murmurant des paroles apaisantes et la descendit au garage. Là, il vida le congélateur de son contenu et l'y installa. Cela prit un certain temps, beaucoup d'efforts et de précautions, mais l'hybridation de Percival Imbert et du monstre avait donné une sorte de robot effectuant sans état d'âme les tâches pour lesquelles il s'était programmé. Il allait en être ainsi toute la journée. Le monstre qui montrait pour la première fois sa double nature cynique et calculatrice avait conçu une trame événementielle.*

Pendant plusieurs jours, Percival Imbert a cru qu'il avait rêvé avoir fait cela. Il a même presque cru qu'il avait rêvé l'entièreté de sa vie avec Marie Doucet. Ce n'est que quand il a trouvé la carte qu'il a recouvré ses esprits, et que le monstre est retourné là d'où il n'aurait jamais dû partir.

L'idée du congélateur n'était pas mauvaise en soit. Bien sûr, l'hybride avait pensé à laisser le couvert entrouvert en coinçant un contenant de pêches gelées, et il avait haussé la température. L'important était d'empêcher l'organisme de se réchauffer. Une forte fièvre aurait pu avoir de graves conséquences. Il escomptait que l'effet du venin passerait ainsi plus vite et qu'éventuellement, Marie Doucet par ses propres moyens, s'extirperait du congélateur. Qu'arriverait-il ensuite ? Ce serait à voir ; l'essentiel, c'était qu'elle aurait raté son rendez-vous.

Mais ces gens qui l'attendraient quelque part aux Galeries du Sud, ces gens que Percival Imbert ne devait pas voir, ne risquaient-ils pas de venir la relancer à la maison ? L'hybride estima que le meilleur moyen d'éviter une telle chose serait de faire croire qu'elle était effectivement disparue et il a conçu une trame. Il s'est donc rendu aux Galeries du Sud, comme Marie Doucet avait prévu de le faire avec lui, et il a simulé sa disparition. L'idée première était que le nom de Marie Doucet soit appelé dans les haut-parleurs du centre commercial. Cela devait suffire à faire comprendre à qui de droit que l'opération n'allait pas se dérouler comme prévu.

Jacynthe Lemay connaît le reste de l'histoire. L'hybride a joué le jeu jusqu'au bout. Si Marie Doucet était disparue, il était logique d'en aviser la police. S'il était entendu que Percival Imbert ne verrait pas les gens qui attendaient Marie Doucet, l'inverse n'était pas nécessairement vrai. Il fallait que l'hybride joue la comédie. C'est ce qu'il a fait, avec un certain succès puisqu'il a réussi à convaincre Jacynthe Lemay.

Il n'y a eu qu'un seul accroc, un seul moment de fracturation, et ce fut en passant devant la librairie, alors que Percival Imbert redevint totalement Percival Imbert et ne put s'empêcher d'entrer acheter ses dictionnaires. Erreur majeure! Les libraires, qui le connaissaient depuis longtemps, pourraient témoigner qu'il les avait achetés sans sa femme, contrairement à sa façon de faire depuis des années. Cela aurait pu semer le doute. Il a donc laissé croire que le sac qu'il traînait contenait des achats de sa femme, et il y parvint si bien qu'il le crut lui-même! De son départ de la maison jusqu'à son retour en soirée, l'hybride de Percival Imbert aurait sans difficulté réussi le test du polygraphe, dit le détecteur de mensonges. Ce n'est qu'à son retour à la maison qu'il s'est rappelé, peut-être par le fait de la tendresse qu'il éprouve pour eux, que le sac contenait des dictionnaires. Jamais il n'a imaginé que l'œil d'une jeune policière remarquerait leur présence dans son bureau et en tirerait des conclusions.

En rentrant, Percival Imbert a senti un grand vide qu'il a comblé en écoutant les suites pour violoncelle de Jean-Sébastien Bach, qui le fascinent toujours. Il s'attendait à tout moment à ce que sa femme remonte du garage. Alors il aurait pris soin d'elle, ils se seraient expliqué. Elle n'est jamais remontée, comme Jacynthe Lemay le sait. Alors l'hybride a choisi de continuer à jouer le jeu. Il a signalé à la police que sa femme n'était pas rentrée.

Et elle était en effet bel et bien disparue! Percival Imbert s'est mis à douter de tout, au premier chef de sa propre raison.

Et c'est ici que Percival Imbert doit s'arrêter. Jacynthe Lemay sera déçue, mais il ne sait pas ce qu'il est advenu de Marie Doucet. Elle n'est pas morte dans le congélateur, hypothèse effroyable qu'il a bien fallu envisager à un moment donné – puisqu'ils ne devaient laisser aucune trace d'elle, il fallait bien que le corps soit emporté. Elle est peut-être partie par ses propres moyens, mais vu son état, c'est peu probable. Peut-être a-t-elle été enlevée vivante par les gens qui ont vidé la maison de ses traces. C'est ce qui paraît le plus plausible, mais quand Percival Imbert répétait à Jacynthe Lemay qu'il ne savait pas ce qui était arrivé à sa femme, il ne mentait pas, sinon par omission.

Jacynthe Lemay lui pardonnera-t-elle ?

Marie Doucet lui pardonnera-t-elle ? Percival Imbert la reverra-t-il jamais ?

Sinon, Percival Imbert terminera-t-il sa vie chez les fous ?

Épilogue caviardé

DATE ~~XXXX XX XX~~, HEURE ~~XX~~, LIEU ~~XXXXXX XXXX~~.

L e crâne altier, le nez bref, la tempe grisonnante, la joue replète, la pipe Saint-Claude, monsieur le ministre ~~Xxxxxx Xxxxx~~ était reconnu pour ne jamais manquer de contenance. Maître en habiles esquives et en réponses enrobées, sûr d'être fier de lui autant que fier d'être sûr de lui, il ne se départait jamais de son sourire à la fois espiègle et bon enfant. Du moins en public.

Quand il rencontrait Marc, cependant, son bel aplomb se décrépissait. D'abord, bien que toutes les précautions eussent été prises, il subsistait toujours un fond de crainte d'être vu, reconnu, et d'avoir à s'expliquer sur sa présence en un endroit où l'on ne s'attend pas à croiser un ministre, surtout pas lui, à moins qu'on y fût venu justement pour rencontrer secrètement un ministre, lui! Soit, derrière les portes closes, cette crainte disparaissait, mais non le malaise. Difficile qu'il en fût autrement: il était ministre dans un gouvernement québécois indépendantiste, et Marc était un mandataire de la Gendarmerie royale du Canada.

Il y avait quatre ans que ~~Xxxxxx Xxxxx~~ avait accepté de rencontrer Marc pour la première fois. À l'époque, il n'était même pas député, mais déjà une des principales figures du Parti québécois. C'était peu après la deuxième victoire du Parti libéral de Robert Bourassa, victoire écrasante qui avait néanmoins coïncidé avec l'accession du Parti québécois au statut d'opposition officielle, malgré une anémique récolte de six sièges. Lui-même avait cependant mené une chaude lutte à son adversaire et le PQ avait recueilli à la grandeur du pays trente pour cent des suffrages exprimés, s'imposant ainsi définitivement comme l'alternative aux libéraux, dans un système électoral où l'on semblait condamné à sempiternellement revenir au bipartisme. À Ottawa, l'irritation était montée de plusieurs crans, surtout que de surcroît, on n'y tenait pas Robert Bourassa en très haute estime.

Le futur ministre (il allait remporter haut la main son siège à l'élection suivante, en 1976) avait été abordé par Marc dans le stationnement de l'université où il enseignait l'administration publique. Marc, plutôt frêle, ne projetait vraiment pas l'image d'un agent de police avec son trait de moustache et ses lunettes à montures percées, qu'on appelait familièrement lunettes françaises, il aurait même pu passer pour un « étudiant professionnel », ainsi qu'on appelait par dérision certains éléments qui s'attardaient aux études à cause d'une insatiable soif d'apprendre, à moins que ce ne soit à cause de l'angoisse du sevrage. Le futur ministre n'avait donc pas été étonné d'être poliment interpelé par un tel individu, et il était même disposé à partager gracieusement une parcelle de son formidable savoir. L'échange avait cependant été des plus succincts : l'homme avait seulement dit qu'il détenait des informations secrètes susceptibles d'intéresser grandement la direction du Parti québécois, qu'il était prêt à les révéler, à lui et à lui seul, et il lui avait tendu un bout de papier sur lequel étaient inscrits seulement son prénom et un numéro de téléphone. Le futur ministre avait accepté le bout de papier, puis Marc, jetant des regards méfiants de part et d'autre, avait salué le docte professeur et s'en était éloigné, les mains dans les poches, tel un promeneur du dimanche qui se serait trompé de journée.

Le futur ministre avait lui aussi regardé autour, comme s'il se sentait déjà fautif, et il avait glissé le papier dans la poche de son veston en tweed.

Un homme public peut être confronté à toutes sortes de mythomanes et la plus grande prudence s'impose dans le choix de ses fréquentations. Aussi, le futur ministre hésita-t-il durant quelques jours avant de rappeler Marc. Il se demandait pourquoi Marc était venu à lui plutôt qu'à un autre. Son importance personnelle au parti tenait surtout à ses idées ; il préférait fumer au salon plutôt que de suer dans la cuisine, ainsi que le taquinait René Lévesque lui-même. Pourquoi ne pas avoir plutôt approché un élu, Camille Laurin, par exemple, ou un organisateur tel Jean-Roch Boivin, homme de confiance du chef ? Il doutait que Marc fît d'une manière ou d'une autre partie de la communauté universitaire, non tant que son visage ne lui était pas du tout familier, mais parce que ce dernier tenait clairement à garder l'anonymat (le prénom Marc était sans doute un faux), et que, s'il avait fréquenté l'université, ils auraient pu à tout moment se croiser de nouveau.

Le futur ministre voyait trois possibilités : ne rien faire, consulter Boivin et suivre ses directives, ou rappeler Marc. Quand un homme choisit de commettre une faute, c'est bien souvent au départ pour répondre à l'appel d'un vice et dans le cas présent, c'était l'appel des grandes orgues de l'orgueil. Finalement, il se laissa aller à croire que c'était à cause de l'ascendant qu'il exerçait sur ses semblables que Marc l'avait choisi, et il considéra qu'au fond, par son intelligence, son jugement et son expérience exceptionnelle, il était le meilleur homme pour traiter cette affaire. Enfin, n'importe qui se sent plus important quand il détient un secret. Il rappela Marc d'un téléphone public, et celui-ci répondit à l'instant comme s'il n'avait rien eu d'autre à faire depuis la scène du stationnement que d'attendre ce coup de fil – l'avenir allait confirmer que c'était le cas.

La première rencontre avait été décevante. Marc détenait bel et bien une information secrète, mais elle portait sur un individu qui avait déjà été écarté du parti. Sans qu'aucun détail n'eût été révélé, tout ce qu'il y avait d'un peu au courant au parti savait que ce n'était pas pour relever de nouveaux défis ou pour des raisons familiales que l'équivoque individu était parti.

Par ailleurs, Marc révéla au futur ministre quelque chose de majeur, à savoir sa propre appartenance à la GRC. En fait, l'objectif véritable de cette première rencontre était d'établir un canal de communication entre le Parti québécois et la police fédérale. Même s'il allait de soi qu'aucune institution fédérale ne souhaitait aider le Parti québécois à réussir dans son entreprise, il n'en demeurait pas moins que le devoir premier de la police est de protéger les citoyens, et jusqu'à nouvel ordre, les Québécois, y compris les Québécois séparatistes, qui étaient des citoyens canadiens. Ainsi, quand on s'était rendu compte que l'individu évoqué plus haut, que la GRC tenait pour dangereux, avait adhéré au PQ dans un but sûrement inavouable, on avait résolu de le dénoncer. Tant mieux si son cas était déjà réglé! Ce qu'on craignait le plus, c'était une infiltration et éventuellement un noyautage par des puissances étrangères. Une telle perspective était tout aussi indésirable du point de vue du Parti québécois, qui devait se défendre constamment d'être communiste. Aucun fait sérieux n'accréditait cette thèse, mais l'idée que des puissances communistes puissent tenter le coup n'était pas loufoque.

Quoi qu'il en soit, Marc sut se montrer persuasif. Se prenant au jeu, contaminé par la sensation sulfureuse de flirter avec l'adultère politique sans le commettre, gonflé par la prétention qu'il saurait manipuler ce pauvre type, de moins en moins capable d'en sortir à mesure qu'il s'y enfonçait, le futur ministre accepta non seulement de rencontrer Marc de nouveau, mais de le faire sur une base régulière, et il continua de le faire même après la victoire et sa nomination au Cabinet, si bien que cette rencontre-ci, qui serait la dernière, était peut-être la quarantième! Pire, croyant ainsi accréditer son image de vénalité aux yeux de Marc, pour mieux le manipuler encore, il était allé jusqu'à accepter de quitter les rencontres avec en poche un de ces sachets brunâtres dont on se sert dans les banques pour transiger des numéraires.

Et elle était fort différente des précédentes, cette rencontre-ci, car Marc n'y était pas venu seul. Il était accompagné de Steve, un agent des services de renseignements. Ce dernier portait une mallette qui était attachée à son poignet par une chaînette. Il en avait tiré un dossier d'une dizaine de pages que le ministre ~~Xxxxxx Xxxxx~~ avait été invité à lire. Comme ce dernier pratiquait la lecture rapide, il ne lui avait fallu que quelques minutes pour prendre conscience de l'énormité de l'affaire. Ce matériel était d'une valeur sans aucune mesure avec celle des vétilles dont il s'entretenait habituellement avec Marc.

— Est-ce que je pourrai l'emporter? demanda-t-il.

— Si vous voulez, répondit Marc, mais ce ne sera pas vraiment utile. Ce que vous venez de lire n'est qu'un résumé de ce qui est déjà entre les mains du commissaire, et probablement entre celles du ministre de la Justice.

~~Xxxxxx Xxxxx~~ déposa délicatement le dossier sur la table et s'affaira à rallumer sa pipe, le temps d'évacuer la bouffée de frustration qu'il venait de ressentir à l'idée qu'il existait un secret dans lequel il n'était pas. Par ailleurs, il faudrait absolument identifier l'informateur qui avait fait passer des renseignements hautement confidentiels entre les mains de l'ennemi. Mais une chose à la fois.

— Vos patrons vont avoir de gros problèmes! reprit-il. Et j'aimerais bien être un petit oiseau pour voir la tête que fera Trudeau quand ça va sortir!

Steve prit la parole.

— Monsieur le Ministre, avant d'aller plus loin, il faudrait convenir de laisser de côté la haine que vous portez au premier ministre du Canada.

~~Xxxxxx Xxxxx~~ leva une main pour protester.

— Je parle en général, précisa Steve. Trudeau va partir, il va être défait aux prochaines élections.

— Par Clark, vous croyez ?

— Non, pas par Clark, même si c'est bien lui qui va gagner. Il va être battu par ceux-là mêmes qui, depuis dix ans, œuvrent à le maintenir au pouvoir. Ils vont faire basculer leur poids du côté conservateur de la balance, et c'est un poids considérable.

— Ils vont faire ça ! Je sais que ce n'est pas qu'au Québec que Trudeau n'a plus la cote d'amour, mais s'ils en ont tant marre de lui, pourquoi ne le poussent-ils pas vers la sortie pour le remplacer par du sang neuf, du sang rouge ? N'importe qui de moindrement dégourdi viendrait à bout du petit Albertain et la grande famille libérale resterait aux affaires.

— Vous êtes remarquablement clairvoyant, Monsieur le Ministre, et c'était en effet le plan. De plus, le successeur était tout trouvé.

— Michael Norton ?

— Nous ne confirmerons pas votre hypothèse, si vous voulez bien, s'interposa Marc. Disons simplement qu'il y aurait, attachées au dossier dont vous venez de lire le résumé, des annexes qui font en sorte que des personnes influentes jugent maintenant inopportun de créer une vacance à la tête du Parti libéral du Canada.

— C'est grave au point qu'ils préfèrent voir Clark opposé à Lévesque lors du référendum ! s'étonna monsieur le ministre.

— Sans vouloir vous décevoir, dit Steve, dans le reste du Canada, on ne vous accorde pas grand chance de le gagner, ce référendum, de toute façon.

— C'est un peu contradictoire, vous venez de me montrer que vous êtes prêts à vendre votre âme pour le gagner. Je parle en général, bien sûr.

— Vous aimez le baseball ?

— Un peu.

— Eh bien, au baseball, on dit que tout joueur qui se présente au marbre avec une batte dans les mains est à prendre au sérieux, quelles que soient ses statistiques. Et puis, vous comprenez que les Canadiens tiennent au plus haut point à leur pays ; pour plusieurs, y toucher serait comme s'en prendre à leur enfant, et quand leur enfant est menacé, il arrive que des parents perdent tout sens de la mesure. Ce que vous apprenez aujourd'hui, Monsieur le Ministre, c'est déjà du passé. Le *Cartel pour la défense du Canada* est en train d'être démantelé. De surcroît, la Commission McDonald va disposer de tous les moyens pour faire la lumière sur des actions illégales qu'auraient menées des agents de la GRC au Québec.

— Quelle ironie ! Encore le système fédéral qui fait dans le double emploi !

— Je vous accorde le point, concéda Steve en souriant. Quoi qu'il en soit, tout ceci doit malheureusement rester entre nous, mais je peux vous assurer que le fait que votre commission ait mis la main sur tout ça a créé une onde de choc, et qu'on admet maintenant que la bataille référendaire devra se jouer essentiellement sur le terrain politique.

— Alors je me réjouis, parce que quand tout ça, comme vous dites, va devenir public, ça va donner tout un élan à notre cause.

— Vous croyez vraiment ?

— Ça me semble évident.

— Les gens qui aiment beaucoup pardonnent beaucoup, vous savez ! Bien sûr, la population sera choquée, mais je doute que cela remette en question la valeur du Canada à ses yeux. Et puis, tout ça, c'est imputable aux libéraux, qui auront été défaits. Enfin, Monsieur le Ministre, si nous sommes avec vous aujourd'hui, c'est justement pour faire en sorte que cela ne soit pas rendu public.

— Vous vous contredisez encore. Pourquoi vous donner cette peine si vous pensez vraiment que ça n'influencera pas le résultat du référendum ?

— Oh ! reprit Steve, la Commission Keable va remettre un rapport, il y aura des mises en accusation, la Commission McDonald remettra aussi le sien… Bref, il y aura des os à gruger, mais le gigot ne sera jamais servi, parce que nous voyons au-delà du référendum. Il y a des noms, dans ce dossier, vous en avez vu quelques-uns, mais il y en a d'autres, des noms qui, dans les meilleurs intérêts du Canada, ne doivent pas être salis.

— Je vois. Dans le meilleur intérêt du Canada, vraiment ? Ce ne serait pas plutôt dans leur meilleur intérêt personnel ?

— Il arrive que les deux se rejoignent.

— Vous me pardonnerez de ne pas compatir outre mesure. Les intérêts des riches *Canadians* ne rejoignent justement pas les intérêts du Québec. Et quoi qu'il en soit, je me demande bien comment vous comptez empêcher les choses de suivre leur cours.

— Pas nous, Monsieur le Ministre, nous en serions en effet incapables, à moins de transformer le Canada en État totalitaire. Ce n'est pas nous qui allons empêcher que cela sorte, c'est vous.

— Moi !

Le ministre faillit s'étouffer dans sa fumée.

— Soit vous plaisantez, soit vous rêvez en couleurs. Je ne vois pas comment vous pouvez vous imaginer que je lèverais le petit doigt pour protéger les réputations de gens que nous avons toutes les raisons au monde de mépriser.

— Vous ne le ferez pas pour protéger leur réputation, vous le ferez pour protéger la vôtre.

Ayant dit cela, Steve fit à nouveau sauter les fermoirs dorés de son attaché-case en cuir noir et en sortit un paquet d'une douzaine de cassettes audio dans leurs boîtiers de plastique, maintenues ensemble par deux élastiques croisés. Il poussa le paquet vers le ministre.

— Elles sont pour vous, vous pourrez les écouter si vous avez besoin de vous convaincre.

Le teint du ministre pâlit.

— Est-il nécessaire, poursuivit Steve, de vous expliquer que vous avez là, regroupés, les enregistrements intégraux des trente-huit entretiens que vous avez eus avec mon collègue et ami Marc.

Il posa le doigt sur une des cassettes.

— C'est celle-ci, je crois, qui est la plus intéressante. Elle contient l'enregistrement de la rencontre où, pour la première fois, vous avez accepté de recevoir une modeste rémunération pour vos services.

~~Xxxxxx Xxxxx~~ tétait sa pipe sans plus le moindre plaisir. Il avait la gorge sèche, la poitrine oppressée, les mains moites et ses chaussettes étaient devenues si humides qu'il avait l'impression d'avoir marché dans l'eau. Il avait la sensation que l'Univers entier s'était amenuisé à la taille d'un dé à coudre dans lequel il était enfermé. Il mit plusieurs secondes avant de parvenir à énoncer quelque chose.

— Je ne suis pas ministre de la Justice, je n'étais même pas au courant de cette affaire. Je n'ai aucun moyen d'intervenir, même si je m'y résignais. Si c'est ma tête que vous voulez, vous l'avez. Ce que vous me demandez en échange est du domaine de l'impossible.

— Nous ne voulons pas votre tête, Monsieur le Ministre, et nous sommes conscients que ce genre d'affaire est en dehors de vos mandats, mais il y a d'autres hommes pragmatiques au Cabinet, dont, justement, selon ce qu'on sait, le ministre de la Justice. Il y a des gens pragmatiques aussi dans l'organisation, qui ont autant sinon plus d'influence que les ministres. Ils comprendront, on peut en être presque sûr, l'importance de sauver votre tête.

Le ministre fit un léger non de la tête, comme quoi il ne voyait pas la logique du raisonnement de son interlocuteur.

— Je vous explique. N'est-ce pas un peu, beaucoup à votre influence que l'on doit l'ajout d'un trait d'union entre les mots *souveraineté* et *association*? N'êtes-vous pas considéré comme le père de ce qu'on appelle la politique du « pas à pas »? N'êtes-vous pas le porte-parole le plus éminent de l'aile modérée de votre parti? N'est-il pas entendu qu'advenant une victoire, c'est à vous que reviendra la responsabilité d'établir et de mener à bien un plan de négociations avec le fédéral? N'est-il pas vrai que votre image de tranquille assurance contribue grandement à adoucir les appréhensions légitimes que suscite votre projet?

À chaque question, le ministre avait discrètement manifesté son approbation, sans que son visage perde toutefois son expression totalement désespérée.

— Je ne vous apprendrai rien non plus en vous disant que votre popularité chez les modérés est inversement proportionnelle à l'hostilité des radicaux à votre égard. Alors imaginez un peu ce qui se passerait si la presse révélait demain que vous êtes un agent double, une taupe!

Monsieur le ministre se redressa.

— N'exagérons pas! Je n'ai jamais livré aucune information compromettante, rien d'utilisable contre nous.

— Bien sûr que non! À bien y penser, nous aurions dû cesser cette collaboration qui ne nous apportait rien, sauf ceci, sauf ces cassettes, ces précieuses cassettes. Leur écoute n'a rien de passionnant, il est vrai, sauf que vous savez comment sont les gens, ils ne s'interrogeront pas sur le contenu, mais sur la chose en soi. Un des ministres les plus importants du gouvernement, qui se trouve au cœur de la démarche constitutionnelle, est un collaborateur de la GRC! Vous n'aurez pas le choix de démissionner. Pire! Vous ne pourrez même plus paraître en public. Et pas question de retourner à l'enseignement! Mais ce n'est pas cela qui compte vraiment pour vous, je pense. C'est le projet même de référendum qui prendrait un coup peut-être fatal. C'est la crédibilité du gouvernement même qui serait affectée, vous avez assez d'expérience en politique pour le savoir. Ensuite, on entend déjà les radicaux, qui se sont marché sur le cœur pour vous suivre, hurler et monter aux barricades. Le Parti québécois risquerait le schisme, rien de moins! Alors, dans tout ce vacarme, n'est-ce pas, les manœuvres illégales d'un quelconque *Cartel pour la défense du Canada* passeraient au second plan. Et même, je parierais qu'il s'en trouvera pour faire un lien entre les deux. Certains médias nationaux, qui sont contrôlés par vos plus farouches adversaires, vont se payer toute une traite!

C'était la première fois depuis le décès de sa mère que ~~Xxxxxx Xxxxx~~ se retenait de pleurer. Steve le laissa mijoter un moment.

— Vous comprenez cela, Monsieur le Ministre, et nous sommes absolument certains que, dans votre parti, d'autres le comprendront. Vous saurez qui aller voir, ceux qui sont conscients que le gouvernement de René Lévesque doit absolument conserver une image de plein contrôle s'il tient à ses chances de remporter la victoire, ou à tout le moins une victoire morale, sinon d'éviter une humiliante défaite.

Nouveau silence.

— Je crois que nous avons fait le tour de la question, Monsieur le Ministre, et nous ne vous retiendrons pas plus longtemps, car cette offre extraordinaire est d'une durée limitée, très limitée. Si j'étais vous, je demanderais à rencontrer le ministre de la Justice aujourd'hui même, idéalement avant qu'il parle de tout ça avec Lévesque, que vous voulez à tout prix éviter de décevoir, j'en suis sûr.

~~Xxxxxx Xxxxx~~ ne pouvait plus parler. Il se leva, fourra les cassettes dans sa serviette de maroquinerie, sangla impatiemment les courroies, enfila son pardessus, posa son chapeau sur sa tête et s'apprêta à sortir.

— Une dernière chose, fit Marc. Vous êtes un homme solide, mais si jamais vous étiez tenté de faire une grosse bêtise, vous voyez ce que je veux dire, dites-vous que ça ne changerait rien, l'effet déstabilisant des cassettes serait le même, probablement pire.

Le ministre jeta un regard haineux à cet homme qu'il n'aurait jamais dû rappeler quatre ans plus tôt, et il fit un bref non du menton.

Marc lui tendit la main.

— Il est peu probable que nous nous revoyions. Ce fut un honneur de vous connaître et un plaisir…

La main de Marc resta suspendue dans le vide.

La porte claqua.

Épilogue à Bordeaux

JUILLET DE LA MÊME ANNÉE

Les tilleuls argentés, glorieux, embaument le quartier Victor-Hugo, le plus vieux quartier de Bordeaux, baigné de soleil cet après-midi. Les boutiques ont rouvert leurs portes pour la seconde moitié de la journée et il y a de l'activité. Les grandes vacances approchent.

C'est cependant déjà les vacances pour les touristes attablés à la terrasse du Café des Arts. Lunettes noires, dents blanches et mollets joufflus, il y a des Américains. Le garçon a cependant tout de suite remarqué que le trio installé au bout n'est pas américain. « Bonjour les Québécois ! » s'est-il exclamé avant de prendre les commandes, pas peu fier d'avoir reconnu l'accent. Ah ! Cet accent ! Il adore ! Il y a quelqu'un de sa famille qui étudie à Montréal. Il compte d'ailleurs aller le visiter dans l'année. Quand il s'est éloigné, Jacynthe Lemay a glissé aux deux autres qu'elle a l'impression que c'est une condition d'embauche pour un garçon de café français que d'avoir un parent au « Cànàdà ».

467

Un observateur attentif noterait de plus que ce trio de touristes se démarque par une attitude moins légère que ce qui est la norme. L'homme, en particulier, qui porte pantalon et chemise, est assis bien droit, les bras croisés, et fixe la rue d'un air grave derrière ses lunettes aux lentilles claires. Les filles aussi, beaucoup plus jeunes, sont habillées avec une certaine sobriété, et elles sont assises très près l'une de l'autre, comme un couple. En tout cas, on a l'impression que les trois personnages ne sont pas là simplement pour profiter du bel après-midi.

Le garçon apporte une bouteille de chardonnay, Limoux, *Domaine de l'Aigle*, trois verres, et exécute le rite du service. Dans le verre de Percival Imbert, il en verse à peine, ce dernier l'arrêtant d'un geste de la main. Jacynthe Lemay demande une carafe d'eau pour lui.

— J'ai quelque chose à vous montrer, dit-elle à ses convives, une fois le garçon parvenu à une autre table. Je l'ai reçue juste avant de partir. J'étais tellement émue. Je ne me sentais pas prête à vous la montrer avant. Aujourd'hui, c'est un grand jour, c'est le moment idéal.

Elle prend une enveloppe blanche dans son sac à main et en sort une photo couleur sur papier Kodak. Cindy Sexton et Percival Imbert se penchent un peu pour la regarder.

— C'est lui, c'est Sylvain ! constate cette dernière avec de l'excitation dans la voix, on le reconnaît même s'il a grandi !

C'est la photo d'un beau jeune homme au visage carré, au teint basané, avec les cheveux coupés en brosse et, perçant quasiment le papier, de fascinants yeux verts. C'est une photo comme celles qu'on prend dans les écoles, devant un faux paysage. Il sourit. Il a même l'air enchanté de poser.

— Quel âge il a ? demande Cindy Sexton.

— Il a eu 18 ans le 10 mai dernier.

Jacynthe Lemay se touche l'œil.

— Si maman pouvait voir ça…

— *Who knows* ? Peut-être qu'elle le voit…

— Dire que pendant que son absence la tuait, il grandissait tranquillement dans cette pension de Colombie-Britannique.

— Il devait être malheureux lui aussi, d'être séparé de vous.

— Ce n'est pas ce que dit la lettre. Il paraît qu'il s'est adapté sans problème. Il n'y a pas de raison de ne pas croire ces gens. Quand on le leur a amené, on ne leur a pas dit que c'était un enfant porté disparu. Il ne faut pas qu'ils le sachent, d'ailleurs, ça fait partie de l'entente. Mais je me rappelle bien comment était mon petit frère et ce n'est pas si étonnant qu'il n'ait pas été traumatisé par les saloperies que lui ont fait subir ses ravisseurs. Il n'a sûrement pas compris ce qui lui arrivait. Il était comme un chaton, il suffisait de lui présenter une « bebelle » pour qu'il oublie le reste du monde.

— Les salauds ! soupire Cindy.

— Oh ! Ils ont payé, on peut en être certain. Nicole Norton m'a assuré qu'ils sont hors d'état de nuire, et j'ai toutes les raisons de la croire.

— Et toutes les raisons de ne pas poser plus de questions.

— En effet. Mieux vaut regarder en avant. Il a appris à lire, en anglais. Il a une dizaine de livres de contes qu'il relit constamment. Il a développé assez son sens des responsabilités pour prendre soin de petits animaux et il paraît qu'il a un don pour la sculpture dans la glaise.

Jacynthe Lemay renifle. Cindy Sexton l'enserre dans ses bras.

— Ne pleure pas, voyons, *in the end,* n'est-ce pas merveilleux ?

— Oui, c'est la joie aussi qui me fait pleurer.

Percival Imbert va dire que pleurer de joie est une chose incompréhensible, mais il se retient. Les émotions demeurent pour lui des phénomènes étranges, sauf que maintenant qu'il en a lui-même éprouvées, il est au moins conscient qu'il existe un monde par-delà la raison. Compte tenu de ce qui l'attend, c'est une avancée majeure.

— Quand est-ce que tu vas aller le voir ?

— Je ne sais pas encore. Il faut procéder par étapes. Des photos, des lettres pour commencer. Il doit d'abord reconstruire mentalement le monde de son enfance. Je fais confiance aux professionnels de la pension. Ce n'est pas une petite pension à cinq sous, je te jure. Notre aïeul était un misérable, mais l'avarice était bien le seul défaut qu'il n'avait pas.

— Mais pourquoi? Pourquoi il a fait ça? Pourquoi ne pas avoir trouvé un moyen de vous le rendre?

— C'est le geste d'un obsédé. Obsédé sexuel d'abord, puis obsédé par la rédemption de ses crimes… dans son idée de malade, il se sentait obligé de prendre soin de ce descendant illégitime et taré des Sinclair-Keaton. Pour lui, nous avions montré notre incompétence. Ma mère ignorait tout de son ascendance, ç'aurait été difficile de l'aider directement, ainsi qu'il l'a fait avec la vôtre, Percival. D'ailleurs, si votre mère n'avait pas été tellement forte, vous seriez peut-être dans une pension vous aussi à l'heure qu'il est.

— *So warped!*

— En effet. Que veux-tu, déjà, par les quelques échanges que j'ai eus avec la fille, j'ai réalisé que ces gens-là, qui sont nés et ont grandi dans la puissance et la fortune, en viennent à croire qu'ils sont des sortes de dieux, et du haut de leur Olympe, ils s'arrogent le pouvoir et le droit de gérer la vie des minuscules humains que nous sommes, selon ce qu'ils pensent qu'il y a de mieux pour nous, pour le meilleur ou pour le pire, dépendamment de leurs humeurs. Enfin, ils ne sont sûrement pas tous comme ça, en tout cas, c'est à espérer…

— C'est tellement cruel, se désole Cindy, qu'ils vous aient laissés dans l'ignorance totale du sort de ton frère.

— Les souffrances du petit peuple ne font pas partie de l'équation quand ils décident de quelque chose.

— Ils mériteraient d'être poursuivis en justice.

— Je sais bien. J'y ai pensé, et ça demeure possible malgré l'entente que nous avons faite, sauf que tu imagines ce que ça représente? Même si je trouvais l'argent pour le faire, il faudrait que j'y consacre des années entières de ma vie, pour en arriver à quoi? Le premier coupable, le patriarche, est mort. Et, quand on voit ce qui est arrivé de ce qu'on a trouvé à propos du sombre travail de Marie Doucet, c'est-à-dire rien, ça donne la mesure de leur puissance. S'ils ont été capables d'étouffer une affaire semblable, qu'est-ce qu'une punaise comme moi peut espérer?

— Tu n'es pas une punaise, proteste Cindy.

— À leurs yeux, oui. Alors, je vais suivre le conseil de Grothé, profiter de la joie d'avoir retrouvé mon petit frère, et consacrer mon énergie au bonheur, au mien et à celui des gens que j'aime.

— Mais Grothé, il doit être incroyablement frustré, non?

— Ce qui le frustre surtout, c'est de ne pas avoir mis la main sur les assassins de Dorothy Pettigrew, qui sont probablement les mêmes qui ont tiré sur Anna Kristopoulos, mais de toute façon, les vrais coupables, ce sont ceux qui les employaient. Pour les trouver, ceux-là, ça prendrait une autre commission d'enquête, et il y en a déjà deux, une au provincial et une au fédéral. Pour le reste, il prend ça avec philosophie, l'inspecteur Grothé, il fait son travail, il a livré la marchandise au client, et c'est au client de décider quoi faire avec. C'est pareil quand on arrête un criminel, c'est le juge qui donne la sentence, pas nous! Ça peut être frustrant, mais accumuler les frustrations, qu'il dit, c'est mauvais pour la santé d'une part, et d'autre part, ça peut nous entraîner à vouloir faire justice nous-mêmes. Il faut se fabriquer des cloisons et ne pas les franchir, comme je l'ai fait un certain 23 décembre 1977.

— Heureusement qu'elle l'a fait, cette fois-là, n'est-ce pas Monsieur Imbert?

Percival Imbert n'écoute pas. Il scrute la rue, et Jacynthe Lemay sait que dans sa tête, il compte les minutes et les secondes.

Les filles boivent un peu de vin. C'est bon, c'est frais, il fait beau. Pour les deux, c'est un premier séjour en France et la France est plus belle encore qu'elles ne l'avaient rêvée. Pour disparaître en bonne et due forme, c'est infiniment mieux qu'une république de bananes. Les Français qui passent par là trouvent que ce sont ces filles qui sont belles à faire rêver. N'eût été la présence de Percival Imbert, on peut être sûr qu'elles auraient déjà été dans l'obligation de faire comprendre à quelques importuns qu'ils étaient justement des importuns! Ça va leur arriver souvent durant le voyage, c'est sûr, car elles vont le poursuivre sans Percival Imbert. Gageons qu'elles vont même se faire traiter de lesbiennes à l'occasion! Elles s'en fichent. Il a fallu si longtemps pour sortir de la noirceur, l'épouvantable noirceur qui a suivi la disparition de Sylvain, et il a fallu, pour en sortir, descendre si creux dans les tréfonds de la bassesse humaine, qu'elles n'ont plus envie que de lumière. La lumière du grand jour et la lumière de leur amour.

Jacynthe Lemay boit encore. Tant pis si elle s'étourdit un peu. Dans quelques minutes, si tout se passe comme prévu, l'ultime chapitre de cette histoire sera conclu et elle pourra se détendre enfin totalement les épaules. Ce mois (ces trente-quatre jours, plus exactement, on ne fréquente pas Percival Imbert sans attraper quelques plis), ce mois à cheval sur les années 1977 et 1978, qui a changé sa vie, ou plutôt qui l'a ramenée à la vie, ce mois, elle pourra le ranger définitivement dans les souvenirs. Bien sûr, elle continuera à entretenir le lien avec son «oncle», mais elle n'aura plus à veiller sur lui. Elle pense qu'il a changé. Ça sera à voir. Elle y a travaillé durant les six derniers mois. Elle ne s'est pas installée dans sa grande maison des Jardins du Golf, comme il le lui avait demandé, et ce refus n'était certainement pas attribuable à des raisons de convenance. Il fallait qu'il expérimente la solitude. Il fallait qu'il annihile ce monstre qu'il avait en lui. En tant que policière, elle aurait théoriquement dû mettre son cas entre les mains de la justice, vu qu'il avait fait des aveux écrits de ce qui était bel et bien une agression, mais ça ne lui était venu à l'esprit que plus tard, quand elle avait commencé à faire des bilans. C'est qu'en rentrant chez Percival Imbert, au soir du 25 janvier, avant même qu'elle n'ait eu le loisir de lire le texte qu'il avait écrit dans la voiture, ils avaient trouvé une enveloppe sans adresse dans la boîte aux lettres. Dedans, il y avait une brève note dactylographiée.

> Monsieur Imbert, j'ai mal agi. Je n'ai pas eu la force de me comporter envers vous comme un gentleman, j'ai capitulé devant la menace et cela a eu des conséquences fatales. Je ne me le pardonnerai jamais. Maintenant, tout ce qu'il me sera possible de faire pour vous aider, je le ferai. Ainsi, vous serez heureux d'apprendre qu'elle m'a contacté et me demande de vous dire qu'elle va bien et qu'il vous faut avoir confiance. Rien de plus pour le moment.

Mot à mot. Ce n'était pas signé. Elle l'avait lu la première puis elle l'avait passé à Percival Imbert, dont la main s'était tout de suite mise à trembler.

Elle était donc vivante et c'était ce qui comptait le plus. Éventuellement, Percival Imbert et Jacynthe Lemay avaient conclu que la probabilité que ce message ait été écrit par Pierre-Paul Dandonneau était trop forte pour qu'il vaille la peine d'en envisager d'autres. Ils n'avaient cependant pas cherché à la confirmer. Il valait mieux ne plus toucher à rien.

Marie Doucet avait sans doute été tirée de sa fâcheuse position par les agents venus vider la maison. Soigner une piqûre de scorpion n'est pas spécialement compliqué et cela fait, ils avaient sans doute repris le plan initialement prévu. On apprendrait peut-être éventuellement les détails, mais cela n'avait plus d'importance.

Le 26 janvier, cependant, Percival Imbert s'était levé avec devant lui une période d'incertitude dont on ne pouvait prédire la longueur. Elle lui demandait d'avoir confiance. Cela signifiait qu'ils se retrouveraient. Quand? Comment? Il allait devoir vivre avec ces questions.

Jacynthe Lemay refusa donc d'emblée de se substituer à Marie Doucet, sa grand-mère à qui, paraissait-il, elle ressemblait tant. Elle considérait que c'était justement la chose à ne pas faire. Percival Imbert devait s'accoutumer à vivre dans un monde où tout n'est pas prévisible, un monde qui peut changer, et le premier changement, c'était qu'il n'avait plus personne à ses côtés à qui il était attaché comme un navire à une bitte d'amarrage. Au seuil de l'âge adulte, Percival Imbert avait essayé de vivre tout seul, en fait, il y était parvenu pendant un certain temps, ce n'était donc pas impossible. Puis Marie Doucet était arrivée, telle une seconde mère. Pour le moment, elle n'était plus là. La nécessité est le meilleur des pédagogues.

Jacynthe Lemay ne l'avait pas abandonné, évidemment. Elle l'appelait tous les jours, le visitait plusieurs fois par semaine, s'assurait que tout se passait bien, mais elle ne faisait jamais rien à sa place, pas le ménage, pas les courses, pas les comptes, rien.

Percival Imbert avait progressé. Le problème, c'était qu'il n'avait plus de travail, alors on lui en a trouvé. Cindy Sexton était impliquée dans son syndicat, et celui-ci se faisait désormais un point d'honneur de tout traduire en français. Elle lui apporta donc des textes à réviser. C'était du bénévolat, mais ça l'occupait.

Puis c'était arrivé! Beaucoup plus vite qu'on n'osait l'espérer. Déjà, à l'équinoxe du printemps, il était devenu évident que l'existence et les basses œuvres du *Cartel pour la défense du Canada* ne seraient jamais révélées au public. La Commission Keable avait ignoré le dossier et la Commission McDonald n'allait certainement pas prendre le relais. Du fond de son exil, Marie Doucet suivait sûrement tout ça de près, et quelque part en mai, elle jugea qu'il n'y avait plus aucun risque que l'on se serve de Percival Imbert pour remonter jusqu'à elle. Alors Percival Imbert avait reçu une nouvelle enveloppe, avec un mot encore plus laconique que le premier.

«Le 27 juillet, à 15 h, elle sera au Café des Arts, à Bordeaux, en France.»

— Il reste une minute, dit Percival Imbert.

S'il le dit, c'est que c'est vrai. Cindy Sexton et Jacynthe Lemay consultent quand même leur montre, par réflexe.

Percival Imbert est tendu. Il regarde à gauche, à droite, à gauche, à droite… Et il s'arrête. À la grande surprise de Jacynthe Lemay, il lui saisit le poignet. Elle regarde dans la même direction et aperçoit cette grande femme qui avance au milieu des badauds.

Celle-ci les aperçoit à son tour et s'arrête.

— C'est elle? C'est Marie Doucet? demande Jacynthe Lemay.

Lui respire profondément comme s'il s'apprêtait à plonger.

— Oui, souffle-t-il.

— Eh bien ne restez pas là, allez-y!

Elle l'incite à se lever en lui prenant le coude. Il se lève. Il demeure immobile. À vingt mètres de distance. Lui et la femme se regardent sans bouger.

— Vas-y, mon oncle, vas-y! insiste Jacynthe Lemay. C'est le moment.

Il s'écarte de la table et avance tranquillement vers la femme. Celle-ci le laisse venir en souriant. Arrivé à sa portée, après un instant à regrouper ses forces, il lève des bras tremblants et la serre contre lui.

Jacynthe Lemay et Cindy Sexton, avec un synchronisme presque parfait, ont saisi les serviettes de table pour les porter à leur nez.

— Il a vraiment changé, dit Jacynthe Lemay.

La scène n'a pas échappé au garçon qui revenait verser du vin.

— C'est sa femme? demande-t-il.

— Oui… c'est la mystérieuse femme de Percival Imbert.

FIN

Et après...

Percival Imbert et **Marie Doucet,** celle-ci sous une nouvelle identité, s'installèrent dans le Médoc, où, cet été-là, elle acquit un petit terroir. Elle produisit bon an mal an un millier de caisses d'un cabernet franc commercialisé sous l'étiquette *Château de la Doucette.* Évidemment, Percival Imbert ne se mêla pas de cette production. Par le biais de petites annonces, il offrit ses services bénévoles de réviseur et de traducteur et il se constitua une clientèle qui lui fournit de quoi s'occuper. Sa collection de dictionnaires fut tout ce qu'il garda de ses possessions d'antan.

Sa vie connut un autre grand moment quand il découvrit, avec l'aide de sa femme, que celui qui avait généreusement fourni à sa mère un faux extrait de naissance, soit le docteur **Auguste Balère**, était en passe de devenir centenaire. Il obtint la permission de le visiter à la résidence où il coulait des jours tranquilles. Le vieux docteur avait encore toute sa lucidité et se souvint très bien de ce qu'il avait fait. Il considéra comme un extraordinaire cadeau de pouvoir, en cette fin de vie, serrer la main du fils de **Jeanne d'Arc Basque.** Il n'y eut pas d'autre rencontre.

Tant Marie Doucet que Percival Imbert ne suivirent que distraitement la campagne référendaire, qui fut précédée par la défaite puis le retour de Pierre Elliott Trudeau. Le résultat les laissa indifférents, de même que la réélection de René Lévesque.

Jacynthe Lemay hérita de la maison des Jardins du Golf avec tout le mobilier. Elle s'y installa avec **Cindy Sexton** et aux dernières nouvelles, elles l'habitaient toujours.

La jeune policière intégra la Sûreté du Québec après un perfectionnement qui lui permit de devenir enquêteuse, une spécialisation pour laquelle elle s'était découvert un intérêt insoupçonné.

Elle garda un contact épistolaire avec Percival Imbert, se jura d'aller le visiter éventuellement, et Marie Doucet du même coup, cette grand-mère qu'elle n'avait rencontrée qu'une seule fois, le jour des retrouvailles.

Le référendum entraîna des discussions assez animées dans son couple. Finalement, les deux jeunes femmes s'entendirent pour s'abstenir de voter. Le résultat déçut l'une et soulagea l'autre, mais ne laissa pas de séquelles.

Auparavant, à l'automne de 1979, Jacynthe Lemay s'était rendue visiter son frère **Sylvain** en Colombie-Britannique. Elle nourrissait le vague projet de le rapatrier à ses côtés, mais l'accueil dépourvu de grande émotion du jeune homme, quoique gentil et curieux, l'en dissuada. Il était bien là où il était, au milieu des montagnes.

Le commandant Burns croisa quelques fois Jacynthe Lemay dans un supermarché de Saint-Bertrand et fut fort heureux d'apprendre qu'elle était toujours policière.

Durant la campagne référendaire, ses enfants tapissèrent la maison d'affiches en faveur du *oui*, ce qui ne fut pas sans l'embêter vu son devoir de réserve. L'ardeur de ses enfants, et de sa femme, l'entraînèrent cependant à voter comme eux.

Robert Leroux et **Manon** sont toujours propriétaires de la librairie Mille-Pages qui a continué à prospérer. Ils ont voté *oui* au référendum.

Pierre-Paul Dandonneau démissionna après avoir transmis à Percival Imbert le dernier message de Marie Doucet. L'accomplissement de ce devoir atténua fort peu ses remords. Il se tourna vers la pratique religieuse pour retrouver la paix. Il vota *oui* mais prétendit le contraire.

Murielle Gendron s'impliqua très activement dans la campagne référendaire, en faveur du *non*, et participa à l'organisation de la soirée dite «des Yvettes». Son fils problématique choisit l'option contraire, ce qui la mortifia beaucoup. Il s'assagit cependant quelque peu et devint technicien de scène.

Wildérie «Bill» Boudreau ne votait jamais, il trouvait ça trop compliqué. Il gagna quelques championnats de châteaux de cartes et, à sa retraite, retourna vivre au Nouveau-Brunswick, où il arrondit ses fins de mois en cultivant la patate.

Marcel Grothé fut affecté à la sécurité du premier ministre et eut la lourde tâche d'enquêter sur les menaces que ce dernier recevait sur une base quasiment quotidienne. Le soir du référendum, il écouta de l'arrière-scène l'émouvant discours de la défaite, en se disant que si admirable que soit le *coach*, quand les joueurs ne la mettent pas dedans, l'équipe perd la coupe.

Gerry O'Toole aurait vécu une existence plutôt moche si, en 1992, il n'avait connu le grand bonheur de sa vie grâce à la renaissance de l'équipe de hockey les Sénateurs d'Ottawa.

Terence Harper succomba à une cirrhose du foie au début des années 80.

Emma Robinson ne se consola pas de la mort de son amie et du fait qu'elle demeura impunie. Elle contacta les différentes polices à plusieurs reprises pour s'informer de l'enquête et dénoncer une apparente inaction qu'elle ne comprenait pas. Elle fit chanter des messes, lança une cotisation pour l'érection d'une plaque commémorative et, à chaque date anniversaire, publia des *in memoriam* dans les journaux locaux.

Anastasia Kristopoulos guérit, mais demeura affectée de troubles de la vision incapacitants. Elle vota comme la majorité. Elle renonça difficilement à son rêve de devenir agent de police. Elle retourna aux études et intégra le département juridique de la SQ.

Le nom de **Donald Cornfield** fut mentionné à quelques reprises dans les différentes enquêtes, mais il réussit à ne pas être mouillé en sautant d'une pierre à l'autre, jusqu'à ce qu'on se désintéresse de lui.

Le 20 mai 1980, jour même du référendum, **Nicole Norton**, née Sinclair-Keaton, apprit qu'elle était atteinte d'un cancer du poumon très avancé, lequel l'emporta dans l'année.

À la suite de sa disparition prématurée, de farouches querelles intestines provoquèrent le morcellement de l'empire Sinclair-Keaton. **Michael Norton** ne fit jamais le saut en politique.

Le chauffeur **Carlo**, grâce aux généreux extras versés pas sa patronne, put, à la mort de celle-ci, s'en aller vivre en Floride, où il continua de mettre à profit ses compétences.

Valerio Mazola poursuivit sa carrière d'éducateur physique et de *coach* de soccer. Marié à une Québécoise de souche française, le référendum fut le sujet de vifs débats avec sa belle-famille. Résolu à voter NON, il profita du congé imposé par le vote pour organiser une pratique générale, après quoi il discuta de la sélection des joueurs avec ses collègues. Finalement, il se présenta au bureau de votation alors que celui-ci était fermé depuis dix minutes.

Douglas «Doggy» Cherry eut beau protester contre son arrestation du fait qu'il ne s'était certainement pas enfermé lui-même dans le coffre d'une voiture, il finit néanmoins par se rendre aux arguments de son propre avocat, dont les honoraires étaient payés par un mystérieux bienfaiteur, et il plaida coupable à diverses accusations allant de vol de voiture à trafic de drogue. Il demeura deux ans en prison, d'où il vota NON, puis reprit sa carrière de malfrat sans envergure. Il ne reçut plus jamais de contrat de filature.

Après avoir réussi à garder l'affaire du *Cartel pour la défense du Canada* dans un cercle très restreint de stratèges qui firent pression pour l'étouffer, monsieur le ministre ~~Xxxxxx Xxxxxx~~, continua de jouer son rôle. Il quitta la politique après le coup de force constitutionnel du tandem Trudeau-Chrétien.

Selon de mauvaises langues, le *Cartel pour la défense du Canada* aurait été réactivé quinze ans plus tard.

Notes de l'auteur

Ce roman est une œuvre de pure fiction. Les personnalités publiques et les événements historiques, hormis les précisions qui suivent, ne sont utilisés que pour leur valeur contextuelle. Tout rapport avec les instances et le fonctionnement du gouvernement fédéral, en particulier sous **Pierre Elliott Trudeau**, serait absolument le fruit du hasard.

Il en va de même du côté québécois.

Le **lazaret de Tracadie** a bel et bien existé de même que l'orphelinat adjacent et **l'Académie Sainte-Famille**. On trouvera toutes les informations sur le site du musée qui lui est consacré.

Sœur Dorina Frigault, fondatrice du musée, est un personnage authentique. Elle est décédée à 91 ans, le 12 septembre 2012, un siècle après l'ouverture de l'Académie Sainte-Famille, et, par pur hasard, au moment même où l'auteur rédigeait les lignes où elle apparaît.

L'extrait de la « **Prière d'une lépreuse** » est authentique.

Cependant la visite que fait Dorothy Pettigrew au lazaret, bien que concordant avec l'histoire de l'institution, de même que la description du **Bathurst** de l'époque, sont des extrapolations tirées de l'imagination de l'auteur. Il en est ainsi pour ce qui concerne la visite de Jacynthe Lemay et Percival Imbert. L'auteur avait fait connaissance avec le Musée Historique de Tracadie vers 1990, lors d'un périple en famille dans les Maritimes.

Les **Religieuses Hospitalières de Saint-Joseph** (sauf celles qui travaillaient à l'Hôtel-Dieu) habitaient en effet à cette époque l'Académie Sainte-Famille, mais déménagèrent à la maison Le Royer, sur la rue de l'Anse, le 11 février 1978. Cette rue se trouve à l'arrière de l'Académie Sainte-Famille.

Le nouvel **Hôtel-Dieu** de Tracadie a bel et bien été ouvert en 1946 et a été détruit en 1991.

481

Le **Service canadien du renseignement de sécurité (SCRS)** ou *Canadian Security Intelligence Service* **en anglais (CSIS, prononcé «sizice»)** est le principal service de renseignements du Canada. En 1984, il a remplacé l'ancien département de sécurité de la Gendarmerie royale du Canada.

Les **bureaux du ministère du Revenu**, au coin de l'avenue du Parc et du boulevard Dorchester (aujourd'hui René-Lévesque) à Montréal, existent, mais l'auteur y a fait évoluer ses personnages de façon tout à fait libre.

La **Commission Keable** a évidemment bel et bien existé. L'auteur s'est accordé la liberté de lui imaginer des pratiques pouvant servir à sa fiction.

Le **Château Madrid** a été rasé en 2011.

Les magasins du *Liquor Board* **du Nouveau-Bruswick** offrent désormais de la bière froide.

Inutile de chercher *New Thames Manor* sur **Armitage Avenue**, ce domaine n'existe pas.

L'auteur remercie…

Le Conseil des arts de Longueuil pour son soutien financier.

Isabelle Longpré, éditrice, pour son engagement enthousiaste dans cette première collaboration…

Christine Roy, lectrice bordelaise sans qui la scène finale se serait platement passée à Paris…

Murielle, toute première lectrice, et redoutable chasseuse de coquilles, et référence précieuse en matière de fonction publique fédérale…

Les gens de Tracadie, pour leurs éclaircissements entre autres sur la vie des religieuses, soit par courriel, soit verbalement à la faveur d'une invitation au Salon du livre de la péninsule acadienne …

Sa parenté par alliance de Petit-Rocher, où l'on ne mange pas de *gots* de morue…

Enfin, tous ses amis d'un média social bien connu qui ont bien voulu répondre à tant de brèves questions lancées à la volée.

DU MÊME AUTEUR

Romans

Les Noces d'eau, Québec Amérique, 1995.

Fleur-Ange ou *Les poètes n'ont pas de fils,* Québec Amérique, 1995.

La Petite hindoue, Guy Saint-Jean, 1999.

Michel ou *l'Ultime envol,* Lanctôt éditeur, 2002.

Lovelie D'Haïti, tome 1, la courte échelle, 2003.

   (*Primé par* l'Association des auteurs de la Montérégie, 2004)

Lovelie D'Haïti, tome 2 – Le Temps des déchirures, la courte échelle, 2004.

   (*Primé par* l'Association des auteurs de la Montérégie, 2005)

Lovelie D'Haïti, tome 3 – La saison des trahisons, la courte échelle, 2006.

La nuit des infirmières psychédéliques, la courte échelle, 2010.

Romans policiers

Enquête sur la mort d'une vierge folle, Québec Amérique, 1997.

Enquête sur le viol d'un père Noël, Québec Amérique, 1998.

Meurtre au bon Dieu qui danse le twist, Vents d'ouest, 2000.

La Dernière enquête de Julie Juillet, Vents d'Ouest, 2002.

      (*Finaliste au* prix Arthur Ellis, 2002)

L'homme qui détestait le golf, la courte échelle, 2008.

      (*Prix* Saint-Pacôme du roman policier, 2008)

      (*Finaliste au* prix Arthur Ellis, 2009)

      (*Finaliste au Gala de la culture de Longueuil* 2009)

      (*Prix roman de AQPF, ANEL* 2010)

Les mémoires d'un œuf, la courte échelle, 2011.

      (*Coup de cœur du jury des auteurs de la Montérégie* 2011)

      (*premier titulaire du Prix Tenebris,* 2012)

Nouvelles

Mais de quoi a-t-elle si peur? in revue *Alibis,* printemps 2008.

L'homme qui détestait les livres, in *Crimes à la librairie,* Druide, 2014.

Pour la jeunesse
4-7 ans
Fleur de papier, éditions Paulines, 1971.

Graindsel et Bretelle, la courte échelle, 2004.

Le bon sommeil du roi de Sucredor, Éditions de la Paix, 2006.

Sucredor tome 1 – Le bon sommeil du Roi (nouvelle édition revue et augmentée) – la courte échelle, 2012.

Sucredor tome 2 – Une créature inattendue, la courte échelle, 2012.
          (prix du Salon du Livre de Trois-Rivières pour les illustrations de Sophie Pa)
*Sucredor tome 3 – Le gobe-mots, l*a courte échelle, 2013.

6-8 ans
Série Ramicot Bourcicot **(prix Création en littérature, Longueuil 2007)**
   1, L'hirondelle noire – la courte échelle, août 2006.

   2, La paruline masquée – la courte échelle, 2007.

   3, Le macareux moine – la courte échelle, 2007.

   4, Le grand corbeau – la courte échelle, 2007.

   5, La tourterelle triste – la courte échelle, 2009.
          (prix Communications et société 2010, catégorie littérature jeunesse)

8 ans et +
Le Cheval d'Isabelle, Vents d'Ouest, 2002.
          (*sélection* **The White Ravens***)*
La grande Huguette Duquette – Soulières éditeur, 2008.
          (Gand Prix de la Montérégie 2009, catégorie fiction primaire)
Série Germain
   1, Le Seul ami – la courte échelle, 2002.
          (*Finaliste au prix du Gouverneur général du Canada*)
          (*Primé par l'Association des auteurs de la Montérégie)
   2, Ma première de classe, la courte échelle, 2003.
          (*Finaliste au prix Hackmatack 2005)
   3, L'homme à la bicyclette, la courte échelle, 2004.
          (*Finaliste au prix du Gouverneur général du Canada, 2005)
   4, Les malheurs de mon grand-père, la courte échelle, 2005.

   5, L'histoire de MON *chien*, la courte échelle, 2010.
          (Gand Prix de la Montérégie 2011, catégorie fiction primaire)
Germain, Série complète en 1 volume, la courte échelle, 2011.

12 ans et+

L'Arche du millénaire, Éditions de la Paix, 2001.

14 ans et +

La Danse infernale, Nouvelle, in *Petites Cruautés,* Vents d'Ouest,1999.

Piercings sanglants – la courte échelle, 2007.

(Finaliste Prix du Gouverneur général 2007 – Littérature jeunesse)